大地上的亲人

一个农村儿媳眼中的乡村图景

黄灯 著

译林出版社

图书在版编目（CIP）数据

大地上的亲人 / 黄灯著. —南京：译林出版社，2024.6
ISBN 978-7-5447-9608-8

Ⅰ.①大… Ⅱ.①黄… Ⅲ.①纪实文学－中国－当代 Ⅳ.①I25

中国国家版本馆 CIP 数据核字（2023）第 037383 号

大地上的亲人　黄　灯／著

责任编辑　焦亚坤
装帧设计　曹沁雪
校　　对　梅　娟
责任印制　闻媛媛

出版发行　译林出版社
地　　址　南京市湖南路 1 号 A 楼
邮　　箱　yilin@yilin.com
网　　址　www.yilin.com
市场热线　025-86633278
排　　版　南京展望文化发展有限公司
印　　刷　南京新世纪联盟印务有限公司
开　　本　890 毫米 ×1240 毫米 1/32
印　　张　12.125
插　　页　2
版　　次　2024 年 6 月第 1 版
印　　次　2024 年 6 月第 1 次印刷
书　　号　ISBN 978-7-5447-9608-8
定　　价　68.00 元

版权所有·侵权必究

译林版图书若有印装错误可向出版社调换。质量热线：025-83658316

目录

再版序言	用行动重建与亲人之间的关联	1
自序	用文字重建与亲人的精神联系	9
第一章	**嫁入丰三村**	19
	一 一个农村儿媳眼中的乡村图景	21
	二 我的婆婆和继父	42
	三 兄弟姐妹的生存轨迹	64
	四 打工记（一）：第三代的出路	88
	五 在惯性中滑行的生存	122
第二章	**生在凤形村**	139
	一 故乡：现代化进程中的村落命运	143
	二 素描：村庄里的亲人	167
	三 打工记（二）：出租屋里的叔叔辈	177
	四 打工记（三）：堂弟、表弟的隐匿青春	199
	五 蹲守村庄的父亲	226
第三章	**长在隘口村**	249
	一 村庄文化的根及 80 年代的日常生活	252
	二 活力与隐忧，村庄当下的精神面影	276
	三 打工记（四）：我的同龄表兄妹	288
	四 二舅眼中的村庄变迁	316

结语	如何直面亲人	**343**
后记	跨越时空的乡村书写	**360**
	回望我家三代农民	**367**
附录	书中主要人物关系表	**379**
	2006—2016年访谈明细	**383**

再版序言
用行动重建与亲人之间的关联

2017年2月,《大地上的亲人》出版后,我一直以为,这些以身边亲人为观照对象的文字,不会引起他们的关注。在我印象中,他们在忙碌而繁琐的生存劳作之余,宁愿去打打麻将,宁愿去买买码,也不会去阅读一本和文学有关的冗长作品。

但很快,我发现这只是一种成见,从亲人们隐隐约约传递给我的信息看,我确信一旦笔下的文字与他们有关,其神色便显露出了一种另类的庄重:彩凤叔因为开饭店,交往的人多,有一次打电话郑重告诉我,必须准备两本签名本,以便送给一个认识的客人;瑛国叔的儿子冯超多次约我见面,只因杂事缠身,总是碰不上合适的时间,待到稍稍理顺,又碰上了持续两三年的疫情,我相信他读过书中关于妈妈的文字,我无意记下的,母亲对年幼孩子无条件的爱,可能会在某种时刻,牵引他回到少年时代,并勾起对早逝母亲的感念；还有七爹的外甥女明明，我在书中并没有提到她，但她从我的简单记录中，梳理了妈妈的家族史，并对我生出了一份来自共同情感记忆的亲近；还有我的外甥女周婕，结婚后，她的儿子和我的儿子年龄相近，初为人母，我们有着共同的育儿体验，她和我这个舅妈，总是有着更多的共同话题，在我的相关帖子后面，不管她如何变幻化名，我总能辨认出她热心的留言；还有小敏，以前我是她大学任教的老师，她生性腼腆，对我总有一些生分，但在看到更多的来自文字层面的理解后，毕业多年，她反而愿意和我讲一些踏入社会的事情。更让我惊讶的是堂弟职培，因为婶婶去世时他才半岁，可以说对妈妈没有任何记忆，在很长一段时间，"母亲"这个字眼始终缺席于他的日常。弟媳婚后对丈夫的身世极为好奇，我对堂弟的叙述，成为她了解丈夫过去岁月的原始材料，在阅读中，她一点一点通过文字的连缀，还原了丈夫有限的童年片段。我不止一次地发现，在堂弟一家的聊天中，我早逝的婶婶，竟然会出现在自己仅仅陪伴了半年的儿子嘴中，仿佛她始终在一个隐秘的角落注视孩子的成长，并未缺席堂弟艰难的长大过程。

直到今天，尽管我们彼此都羞于公开谈论表达和被表达的话题，但不能否认，不同年代的亲人在书中的同时出场，事实上可以在不同代际的人群中，促成一种跨越时空的理解和看见。我和身边的亲人，依仗文字，不经意中，也由此建立了一种隐秘的关联：我会持续关注他们的命运，他们也会暗中打听我最近的消息。

五年过去，面对已经定型的作品，对我而言，最大的困难，依旧是不知如何叙述笔下变化的村庄和亲人。文字的有限性，一方面，让我意识到非虚构作品的动态特征；另一方面，也让我进一步确信了记录的价值和意义。翻开泛黄的书页，我能回到当初和他们相处的场景，在字里行间，我再一次看到他们在各个角落的生存剪影。相比变动不居、转瞬即逝的现实图景，这些拙朴的印迹，帮我记住了亲人们曾经的气息和身影。不可否认，随着时间的发酵，目睹他们的挣扎和韧性，我越来越感知到彼此之间牵念的珍贵，并进一步确信，哪怕平淡地活着，也自带庄重的尊严。

毫无疑问，我笔下的村庄，无论是丰三村、凤形村，还是隘口村，在这短短几年内，都发生了很多变化，在"乡村振兴"和"新农村建设"的大潮中，它们的面貌产生了切实的改变。以前的泥泞和石头小路，在"村村通公路、户户通公路"的惠农政策中，变成了以前无法想象的硬化路面（隘口村甚至铺设了柏油路）；村容村貌也变得更为整洁，垃圾满地的情况获得了根本改观，三个村庄都配备了统一的垃圾收集场地；随着道路的优化，孩子们念书也变得更为方便，就算村里没有小学，镇上小学的校车，已经可以便捷地来到村口接送。每次回家，我都能切切实实感受到国家政策层面所引导的资源，实实在在流向了更为广阔的乡村，村民们的精神面貌，也发生了不少改变。

不能忽视的是，在乡村面貌改善的同时，也伴随了新的问题，其中最让村民诟病的，是村庄诸多工程的华而不实，诸如建牌坊、修凉亭、修健身场地、修小花园，甚至是大兴土木地建广场，几乎清一色地模仿城市居民需求，呈现出竞争性的面子工程特征，不但耗资巨大、使用率低、折旧快、保养成本高，更重要的是，因为缺乏在地化实践，没有更多尊重村民的参与，事实上没有很好匹配村民的真实需求，在资源配置上，一定程度上忽视了乡村养老和医疗的迫切需要。

面对城市发展的收缩状态和乡村条件的日渐改善，我留意到笔下的亲人，根据各自的条件，也作出了不同选择。

一部分人选择回流故乡，他们主要为年龄偏大、劳动能力减弱的群体。诸如，小珍叔，尽管在多年的打工岁月中，被人称作"跑江湖的人"，但随着年岁增加，还是回到了凤形村，在孩子们相继成家立业后，依照乡村的习俗，她挑起了带孙子的重任。事实上，我丰三村的哥哥和在街边依靠缝补送孩子念书的瑛国叔，也属于这种情况。第一代农民工如何养老？一直是学界关注的重要话题。让我没有想到的是，养老这个词，某种程度上，甚至算得上一种奢侈的结局。我的哥哥，因为生病，于2021年12月突然去世，只活了五十八岁；瑛国叔在孩子考上大学后，回到故乡没多久，也因病离开人世。他们活着时，尽管面对养老的态度，是"走一步，看一步"，但对于晚年的生活，还是有过美好的描述。可以预测，这个群体的养老问题，因为生命的透支状态，一定会面临很多与疾病相关的挑战。让人安慰的是，哥哥的两个孩子结婚后，还算懂事，振声能主动挑起家庭的重担，一直坚持在外打工；时春在第二个孩子出生后，也能意识到为人父母的责任，她和丈夫在家乡小镇上经营了一家快餐店，劳动之余还不忘照顾身边的老人；瑛国叔的儿子冯超已经在西安成家立业，一切都还顺利。

还有一部分人，选择依旧留在城市，他们主要为家庭负担重，在乡村找不到营生门道的群体。诸如，彩凤叔，尽管五十多岁了，但因为儿子勇勇尚在部队服役，还没有成家立业，加上建房子欠下的债务一直没有还清，她和丈夫魏叔，依旧选择留在三元里瑶池大街经营快餐店，只是随着广州流动人口的减少，他们的生意远远不如以前。还有我前面提到的丰三村侄子振声，因为长辈劳动能力的减弱，孩子开支增大，在老家找不到出路的情况下，依旧留在东莞的工厂。同样让人欣慰的是，留在城市的人，诸如我的表妹春梅，选择进入表妹鸿霞的公司后，因为和丈夫勤劳肯干，加上为人诚恳，又愿意学习新的知识，在公司极受领导和同事喜欢，在亲人资助下，他们在东莞买了一套小产权房，算是彻底安了家。而她对教育的重视，也终于迎来了成果，儿子琪荣在西北一所二本院校毕业后，面对2021年激烈的考研竞争，顺利考上了中国矿业大学的研究生，算是成功上岸。

拉开时空距离，我越发确信一点，我笔下的村庄和村庄里的亲人，他们命运的流转，和这个时代之间，始终有着千丝万缕的深刻关联。他们无论回到乡村还是留在城市，都和大的历史进程密不可分：就业形势好，经济环境好，他们通过各自的努力，就能拥有机会找到一个立足的位置；就业出现困难，经济形势恶化，他们作为最脆弱的群体，必然首先受到牵连。说到底，他们面对的困境和机遇，不过多数普通人在中国现代化进程中的真实遭遇。

从写作的层面看，《大地上的亲人》对我有着特别的意义。今天回过头审视，我发现这部作品，无意中包孕了我此后写作的基本母题。以近两年出版的《我的二本学生》为例，尽管它受到的关注远远超过《大地上的亲人》，但我知道，"二本学生"的话题，不过是"亲人"话题的自然延续。在"打工记（一）：第三代的出路"，"打工记（二）：出租屋里的叔叔辈"，"打工记（三）：堂弟、表弟的隐匿青春"中，作品提到的丰三村兄妹的孩子小敏、周唯、媛媛、沈亮，凤形村姑姑的儿子李炫、瑛国叔的儿子冯超、隘口村表妹鸿霞、春梅的儿子琪荣，他们的遭遇，都是中国不同年代二本学生命运的具体演绎，我不过从家族的微观视角，对这个群体进入社会的过程进行了粗疏的勾勒。我不否认，这种来自身边亲人的切近观察，让我对二本学生这个群体的来路和去向，滋生了更为直观的感知。说到底，无论关注的对象是身边的亲人，还是讲台下的学生，如何尊重个体在转型期中国的人生经验，如何通过非虚构的形式，表达自己对这一复杂现代性经验的观察和思考，始终是我写作的焦点。从《大地上的亲人》开始，我就锚定了这一原点，并一直围绕它所包孕的视域，坚持创作实践。我想，这是我对这部并不完美的作品，格外珍惜的原因。

最后，说说家里的一件事情，表面看来，这件事和作品无关，但我始终认为，《大地上的亲人》作为文字形式的纸面驻留，反而坚定了父母多年以来的一个心愿。1987年，我们全家搬离凤形村，父亲退休后，一直念叨要回家，但因为老房子早已倒塌，无法居住，加上兄弟姐妹没有一人留守故乡，我们姊妹一直以老家无人照看为由，劝说他们不要回去。2020年，疫情稍稍缓解，已经离开故乡三十三年的父母，在辗转各地将孙辈带大以后，在双双七十一岁高龄时，再一次坚定了要回到村庄居住的心愿。他们不能容忍生养我们的土地，仅仅作为一个地名停留在我的书中，面对葬在故乡山岗的祖辈，这种长时间远离故土的疏离，在父母看来，无异于一种情感的背叛。这种强烈的回乡愿望，对我触动极深，父母的举动，第一次让我真切感知到"故乡"二字的重量，在我的记忆中，这几乎是他们这辈子对我们子女的唯一诉求，老人的坚定，消除了我们现实层面的顾虑，支持他们的选择，实际上也是给我们回到故乡找到通道。经过将近一年的努力，家人终于在已经废弃的旧居旁边，和堂弟职培共同建起了新居。

　　回到村庄的父母，像是重新激活了人生。这种彻底释放的状态，让我意识到他们为了生计，被迫远离故土的选择，多少是一种心灵的苦役。只不过在多年的忙碌中，父母根本无暇顾及内心最真实的声音。亲近土地的母亲，重新开始了乡村的劳作，养猪、养狗、养鸡、养鸭、养鱼，成为她的日常，家里再一次呈现了六畜兴旺的局面；辣椒、茄子、丝瓜、南瓜、空心菜、白菜，红红绿绿的就在屋前屋后，目力所及之处一片盎然。我当然明白父母的放松，来自退休生活的坚定屏障，但回到故乡的笃定，事实上帮我链接起了和故土的情感牵连。

　　2021年9月6日，在离开旧居整整三十四年后，我第一次回到出生地——湖南汨罗三江镇凤形村垗里坡——过夜。月光皎洁、万籁俱寂，我熟悉的一切，仿佛从未远离。爷爷当年挖下的池塘、水井还在，奶奶曾经纳凉的竹林还在，二十六岁离世的婶婶洗衣服的桥板还在，旧居埋在土里的石板门槛还在，我童年看过的星空还在，深夜凉风刮过竹林的沙沙声还在。

　　三十四年的光景，不过一个长长的梦境，我惊讶地发现，我多年来一直寻求的安宁，竟然在这一时刻神奇地充溢内心。第一次，我深刻地感知，相比用文字重建与亲人之间的精神联系，回乡的举动，才是行动层面和故乡亲人建立关联的开端。

借拙作《大地上的亲人》再版的机会，面对故乡，我要再一次深情地告白：无论离开多久，我始终是村庄的女儿。

2022年6月2日

自序
用文字重建与亲人的精神联系

作为整个家族唯一获得高学历的人,我的成长,隐喻了一种远离乡村的路径。长久以来,在知识包裹、理论堆积的学院生活中,我以为个人的日常和身后的亲人失去关联,是一种正常。事实上,在一种挂空的学院经验中,如果我愿意沉湎于概念的推演和学术的幻觉,我的生活确实难以和身后的群体产生太多交集。无可否认,当我不得不目睹亲人的不堪和不幸,深感无能为力的同时,内心也隐隐产生一种逃离的庆幸。

2002年6月,获得硕士学位后,我没有选择工作,而是南下广州继续攻读博士,"南方"作为一个实在的场域,突兀地进入我的视野。对我而言,人生的宏图再一次展开,理论的诱惑让我沉迷。在学院的高深和宁静中,我一次次感激命运让我逃脱了90年代后期国企工人下岗的厄运,庆幸个人的努力终于获得了回报。等待我的前景是，只要拿到学位，顺利毕业，我的人生就会自然而然驶入早已预设好的轨迹，从此远离底层，远离辛酸与泪水。在个人奋斗的路线图中，每个环节严丝合缝，与闪闪发光的时代交相辉映。确实，十几年前的博士头衔，还有足够的含金量让一个底层青年摆脱卑微。

我从来没有想到，堂弟黄职培的一次偶然造访，给我提供了契机。这个契机不但悄然改变了我多年的平静状态，而且让我将目光投向了另一个群体。

堂弟黄职培十四岁不到，就来广州打工。2002年中秋傍晚，他敲开我的门，看我在家，怎么也掩饰不住四年未见的喜悦。我因为一直外出求学，而他过年也很少回家，姐弟已经多年没有见面。他兴奋地告诉我，自己如何巧妙躲过门卫的盘查，顺利进入无比神秘的中山大学。我这才知道，自己自由出入的校园，并不是对所有人开放。少年时代就来广州打工的堂弟，尽管有着一张年轻的脸孔，终究难掩农民阶层的气质。我留意到他手中的物品，一盒是"广州酒家"的精装月饼，一箱是"蒙牛牛奶"，这些今天看来极为普通的东西，对当时的学生而言还十分珍贵，我也很少享用。我没想到十九岁不到的堂弟，竟然给我送来礼物。我责怪他花钱，他只说了一句："你第一次在广州过节，一个人太冷清。"我问他手头是否还有钱，仿佛为了让我放心，他很开心地告诉我身上还有五十元。我事后才知道，堂弟当时因为年龄太小、手艺不精，只能靠打零工混口饭吃。他甚至没有接受一起去食堂吃饭的邀请，就匆匆赶回了工地。在此之前，我尽管多次从父母那儿得知，故乡的很多亲人都蜗居在广州一个叫塘厦的城中村，离我就读的学校并不太远，但我从来没有动过去看望他们的念头，甚至因为有些亲人赌博、吸毒，总和一些来历不明的人混在一起，我潜意识里希望和他们保持距离，划清界限，以免给自己带来麻烦。

堂弟的到来，让我感动并深思，多年迷惑不解的一个问题逐渐清晰——在城乡二元对立的结构中，逃离的群体，是如何在知识的规训中，以个人成功的名义剥离一种本真的感情，并在内心注入更多上升通道的算计和权衡；又是如何在不知不觉、不动声色中塑造精英的感觉，逐渐疏远身后的亲人？我隐隐感到竭力营构的优越感正轰然垮掉，自我审视悄然出现。

——这是我内心深处最大的隐秘。这个偶然的场景和事件，堂弟压根不会放在心上，但它却总是自动校准我人生的方向。在此以前，我一次次逃离人生的险境，在周密的计划和有效的努力中，越来越接近"成功人士"的轨迹；在貌似精英化的个人路线图中，逃离故乡是摆脱厄运的起点，远离亲人是塑造精英感觉的开端。我在暗中使劲，众多亲人不体面的容颜，在城市的傲慢和学院的高深中，被我涂抹成模模糊糊、忽略不计的背景；我并非有意远离他们，但不同的人生境遇，确实让亲人之间普通的交集变得遥不可及。

我得承认，堂弟的事，有很多让我迷惑不解。堂弟五个月大的时候失去母亲，幼年并没有得到父亲的细心照料，奶奶过世后，只得和哥哥相依为命。初中都没有读完，为了获取进城打工的机会，他谎报年龄，把实际年龄改大了四岁。我不知道，在戾气横生、情感粗糙的坚硬现实里，一个出身卑微的孩子，在广州多年的辛酸辗转中，如何保存了悲悯和爱的能力？不知道在塘厦混乱、肮脏的环境中,一个底层的打工孩子,在被打、被骗、被拖欠工资,在收容所挨饿三天之后,为何对生活没有太多抱怨,依然懂得去关心亲人?这些基本的情感,恰恰在我多年的求学生涯中,被日渐生硬、冰冷的知识稀释。反观自己的生存,我发现知识的获取,不过让我冠冕堂皇地获得一种情感日渐冷漠的借口,进而在规整、光鲜、衣食无忧的未来图景中,悄然放弃了对另一个群体的注视。从此以后,我意识到,单纯从"经济层面"来观照打工的亲人,并搭配一份来自身份差异的道德优越感,或者敷衍地施以廉价的同情,是多么浅薄而又世故。对亲人精神世界和时代关系的勾连,成为我多年的心愿。

堂弟稚嫩的身影,彻底接通了我和亲人之间爱的通道,这条通道曾经畅通,只不过因为各自境遇的改变,被彼此的生疏、隔膜阻断。在知识的包裹中,我还发现,因为眼光的转向,心灵也重新获得了活力。2002年到2005年,我在中山大学读博士期间,多次接受他们的邀请,去白云区塘厦村和亲人共度传统节日。尽管去过多次,但塘厦村的每一条路、每一栋房子在我眼中都没有差别,我始终无法记住其相似的面目,每次去看他们,还是得由堂弟职培带路。跟着前来接我的堂弟,我一次次在城中村的街道间穿梭,真真切切地见识了什么叫"一线天",什么叫"握手楼",什么叫"蜗居",什么叫"暗无天日"。一种完全不同的生活场景在我眼前展开,故乡的美好记忆与他们在南方的生活场景,构成了触目惊心的对比。

在时空的错落中,现代性转型过程中的村落命运被推到我眼前,一旦将目光投向他们,并直面其生存,社会转型的隐秘就昭然凸显：在时代的裂变中，他们和我一样，共同承受着个体和整体共生的命运。没有谁可以漠视大时代呼啸而去的滚滚烟尘，没有谁的命运可以割舍与大时代的深刻关联。在关于乡村的叙述中，他们不是作为一个个偶然的个体存在，而是始终作为一个庞大而隐匿的群体在默默承受。乡村的面相如此复杂，我亲人的命运也各不相同。在近三十年刺眼的乡村书写中，如何与同呼吸、共命运的亲人建构一种文化上的关系，不仅仅是熟人社会传统家庭结构自然人际交往的延伸，更是知识界无法回避的现实难题。在时代狂奔的脚步声中，资质、运气、机缘在成功学的价值包装下，被叙述为决定个体命运的关键要素，并从根本上瓦解了乡土中国缓慢、恒定的气质，但只要稍稍冷静下来，对此做一种整体的观察，会发现以上这些偶然的要素，根本无法推导出一个群体的必然命运。

我决心书写这个群体。当他们进入我的视线，并调动了我强烈的表达欲望时，另一种警惕立即出现——我意识到，在进入他们的生存肌理、深入其内心世界时，要尽量采用浸入式的交流，避免介入式的冒犯。我特别害怕自己不由自主的优越感会凌驾于他们的讲述之上，更害怕他们不经意中讲出的人生经历，会在我的笔下，被文字轻佻地包装为他者的故事。因为对我的信任和爱，亲人们在讲起各自的南下经历时，哪怕谈起最悲惨的事情，都带着笑意，也不懂得煽情。我提醒自己，必须意识到他们讲述背后的情绪过滤与我文字背后情绪膨胀之间的客观差异。

本书的成形尽管来自一次偶然的机会，但如果要进一步溯源，就必须回到十几年前，我不再将乡村视为寄寓乡愁的载体，而是将其作为"问题的场域"。2007年,经由婚姻的关系,我作为一个亲历者,在陌生经验的冲撞下,目睹了外省一个普通农家,怎样在社会转型、城乡碰撞中经受种种挣扎,这种因为深刻嵌入家庭所感知到的血肉相连的真切痛楚,让我进一步确信个体命运和时代之间的深度关联,意识到农村作为社会问题的终端载体,在承受社会剧烈变迁的洗礼时,正在遭受难以摆脱的厄运。这种近距离的观照,让我逐渐明白,场域的差异不是构成困境的原因,共同的身份才是他们领受相同命运的秘密,《一个农村儿媳眼中的乡村图景》一文,不过是我多年观察的一次偶然出场。由这个视点出发,本书中,我将目光投向了与我生命产生关联的三个村庄:丰三村、凤形村、隘口村,并将其作为整体的书写对象,以此透视乡村更为丰富、复杂的状貌。尽管在地图上,这些普通的村庄,从来无法作为一个醒目的地名而出现,也无人可以指出它们的具体位置,但它们却经由亲人的泪水、呼吸和气息,流转到我的笔端,面目逐渐丰富、清晰。

我书写的立足点来自对三个村庄亲人命运的透视。

丰三村,我作为一个外省女子嫁入的中原村庄。它位居湖北,离我的故地几百公里,若不是姻缘,这个村庄和我的生命产生不了任何交集;直到今天,这里依然生活着我丈夫的大部分兄弟姐妹和他们的下一代。我得承认,对我来说,它依然有太多的陌生和空白,我既无法感知它整体的历史来路,也无法预测它明天的确切去向。

凤形村,我出生的湖南村庄。尽管自小寄居外婆家,我并未在此地居留多久,但爷爷奶奶墓碑上铭刻的孙辈名字,毫无疑问明确了我人生的来路。任何时候,家族发生了什么大事,告知在异地的我,从来都是一种理所当然。我知道任何一个家庭生、老、病、死的具体消息，知道村庄新修的每一条道路，知道远房叔叔儿子结婚的具体时间。今天，我父亲一脉的大批亲人，依然生活于此，有些并未摆脱生存的困境，但更多长大的孩子，已经踏上了和父辈完全不同的人生征程。

隘口村，我外婆外公生活的村庄。这个弥散了我所有心灵、文化认同的村庄，是我一生精神的滋养地——闭上眼睛，我可以说出村里每一条岔道，可以感知村庄的每一棵果树。尽管和它没有传统意义上的身份依附关系，但从情感而言，它却深入我骨髓，最能勾起我对乡村的深刻记忆。今天，尽管从经济层面考量，村庄没有陷入触目惊心的贫困状况，但败坏的社会风气还是将它推向了未知的困境。

仅仅是与我有关的三个村庄，就显露出了完全不同的状貌，这提醒我留意，在对乡村的叙述中，任何单一的呈现都无法囊括村庄的丰富，都只能代表乡村的一种面相。在本书中，我试图通过叙述以上三个村庄亲人的生存境遇，观照转型期中国农民的整体命运，并在此基础上，勾勒他们与命运抗争的复杂图景。这注定本书的文体，既有别于纯粹的文学写作，也不同于专门的学术著作。同时，我的专业背景与我以及所叙对象之间的情感牵连，都使我对情感的过滤难以做到彻底，但这并不妨碍本书的初衷，仍是问题推动下的真相呈现。

和社会学家、人类学家的调查比起来，也许书中的诸多表述都带有明显的主观色彩，显得杂糅和不纯粹。但对本书的写作而言，因为对亲人命运的呈现是建立在共同的经验基础上，资料的获取也都在拉家常的状态下进行，没有刻意采用面对"他者"时所用的田野方式，这样，弥漫其中的主观色彩，因为渗透了来自情感的理解，附加了一份切肤的体恤，在知识过于密集的语境中，唤醒情感在叙述中的自然出场，自有其必要和价值。和很多侵入式的研究相比较，这种知根知底的表述，因为姿态的平等和耐心的陪伴，更能将谈话对象还原到各自的语境，从而更好地凸显其生存肌理和内心隐秘。

我始终认为，在现代化进程中，城市与乡村命运纠葛，在中国语境下对任何一个家庭的透视、对任何一个群体的透视，都能获得隐喻时代的效果，实现对真相的指证。作为一个亲历者和介入者，我目睹亲人命运的变迁，感知他们的喜、怒、哀、乐，理解他们生存选择背后的动因，知道每一个家庭隐匿的具体状貌和复杂牵连；虽然我无法保证由此进入人类学式的专业考察，但这些真实、复杂的经验，却让我找到了一个切口，对二三十年来转型期的乡村进行思考、透视。

毫无疑问，此书直面的是农村问题，农村问题多种面相的差异客观存在，我所叙述的三个村庄，只不过是广阔大地的一个缩影。尽管本书无法穷尽一切村庄的细致肌理，但它依然能从整体上凸显农村状貌和其他要素的关联。说到底，农村问题从来不只和农村有关，它的背后关联着更广阔的世界。当全球一体化的序幕拉开，信息化伴随现代性强势渗透，农村的生存，从细处看，是一幕幕揪心的悲喜剧，但从大处看，却是农业文明与工业文明互相竞争、交融的必然结局。对作为农业大国的中国而言，当下农村问题的尖锐性在于，在城乡二元体制下，整个社会承受不起农村衰败的代价，承受不起农村青年上升通道被堵塞后的代价。

关于农村的出路,我在本书中并没有提供内容简洁的答案,这固然源于乡村境况的复杂性:现代化进程中,社会转型早已呈现出疑难杂症的症候,即任何单一的方子都无法做到药到病除。更源于乡村作为所有问题的终端场域,与各种要素之间的复杂关联:从空间层面看,农村与城市紧密连接,无法分割;从时间层面看,过去、现在和未来环环相扣,互为因果;从发展层面看,农村经济维度与文化、政治、精神维度产生了真实较量。在现代化进程中,尽管有些村庄因为地缘、政策和其他优势,获得了好的机遇,但更多的村庄,伴随经济凋敝、价值失范及人心荒芜,早已成为广袤国土上的触目伤疤,这也是不争的事实。正因为这样,我对当下更多停留于"经济维度"来观照、理解农村的路向深怀警惕,对种种流于表面、表演性的举措并不看好。今天,农村的诉求不应简单地停留于经济层面,精神和文化的需求也应得到重视。如何帮助农村建构一种自然而有意义的价值认同,激活农村与传统文化的情感牵连,激发其自身的发展动力,避免陷入单一消费主义的陷阱,已成为当下农村政策、新农村建设面临的现实语境,也成为知识生产进程中面临的现实难题。

七十年前,费孝通在写作《内地的农村》时,曾坦言:"我在这本书里所说的,我相信都是有事实根据的,因为我是个极力主张社会科学一定要从实地研究开始的人。十多年来,我一直为这主张而工作,而且常希望我们这种实地研究的工作能有一天挽回现在风行的空谈和官僚性闭门造数字的空气。我宁可因求真实性而牺牲普遍性。"跨越时空,费老"宁可因求真实性而牺牲普遍性"的叮咛,今天依然具有极强的现实针对性。对我而言，从熟悉的农村场域，进入社会转型期诸多难题的考察，是我目前找到的有效介入方式。尽管在现有的知识谱系和学科架构中，个体经验依然面临有效性质疑的风险，但我相信，在一个事实上的大时代中，没有谁可以和时代的裂变逃脱干系。说到底，"乡村镜像"隐喻了中国和时代的整体图景。只不过，在直面城乡关系时，越来越多的知识人认同城市视角，并由此带上优越和强势的眼神，难以从内心承认城市与乡村一体的事实。

本书的写作，是我远离乡村后，作为短暂身份上的城市人，向永久文化上的乡下人的回望、致意。

2016年5月26日

第一章
嫁入丰三村

丰三村行政上隶属湖北省孝感市孝昌县丰山镇。孝昌县位于湖北省东北部，地处大别山南麓、江汉平原以北。丰山镇位于孝昌县东部，"丰山"地名，据《孝感县志》，源于境内双峰山南麓的风山。全镇共有23个行政村，160个村民小组，丰三村是其中一个行政村，位于丰山镇中部偏南。

2007年，作为一个外省女子，我嫁入这个离故地四百公里的村庄。尽管因为工作关系，我并未在此长期居留，但十多年来，通过对亲人命运的观察，我还是能感受到这个村庄的肌理、气息。2016年春节前后，因为《一个农村儿媳眼中的乡村图景》一文的机缘，我得以将目光投向丈夫家更多的亲人，并以此还原一个普通农家的细小家史。在时代的变迁中，这个隐喻了中国农村境遇的普通家庭，同时也是这个村庄的镜像。

悲伤是一个家庭不能碰触的秘密，将家人的痛苦、悲伤公之于众，对我而言，面临着艰难的情感抉择。我得承认，这是我最纠结、最难受的一次写作。天聋地哑的悲剧，若不能用文字呈现，最后只会被生活的泡沫冲刷得无声无息。我知道，这不是个案，而是一个沉默群体的共同境遇。书写亲人的悲伤，就是书写更多和亲人一样的人的悲伤。

由此开始，我正式进入对家庭肌理的剖析。

一　一个农村儿媳眼中的乡村图景[1]

现实所有的触角都伸向了这个家庭

写不写这些文字，纠结了很久。哥哥、嫂子及其家人的日常生存状态进入我的视线，是在结婚以后。这么多年，日子对他们而言是严酷、结实的生存，是无法逃避的命运和选择，我作为一个介入者，总认为文字是对其生存的冒犯。但正因为是一个无法回避的介入者，并已内化为家庭中的一员，我再怎么冷静，也无法还原到一种完全旁观的心态。多年来，我们共同面对、处理，甚至正遭遇很多家庭琐事，这些真实的处境，和知识界、学术界谈论的农村养老、留守儿童、农村教育、农村医疗、农民的前景等等问题有密切关联。我愿意以一个亲历者的角色，尽量回到对事件的描述，以梳理内心的困惑，提供个案的呈现，并探讨回馈乡村的可能。

我丈夫家在湖北孝感孝昌县的一个村子。2005年第一次到他家过年，给我印象最深的就是嫂子。嫂子个子矮小，皮肤黝黑，长相粗陋。我曾私下问当时还是男友的丈夫："哥哥虽然算不上特别帅气，但为何找了这么难看的嫂子？"后来才发现，这个问题多么粗鲁无礼。对一个农村贫苦家庭的男子而言（更何况哥哥还有家族遗传病，我后来才得知，公公、二姐都因此早逝），能够找到一个适龄的女子组建家庭，已是万幸。事实上，美貌和帅气在农村的

---

[1] 本文最初以会议论文的形式出现，后经《十月》杂志发表，再经"当代文化研究网"公众号推出，从而引发了2016年全国乡村话题大讨论，以下简称《乡村图景》。

婚配关系中，其权重远远不能和经济条件、家庭地位相比。嫂子的家境也不好，具体情况我虽然不太清楚，但我认识她十年来，她几乎很少回娘家，也很少谈起家里的事。嫂子性格开朗，简单没有心机，和我一见如故，她也只比我大几岁，因此，第一次去给村里老人拜年时，我们竟然很自然地手拉着手。

当时，婆婆大约七十五岁，身体还不错，小侄子十五岁，小侄女十二岁。那几年，哥哥嫂子一直跟着四姐、四姐夫在北京工地打工。四姐夫是一个包工头，从老家找了很多青壮年劳动力，乡里乡亲，替他干活让人放心，自然，乡里乡亲也能通过姐夫顺利拿到工钱，大家互相之间都很信任。后来才得知，四姐夫当时赚了不少钱，早在90年代末，他就很有先见之明地在孝感市内买了地，盖起了四层高的楼房。现在回忆起来，那几年竟然是全家最为安静、平和的日子，丈夫当时还在念书，无法像以前那样给予家里更多经济支持；婆婆因为身体尚可，主动承担了照顾侄子、侄女的重担，快八十高龄的她，依然喂鸡做饭，做一些力所能及的家务活；哥哥、嫂子为维持生计（孩子念书、村里人情往来、家人生病等必要开销），一直待在北京工地，只有过年时才提前一月、半月回家，准备年货。这样，侄子侄女事实上就成为祖辈照顾的留守儿童，只不过，相比当下很多孤苦的儿童，因为能够得到祖母的爱，孩子们倒也没有留下太多心理阴影。

情况到2008年发生了一些变化，哥哥、嫂子尽管在外打工多年，但年头到年尾的拮据状态让他们颇为失望，加上婆婆年纪大了，无法照顾好进入叛逆期的孙辈，于是，嫂子就决定留在家里，一方面照看老人，更重要的是管教孩子。嫂子在家种种菜，喂喂鸡，养养猪，我们按时给家人寄生活费，一家人无病无灾，日子倒也过得去。这样，哥哥、嫂子同时在外打工的局面，就变成了哥哥一人外出打工的状态。哥哥身体并不好，不适合在建筑工地干很重的体力活，但如果待在家里，他几乎没有任何额外的收入，而孩子逐渐长大，老人年事已高，子女成家、父母善终的具体压力一件件摆在眼前。尽管在丈夫的资助下，家里在1998年已经建起了房子，但二楼几乎是一个空架子，没有怎么装修，以致过年过节回去，都没有办法安置亲人过夜。但不管怎样，毕竟一家人还能过一种平平安安的日子，随着孩子们的成长，日子总是在往好的方向走。每次得知寒暑假我们要带儿子回去，哥哥总是提前从工地回来，杀鸡、宰鸭，用摩托车带儿子去镇上赶集，给儿子买各种夸张而廉价的玩具；公公、婆婆也极为开心，嫁出去的大姐、妹妹，还有妻子早逝的二姐夫都会回来团聚，一家人倒也能感受到亲人相聚的温馨。只有四姐一家，因为姐夫常年待在北京，几乎很少回去。但这种平常、安稳的日子并未维持多久，就发生了一些意想不到的事情，并直接影响到了整个家庭的走向。

一件事是四姐的工地出了问题。由于有单位拖欠姐夫承包工程的工程款，大量的工程欠款无法到位，直接摧毁了姐夫多年累积的家底，这不但导致跟随他们打工多年的哥哥、嫂子的工资不翼而飞（这笔钱几乎是他们整个家底，将近十万块的劳务费，哥哥、嫂子一直指望拿这笔钱给儿子娶媳妇）；而且因为拖欠工人工资，四姐一家欠下大量无法逃避的债务，最困难的时候，他们甚至找我们借钱。大约2009年临近春节的一天，丈夫接到四姐夫的紧急电话，说有人用刀架着他的脖子，逼他必须在当天还钱，求我们帮他解燃眉之急。姐夫在我印象中，经济一直算是宽裕的，穿的衣服也挺括光鲜，很有农村成功人士的派头。几年以来，这是姐夫第一次向我们开口，但当时我确实不愿借钱，一则，手头并没有多余的闲钱可以接济他们，而买房欠下的首付还等着年底归还，当时我们的经济状况几乎处于最紧张的阶段；二则，也因为他们拖欠了哥哥、嫂子将近十万块血汗钱，我对他们心生嫌隙，总感觉他们没有保障亲人最基本的利益。我向丈夫讲明了我的意思，丈夫也没有吭声。四姐被逼无奈，再次打电话向我们求助，面对危急情况，她也没有任何办法，事情明摆着——我们已没有任何退路，也没有任何选择，只得厚着脸皮问一个经济条件尚可的朋友借钱。尽管四姐当时承诺几个月以后还钱，但我知道，还不还钱不是她说了算，从借出那笔钱开始，我们就没有期待有还钱的那天。事实也是如此，此后几年，四姐一家的经济状况没有任何好转，她甚至几年都不敢回家，害怕村里那些曾经跟随姐夫打工的乡亲讨要工钱（我后来才意识到四姐一家命运的转变对我们此后几年经济状况的直接影响，因为她无法归还哥哥嫂子的工钱，哥哥嫂子再也没有别的储蓄，随着儿子、女儿长大，他们结婚、成家的大事，通过婆婆的叮嘱，就不可避免地落到我们身上）。2015年，我在北京访学，曾经和丈夫去看过四姐一家。他们居住在北京一个极其混乱的城中村里，村子里污水横流，垃圾遍地，两间逼仄的平房在一条弯弯曲曲的小巷的尽头，为躲避别人逼债，几年来他们和外界断绝任何联系，四姐夫更是几年都不敢回家，作为独子甚至无力照看家中的老母，也不敢公开找工作，一家人的生活全靠四姐在咖啡厅洗碗、两个女儿当导游来支撑。想到90年代，四姐一家最辉煌的时候，一家人的日子红红火火，没想到现在最需要经济支撑时，却因为被拖欠工程款，不得不隐匿在一个角落里生活。

第二件事，也是更大的打击，则是妹妹的出家。在整个家庭中，妹妹的生活最让人舒心。她生得漂亮，又有着湖北姑娘的泼辣能干，初中念完后，她去武汉打工，在工厂做临时工时，认识了本厂一个正式工，两人结婚，发展得不错，因为结婚早，在房价还不到一千元一平方时，他们就买了很大的房子。女儿也聪明可爱，妹夫后来还当了副厂长。事实上，多年来，除了丈夫，妹妹同样承担了照顾家庭的很多重任。侄子、侄女、婆婆、公公的衣服，日常用品，几乎全都是她从武汉带回；哥哥、嫂子在武汉打工的几年，住房问题也是她帮忙解决。但最近几年，妹妹信佛，开始吃素，2012年暑假，她带外甥女来广州玩，也时常向我们宣扬吃素的好处。仅仅一年后，2013年9月的一天，丈夫忽然接到哥哥的电话，说是妹妹已经出家，并且断然离婚，没有给自己留任何退路，就此遁入空门。

尽管从信仰的角度，我完全能理解她的个人选择，但事实上，当这种事情落到身边家人身上时，还是让人无法接受。妹妹和我同一年出生，正处于人生和家庭压力最大的阶段——妹夫工作繁忙，外甥女刚上高一，她婆婆年事已高，自己的父母也是八十高龄的老人。妹妹突然做出出家的决定，让全家人如坠冰窖。丈夫为了说服她还俗，连夜请假从广州赶到武汉，又从武汉赶往庵里，但妹妹终究不为所动，一直到婆婆去世，我也未能在葬礼上见上妹妹一面。直到现在，那个热爱世俗生活的妹妹为何突然放弃红尘，始终是萦绕在亲人心头的不解之谜（我只是偶尔听妹妹讲起她丈夫家复杂的情况,讲起公公对她的冷暴力,讲起懦弱胆小的婆婆对她的依赖,无助时总是抱着她哭),但既然她做出了决绝的选择,家人也没有任何办法。妹妹一走,直接影响到的就是外甥女,外甥女原本内向的性格变得更为孤僻,仅仅念到高一,她就迫于舆论压力,草草休学。

想起2006年春节一家人的团聚,外甥女跟随其他的表哥、表姐,在田野里采地菜时快乐地疯跑,脑后的红色蝴蝶结摇曳生姿,一副活蹦乱跳的模样。那时,她是所有孩子中唯一在大城市出生、集万千宠爱于一身的小公主,没想到七年以后,妈妈执意出家的决定,竟然让她变成最可怜的孩子。除此以外,受到伤害最深的就是婆婆,婆婆因为怎么也想不明白女儿出家一事,只要家里有人来,她就开始念叨,原本硬朗的身体从此一蹶不振,在摔了一跤中风后,一直卧床不起,死前也未能见到小女儿一面。公公(继父)更是变得木讷,妹妹是他唯一的亲生女儿,女儿的出家也让他彻底失去了最重要的情感寄托,终日在村子里漫无目的地荡来荡去,很难看到往日发自内心的欢颜。

四姐夫的破产,妹妹的出家,直接碾碎了两个家庭的希望,也波及其他兄妹。尤其是哥哥一家,原本经济基础就相当脆弱,在五六年的劳务费泡汤后,更是毫无根基。自此以后,全家兄妹再也没有像2006年春节那样,有过真正的欢聚。以前还有妹妹帮着分担家庭的重任,妹妹一走,我们就不得不承担更多。

除此以外,隐匿于家庭暗处的悲伤随处可见,每次回到婆婆家,在和哥哥、嫂子或者大姐的聊天中,我总能听到一些让人压抑的事情。2013年年底,侄子和本县一女孩网恋后闪电结婚,哥哥、嫂子极为高兴。但女孩嫁过来后，总是和嫂子闹别扭，性格也极其怪异，后来大家才得知，她的家境也极为不幸。听说女孩的妈妈生下她之后，被乡政府捉去结扎，回来后就神志不清，彻底丧失了劳动能力，根本没有办法照顾孩子，而且还有暴力倾向，不但打人，还总是将身穿的衣服撕破。这种情况长期没有好转，无奈之下，只得将她关在一间房子里。谁都知道这种惨剧和结扎有关，但没有任何人有力量去揭开惨剧的真相，而是任由命运的安排以最残忍的方式作用到一个普通的农家。我曾经问过侄媳妇："有没有到乡政府反映情况？"她一脸的茫然，并未意识到一次失责的结扎手术对她的生活造成了多深的伤害。只说小时候从来就没有人抱，都是在房中爬大的。我一直念叨向她打听更多情况，看能否帮他们维权，没想到前一阵得知，她妈妈已经在疯病中去世，才四十多岁。

平心而论，哥哥、嫂子一家都是最普通的农民，也是最老实、本分的农民，他们对生活没有任何奢望，也从来没有想到通过别的途径去获取额外的资本。他们能做到的就是本本分分劳动，过一点安生日子。而在农村，像哥哥一家这样的情况非常普遍：守在乡村，没有任何收入来源；外出打工，却有可能连工资都拿不回。但全家的基本开销，诸如孩子念书、成家，房子的修缮和更新，老人生病、善后，一样都不能少。尽管农村免除了农业税，近几年也推行了合作医疗，但和水涨船高的支出比起来，这些措施实在是杯水车薪。可以说，财富和希望并没有多少途径流向他们，但社会不良的触角，诸如拖欠工程款、信仰危机所导致的价值观混乱、基层执行计划生育的粗暴和失责，却总是要伸向这些普通的农家，种种无声的悲剧最后总是通过各种渠道渗透到他们的日常生存，唯有认命，才能平复内心的波澜和伤痕。

看不到前景的家庭命运

2015年7月11日，卧床将近一年的婆婆去世，走完了她八十六年的艰难人生。在忙乱、悲伤、空落中给婆婆办好丧事，我突然感到维系整个家庭最牢固的纽带轰然断裂。尽管和婆婆在一起居住的日子并不多，但她的慈祥、宽厚还是让我感到一个老人的亲切和温暖，我们两人之间丝毫没有婆媳相处的尴尬和芥蒂（我对她的感情认同更像对自己的外婆）。我每次回家，她都极为开心，对年幼的孙子尤其喜爱。孩子刚出生，她便买了很多糖果招待村里乡亲，总是将我们定期寄回的照片分给村里老人看。婆婆最大的心愿，就是儿子能当官，最好当大官。在她眼中，再也没有什么比家中拥有当官的子女更能改变家族的命运了。儿子、媳妇空戴两顶博士帽，甚至比不上一个乡镇干部或赚钱的包工头更能解决家庭其他成员的实际难处。

老人卑微的心愿更让我感受到她一生当中所遭遇的痛苦、屈辱，还有望不到边、无穷无尽生存的折磨和厄运。我知道，像丈夫这种农村家庭出身，通过念书得以改变命运，最后在城里找到一个安居之所的人并不少见，他们身后因为共同的家庭负重和压力，在精神面目、阶层气质上甚至具有某种共同的特征，以致在各类社交媒体中，被城里或者家境优于配偶的女人冠以"凤凰男"的群体标签，并被当作不能轻易下嫁的目标进行讨伐。我丝毫不否认，作为个体的选择，与这种男人的结合确实意味着要面对更多，但这种来自社会单一舆论的道德优势，还是使我感受到这个标签背后的歧视、无奈和漠然，以及城乡二元结构给农民造成的不可逆转的生存劣势是怎样通过代际传递一直作用到婚恋层面，从而导致不可排解的矛盾。可以说，尽管农村出身的读书人通过个人努力得以改变身份，但只要和出生的家庭还存在各种血肉关联，那份深入骨髓的卑微、渺小和人格上的屈辱感，就会渗透进生活的方方面面。逃出泥坑的幸运者尚且如此，留在故地的坚守者又怎么可能有更好的命运？

事实就是如此，冷静下来想想，哥哥一家确实看不到太好的前景。

首先，代际的贫穷已经开始轮回。在体力最好的时候，哥哥、嫂子当年丢下孩子外出打工；现在侄子、侄女长大成人，结婚生子后，随着生存的压力变为现实，也不可避免地重复父辈的命运，踏上下一轮的打工生涯；哥哥、嫂子像当年公公、婆婆一样，要承担起照看孙子的重任。2013年年底，侄子结婚以后，为偿还债务，过完年就离开新婚妻子，随村里外出打工的队伍，成为泥水匠中的一员。运气好时，一年能够攒下一万多元；运气不好，或者多换几个工地，一年的节余，可能只够买一张回家的火车票。毕竟，和父辈比较起来，侄子不可能像他们那样严苛节约。二十出头，和城里的年轻人一样，他迷恋各类智能手机和一些时尚的行头，光是这一笔开销，就足够家里开支半年。他也曾经考虑在附近的镇上找个事做，或者开个店，但不是成本太高，就是没有过硬的技术，始终难以做成。客观而言，农村自身的生产已经难以形成良性循环，更多时候，获取基本的家庭开销，还是不得不以肢解完整的家庭结构为代价。这样，结婚、生子、外出打工、制造留守儿童，就成了事实上的轮回。对哥哥而言，新的挑战在于，他老了以后，甚至会面临老无所养的境地。毕竟他的子女，没有一人得以通过读书改变命运，而他在半生的劳作中，也仅仅只是维持了一种最简单的生存，并没有给自己留下半点养老的资本。贫穷和贫穷的传递，已经成为这个家庭的宿命。

其次，留守儿童的后果开始显现。侄子、侄女作为第一代留守儿童，已经长大成人。侄女通过网恋，十九岁那年就结婚了，二十岁就生了孩子，丈夫是本乡男孩，比她还小一岁。尽管已身为人母，但侄女根本就没有做好心理准备，更感受不到母亲身份沉甸甸的重任。怀孕期间，她依旧继续以前的生活方式，手机更是二十四小时不离身，床头柜前堆满了方便面盒子和饮料瓶。孩子生下来后，甚至连棉纱的尿布，她都不知道在哪儿买。暑假回家，看到她带着一岁不到的女儿，大热天里，就让小女儿光着大半个身子，一身的泥巴和脏污也不管。我提醒她应该给孩子准备一点棉纱尿布，她开始一脸茫然，随后便很开心地告诉我，女儿几个月大时，就开始吃冰棒，拉了几天肚子后，现在不管吃什么都没关系。事实上，她女儿一直不明原因地高烧不退。和城里刚做母亲的女性那种普遍的谨慎、细致比较起来，侄女的无知、粗糙着实让我吃惊不小。她原本就是一个孩子，一个二十岁就做了母亲的孩子，爱玩的天性和母亲沉重的责任在她身上，显得尴尬而又刺眼。我叫她买两本书看看，或者上网时顺便看看育儿专栏的内容，她青春勃发的脸庞再一次转向我，"我明年就出去了，带伢是奶奶的事情"。

侄子的情况也好不到哪里去，他妻子因为自小没有母亲的滋养和教导，也不懂得怎样对待小孩，儿子一哭闹，她就将几个月大的孩子丢在床上，要么不理不睬，要么大喊大叫，很难有平和的情绪，更不要提一个理智、成熟的母亲应该具有的淡定。加上侄子终年在外打工，婆媳两个人朝夕相处，难免因为家庭琐事磕磕碰碰，因此，也难以有好的心态对待刚出生的孩子。

不得不承认，和哥哥一代被逼外出的心态不同，侄子、侄女外出打工的心态已经发生了很大改变。相对贫穷固然是其选择外出打工的理由，但对于年轻而又过早当妈妈的女子而言，很多时候，外出打工是她们逃避养育孩子的最好借口。在她们的思维和情感发育中，养育孩子的繁琐让她们苦不堪言，而过早外出给年幼孩子带来的伤害，根本就没有进入她们的视线。留守儿童缺爱的童年，让他们从小难以学习如何去爱，当他们长大到为人父母时，这种爱的缺失，并不会随身份的改变，有如神助般地得到弥补。爱的荒芜的代际传递，才是真正让人担忧之处。对比城市普通家庭孩子获得的关爱和良好教育，不可否认，另一种看不见的差距，已经将城乡分野的鸿沟越拉越深。

另一方面，多年在外打工的经历，已在侄子、侄女辈的价值观念中，根深蒂固地植入了当下的消费理念。不论是穿衣打扮、结婚置业，还是日常起居，其风向标已经和城市孩子没有差异。尽管侄子婚前没有赚到过什么钱，但他换智能手机的速度远远超出我们的想象。侄子的结婚典礼，甚至还请了乐队、车队，更不要说农村流行的金饰三大件（项链、耳环、手圈），其所营造的气氛，和城里任何一个高档酒楼举办的婚礼没有本质上的差异，唯一的不同，就是婚礼上新人的家庭背景，都是并不富有的农家。面对如此场景，他们几乎没有任何抵抗的余地。婚礼的排场，婚礼给女孩的彩礼和装备，在他们彼此暗淡的一生中，几乎就是仅有的一次出彩机会。而为此排场背下的债务，顺理成章成为一个新家庭的沉重起点。

再次，传统乡村结构已经失去内在坚韧纽结，经济的脆弱加速了乡风乡俗的凋零。以养老为例，尽管几千年来，养儿防老一直是农民最为坚定的信念，但这一朴实愿望，在严酷的生存现实面前受到了极大挑战。贺雪峰团队曾提到湖北农村老人自杀的现象非常严重，"笔者所在研究中心调研表明，两湖平原（洞庭湖平原和江汉平原）及其周边地区，是一个自杀率极高的地区，尤其是老年人自杀率，已经远远高于正常自杀水平。"[1]陈柏峰在《代际关系变动与老年人自杀——对湖北京山农村的实证研究》一文中，再次强调了这一事实，"老年人高自杀率、高自杀比重，以及自杀率、自杀比重的高速增长，这都是不争的事实。这种事实的残酷性令人震惊"[2]。若不是亲眼所见，亲耳所闻，几乎很难相信这么残酷的情况如此普遍。

在婆婆生重病期间，不时有村里乡亲过来看望聊天，他们不时提到，村里老人得了病，大多拖着，能得到及时救治的情况很少（嫂子因为每天细心护理婆婆，及时帮她翻身、换药，得到了村里人一致好评，成为全村媳妇的典范）；如果得了绝症，一般就是等死，有些老人不愿拖累子女，大多会选择自行了断；有些不孝的儿

---

[1] 贺雪峰、郭俊霞：《试论农村自杀的类型与逻辑》，《华中科技大学学报（社会科学版）》2012年第4期，总第116期。
[2] 陈柏峰：《代际关系变动与老年人自杀——对湖北京山农村的实证研究》，《社会学研究》2009年第4期。

女实在无法忍受这种长期的折磨，也会选择逐渐减少给丧失自理能力病人的食物，最后让老人活活饿死。

以底层文学著称的作家陈应松，在其小说《母亲》中，以冷静、严苛的目光直视这种生存的真相，并对此做了入木三分的描述。在阅读这部作品时，我眼前总是浮现那些老人的身影，感受到他们面临生命终点之时的坦然和冷静。生命在他们眼中，并不具有特别珍贵的意义：活着，是卑微而麻木地活着，能够感受到的幸福纯粹来自生命的本能和惯性；死去，也是理所当然地死去，在一个日渐寂寥而没落的村庄，这种无声的悲剧并不会引发人们心中太多的波澜。悲苦农民与生俱来天聋地哑的悲剧命运，难以从根本、整体上得到改变，多年经济发展的光鲜，除了让他们吃饱饭，并没有让其享受到与国家整体实力相当的体面和尊严。大城市的光鲜、城市有钱人的奢靡、成功人士高大上的生活，和同一片土地上农村的悲惨处境，无法产生太多关联。

最后，农村面临资本的侵蚀，虎视眈眈的社会游资，已经盯上了农村最后的资源——土地。表面上农村土地私有化仅仅停留在讨论阶段，但在实际情况中，问题却并不乐观。丈夫所在的村子在丘陵地带，风景算不上太好——只有几个并不太高的小土包，一条蜿蜒流过的小河，为全村的农田提供基本灌溉。但近两年，不知哪里来的人，将村子里的土地圈起了一大块，河流也被迫改道，流入私挖的池塘里面，他们模仿经济发达地区的度假村模式，修建了一些与村庄不搭调的亭台楼榭和供城里人享乐的房子。事实上，因为周边旅游资源匮乏，并没有多少游客带动村庄经济，倒是河流的改道已经直接影响到农田的灌溉。农田被占，最后到底会导致什么后果，现在根本无法预料，而村民对此也漠不关心。对侄子、侄女一辈的孩子而言，反正种田已不可能给他们提供出路，农田被装扮成度假区的模样，反而能给他们一种心理幻觉。

若不是和丈夫结婚，作为家庭中的一员，亲身经历各类无法逃脱的日常琐事，目睹各种让人无语的真相，旁观者几乎很难体验到一个普通的农民家庭，在具体的生存和抗争中，到底要面临多少先天的劣势；他们的实际生活，和整个社会发展的大势，到底要断裂到何种程度。种种真实的痛楚总是让我追问：造成这个家庭天聋地哑困境的问题到底出在哪个环节？

回馈乡村，又何以可能？

回馈乡村，何以可能？

平心而论，尽管进入理性分析，哥哥一家的前景充斥着灰暗和绝望，但每次回乡，哥哥、嫂子的精神状态还是让人放心、宽慰。尽管手头总是缺钱，哥哥也患有疾病，但他们的精神状态比我们要愉快很多，哥哥从不失眠，嫂子也从不唉声叹气。哪怕是婆婆卧床最艰难的阶段，嫂子还是毫无愠色地去干该干的一切，家里丝毫没有病人危重的压抑、郁闷。他们越是活得坦然而毫无欲望，越是对个人命定的困境毫无感知，越是对生活没有过多的奢望，我就越感到这种命定的生存是多么残酷，感叹这个世界为什么总有人要占有如此之多。如何回馈家庭，对跳过龙门的家庭成员而言，几乎成为一种天然的情感选择。

冷静下来想想，关于对乡村的回馈，哪怕在国家经济实力如此强大的今天，多年以来，农村的家庭模式大多仍停留在家庭成员之间的互助层面。我父母辈如此，到我这一辈还是如此，这一点，我的感受实在是刻骨铭心。我想起我的父母，半生以来，仅仅因为爸爸是一个乡村教师，有一份公职，妈妈又能干，所以家境比别人稍稍好点，也因此不得不承担无止境地帮助亲人的重任，几十年中，几乎有大半的精力都用来应对亲人的求助。妈妈对自己大半辈子人生的总结就是"帮忙的没一个，麻烦的一大堆"，简单的一句，实在是她几十年来面对两边穷亲戚所发出的真实感慨。我童年的整个印象，不是爸爸的同母异父哥哥，坐在家里不动、不拿到钱绝不出门的身影；就是妻子早逝的叔叔，一有事情就来找爸爸的理所当然；要不就是多病的细舅那腼腆却又坚决的求助；更有爸爸同父异母的姐姐，我的大姑，过一段时间就会定期来娘家诉苦……这些亲人善良、淳朴，也有温情（大姑临终前，知道爸爸去看她，还挣扎着要去抓她养的母鸡，好让他带回去给小孩吃），他们并非要故意麻烦亲人或占取便宜，实在是生活在农村的艰难处境，让他们一碰到麻烦几乎就找不到别的出路，唯有向家里情况好点的兄妹求救。

父辈的命运如此，几十年后，尽管改革开放的大旗已经招展几十年，国家的财富已获得巨额增长，亲人中间也不存在温饱还有问题的成员，但随着新的困窘状况的出现，我和丈夫所面临的情况和我的父母并无二致。

摩罗在《我是农民的儿子》[1]一文中，曾经感叹，"所有的农民

---

1 摩罗：《我是农民的儿子》，《天涯》2004年第6期。

都本能地希望通过儿子进城改变家族的命运,可是所有这些努力都不过是复制电影上流行的'你撤退,我掩护'的故事模式,留下来作为后盾的不堪一击,固然难免一死,逃脱者面对亲人的沦陷更加无能为力,也只能痛不欲生地仰天长号"。作为一个农民家庭的儿媳,我身处其中,实在能体会到这种痛楚中的无奈。

  我的丈夫和任何一个通过求学改变命运的农村孩子一样,在城市的生活从来就不以追求享受为前提,甚至用在他身上的正常开销,在他看来都是一种负罪。与生俱来的家庭阴影深深渗透到他的日常生活中,他不抽烟,不喝酒,也没有多少交际,更谈不上有什么特别的嗜好,唯一的兴趣就是看书,过一种在别人看来寡淡无味的简单生活。他性格沉默,不爱多言,他愈是沉默,我就愈能感受到过去家庭施加给他的痛苦和压抑的深重。他像一条运气很好的鱼,通过自己的努力,终于游出了这个令人绝望的家庭,但这种逃脱的幸运并不能给他带来发自内心的快乐。他的原生家庭就像一个长长的阴影,只要还有家庭成员处于不幸和痛苦中,逃脱的个体就不可能坦然享受生活本该具有的轻松、愉悦。一种血肉相连的痛楚,总是无法让他对有着共同成长记忆的亲兄妹的困境视而不见。尽管自己也是"房奴""孩奴",但他从来都觉得回报原生家庭是义不容辞的责任,更何况,家中老父老母的日常起居事实上也是留守家园的兄妹照顾更多。因此,家里任何人经济上求助于他,除了默默接受,他从来就没有任何回绝的念头。结婚多年以来,在捉襟见肘的经济状况中,我也时时因为丈夫背后的庞大家庭,感到沉重的压力,有时甚至有一种深不见底的绝望感,但相比经济的困窘,更让人难受的还是情感的折磨。我难以回避一个基本事实:如果连我们都不去管他,连他最亲的人对他所遭受的痛苦都能视而不见,那还会有谁对哥哥、嫂子一家伸出援手?

反观自身,作为逃出乡村在城市立足的人,同样面临各种实实在在的困境。杨庆祥在《"80后",怎么办?》一文中,认真剖析了"80后"中逃脱农村、在城市打拼的知识精英一代面临的深刻困境:对"70后"而言,尽管情况没有如此惨烈,但实际上他们也只是抓住了房价失控之初及时当上"房奴"的幸运稻草;当中年困境如期来临时,他们面对的生存、事业压力从来就没有减轻半点,能给家里的帮助,也无非是从有限的工资中省出一部分开销,如此微薄之力,到底又能在多大程度上改变家庭的命运?

我由此想到这样一个群体:通过个人努力,进入城市,得以改变命运,并拥有相应权力,在现实诱惑下,最终走上贪腐之路。我想到,对一个从小物质匮乏到极致的人而言,很可能在拥有机会以后滋长出更为膨胀的欲望。

事实就是如此,逃出来的家庭成员,若无法通过个人力量改变家族命运,那么,此生便几乎永无可能再做出改变。我在村子里,常常看到一栋栋废弃的房子,一打听,这一般都是举家搬往城里,并且再也不可能回到乡村生活的家庭。我出生的湖南老家,也有一位通过参军得以改变命运的军官,利用各种关系将两边兄妹的子女全部调出去,甚至把二十七岁初中都未毕业的小舅子调到了部队当兵,转业后再通过关系把他安排到政府部门。与他们相比,我和丈夫实在是为家庭贡献最小的人。我们几乎没有任何契机和资源可以从根本上改变亲人的命运,甚至大外甥女大学毕业,连给她找个好工作都帮不上太多忙。正因为意识到权力的重要,婆婆生前最大的遗憾就是他的儿子没有当官,她老人家凭借想象,将博士的头衔兑换为看得见的官职,却不知道这个群体的实际生存境况。无力帮助亲人的内疚,越发让我感受到农村家庭难以改变自身命运的结构性困境。

既然家庭成员之间的互助,无法达到帮助弱势成员过上更好生活的程度,改变留守乡村哥哥一家的命运,从国家和政府层面而言,最好的途径自然是通过教育。而摆在面前的事实是,乡村的教育资源已经凋零到让人无法直视的程度,侄子和侄女在条件极为简陋的乡村中学,不是胡乱混到毕业,就是连初中都没有办法坚持念完。丈夫曾历数过和他同龄的读书人,在村里上过大学的就不下七八个,但到侄子、侄女辈,如果父母不早早将子女送往县城或孝感市的初中,连高中都很难考上。即使农村的教育条件能够和城市媲美,留守儿童的先天缺失,父母素质的差异,都让他们在起点就处于了无可挽回的劣势。社会的结构性差距已经在这个家庭体现,对哥哥、嫂子、侄子、侄女,以及他们的孩子而言,通过念书,社会再也不可能为他们提供如丈夫一般改变命定人生的机会,逃脱乡村、跻身城市的简单而朴素的愿望,在下一代的身上终将如海市蜃楼一般缥缈。如果不从根本上促进一种更为持续的发展,和我们曾经同呼吸、共命运的亲人,必将在撕裂的社会较量中,被彻底抛入尘埃中生存,无从反抗,也毫无声息。

最后,我想说:尽管对于底层的书写,我一直心生警惕,但刻骨铭心的感受,还是让我担心这个世界的声音将变得无比悦耳。当像哥哥这种家庭的孩子、孙子,很难得到发声的机会时,关于这个家庭的叙述也不容易进入公共视野，那么，关于他们卑微的悲伤，既失去了在场者经验的见证性，也可能丧失了历史化的可能。而我今天所写下的一切，不过以一个亲历者的见闻，以一个农民儿媳的身份，记载我与他们之间偶遇的亲人缘分。

丰三村远景

村庄里的路

2006年春节全家福

二 我的婆婆和继父

《乡村图景》一文完成后,我发现隐藏于文本暗处的细节经由情绪的冲撞总是跳出来,以前被刻意屏蔽掉的感性片段,尽管因为命定的偶然性,在一种历史性的叙述中承受了被忽视的命运,但细想,当对一个家庭的叙述,在不经意的传播中被人们聚焦后,隐匿的部分同样获得了表述的合法性。当时代裹胁无数个体,一同驶向不确定的未来时,卑微的个体也在种种不确定性中,获得了超越性的表达意义。

家事即国事,个体即全部,细节承载真相。还原语境,一方面是为了冰释读者从逻辑层面对原文的质疑;另一方面,也是为了凸显平凡个体,在卑微生存中的艰难挣扎。我无法从意义层面来界定亲人生存的价值,但大多数中国农民都如我的亲人一样,在生儿育女、柴米油盐、生老病死的细枝末节中推进人生,他们模糊的面孔,构成了大地上坚实而又脆弱的庞大群体。下面的文字,可以看作对《乡村图景》打的补丁,我依然保持对自身介入者身份的警惕,由于儿媳身份注定我无法参与全部的家庭历史,我只能用所感所知的片段,来构筑一个普通农家的运转逻辑和历史合理性。

丈夫的家位于湖北省孝感市孝昌县丰山镇丰三村，典型的中国中部地区丘陵地带的村庄。整体看来，村庄人多地少、房屋稠密，风景也极为平常。丈夫的家经过三次搬迁、重建，最后在村子的一角安定下来。1998年，在姐姐和丈夫的支援下，哥哥花了几万块钱，将摇摇欲坠的泥砖老屋拆掉了一半，建了现在两层的楼房，同时加固了两间老屋，以备急用。房子的东边是村里一大片菜地和荒地，其他三面则被不同的邻居紧紧包围，居住空间逼仄、粗陋，无法承载任何关于乡村的浪漫想象。后来哥哥告诉我，和他们童年的印象比较起来，现在村里已是面目全非。以前围绕村庄的是一条小河，小河的水极为清冽，孩子们经常在河里玩耍。村子里的房屋规划也极为规整，沿着村子中央的道路一字排开，道路两旁是非常大的老树。当时人多，一到吃饭的时候，隔壁邻居就会集中到一棵树下面吃饭，边吃边聊，感觉非常热闹。现在，那一排房子已经消失，大树也被砍掉，村中央则被一个人工的池塘替代，丈夫家的祖屋只留下一个门楼，杂草环绕中依稀可见。

在哥哥的讲述中，从前的村庄明显带着集体时代的气息，无法摆脱的贫穷，依然是他心中挥之不去的梦魇。今天的村庄，从外表看，也还算光鲜，遗憾的是，因为人多地少，房子稠密，加之缺乏统一规划，建筑的布局显得杂乱无章。但不管怎样，村庄孕育和滋养了丈夫一家。在丈夫读书离开村庄以前，这个普通的村庄是其生命的根系，也是婆婆一生的居留之地。

我作为一个外省女子，名义上嫁到这一地图上根本就找不到影子的村庄，但因为常年在外地工作，并未有长时间生活于此的经历，事实上，我也说不上和村庄建立起深切的情感联系。但对婆婆、公公（继父）而言，这个普通的地方却是他们生命的重要源泉。就像我每次回家，只要在村里待上十天以上，就会感觉无聊、无趣，恨不得早一天离开一样，婆婆每次去广州，还不到一个星期，也会找各种各样的理由，吵着、嚷着要回到她熟悉的村庄。同样的一片土地，对我而言，只是联系亲人的一个场域，对婆婆而言，却是深入骨髓、沉淀到生命深处的神圣家园。

婆婆最后的日子

2015年7月10日深夜，丈夫守在婆婆的身边，我因为暑假还没开始，留在广州，一方面要应付学校期末来临的诸多杂事，另一方面要照顾尚未放假的孩子。老人的每一天都如此难熬，她已经二十多天粒米未进，生命完全靠一点点水分维持。尽管知道婆婆这次可能难以熬过生命的极限，我还是希望老人家能够多熬些日子，只要再过几天，我就可以彻底处理好单位的事情，带着孩子回到家里，好好送老人最后一程。

丈夫和哥哥、大姐、四姐此刻就守在婆婆身边。晚上9点47分，丈夫发来短信，"妈昨天开始出现危险，不知道能不能挺过今晚"。我知道丈夫的性格，短信让我意识到了婆婆病情的严重。7月11日凌晨刚过，我发短信询问情况，问他是否休息，依旧是短短的几个字，"没有，在守。妈在弥留之际"。我心头沉下去，远隔千里都能感知到家里的气息。一边是熟睡的孩子，就在我的身边；一边是弥留之际的婆婆，兄妹几人正在远方守候。一种从未有过的慌乱，让我意识到一个老人在我生命中的位置。疲劳和不安同时侵袭我，但悲痛还没有弥散到我内心，我仍在期待奇迹的出现，我相信老人可以熬过这一关，愿意等待我们几天。

7月11日0点25分，丈夫发来短信"妈已脱离苦海，天地岑寂。活着的好自珍重！"我的眼泪再也忍不住，一阵钝痛袭来。不安得到印证后，排山倒海的悲伤还是将我击倒。丈夫说得没错，离去对婆婆而言，确实是脱离苦海，这不是一个儿子的理智，而是一个儿子对自己母亲苦难一生的体悟和祝愿。"天地岑寂"的深夜，我可以感知丈夫内心的沉重和无法肆意表达的悲痛。尽管理智告诉我，与其让婆婆活在世间受苦，还不如早日归于尘土，但一想到回家以后，再也不可能看到那双温暖、期待的眼睛，意识到身边熟睡的孩子悄然之间已没有了奶奶，我怎么也控制不住泪水。丈夫发来短信，仿佛知道我难以把控情绪，"这里的风俗是八小时不能哭，让老人安心地走"。

紧张地订票，将手头的一切事情抛开，用最快的交通工具缩短回程的距离。天一亮，我就带着孩子直奔高铁站。奔丧的急切和情绪的沉痛，让我第一次感觉回家的路程漫长、遥远。跌跌撞撞往家走，远远就看到一片人影在忙乱，还没到家门口，丈夫就送来了长长的孝带和早已备好的孝服。作为媳妇，我和哥哥、嫂子一样，戴的是重孝。因为在外地工作，平时我很少意识到自己和家人之间的真实关系，但婆婆的离世，让我猛然意识到在传统的家庭结构中，我作为媳妇身份的确定性——脖子上长长的孝带、身上洁白的孝服，脚上穿的白鞋子……第一次让我真切感受到婚姻不是两个人的事情，也让我发现多年来对丈夫家庭的接纳和理解，与我骨子里潜藏着对于媳妇身份的正视和接受密不可分。

哥哥、嫂子依然像平常迎接我们回家一样，脸上挂着安心的表情。我紧张又不安地来到婆婆身边，发现老人再也不是躺在床上，离上次分别仅仅十几天，婆婆这次是没有任何生命气息地躺在冰棺里。灵堂真实的氛围让我意识到老人的离去，我无论如何忍不住自己的泪水……在亲人的关切中，我发现因为自己身份的特殊，竟然连自然的悲伤流露都让他们手足无措。围观的乡邻在等待一个远道而来的儿媳，用程式化的哭泣表达对一个老人生存价值的确认。我从表象的热闹中，感知到的却是一种骨子里的千疮百孔。婆婆离世的悲凉场景，以另一种方式接通了我生命中完全属于另一个世界的经验：我在广州的繁华中，尽管也有诸多艰难和无奈，但无论如何，日常面对的人、事、物和婆婆身边的日常没有任何关联。我的真实生活被知识的围剿、体制的顺服、看得见的利益、对城市习以为常的适应，还有内心渴求成功的愿望所包围，而这一切，和婆婆离世的真实场景，构成了触目惊心的对比，这种强烈的反差和冲撞，让我意识到时空的虚幻、城乡的真切分离……恍惚间，我甚至无法分清，到底哪个是自己的真实生命。

这一次，城市虚构、漂浮的生活让我感受到生命的底色终究和婆婆不可分离。我的泪水不仅为离世的婆婆而流，更为一个家庭即将分崩离析的命运，为必须继续生活于此的亲人无法摆脱的卑微和无力而流。葬礼的喧嚣和潦草，不过是中国无数偏僻的乡村，用一种惯性的程序向一个生命告别。悄无声息地来，刻骨铭心的苦，再悄无声息地归于尘土和大地，这就是婆婆的一生。

对一个普通的农家而言，失去亲人的悲伤已经让位于处理婆婆的丧事。仅仅一天，我便知道，我感性的悲伤在亲人的忙乱面前是多么不合时宜。婆婆因为是高龄离世，加上生前得到了子女很好的照顾，在村人看来，是喜丧，而不是一件悲伤的事情。事情的真相是，如何跟上时代的步伐，跟上村里其他老人丧事的规格，才是我们这些做子女要干的正事。丈夫通过哥哥早就打听到了婆婆后事的费用，最节俭的做法，也需要七万元左右。十天前，我们便已商量好婆婆后事所需的费用：大姐答应出一万元，尽到一个长女的责任；我们答应出五万元；哥哥已经从镇上的店里，赊回来一万多元的物品，包括鞭炮、香烟、饮料酒水、毛巾等等。四姐依然拿不出钱，但婆婆病重期间，她冒着被乡邻讨要工钱的风险坚持照顾老人，和嫂子一起分担繁杂的家务，极大地缓解了家中照顾常年卧床病人时人手紧张的困难。四姐的孝心感动了家里的兄妹，也因为照顾婆婆，四姐得以和家人较长时间相处，在点点滴滴的交流中，我们才得以知道，多年来四姐一家在北京生活的诸多艰难细节。姊妹之间的情感交流，彻底消除了多年前因为欠薪所生的芥蒂，相依为命的手足之情慢慢回到亲人内心，这种情感的修复，应该算得上是婆婆病重期间的额外收获。丧事期间的酒席由侄女婿负责，这个二十出头的小伙子，在炎热的天气，包揽下几百人两天的伙食，为家里省下了不少开支。哥哥找风水先生看过日子，婆婆在家只能停留两天，到第三天，2015年7月13日，先按照政府的规定火化，然后按土葬的风俗将老人的骨灰安放在山上。

我完全像一个客人和旁观者，哥哥、嫂子哪怕在如此忙乱的日子，依旧不让我插手任何具体的杂事，哪怕是端茶倒水的事情也不让我干，完全把我当作一个客人，仿佛我能出现在丧事现场，就是对他们最大的情感支持。我只得见缝插针地搞卫生，收拾一下凌乱不堪的桌椅板凳，或是帮侄儿照顾一下尚在襁褓中的孩子。更多的时候，当人流散去、喧嚣的屋子稍稍安静时，我会来到婆婆身边，默默看看老人。婆婆生前的房间杂乱无章，残缺、狭小的木质窗户，晦暗不平的泥巴地板，斑驳开裂的墙壁，布满蛛网的混乱电线，将老屋破败的景象暴露无遗。婆婆原本并不住在老屋，只因为1998年重修的房子里没有一个房间可以摆下两张床，而婆婆晚上必须有人陪护，为了方便照顾老人，最后只得搬回稍稍宽敞的旧房间。

老屋的破败，恰如苍老的婆婆被生活榨尽的一生，呈现出不堪和潦草的本相。即便在得到了善终的情况下，婆婆负重的一生，也不过如此草草收场。凄凉的场域，愈发让我看清农村外在光鲜改观背后触目的内在肌理，并深切感受到婆婆一生的无力和艰难。对婆婆而言，生命如此脆弱、渺小，但生活还必须担当、忍耐，一任时光之手将血肉之躯推到再也不可能支撑的那天。

我突然意识到，葬礼一结束，婆婆就会彻底离开家，留存于世上的印迹，也只是孩子们对她的怀念。除了子女，这个世界没有人知道老人曾在这片土地上，度过如此艰难而惊心动魄的一生。与文字较量的意愿，就在此刻从我心头升起，对一个普通生命的叙述，让我感受到神圣的意义和庄重的担当。对一个以书写为生的人而言，笔下的文字如果不能关联到身边母亲一样的生命，这样的书写是否流露出隐秘的背叛和虚伪？

现在想来，写作《乡村图景》最原始的冲动，正源于婆婆生命最后的时光对我的情感洗礼。我不认为婆婆一生所遭受的厄运和痛苦，只是一种命定的安排。她以一个女性的存在，凸显了个体与时代对抗过程中的妥协和无奈。婆婆一生遭遇过极度的贫困，无穷无尽的生育折磨，中年丧夫所致的婚姻挫折，女儿的病逝、自尽和出家，数次孙辈的早夭……我以一个女性的直觉，在还原这些人生遭遇时，无论如何都无法想象，这一切在婆婆一生中所施加的心灵伤害到底达到了怎样深重的程度。

我想起儿子最后探望奶奶的时候，以开玩笑的口吻告诉我，奶奶从昏迷中醒过来后，说得最多的话，就是给子女们分钱。她产生了幻觉，希望自己有很多钱，能够解决子女面临的实际问题。"奶奶说，给我们一百万，让我们去还房贷，给大伯八十万，给振声哥哥结婚，给四姑姑八十万，让四姑去还账。奶奶给我们的最多！"儿子八岁的心智还无法理解老人胡话中间的沉重意味，我却从婆婆昏迷时的妄语中感知到了她对子女的不舍和牵挂。终其一生，这个普通的老人从未过上衣食无忧的生活，半生的辛劳，拖着一串孩子，生活给予她的最刻骨铭心的记忆就是对贫穷的恐惧，她的不安全感和对生活的期待，终究还是在临终的潜意识中，以一种荒诞、真实的形式呈现出来。

在丈夫对于家庭的记忆中，他最深刻的感受和婆婆一样，就是对于贫穷的恐惧。我终于能够理解，2004年5月14日，丈夫在偶然读到我文章后给我的邮件：

在我的感受中，中国农民真正的苦难是天聋地哑的，他们的存在本身就意味着苦难。正像许多作家说的，他们是苦难活生生的标本，他们的苦难源于出身，只要无法摆脱农民的身份，他们就无法摆脱苦难。所以他们的苦难是派定的，与生俱来的，活着

第一章 嫁入丰三村　　49

就是苦难。他们的苦不必像余华、鬼子写的，要用那么多的死亡、卖血、犯罪等悲剧事件去填充，好像没有这些悲剧性的事件，这些人的生之悲苦就不复存在。其实一个农民的苦就在他们生而为人，并以人的生命形态活着的每一天中。他们哪一天的柴米油盐、劳作忙碌、送往迎来、生老病死不被苦痛和忧戚充斥？极度的贫困使他们只能紧贴着地面卑微地生活，他们生在现代社会却被排斥在现代文明之外。

我至今还记得看到这段文字时内心的触动和震撼。后来才得知，尽管丈夫所学的专业是风花雪月的文学，但他对文学的理解，始终没有离开生活给予他的积郁和启迪。

在婆婆丧事期间，我在和大姐、四姐的聊天中，进一步了解到这个家庭的贫穷和艰难，获得了更多家庭过往的细节和真相。大姐提到，因为兄妹多，为了帮助娘家渡过难关，多一个劳力挣工分，她自愿留在家中，迟迟不肯出嫁。直到哥哥能独立撑起门户，才在将近三十岁的时候嫁到夫家，以致错过最佳生育年龄，年过六十，尚有求学的幼子，生活一直劳累不堪。直到今天，大姐始终葆有一个长女的风范，尽管自身负担很重，还是力所能及地帮助娘家。四姐还记得小时候全家挨饿，她被婆婆派去找邻居借米最后无功而返时的失落和伤心。在丈夫的记忆里，饥饿始终是他挥之不去的阴影，以致婚后在根本没有衣食之忧的情况下，对粮食的浪费依然会带给他深深的耻感。

但整个葬礼期间，对我震动最大的事情，莫过于三姐的"出场"。在婆婆生前的房间，我发现了一张黑白照片，向丈夫打听，他没有多言，去问四姐，她告诉我那是三姐，还说，相片之所以放在床头，是因为婆婆临终前的日子，每天都要看三姐的照片。我之前从未听丈夫提起过他的三姐，内心曾经为他们兄妹间的称呼疑惑，怎么有大姐、二姐、四姐，唯独缺了三姐？但想到哥哥的排行，以为这是一个家庭的称呼习惯，加上每次回家并没有太多的机会聊起往事，所以也没有深究。我从来就没有想到，在丈夫的家庭中，确实存在一个我从未谋面的三姐。

从大姐、四姐的回忆中，我竭力还原三姐的形象。倔强、清秀的三姐呈现于我眼前的所有印迹，只是一张年代久远的黑白照片——长长的辫子垂于双肩，双目冷静地看着前方，面容极为秀气，但紧闭的嘴唇传达出一种坚定和执拗。她的装扮和气质让我明显感受到80年代的气息，后来得知，三姐在二十出头的时候死于非命。她性格倔强、张扬，不满家庭的贫穷和无望，并不像别的孩子一样循规蹈矩，总喜欢和外面的同龄人一起疯玩，在被继父毒打一顿，深感爱情和前途的无望后，三姐平静地选择了自尽。三姐重新被家人提起，让我彻底理清了这个家庭的逻辑，也进一步感受到丈夫一家的善良和厚道；多年的疑惑被解开，我终于理解了丈夫对继父的怨恨和恐惧。

在80年代的中国农村，我经常听到年轻女子早早结束生命的传言，她们悲惨的命运，大多因为青春激情主导下的爱情选择，与传统价值观念的冲撞。但我从来没有想到在丈夫家庭中，也曾经发生过这样的悲剧。随着岁月的流逝，一切伤心的往事仿佛已被时间之手抹平，但越是走进家庭的深处，越是能感知到隐匿于家庭的悲伤随处可见。我知道，只要人的记忆尚存，在某一特定时刻，那些离场的亲人就会重现，恰如在婆婆的葬礼上，我和从未谋面的三姐会通过照片，穿越时空，获得一种命运的观照和交汇。四姐一直遗憾三姐的选择，总认为整个家庭中，她敢闯敢干的性格最有可能改变家族的命运。我事后问起丈夫，是否对当时的场景还有记忆，他虽然不愿提及太多的细节，但坦言三姐的悲剧对年少的他影响深远，他至今都清清楚楚地记得她离世的细节。也许，在丈夫漫长的成长岁月中，他经历、见识了一个贫寒农家太多的痛苦，这所有的一切让他沉默、逃避，潜藏于书本的世界，成为他人生突围的唯一通道。对一个出生就没有享受到父爱的孩子而言，成长于一个破败的家庭，其内心必然伴随了很多我无法感知的痛苦和秘密。

　　三姐的出场，再一次激发了我描绘这个家庭的冲动。探究其背后隐秘的愿望和对自身介入者身份的警惕，成为我真实的纠结心态。婆婆的葬礼，曝光了整个家庭的历史底片，在亲人难得团聚时不设防的倾诉中，丈夫的生命历史逐渐清晰，而隐藏其背后的家庭形象，也逐渐显示出粗粝的肌理。我想到婆婆过世之初，村里提供丧葬服务的邻居和嫂子交涉，说是婆婆有一个儿子是博士，在繁华的广州城工作，应该利用这个机会好好热闹一下，要求哥哥答应他们，让他们好好唱闹几天。嫂子很严肃地告诉邻居，"七个子女，死了两个，出家了一个，这种场景，看着就伤心"。邻居将此话听到了心里，婆婆的丧事并没有如村人想象中极尽铺张和热闹。嫂子的言语，再一次让我正视过往岁月给亲人带去的悲痛，也让我感受到亲人的艰难挣扎和顽强韧劲。

　　2015年7月13日凌晨五点，按照风俗，全家人很早起床，送婆婆最后一程。在没有推行火葬以前，农村人直接土葬，省掉了火葬的环节。在强制推行火葬后，村人的丧事并未从简，而是增加了一个更为繁琐的程序，也增加了火葬环节带来的费用。尽管丧事的忙乱，让家人在临时的团聚中淡化了悲伤，但到了婆婆必须离家的那一刻，兄妹们的情绪还是难以控制。尤其是哥哥，我第一次看到他失声痛哭，在婆婆棺前显出老态的身躯让人心酸。所有的亲人都跟随到了火葬场，送婆婆最后一程。

县级的火葬场已经承包给个人，承包者一副老板的派头，几乎任何一个环节，都要和痛失亲人的家属讨价还价，无论是骨灰盒，还是烧灰用的炉子，都有不同的价码，火葬环节至少需要6000元。相比痛失亲人的愁绪，这种无谓的琐事，更让人平添一份莫名的愤怒。然而，面对至亲的离世，悲伤中，谁也没有心思去据理力争。一种任人宰割的卑微和无助，哪怕在这样的时刻，也让人无法感到一种单纯的悲伤。婆婆终究还是离开了她念念不忘的孩子，回到了另一个世界，回到了父亲、二姐和三姐身边。我们目睹这一切，切实感受到婆婆的肉体离开了人世。我们不愿在火葬场多待一秒，只愿赶紧将婆婆的骨灰收拾好，让她回到村庄，真正安息。

婆婆回来了，婆婆回到了她生活大半辈子的村庄。婆婆的落地，确认了我和这片土地的情感牵连。生前，是婆婆的牵挂让我们一次次回去；死后，是婆婆的守护让我们记住生命的来路。这个普通如尘埃般的家庭，所有的喜怒哀乐、日常生存没有任何特别之处。对陌生的他者而言，追溯这个家庭的来路，很难被赋予实在的价值，但对于因着婚姻的缘分进入这个家庭的我而言，对夫家命运的审视和梳理，却具有异乎寻常的价值。

我知道，婆婆，是家庭底片的灵魂。

作为暗礁存在的继父

在对丈夫一家进行叙述时，尽管继父是家人潜意识里不愿碰触的一个伤口，但无论如何，对这个家庭的叙述，避不开这个暗礁般的存在。这个身影的出现，加重了丈夫一家的情感阴影，隐喻了一个普通农家无法摆脱的厄运。

哥哥出生于1963年，六岁那年，亲生父亲因病离世；弟弟（我的丈夫）尚在母腹中，一落地就没有看到过亲生父亲。父亲死于家族遗传病，拿哥哥的话说，"这个病说严重就严重，说不严重就不严重，1999年，四十出头的二姐也死于这种病。父亲去世时，留下六个孩子，大姐十三岁，身体尚未发育完全，就到处修水利。父亲去世早，家里姊妹多，生活实在太艰难，上面三个姐姐都没怎么上学。母亲拖着六个孩子生活过得相当艰难，有一段时间还得过精神病，持续了两年，后来不知道怎样慢慢好了"。这是我第一次从哥哥口中，得知更多的细节。

关于继父怎样进入的家庭，哥哥也曾有过简单的叙述，"那个时候是拿工分，工分少，连饭都吃不饱。母亲还年轻，才四十出头，在别人的撮合下，就找到了现在的继父。当时的想法就是找个身强力壮的劳力，帮着分担一下体力活。一个女人拖着一串未成年的孩子，日子实在过不下去。继父到家里来的具体情形，我记不太清楚了，我只记得自己小小年纪到处找活干，帮着分担家务。让人没想到的是，继父并不会干农活，在生产队里面，别人拿十分，他从来没有拿过十分，最多只能拿九分。他以前在京广线上跑火车，不知道犯了什么事情，被遣送回来。他脾气暴躁，不但没能和母亲将一个家庭的重担挑起来，反而让我们更加造孽[1]"。

在哥哥的回忆中，和继父相处的最深印象就是挨打，"我们和继父相处不好，都是在棍棒下成长的，他脾气暴躁，动不动就打人。状况很糟糕，我母亲管不了他。别看现在脾气好了很多，年轻的时候，他性情太坏，动不动就打人，不但打男孩子，女孩子也是一样，兄妹七人中，因为二姐忠厚老实，性格懦弱，说话很少，就只有她没有被打过。我们打不过他，只能一打就跑"。哥哥永远不明白继父的脑子到底在想什么，"他这个人，你不知道他是怎么想的，小孩犯了一点小错，他二话不说，脾气一上来，就重手重脚地开打。有一次，他打刚（丈夫的昵称）的时候，摸到了一条扁担，我怕扁担打着弟弟，就冲过去顶了一下，结果扁担落在了我身上。最小的妹妹，自己的亲生女儿，他也打，只是比我们打得少一点。小时候谁都恨他，但更怕他"。

继父的冷酷和暴躁脾气，在嫂子的嘴里同样得到了印证。在婆婆病重的日子，和嫂子聊起家事，她最大的委屈也是来自继父，"农闲的时候，他表现还正常，家里忙起来，尤其是农忙的时候，只要一句话不对劲，他就将家里吵翻天，一睡就是十几天，不干活。有一次，他将家里两摞很高的碗，都甩到屋子前面的水沟里，

---

[1] 造孽：方言，遭罪的意思。

全部摔破了。说实话,根据他以前的所作所为,我们不养他是说得过去的,但我们不可能不养他。我记得结婚第二年,我们家的田里刚刚下了肥,一个邻居和我说,要从田里过水,我是新媳妇,认为过就过呗,刚嫁过来的,也不好意思不让邻居过水。吃过饭,老头知道邻居从田里过水,就说我不该答应,就开始在家里吵啊,闹啊,还在家里喝农药。他什么丑事都干过。他喝药,自己没有中毒,一瓶农药从我的身上淋下来,将我弄得中了毒,见事情闹大了,他到处跑,吓我们。我们也害怕他出事,到处找,谁都知道他是故意寻死觅活,故意为难家人"。

在和亲戚及子女的相处中,继父更是显露出与常人的不同。嫂子提到,继父为人不好,得罪了很多亲戚、朋友,以前还有一些亲友会经常来往,但他们得知继父的为人后,都逐渐疏远了,连一些很亲的人也不常走动。"前几年,你还不认识刚的时候,汉口的老表,姨妈的儿子,大年三十回来看老娘,为了招待老表,三十晚上我们请他玩牌。老头见我们没有让他上场,就将桌子掀翻了。大家扫兴,决定不玩了,可不玩还不行,老头坚持一定要玩,就开始瞎吵闹。那时候他才六十多岁,劲大得很,他拽着老表一顿猛转,将老表从我家弄到邻居家,又从邻居家撵到我家,完全像疯子一样,此后,那个老表再也没有来过我家。""还有一年,四姨的女婿,正月十四来拜年,也是因为玩牌,老头趁哥哥不注意,将两个很大的开水瓶甩到哥哥头上,当时就肿了起来,起了两个大水泡。"

面对继父对家庭的伤害,嫂子毫不掩饰内心的矛盾,"想起以前的事情,我们完全可以不管他,但不管他也不行,他也蛮可怜,没有一个人愿意管他。他以前的脾气就是暴躁,为人就是歹毒。凭良心说，凭他以前在家里为非作歹，我硬是不想养他，但想到他和老娘过了一辈子，我们不养他，也说不过去，心里很矛盾。老娘在的时候，我还和老娘说过，要是不结这个伴，我们也不会这么造孽。事实上，老娘一辈子就是后悔这个事情，但栽上了，也只能认命。他这个人，又可怜，又可恨。我结婚快三十年了，就和婆婆讲过两次口[1]，但和老头，不知道讲过多少次。我不理他，他还要和我吵。我躲开他，他追到我身后，动不动就凶到我面前来，总是牵着我讲口，还指着我的鼻子骂，甚至动手打人，你说，他哪像个爹爹？更让我担心的是，他在家喜欢摔东西，尤其喜欢摔开水瓶，那个时候，女儿才两岁多，我要到外面干活，整天提心吊胆。说起来，因为他，家里人不知遭了多少罪"。

对出嫁的姐妹和外出工作的子女而言，离开家庭，意味着可以逃避继父的折磨，但对嫂子而言，嫁给哥哥，却意味着婚后的生活必须天天和继父见面。在琐碎、细密、贫穷的日常生活中，继父怪异的脾气和生硬的为人，显然给嫂子带来了极大的心灵伤害，以致每次提及他，厚道的嫂子都情绪激动，毫不掩饰对继父的怨恨，"要讲他的过，那真是说不完。他不是一般的不对劲！从我嫁过来第二年，他就说他要死，死到今年都没有死，我还巴不得他早死。这是我的真话，我不会藏着掖着。这么多年，我心里就是不乐意伺候他，还真不是我不讲孝心，我心里堵得慌。他如果像一般的老人，心疼后人，哪个会将他看轻呢？他在外面，总是说我对他不好，不拿他当一家人，我也不在乎，村里、湾里的人，谁都知道他的为人"。

---

1 讲口：方言，口角的意思。

除了脾气暴躁，继父真正让家人心寒的地方是内心冷酷，不知道体谅他人、心疼后人。哥哥外出打工后，嫂子一个人扛起了家里、家外的活，不但要带孩子，还要种田作地。她个子矮小，力气不大，田地里的担子功夫对她是一种折磨。她始终记得有一次在很深的水田里，挑不起一担秧苗，尝试了几次，秧担陷在水中，还是纹丝不动。继父站在田埂上，不但不来帮忙，还嘲笑她没用。更过分的是，农忙时节，嫂子抽空做饭，他嫌饭食粗陋，不和家人一起吃，要另外开小灶。哥哥外出后，因为嫂子实在无力承担田里的活儿，家人不得不将田地承包给别人种。

继父耳聋了很久，到我认识他的时候，他已经完全没有办法和别人交流。我还记得和丈夫认识后，他迟疑了很长时间，才下定决心和我郑重谈起家里的情况，他没有强调贫穷，而是强调继父不正常的性格和为人。他不愿我知道继父太多的事情，但又担心我到他们家后，发现继父的真实为人，产生心理落差。我甚至怀疑，丈夫迟迟不找对象，很可能与继父给他带来的心理阴影有关。

当然，给整个家庭带来直接危害的，是继父生性好赌的恶习。他是防不胜防的内盗，对一个经济脆弱、贫寒的家庭而言，他真是雪上加霜的噩梦。直到今天，哥哥依然记得1987年他结婚时，继父偷偷将家里的稻种拿去卖了，"他将我们的稻种，我们来年留的种子偷出去卖了，到第二年，我们要下秧的时候，一看没种子，愁死人了，只得去我老婆娘家借种子"。更多时候，继父是偷偷将家里的米、油这些日用品拿去卖，哥哥对此一脸无奈，"从我记事起，他就将家里各种东西偷去卖。你没有吃的了，他还要偷，偷出去玩牌。我母亲和他争吵，也是因为这些，他好像觉得这根本不是他的家"。嫂子婚后因为主要负责张罗一家老小的日常起居，待在家中的时间比哥哥还长，对继父打牌的恶习更是深恶痛绝，"你们每次要回来了，他就做榜样，扫地、烧开水、去菜园料理，在家里表现得很好。你们不回来，要他做点事，就很难。他就是会做这些迷窍[1]。他比你哥哥强，他就是会搞迷窍！"。

直到此时，我才明白，为什么以前回来的时候，村里的邻居不让我给他钱，说给了钱，他就摸牌去了。嫂子还提到，去年冬天，我们给他买的棉袄，从来就没有看到他穿过，也不知道放在哪儿，可能是打牌输掉了。"他一般不在本村打，晚上不睡觉，专门到别的村子打。他一年也有一千多块的零花钱。你们给，四姐给，他三两天打牌就玩完了。一输光，就回来扯皮，你越多给钱，他就越扯皮。没有钱输了，就卖油、卖米，什么都卖。不瞒你说，我每次外出，都必须将后头的门锁起来，不让他进厨房。不防不行，一家人要吃要喝。我前年捡的棉花，留着纺棉絮的，放在楼上，他将棉花藏在装空调的纸箱里，准备拿去卖钱。后来我发现了，问婆婆，怎么箱子里面放了两包棉花，婆婆还不相信，我就拿下来给婆婆看，婆婆才相信。过两天，他又将棉花偷去，藏在他自己的房间。"

因为平时和嫂子很少聊家里的事，对于继父的所作所为确实不太清楚，在我印象中，至少我们每次回来，他的行为还算正常，好像还挺勤快。因为耳背，多了一份木讷，继父面相看起来也早已没有了年轻时的暴戾，加上长相和我过世的外公有点相像，从一开

---

[1] 迷窍：孝感方言，耍心眼，装模作样。

始，我对他甚至有一些莫名的亲切。但相处久了，就能发现他性格的反常之处。我印象最深的事情，就是第一次去丈夫家过年，临走的那个晚上，继父突然跑到河边，扬言要跳河。全家忙作一团，因为我第一次去他家而刻意营造的小心翼翼的氛围，被彻底破坏，丈夫顶着寒风跑到河边找了很久，劝了半天，最后给了他一笔钱，才算将他哄回了家。妹妹还没有出家以前，有一次回家，四姐恰好也回来了，继父故伎重演，也是扬言要跳楼。嫂子讲起这件事，依然气愤不已，"现在你也应该知道老头的为人了。前几年红伢还没有出家的时候，他也是在家里要钱，说是要跳楼。四姐从北京回来，吓不过，红伢就说，这是假装的，莫信他，叫四姐别出去。他一大早去店里买了一挂鞭炮，就跑到我们楼上去。红伢将四姐拉住，叫她不要上去。我们躲在窗户边，知道他不会跳，不过装装样子。他无非想利用红伢在家里，通过威胁得到更多的钱去打牌"。

　　但这所有的伤害，都比不过继父的毒打直接导致倔强的三姐喝药自尽。这是家庭最深的悲伤，哪怕在今天，当哥哥嫂嫂讲起对继父的抱怨时，依然不愿触及太多。婆婆临终之前，对三姐的思念和不舍，可以看出一个母亲无力保护女儿的伤痛和内疚。我能够感受到，对婆婆和兄妹而言，继父就是一座暗礁。风雨飘摇中的家庭原本以为找到了一个依靠，却不知在命运的戏弄下靠近了一处凶险。当我走进这个家庭的时候，一切早已风平浪静，兄妹之间很默契地在我面前对继父保持缄默。在常年的艰难处境中，他们唯一自保的办法就是逃避，这一点在丈夫的性格中非常明显，我甚至怀疑他读书并非为了成就自我，而是为了摆脱噩梦般存在的继父。对于继父给整个家庭施加的痛苦，他们找不到摆脱的办法。我曾经问过哥哥，婆婆为什么不选择离婚？哥哥没有回答，只是无奈地摇头。也许，对弱小的一家人而言，面对一个有暴力倾向的男人，忍耐是家人自保的现实办法。我再一次意识到，知识给予我对生活的解释逻辑，在面对现实问题时，是多么无力和可笑。在波澜不惊的生活表象下面，继父出现在这个家庭，不过是命运的安排，除了接受，也不可能有别的选择。更何况，婆婆和继父结婚后，还生了妹妹，再怎么样，继父是妹妹的亲生父亲，就冲这一点，接纳继父，也是命定的选择。

但我知道，抛开对继父的情感判断，客观去审视他的个体命运，这中间还有大块的空白。对他而言，时光的存在是一种真实的断裂，在他的个人历史中，因为隔断了和过去的关系，突然被命运之手抛回村庄，这本身就是一个悲剧的开端。他一生都没有理顺自己的情绪，一生都没有做好接纳一个贫困家庭的心理准备，一生都没有意识到只有付出和爱，才能和重组的家庭融为一体。他的出现和婆婆破碎的家庭本身就是一个错位，他的暴躁和情感的粗疏，对于一个期待滋养的家庭而言，实在是一种绝望。继父留下了很多未解之谜，诸如他当初从单位被遣送回来，到底出于什么原因？他和自己的父母、亲人没有任何来往，到底是出于性格的冷酷，还是有其他不得已的原因？他对婆婆，到底是一种怎样的感情？这些具体的情况，我无法通过旁人，也无法通过和他的交流获得。在某些方面，继父依然保留了曾经身为公职人员的清高。他懂得一点文墨，这从他给孙子取名杨振声、孙女取名杨时春可以看出来；同时，他写得一手好字，在他居住的老屋，到处都是他从镇上买回来的红纸、墨水和毛笔。一到过年，他就停下沉迷的摸牌，抓紧时间写对联，红艳艳地铺满一地，到赶集的日子，他很早就起来，将对联拿到镇上的集市去卖,在别人的夸赞和惊异中收获内心的满足。更多时候,他将对联送给过年的邻居,家里的猪圈都被他贴满了祝福。忘掉他对家庭的伤害,隔断和以前日子的关联,继父在我眼中,更像一个偏执古怪、内心封闭、怀才不遇的乡间读书人。我当然知道,我留有这种印象,正因为我并未彻底渗透进这个家庭的空隙。我不愿对他有更多的猜测,对继父的判断,我相信严丝密缝的日子中,老实本分的哥哥、嫂子的叙述,更为可靠。

今年春节回家,在喧闹的人群中,继父几次找到我,要我告诉他出家的妹妹的联系电话和地址,说是要去找她。妹妹是他唯一的亲生女儿,也是他与这个世界唯一的真实关联。

我没有妹妹的任何消息。

继父依旧在村里游荡,苍老的身影,伴随落寞的余光。

妹妹的出家,再一次将他置于一个被隔断的世界。

婆婆

继父

第一章 嫁入丰三村

三　兄弟姐妹的生存轨迹

在对婆婆、继父的一生做了简单勾勒后，我感觉若要厘清这个家庭几十年的来龙去脉，还原丈夫兄弟姐妹的生存轨迹，是必不可少的环节。丈夫姊妹七人，最大的姐姐生于1953年，下面依次为二姐、三姐、哥哥、四姐、丈夫和妹妹。妹妹生于1974年，是七姊妹中继父唯一的孩子。丈夫1990年考上大学后，自此离开家乡，为了早日分担家庭压力，1994年大学毕业后就职于柳州师专，在此期间，大部分工资都用于帮助家里建房子、给二姐治病。1998年，他重返校园念硕士，2001年毕业后，在桂林工作了两年，2003年，考入中山大学念博士。多年来，他和任何一个农村学子一样，尽管天性喜欢读书，但因为必须兼顾家庭，只得辗转于不同的城市，边工作边寻找深造的机会，直到2006年博士毕业，才得以在广州安定下来。

七姊妹中，大姐出嫁后，生育了六个孩子；二姐出嫁后，生育了两个孩子，1999年，二姐因病去世；三姐在1984年因为家庭纠纷自尽，尚未出嫁；四姐1988年嫁给邻村的四姐夫，生育三个女孩；最小的妹妹，1998年嫁到武汉，生育一个女孩，2013年出家。和任何一个大家庭一样，兄弟姐妹的生存轨迹深深打上了时代的烙印。下面的文字，将重点讲述哥哥、嫂子，以及四个姐姐的日常生存。

延续家庭运转的哥哥嫂子

和中国任何一个普通的农民家庭一样，在父母老去、姐妹们相继嫁人后，作为男性的家庭成员一旦结婚，就意味着要担负起延续千百年来家庭运转的使命，在代际的轮回中，直到下一代成人，才算完成了人生任务。对哥哥而言，因为丈夫外出读书，彻底离开了家乡，这从形式上隔断了丈夫和家庭日常生存的密切关联，在社会身份上，丈夫和其他家庭成员也拉开了距离，维系他们的纽带，只有情感上的牵连和艰难岁月中的共同记忆。立起杨家门户的责任，实际上就落到了留守家中的哥哥、嫂子身上。

哥哥到现在还能回忆起童年的一些往事。在漫长岁月中，他和弟弟的交流，显然比其他姊妹要多。很长一段时间，因为家里住房紧张，哥哥和丈夫兄弟两个，单独住在早已破旧不堪的老房子里，其时丈夫才五六岁，哥哥也不过十二三岁。因为年龄太小，不懂事，加上肚子饿，兄弟俩日常的愿望就是弄到一点吃的，偷瓜果、挖红薯的事情都干过，哥哥到现在还自嘲当年"到处害人"。随着年岁的增长，哥哥不得不承担起长子的责任，很小的时候就必须干很多农活，放学回来，"就扯猪草，到处扯猪草，家里要喂猪"。尽管如此，日子依旧过得非常艰难，能否吃饱，始终是一家人最大的事情。四姐的回忆印证了小时候饿饭的噩梦，"妈妈曾经说起，我两岁时，有一次饿晕过去了，邻居听到消息过来一看，马上从家里拿出一升米借给妈妈，让她熬了一点粥赶紧喂给我，我这才慢慢缓过来，留下了一条命"。

由于家境太过艰难，哥哥很早辍了学，十六岁不到就开始学剃头，从1979年起，走村串巷给村民理发，一个人一年才支付一块五，很多人最后甚至不给钱，后来一年的收入算起来大约有五六百元，很多钱根本收不回来。因为收入实在太低，在四姐夫的劝说下，1993年，作为最后一个留守村中的劳力，哥哥抛弃了十四年的理发营生，跟随姐夫外出打工，开始了在北京长达十八年的漂泊生活。走村串户地理发，尽管收入微薄，但还是极大地缓解了家庭的经济压力。哥哥提到，现在留存的土坯房，就是靠他当年理发累积起来的一百五十元，才得以开工。凭借微薄的家底，哥哥从此扛起了家庭重担，开始了一个农民艰辛的建房史：找舅舅借木料、借瓦，自己动手，终于搭建起几间土房，极大改善了家人的住房条件。

二十岁那年，通过别人介绍，哥哥和嫂子定了亲。嫂子家人来婆家看过后，没有嫌弃哥哥的贫穷。但因为娘家要留嫂子在家干活，以增加劳力，在哥哥再三要求下，直到定亲四年后的1987年，嫂子才嫁过来。哥哥到现在还记得当年婚礼的场景，"当时兴用轿子，但我没有用轿子，用的大卡车"。结婚第二年，他们就有了第一个孩子，男孩，养到一个多月，不知什么原因，第二天起来就没了，估计是冬天被子太厚，窒息而亡，"要是那个孩子在的话，今年都二十八岁了"。时光久远，哥哥的言语中依然难掩悲伤。两年后，1990年，嫂子生了振声，得以再次拥有一个男孩；但在振声之后，又失去了一个女儿，也是一个多月时夭折的；1993年，生下女儿时春。在哥哥看来，两个孩子的早夭，主要是偷生娘娘在作梗，也正因为这样，他对振声和时春极为宠溺，早年痛失幼子的伤心，让他难以理智地教育孩子。概而言之，相比分田到户之前的极度贫穷，随着兄妹的长大成人，物质极度贫乏的状况得到了改善，日子比起以前，已经好过了很多。

一家人命运的起色出现在1990年，这一年，丈夫考上大学。相比兄妹因为生活艰难，没有条件念书的无奈，丈夫的处境显然要幸运很多。等到他长大时，家里已摆脱赤贫状态，情况稍稍好转，加上他成绩一直很好，在送他读书这件事上，全家人都达成默契大力支持，并期待以此作为改变家庭命运的起点。在整个80年代和90年代初期，考上中专或者大学，是农村人实现阶层流动的最佳通道，他们对读书寄寓着宗教般的执着和热望。但事实上，和那个年代穷人家的孩子一样，丈夫在学校的生活极为艰难。在哥哥印象中，自1984年上初中后，家里就再也没有人送他去过学校，也没有人去学校看过他，家人对他在学校的情况一无所知。因为离家远，丈夫初中念的是寄宿，周三、周六才能回家拿菜、米去学校度日。所谓的菜，无非是常见的腌菜，只有一点盐味，根本没有多少营养，装在瓷瓶子里，哪怕长了霉，也必须吃，否则就只能吃一点光米饭。

嫂子对丈夫最初的印象，来自她嫁给哥哥时，作为夫家重要成员的新郎弟弟寒酸的打扮，"他读书的时候，蛮造孽。我记得他参加我们婚礼的时候，他穿的裤子，前面是一样布做的，后面又是一样布做的，两种不一样的布做一条裤子，颜色都不同。尽管他已经大了，也懂事了，但家里没钱，没有办法给他添置体面的衣服"。

值得庆幸的是，80年代的城乡差距并不如今天显著，加上当时重点高中的主要生源都是来自农村的优秀学生，就算家境贫寒，求学的孩子心理也不会太过压抑。有些孩子，因为成绩出众，贫寒的家境倒为他们的人生平添了一份励志意味，我1989年上高中，仅仅比丈夫晚两年，对此深有感触。哥哥后来告诉我，丈夫上高中后，成绩一直名列前茅，高二那年，学校本想让他跳级去参加高考，但班主任不同意，1990年参加高考时，他发挥失常，并没有如老师预期那样考到顶尖名校，但也上了重点大学的分数线。在填志愿时，丈夫原本想选择中南政法学院，但因为家境贫寒，和很多农村孩子一样，最后选择了华中师范大学。

和丈夫结婚后，我们经常在一起交流当年念书的情景，尤其是高中和高考，更成为我们日常讨论的话题。丈夫曾多次提到，之所以在高三时感到力不从心，主要原因是营养跟不上。学业压力大，脑力劳动强度高，但伙食实在太差，就算在高三的特殊阶段，依旧只能像平时那样吃腌菜，只能维持最低的伙食标准。一天到晚总想睡觉，感觉没有精神。常年的营养匮乏，对一个青春期的男孩而言，在关键时刻，确实会成为他人生冲刺阶段的实际阻力。丈夫的处境，总是让我想起高中阶段，我的一些家庭困难的同学的遭遇。我记得每次吃饭，一些家境稍好的孩子，总是能理直气壮地排队买饭，而经济困难的孩子，总是磨磨蹭蹭来到食堂，就着剩菜吃几口馒头和剩饭。当年班主任的妻子在食堂负责分菜，她宅心仁厚，总是会偷偷给我们多加一点。现在看来，当时一个月六十元的生活费（米饭五分钱一两，素菜两毛钱一份，荤菜五毛钱一份），实在算不上太高，一天两块钱，足以维持基本生存。但我知道，宿舍那个姓湛的女孩，一个学期家里仅仅给了她八十元，每个月伙食费二十元都不到，盖的棉被又黑又硬，没有垫絮，垫和盖就那一床。我想丈夫在高中的生活，应该就类似于我身边这些同学，但不管怎样，熬过最艰难的三年，通过高考，他还是彻底改变了自己的命运，也给家里带来了转机，成为村里第一个大学生。直到今天，哥哥讲起当年得知弟弟考上大学的消息时，依然难掩激动和兴奋，"他考上的时候，我们正在后面收稻子，他把我结婚时买的录音机提到外面去了，听到上了分数线的消息时，他高兴极了，将手上的镰刀扔得很高，跳起来，说：'我考取了。'我说：'你回家回家，洗了上学校去呗'"。

1990年代的中国，对一个农民家庭而言，通过读书走出农村，是所有家长深藏心底的信念，不要说考上大学，就是考上中专、大专，都意味着身份的彻底改变，意味着世代为农局面的终结，意味着进入体制，获得和农民截然不同的干部身份，在城乡二元对立的结构中，从天平的一头走到另一头。丈夫考上大学后，哥哥卖掉家里的两头猪，凑齐了学费和生活费，欢喜地让弟弟来到武汉，开始了另一种人生。尽管两头猪的价格是一大笔钱，但发自内心的高兴让整个家庭扬眉吐气。从上大学的第二年开始，丈夫通过家教和勤工俭学，完全能够养活自己，不再依赖家庭的资助和付出。1994年，大学毕业后，丈夫分配到广西柳州师专，成为一名大学老师，当时每月收入七百多元，从此开始回馈家庭。

1993年，随着家庭成员的增多，哥哥理发的收入已不足以维持整个家庭的开支，在第二个孩子出生前，他听从妹夫的劝告，来到北京，从此开始了长达十八年的打工生涯。关于这一段经历，我和哥哥有过长聊：

1993年，女儿还没有出生，我就出去了。妹夫在北京干，老说我待在家里不行，太困难了。因为当时家里还得种田，有七八亩地，还得喂猪，嫂子在家，她干不过来，什么犁田她都不会，担子也挑不动。但后来实在过不下去，没钱，太困难了，于是听从妹夫建议就出去了。妹夫出去很早，那时村里外出打工的人也多起来，我算是最后一个。

我第一次去北京，在工地干的是体力活：拉沙子，拉水泥，拿锹推车，一年大概可以挣两千多元，感觉也挺满意。因为在家干活太累，落下了腰肌劳损，妹夫对我有些关照，到第二年，就没让我干太重的活，主要是在工地看看材料，帮着照管一下，相比家里的劳动强度，就相当于休整了一年，腰病也好了。到1997年，食堂没人做饭，我就在食堂里面干活，事情繁琐，说不上轻松。后来看到食堂始终缺人，就叫你嫂子别种田了，到北京来，和我一起，在食堂给工人做饭。一百多工人的饭，就我和你嫂子两个人做。每天早上，你嫂子很早起来蒸馒头、煮稀饭，我就上街买菜、切菜、蒸饭，后来工人发展到二百多人，还是我们两人在对付，真的挺忙。一般早上三四点起来，晚上忙到十点多。就说做馒头，一天得做三次，一次做两百个，感觉就是累。那几年，应该说，工地一直都挺顺利，尽管辛苦，但1998年以前的工钱，也都结清了，所以1998年建房子时，刚给我一万，大姐借了一万，我一次性拿到工钱，就开工建起了现在的楼房。

但从1998年开始，我每年就过年时能拿一点钱回家，其他的钱就压在妹夫那儿，以妹妹的说法，说是帮我存着，到用钱的时候，一次性给我。我算过，他差我十多万。那时候，妹夫的工地运转正常，我除了想装修房子，也没别的地方急着用钱，你说不给就不给呗，反正也没想到拿不回这笔钱。当时工地的情况确实很好，接的工程多，工人也多，多的时候，有二百多人，最少的时候，也有四五十人。那时，我压根就没有想到，有一天妹夫会还不上我的工钱。他的性格我知道，他宁愿欠着亲人的，也一定要先给别人工钱。我确切知道工钱拿不回来是在2008年，所以从2009年开始，在感觉工地情况不行后，就再也没有去了。

在问到是否催过妹夫时，哥哥依然一脸淡定，"他没钱，我也没要，我和他说，反正你有钱就给，你不给我也没办法。我以前也问过妹妹工钱的事情，但妹妹说，你别怕，他给你存着，存着就存着呗。后来，我就一直没找他要过，他没钱，你要也是白要，我想着我妹妹，怕她造孽。我想着，找她要，她也为难，她为难，也没钱给你"。就像我问他，当年婆婆为什么不和继父离婚一样，哥哥淡然一笑，没有回答。也许，在他的经验世界中，隐忍是他本能的选择，生活任何额外的馈赠，对他而言都是奢望。

当然，真正让哥哥、嫂子心痛的是，将近十年的工钱没拿回的代价，是将孩子留守家中，让他们荒废了。以嫂子的话说就是，"钱也没赚到，伢儿们也丢了"。嫂子跟随哥哥外出时，女儿才四五岁，儿子才七八岁，正是需要照顾的时候，但当时为了改善家庭经济状况，哥哥、嫂子还是狠心将孩子留在了老人身边，"孩子肯定不愿意我们离开家，我们走的时候，女儿哭了好几场。但到非走不可时，就给她一些钱，五块、十块的给她，将她哄着，哄住了，趁她不注意，就溜出了家门，搭车走了。一走就是一年，中间也不会回来，和家里的联系，就是一个星期或十天一次电话"。

事实上，留守老人身边的孩子，不可能得到很好的照顾，当时婆婆年龄已大，只能管孩子的基本生活，给他们做点饭吃，学习上的事，完全没有办法。哥哥事后回忆，"孩子在家跟着老人，老人能做的，也只能是做饭给他们吃，在农村都是这样。一开学，将学费交了，每天的生活就开始重复。上午上学去，中午放学，回来吃饭，吃完饭，下午又上学去，天天都这样。我们不在家，基本放弃了对他们学习的管教，孩子爱怎样就怎样。其实我还是很喜欢他们读书，有时回来，还和他们说，没文化，你上哪儿都不行。当然，最希望的是他们能像刚一样，好好读书，考上大学，但这些期待，顾不上啊。再说，现在不比以前，考上了大学，也不见得能找到工作，想想也不强求"。

哥哥怎么也没想到，结束十八年的打工生活，直接原因竟然是四姐夫的破产。等到他回到村里，孩子们已经长大，最小的女儿也已经十八岁。子女长大，老人老去的压力，一件件摆在眼前。

2009年回家以后，为了缓解生活压力，哥哥开始在附近村庄打散工，主要是在别人盖房子时提灰桶、运余泥，做一些小工。因为年龄大了，小工的重活还是感觉很吃力，"人多的时候，会轻松一点，人少的时候，确实感觉吃不消。每天干完这再干那，没有消停，早上七点上班，十一点半下班，下午十二点半上班，到五点半下班，一天固定一百元"。小工的活，都是熟人介绍，哥哥因为性格实在，愿意吃亏，别人信得过，找的人也还算多。几年来，让哥哥感到欣慰的是，2012年左右，两个孩子通过手机QQ、微信交友，各自找到了满意的对象。女儿出嫁后，在家人帮助下，及时帮儿子将媳妇娶回了家。侄子结婚时，尽管装修房子、买家具、付彩礼，也花了十多万，对这个毫无积蓄的家庭而言，经济压力非常大，但若按现在的标准，侄子的婚礼，花费倒也不算太多。以嫂子的话说就是，"尽管他们结婚算早，但话说回来，在外面多打两年工，钱会多存一点，但水涨船高，结婚的开销大了很多，压力反而更大。现在的姑娘，都要求男方买房买车，彩礼也贵，哪搞得起？"。我后来才得知，仅仅两三年工夫，农村的婚恋市场已经彻底改变，因为男女比例的失调和女孩子的外出打工，农村适龄男青年的结婚难问题，已成为显著的社会问题，而侄子刚好处于这一年龄段。面对"城里买房，买车，十万块的彩礼"成为婚姻的最低标配，对于经济状况糟糕的男方家庭而言，顺利结婚成为一个遥不可及的梦想。侄媳妇的哥哥比侄子还大，就因为家境太差，根本没有女孩子愿意上门。

尽管儿子结婚以后，哥哥背下了不少债务，但说到现在的生活，他发自内心地感到庆幸，"我对现状还挺满意的。到现在，有这样，挺知足的。我的能力不比别人强，但我的生活比上不足、比下有余。闺女嫁了，儿子结了，母亲也安顿了，就剩父亲一个，日子尽管过得也不宽裕，但有饭吃、有衣穿、有房住，也知足了。在我们那儿，有这样一句话，'吃萝卜，吃一条剥一条呗'"。

哥哥的淡泊虽然让他容易获得精神满足，但还是无法掩饰其日常生活的窘迫。2016年过年回家，在和嫂子的聊天中，我才知道，婆婆去世后，哥哥的生活遇到了不少麻烦。首先是婆婆丧事办完后，哥哥外出帮工，从墙上摔下来，腿部受伤，被迫在家里休息了两个多月。等到腿脚稍稍好转，在帮人架电过程中，又不小心触电，人烧成了黑炭样，头发、眉毛都被烧焦，唯一庆幸的是捡回了一条命。相比外出打工，在家里做小工，优势是工钱更有保障，毕竟都是熟人，结账一般是一个月一次，最多三个月算一次；不足之处是，打散工的薪水按日结算，受制于天气，比如下雨，就只能待在家里，并不能保证天天有事做，劳动时间难以保障。情况好的时候，一个月最多可以干十几天活，收入也就一千多元，家里的基本开销都保不住，手头依然非常拮据。这种情况下，哥哥、嫂子特别希望儿子和媳妇都能外出打工，"我和伢们说，这两年要出去，再不能待在家里了"。尽管孙子才一岁多，连话都不太会说，正是需要照顾的时候，但因为经济压力，侄子、侄媳妇还必须得出去。孩子延续父辈命运，孙子沦为新一代留守儿童，看起来已不可避免。

现在想来，婆婆在世时，哥哥、嫂子年龄再大，也因为有当儿子、儿媳的任务在肩，没有人将他们当老人看待，但婆婆一旦去世，哥哥、嫂嫂作为农民，步入晚年的真相就凸显出来。看到哥哥苍老的容颜和嫂子不再年轻的身影，想到他们和城里同龄人外表上的天壤之别，我切实感受到，生活对他们而言，更多是一种负重、忍耐和担当，根本说不上有太多的享受。我无法想象，在一家人没有重病、孩子教育开销也不大的情况下，哥哥、嫂子如此劳作，尚且无法获得基本的保障，若碰到大事，没有我们的经济支援，他们的生活会陷入怎样的境地？嫂子也因为我们对他们的帮助，一直心怀歉疚，"我心里有数，这么多年来，你们帮了不少，但各人有各人的家庭，你们在外面供房、养伢也不容易。我在湾里头，总是和别人说，我的弟妹还是通情达理，伢儿结婚找他们，老娘走了，也找他们。我们拿不出来，怎么办呢？要是我们混得好一点，就不用你们出这么多了"。嫂子从来不会想到，对整个家庭而言，尽管在大的事情上，好像每次都离不开我们的经济资助，但这些钱，也仅仅只能缓解他们基本的生存压力，根本不足以让他们过上体面、有尊严的生活。

在村庄现代性转型中，哥哥像所有普通农民一样，承受着时代带来的苦楚和欢欣，同时也像千百年来的农民一样，在艰难、平凡的生活中，维持着家庭的运转，延续着家族的使命。

嫁出去的姐妹

除了哥哥，丈夫还有四个姐姐，一个妹妹。

大姐出生于1953年，为了帮助家人挣工分，直到二十八岁才结婚，二十九岁生下第一个孩子，是个男孩，但不幸夭折。从此，生育便成为她嫁人后的噩梦，因为丈夫三代单传，重新生一个儿子，成为他们最大的隐痛和心愿。从1984年开始，在随后的八九年里，大姐生育了六个孩子：1984年，第一个女儿小敏出生；1986年，第二、第三个女儿蓓蓓、蕾蕾出生（双胞胎）；1988年，第四个女儿小果出生；1990年第五个女儿媛媛出生；1992年，儿子小招出生。家庭规模和大姐原生家庭差不多。尽管到80年代，计划生育政策在农村已经严格执行，但因为大姐夫在当地人缘较好，加上第一个孩子夭折、几代单传，当地计生部门收到罚款后，也就睁一只眼闭一只眼。大姐几个孩子，有一半念过大学，情况还算过得去。大女儿小敏读了大专，2008年毕业于我任教的大学，学的会计专业；第二、第三个女儿，小学毕业不久就外出打工，在不同的城市和工厂辗转、奔波；第四个女儿小学毕业就再也没有念书，十几岁就外出打工；第五个女儿媛媛在浙江读了大学，现留在温州工作；最小的儿子从武汉科技大学毕业后，留在学校继续读研究生。大姐和姐夫都是农民，姐夫的父亲曾是乡村教师，有一份退休金，姐夫在农活以外，经常去乡里的中学食堂做点事，以补贴家用。需要说明的是，在大姐的人生经历中，生育应该是她最重要的关键词，但因为一直没有机会和她多聊，我无法得知她对这件事情的看法。

二姐我从来没有见过，后来才得知，1999年，她因病去世，二姐夫独自带着两个尚未成年的孩子生活。二姐去世时，大儿子周唯十六岁，正在念高中；小女儿周婕十四岁，初中尚未毕业，已外出打工。后来，周唯考上黄冈师范学院，大四那年，在家人的共同鼓励、资助下（丈夫给他买了一台电脑），考上了石油专业的研究生，毕业以后去了新疆克拉玛依油田工作，在当地找了一名做生意的老乡，已经结婚生子。周婕初中毕业后，则开始了打工生涯，和父亲一起资助尚在念书的哥哥，哥哥考上大学后，她也嫁人了，生育了一个男孩。二姐夫养大孩子后，身体不太好，轻度中风，已无法外出打工，独自一人待在家里，没有依靠任何一个子女。

妹妹出生于1974年，是婆婆和继父唯一的孩子。长得很漂亮，人也很聪明，初中毕业以后，妹妹不想继续念书，便去武汉打工，在一家啤酒厂认识了妹夫，两人结婚后生育一个女儿，生活过得还不错。2013年，妹妹不知何故出家。

下面，我要重点说说三姐和四姐。尽管在前面的文字中，我曾提到三姐死于非命，但因为她的遭遇对整个家庭的结构和情感走向产生了很大影响，并且，在我童年的记忆中，类似三姐这样的女性也曾经出现在我的故乡，所以在兄妹这部分内容中，我依旧愿意为她留出一点篇幅。事实上，当我知道三姐死于非命的真相时，婆婆已经离世，作为最重要的见证人，我已不可能从她口中得到任何消息，丈夫因为当时年龄尚小，对整个事件的理解也有限，在聊起三姐的命运时，和她关系最为亲近的四姐提供了完整的叙述：

三姐比我大五岁，我哥比我大三岁。我和三姐最近，老和她在一起。当时大姐在生产队，是家庭的主要劳力，整天就是干活。三姐的性格特别烈，喜欢交朋友，当时因为家里穷，我妈不准我们上外面玩，不准我们交朋友，希望我们一放学就回来干活，将生产队里面分的稻草弄回来扎把子。三姐因为性子倔强，她就不干，她要去玩，她喜欢到每个村子转，到处去看露天电影。我很小的时候就和她睡一个房间。我们平时主要干活，各干各的，几岁就开始扯猪草喂猪，她对我还好，我们在一起不怎么聊天，也不谈论家里的状况，那会儿就干活。没有活干，她玩她的，我玩我的，生产队里有很多小朋友，她和她一班人玩，我和我一班人玩。

我妈在三姐读初三的时候，就给她提亲了，那时候她还很小，懵懵懂懂就同意了。她长大后，对亲事不愿意，不喜欢提亲的对象。我妈就和她说，已经跟你说了人家，不准和别人好。到二十二岁时，男方要操办婚事，她不愿意。在此之前，她很少和定下那门亲事的人来往，我感觉三姐不怎么理那个男孩，不喜欢他，但那个男孩对我三姐还是挺喜欢的，三姐不喜欢他，他也不松手。三姐和他提出过，也和我妈提出过，那个男孩不愿意解除婚约，妈妈也没有办法同意三姐的要求。家里当时也没有接受他们的彩礼，那个时候,我们那边基本上不要彩礼,没有彩礼这回事。主要是那个男孩喜欢她,而我妈又是老封建,觉得给你提了亲,你当时也认可了,改变主意就对不起别人。在我印象中,三姐因为这件事,经常和妈妈吵架,加上她爱玩,我妈妈不准她玩,要她在家里干活,所以两人关系有点紧张。现在看来,妈妈那个年龄,因为生活压力太大,脾气也不是很好。

叔叔(继父)在三姐喝药之前的一天,狠狠打了她一顿,用皮带抽的。第二天,我们都在外面干活,家里没有任何人察觉。三姐喝药,是我第一个发现的。我记得是农历七月,她去弄田里的草,我和她一起去的,去了之后,她就提前回来了。大姐那时已经出嫁,帮着我们种萝卜,我帮大姐打下手。我去挑稻草时,进到了亲爸爸的屋里,一进去,就发现三姐躺在地上,她将一个床单垫在草上,自己躺在床单上面。我一看,这样躺着不正常,往她身上一摸,已经凉了,就赶紧跑去找我妈,我就说,"姐姐喝药了",妈妈赶过来,发现了旁边的药瓶,三姐身体凉了,已经断气了。妈妈一惊就哭起来了,现在想起来都心碎。妈妈非常悲伤,非常后悔,总认为该由着她的,不该管得太严厉,不应该给她施加太大压力,直到死前依然对她念念不忘。直到今天,我都记得,一家人在亲爸爸生前的那个房间,哭得天昏地黑。

三姐的遭遇触动了我童年印象中对于另一个群体的记忆。我记得十二岁那年的暑假,小良伯伯在墙角的一处,告诉爸爸,凤形村的一个姑娘,因为亲娘责怪她不该在尚未结婚的对象那儿多待一会儿,为了自证清白,在傍晚时分毅然投水,等到家人发现时,只看到了她留在水库旁边的一双凉鞋。仅仅几年工夫，风气发生了很大转变，不但婚姻自由被视为理所当然，甚至未婚同居，都能获得双方父母的认同。在时光的长河中，一想到那些因为坚守传统婚恋伦理观念的姑娘作出的选择，我就在时光的暗处，感慨时代的面影变化之快，也为三姐的离去感到悲伤和无奈。透过她们，我们可以看到，生活在时代转型初期的青年女性，她们面临的碰撞和情感的挣扎，看到传统伦理道德的坚守与日渐开化的风气如何针锋相对。在冰川崩裂的价值暗流中，她们以个体的牺牲铭记了一个时代的转型。

四姐的成人礼来源于三姐的离去。三姐的决绝，给婆婆和其他亲人留下了一生的阴影。婆婆此后再不干涉子女的婚姻，任由子女决定自己的命运。四年后，长大成人的四姐，通过大姐夫的哥哥介绍，认识了四姐夫，并于1988年结婚。四姐夫很早就外出打工，最开始在葛洲坝干活，是当时县里最早外出的一批泥瓦匠。他年轻时长得帅气，人也善良、热情，家里情况不比四姐家好多少。结婚前，四姐夫因为常年在外，只有过年时才回来，和四姐见面的机会也不是很多，两个人不算特别了解。婚后，四姐夫延续了多年的习惯，很少在四姐面前谈起工地的事情，也很少谈起他在外面的生活。

四姐夫1986年就转战到了北京，他带的工程队，参加了赫赫有名的国际饭店的兴建。在和四姐结婚以前，四姐夫已累积了不少工作经验，年龄很小就开始带班，最开始带二三十人，类似于今天的一个小包工头，经常可以获得大包工头下包的一些业务（如一栋楼里面分包一层楼）。1988年，和四姐结婚后，两人一同在北京生活了一段日子，1989年，还参加了北京同仁医院的兴建工作。在四姐的回忆中，这是他们最美好的一段时光，一方面，随着姐夫业务的扩大，手头相比别人要稍稍宽松；另一方面，四姐嫁过去了，也感觉日子比在娘家要滋润很多。四姐尽管婚后和姐夫待在北京，但每到农忙时节都会回去，帮助公公婆婆割稻、插秧，若娘家忙不过来，还要到娘家帮工，一直等到农忙结束，再回到姐夫身旁。

事实也是如此，从80年代到90年代，是四姐夫事业的黄金时期。到1994年左右，他已经不再带班，而是帮助别人管理工地，自己手握用人权。四姐到现在都记得，手下人最多时，有两百多工人。也正是在这个阶段，四姐夫将留守家中的哥哥、嫂子也带到了工地，切实改变了哥哥当时困窘的经济状况。对四姐一家而言，这段时间，也是他们经济最宽裕的时期，在手头拥有余钱的情况下，1996年，四姐夫果断在孝感市的新区买了一块地，建起了三层高的楼房，奠定了家里的经济基础。在城里拥有一个安居之所后，随着孩子们的降生，四姐不再待在北京，而是常年留守家中照顾三个女儿：沈亮、沈晴和沈北，四姐夫则继续留在北京，忙着工地上的事情。三个女儿跟随妈妈，一直在孝感市内生活、念书。

在家人印象中，四姐一家的情况还算不错，无论如何，在近三十年的快速发展中，建筑行业算得上最为红火的行业，一直处于蓬勃发展的态势。四姐夫固然由于文化水平有限，不像与他同时起步的人，发展到令人咋舌的程度，但好歹在那个行当待着，大河涨水，小河也干不到哪里去。大家一直认为，姐夫比起在农村种田的农民而言，日子还是要光鲜很多，至于其所面临的风险、承担的压力，则很少进入家人眼里。

四姐夫帮别人搞了几年管理后，从2000年左右开始，慢慢尝试着自己承包工地。他做事还算谨慎，不搞主体工程，只承包装修业务,决不脱离老本行,也始终没有离开北京,"望京地块的第八十中学,还有八十中的高教楼,都是他承包的装修业务。装修行业的行规是需要带资接业务,从此,他便开始了看似有钱、但实际上拆了东墙补西墙的生活"。在四姐印象中,那几年四姐夫并没有赚到特别多的钱,每次过年回家,在发完手下工人的工资后,自己手头已所剩无几,甚至只能留下一些过年的基本开销,"大部分钱不是压在这个工地,就是压在那个工地",加上业务关系基本都靠熟人维系,只要有一个链条出现问题,风险系数立马增加,就算想抽身不干,因为资金已陷进业务中,想脱身都不容易,这样紧张的日子持续了很多年。

四姐还记得2004年,在获得了一笔十万元的工程款后,她兴冲冲拿回老家,准备安排一下家里的事情,但那笔钱仅仅在手里捂了几天,就因为要投入另一个工程,只得交给四姐夫。战战兢兢过了很久,到2008年,随着经济整体状况的恶化,四姐夫还是碰上了麻烦事情——大量的工程欠款无法收回,但手下工人的工资却必须保证发放,由此彻底陷入困境之中,直到今天都没有翻身。

2008年,四姐的大女儿沈亮通过高考,考上了桂林一所旅游学校;2009年,老三沈北初中毕业,面临中考。无论是上大学还是上高中,都意味着教育的投入。但因为大量的工程欠款,四姐夫在沉重的经济压力下,终于显露了不堪的生存本相,甚至失去了生活的安宁。为了躲避整天上门讨债的工人,四姐带着老二、老三来到了北京,为了让最小的女儿沈北早日获得生存本领,四姐没有让她念高中,而是把她放在东直门一个旅游职校念书。2009年,是四姐一家最为艰难的一年,四姐夫天天催讨欠款却一无所获,讨账的走马灯似的来，哪怕住在隐蔽的城中村，也无法逃避讨债的人群，"有时候七八个工人一起来，直接住在我们非常狭小的出租房里，被逼得没有办法，只得到处借钱，甚至借利息很高的高利贷"。

讲起当年的情况，四姐依然心有余悸，她做梦都没有想到，随着孩子们的成长，人近中年时，会因为四姐夫的破产，过上提心吊胆的生活。更让她难以接受的是，四姐夫每次外出讨债的窘状，希望和失望交织而成的最后绝望，对她精神构成了极大的折磨，"他每次讨债回来，就像坐了牢回来似的，一点精神都没有，头发就难以形容了。一回来就是睡觉，要不到钱，心里也难受啊。我心里也着急，担心他在外面出事。有一次，他的电话丢了，我怎么打他电话都不通，特着急，着急也没有办法，还是得去干活。这几年，他专门在外面讨债，也没有找什么工作，我就打工维持他的生活，吃饭问题都是我给他解决"。

在长达七年讨债无果的日子里，四姐告诉我，四姐夫一直没有回过老家，"婆婆想他，老人都已经八十七岁了。他有时候也给婆婆打电话，但打得不多，他就害怕婆婆哭，也害怕婆婆唠叨牵挂，婆婆多叮嘱几句，他压力就更大。一家人遭罪啊，老的八十多岁，想儿子，看不见儿子，心里难受，不知道还能活多久"。对四姐夫而言，这种心神不宁、战战兢兢的日子，不但让他无法看到活着的母亲，甚至连岳母去世，他也无法参加老人的葬礼。更让他们难受的是，因为家庭变故，几个懂事的孩子也直接受到牵连，大女儿沈亮念大学期间，正是家里最困难的时候，为了减轻家里负担，她毕业后，留在桂林当导游，前两年认识了公司开旅游大巴的同事，嫁到了桂林农村。四姐一想起沈亮出嫁的情景就落泪，"沈亮出嫁时，连客都没有请，孩子连家都没有回。我们两个直接去了桂林，就住在酒店里，女婿就从酒店里将她接走了，女儿就这么出嫁了。当时很难受，孩子也很难受，有家不能回，但没有办法啊。这么多年，只要回家，讨要工钱的立马就会上门"。

大女儿嫁到农村，尽管让他们难受，但毕竟有了一个稳定的家庭，也算让他们放心；相比之下，二女儿和三女儿的境况，才真正让他们揪心，两个孩子都表明态度，要帮家里还清欠款再嫁人，甚至连男朋友都不愿意找。现在，两个孩子都在北京当导游，收入也不是很高，每次只要积攒一点钱，就给我们寄回去还账，就这么一点点地还。四姐坦言，"最担心的就是这两个孩子。她们说要帮家里把账还清，但什么时候才还得清啊？孩子这种态度，老公心里更难受。这个钱压死人，害了自己也害了别人。我们，老人，孩子，几代人都被这个钱压着。真的等不起，拿不到钱，不要说老人等不起，我们也等不起，我从四十多岁，等到五十多岁了，再等几年，我们自己都老了。尤其是孩子，更加等不起，说要帮着还账，等到把账还清，她们得要多少年啊？"

去年春节，是婆婆过世的第一个年头，根据风俗，子女都应该回去，四姐原本订好了腊月二十七的车票，但直到二十八，依旧拿不到任何工程欠款，手头没钱，只得将车票退掉。可以想象，每次过年，对别人意味着团聚与欢乐，对四姐来说却是一种煎熬，"又想回家，又没有钱回家，越想越着急！急也没有办法"。因为拖欠了哥哥大量工钱，四姐对他们充满了歉疚，"我哥也不愿意理我了，十几万的工钱，让他白干了那么多年。将他带出来，原来以为是帮他，没想到最后害了他，让他负债累累。我嫂子以前对我特别好的，她这回也懒得搭理我。过去我们兄妹关系挺好的，我以前在家带孩子，他们家有什么事情，我就带着孩子回去，帮他们插秧，帮他们干农活，我什么都帮他们干，给他们做饭、喂猪，我啥都做。但现在我都亏欠他们的，反正我自己也知道，也是没有办法，我成了一个罪人"。

四姐一家依旧待在北京，四姐夫的欠款仍然没有办法收回。我曾建议他们走法律渠道或找相关部门维权，四姐想都没想就否定了这个方案。在熟人社会，走向法庭，就意味着撕破脸，撕破脸后，要追回账款的可能更小；再说，法律途径耗费的精力也是一个无底洞，说不定还要付出另外的金钱代价。更何况，在四姐夫承包的工程中，因为多年来一直依赖信任的熟人介绍，根本就没有签订合同，原本就是纠缠不清的关系，就算维权，胜算的可能又有多大？

"家家有本难念的经"，越是深入到兄妹之间的日常生活，越能领悟到这句话的无奈和深意。和四姐风雨飘摇的日子比较起来，哥哥、嫂子一家，大姐、二姐一家，至少不用过着提心吊胆的日子，随着孩子们的长大、成家立业，他们的生活也一天天走向宁静。而对四姐而言，只要那些工程款追不回来，她后半生的生活就难以安宁，子女的前途也充满了变数，回家的愿望，就是一种奢望。

丈夫的兄弟姐妹

哥哥

三姐唯一的照片 　　　　大姐和四姐

哥哥一家

四姐一家

第一章 嫁入丰三村

四　打工记（一）：第三代的出路

按辈分算，我儿子杨力行算是丈夫家庭第三代中最小的一位。在婆婆的葬礼上，八岁的儿子和小他半岁的涛涛追追打打——涛涛是二姐女儿周婕的儿子，在大人的教导下，涛涛非常自然地叫力行"舅舅"，几十年前大家庭的人伦秩序，毫无违和感地在现实中上演。

第四代的出生，让我猛然意识到：兄弟姐妹的孩子们终于长大。在我们日渐衰老的同时，另一个群体正依照自然规律，一个个从泥巴中的幼童，长成今天的翩翩少年。我还记得2005年第一次去丈夫家的情景，当时最令我震撼的，不是丈夫家的贫穷，而是多到让人难以置信的外甥、侄子。逼仄的房间，到处都是孩子们叽叽喳喳的声音：女孩子打打闹闹、不得安静；男孩子追追赶赶、跑上跑下。生命的活力冲淡了家庭的黯淡，但养育孩子的艰辛，显然成为压在姊妹身上的重担。哥哥、嫂子要对付将近三十人的饭食，为了减轻劳动强度，吃饭的时候，直接从镇上买了很多一次性的碗筷。

当时儿子还没有出生，但大家庭已经有了十四个孩子，其中女孩十一个，男孩三个。我第一次见他们的时候，最大的周唯二十二岁，最小的帆帆七岁，其他的孩子则散布在各个年龄段。到今天，算上我儿子杨力行（2007），大家庭一共有十五个孩子，女孩十一个，男孩四个。具体说来，每个家庭的子女如下：

家　庭	子女姓名	性　　别	出生年份
大姐家	小敏	女	1984
	蓓蓓	女	1986
	蕾蕾	女	1986
	小果	女	1988
	媛媛	女	1990
	小招	男	1992
二姐家	周唯	男	1983
	周婕	女	1985
哥哥家	振声	男	1990
	时春	女	1993
四姐家	沈亮	女	1990
	沈晴	女	1992
	沈北	女	1994
作者家	力行	男	2007
妹妹家	帆帆	女	1998

从年龄分布看，以上十五个孩子，出生于1980年代的有六个，出生于1990年代的有八个，出生于2000年代的一个。从成长环境看，在农村长大的孩子有十个，在城里长大的孩子有五个。从身份看，除了妹妹家女儿帆帆（武汉）和我儿子力行（广州）获得了城里人的身份，其他孩子在户籍上依然属于农村人。

从以上概况看，他们所处的年龄段、身份、成长地，都凸显出社会急剧转型期的时空特征。他们的成长和出路，命运和未来，与中国农村最广大范围内的孩子，构成了一种事实上的同构关系。若

第一章　嫁入丰三村　　89

以这个小小群体为标本,从家庭变迁的角度分析他们的人生历程,或许可以窥视第三代的境况,并由此探讨大家庭此后的走向。

从广义范围而言,上面已经长大成人的孩子中,外出谋生的都可以归结在打工范畴中。尽管其中有五个孩子念过大学,和他们舅舅考上大学即进入体制内比起来,他们依然可以归入打工一族。下面,我将分三个部分讲述孩子们具体的生存状况。第一部分,以周婕、小果为个案,主要讲述她们在南方工厂的经历和见闻。她们的状况,代表了大家庭中出生于1980年代,未获得更好教育机会,不得不外出打工孩子的经历。大姐的另外两个女儿,蓓蓓、蕾蕾也是类似的情况。第二部分,以振声为例,讲述他在职校毕业以后,辗转多地,最后不得不回到工地的经历和见闻。某种程度上,振声作为农二代的代表,延续了哥哥的人生轨迹。第三部分,再谈谈其中念过大学的孩子,探讨他们作为农村走出的大学生,在当下的环境中,所面临的机遇和困惑。和我的丈夫——他们的舅舅——相比,这些孩子显然不可能拥有只要考上大学就能彻底改变命运的机缘,但在新的历史条件下,他们也会拥有一些新的机会。和没有接受过高等教育的孩子比较起来,他们显然有更多立足于社会的资本;但和城里的孩子比较起来,就算付出额外更多的代价,他们也不可能获得和城里孩子同样的发展平台。

需要说明的是,对周婕、小果的访谈进行于2006年,2006年以后,因为她们相继离开南方,我只知道她们大致的人生经历,具体的打工情况,我不是特别了解,周婕回家后不久就嫁了人。对振声、时春的访谈则完成于2016年,这几次访谈时间虽不一致,跨度有十年之久,但这群"80后""90后"孩子自述的,恰好都是他们十几、二十岁青春年少时的经历。

周婕与小果：在南方的工厂

我第一次去丈夫家，唯一没有看到的孩子就是周婕。直到2006年7月，她和小果两个人从厂里辞工，一起约定到广州来看舅舅，我才第一次看到她。当时她二十一岁，自十三岁外出打工，已经在南方断断续续待了八年。二姐，也就是周婕的妈妈，1999年就去世了。母亲的早逝，让周婕和别的孩子比起来，明显要懂事很多。听家里人说，周婕在念初中时就很有主见，很小的时候，就知道写信给当地的政府，反映学校存在的问题。对自己未来的男朋友，她也有明确的认识。她独立性很强，妈妈去世后，爸爸常年在外打工，哥哥读大学，家里基本上没有人，因此，她如果从外面回家，也主要是待在姨妈和外婆家，没有别的地方可去。

小果生得极为漂亮，皮肤白皙，一脸的稚气，一副没有开化的懵懂模样。2006年和她聊天时，她还不到十九岁，尽管已在外打工多年，但依然是一副没有历练的样子。当时她跟我们说不愿再进工厂，恰好我有一个做美容的朋友要招人，我们就建议她不如趁年轻，一心一意在一个行业待下去，积累点经验，再找机会自己干。和她聊过以后，她也挺有兴趣，于是我们决定送她去学美容，再怎么样，至少环境比在工厂好。那间美容院离我们的住处比较近，就在广州市越秀区黄花岗剧院旁边，我至今还记得当时和丈夫送她去美容院的情景。她一个星期来我们住处一次，但做了几个月，并没有坚持下去，此后就在广州、武汉等地辗转。

周婕、小果对我这个舅妈明显不设防，毕竟是孩子，一离开工厂压抑的氛围，生命的雀跃和灵动就表露无遗，她俩坐在舅舅宿舍简陋的床上，有一搭没一搭地给我讲她们打工的故事。一年后（2007），周婕彻底回家，两年后，经人介绍结婚生子，嫁给了一个在外打工的本乡青年，开始了侍奉婆婆、养育孩子的人生。小果则继续在不同的地方打工，坚持要和一个家里非常穷的男孩在一起，十年过去了，她已经不如当初那般稚嫩，但依然一脸懵懂。

周婕：帮着爸爸一起送哥哥念书

访谈时间：2006年7月15日（周婕二十一岁）
访谈地点：中山大学488栋403室

我初中还没读完，1998年，十三岁就出来打工了。因为年龄太小，就办了假的身份证，现在假证很多，什么都是假的。刚开始在中山，第一次进的工厂，是那种连哑巴都会要的工厂。工厂也知道我们拿的是假证，知道我们是童工。所以，每次劳动部门来检查，厂里就会叫那些十八岁以下的矮个子员工，到他们宿舍躲一下。劳动检查部门一般会问"工厂待遇怎么样？一天工作几个小时？有没有加班费？"这样的问题，工厂早就通好了气，会专门教员工怎么回答。有些人不老实，什么都说，说真话；有些人胆子小一点，被厂里一吓唬，就不敢吭声了，只得按照厂里事先交代的来说。要是问到我，我肯定实话实说，要开除就开除，我也不怕，在外面不能太老实。一般比较正规的厂，会按《劳动法》来，一个星期上六天班，一天八个小时，但这样的厂子很少。

在中山做了不到一年，妈妈病得很厉害，我就回去了。妈妈去世后，爸爸外出打工了，哥哥还在念书，我在家待了大半年，又去了深圳。最开始在一家鞋厂，后来又去电子厂，我以前待的中山，灯具厂多，那里有一个小榄镇是专门做灯具的。深圳电子厂多，一般员工也主要是进电子厂、玩具厂。我们那个电子厂专门做闹钟。后来我还去深圳一家商场做收银员，工资不是很高，包吃包住，一般一个月只有六七百块钱，不包吃包住的话是一千块钱左右。相比工厂，商场的环境要好一点，但后来实在太想回家了，所以在深圳待了三年，就回来了。妈妈去世后，家里也没有什么人，爸爸在北京打工，和大舅一起，哥哥在读大学。我就到姑妈家去，在姑妈家住一段时间后，就到小姨家去住一段时间，就是武汉的那个小姨，有时候也到外婆家里去住一段时间，也没有别的合适的地方去。

我印象深刻的是在鞋厂工作。我和小果在同一个鞋厂干过，那个鞋厂叫美盈鞋厂。鞋厂的胶水有毒，没有用粘胶，用的胶水。厂子后来效益不好，也没有什么收入，有个女孩子太累了，想请假，想休息，工厂不批，她就在厕所喝了工业盐酸，出来的时候晕倒了，被送到医院洗胃才好起来。工厂环境不是很好，到处弥漫着一股焦味，用的胶水有毒，但短期内看不出来，做久了对身体有很大影响。我们厂里有一个人，脸上身上的皮肤都是黄黄的，眼珠子都是黄黄的，全身都是黄黄的，看样子像是有肝炎，不知道是累成那个样，还是进厂之前就那样。还有一个女孩子，生了病，去请假，厂里不批，第二天她没有去上班，躺在床上，等到别人去喊她时，身上已经硬了，眼睛翻白了，工厂赔了几万块钱。然后那个厂就开始闹鬼，厂里面为了平息这件事，每年还在车间给她烧纸钱。她所住宿舍的那个楼层，都吓得没人敢住。很明显，那个女孩就是过劳死，过劳死不容易查出来，人说没了就没了。

在工厂，有时赶货，连续三四个月，工厂都不给工人休息，太累了，经常加班到一两点。那个女孩子死后，工厂管理人员拿一份文件叫我们签字，我说给我看一下，他们说，"看什么看，签个名就可以了"，我说"名字是可以乱签的吗"，他们说，"你们的名字当然是可以乱签的"。后来，我问他们合同上面是什么内容，他们说，不要管是什么内容，签字就可以了。我一看，原来是要我们保证，若在工厂干活期间出了事，跟工厂无关。他们想推卸责任，我就没有签字。有些老员工在工厂干了十几年，工厂也没给他们买任何保险。

那个鞋厂是外资厂，老板很抠，待在工厂里面挺难受。我觉得工厂产品的质量永远提不上来，是因为待遇太差，管理体制不行，那些员工的观念改不过来。他们本来可以做好，但就是故意不做好，整天吊儿郎当。管理人员层次很低，没有什么素质，有些干部经常骂人，骂人的话好难听。我们部门那个还可以，有什么事还是一种打商量的语气。我的工作主要是看鞋子，管鞋子的质量，也就是做质检。做质检比工人要轻松一点，但也没有什么权力，很多现场的工人根本就不配合我的工作。我干事很认真，觉得质量有问题，需要改善，但是那些工人根本就不配合。小果的工作主要是点数，鞋子一片片地摆在那儿，她负责点数，做久了相当无聊。我们的工资是计件的，有时候加班要加到十一点钟。

我待过的工厂，大的有几千人甚至一万人，最大的有两万人，但也有小作坊式的工厂，几百人甚至几十人。有的鞋厂从头到尾，一条龙生产线。那些打工的从全国各地来，互相之间关系还可以，人也比较单纯，十几岁的有，三四十岁的也有，有的甚至拖家带口。那些年龄大的打工者，小孩一般就在家里读书，没有办法带出来跟在身边。一是费用太高，二是无人照顾，放在老家，好歹有父母照看，留守儿童放在家里，可能比带出来还享福一点。下班后，特别爱玩的人会跑出去跳舞、滑冰、上网，甚至到影吧去。我喜欢看书，在我们这儿卖得好的杂志有《佛山文艺》《读者》等。《佛山文艺》在打工族中，还算比较畅销吧，但我不喜欢看那些，不知怎么搞的，我比较喜欢看《读者》，因为它可以教育人，《佛山文艺》呢，上面的文章都是写打工的生活，我自己有这个体会，何必要看别人的体会呢，是吧？我就觉得没必要看这些书了，我还是觉得看那些有教育意义的文章好一点。

我们宿舍六个人住一间，可以洗热水澡，条件一般。厂里蛮多谈恋爱的，有的是在工厂认识的，有的是在家里认识，然后一起出来打工的。我家里也给我介绍了一个男朋友，但现在分手了，是家里亲戚给我介绍的。我和他接触过几次，发现不合适，性格合不来，他性格太内向、太老实了，显得懦弱，我和他在一起没有安全感。比如说，他不会去欺负别人，可是别人欺负了他，他也不会怎么样，我和他在一起觉得很窝囊，感觉自己哪一天被欺负了，他也不会怎么样。我认为一个人不应该去欺负别人，可也不应该怕别人，可他总是怕别人欺负。我想要是真的和他生活在一起，什么事情都会要我一个人扛的。我以后会尽量找一个合适的男朋友，会找一个谈得来的。

我尽管很早就出来打工了，可也没存什么钱。当初出来的目的，是想和爸爸一起，供哥哥念书。但断断续续出来几年后，发现开支也挺大的，不多的工资，自己要花掉大部分。我不像我爸爸，他跟着大舅在北京，应该可以存一点钱吧。我感觉他们那个年龄段的人不需要很多钱，不像我们，好像很多东西都要买，买这买那的。女孩子喜欢打扮，主要买一些护肤品，每个月还要买一二十块钱的书看一下，好像开销特别大。平时没有多少机会到外面去玩，主要是上班，有时间就想休息一下。哥哥念书时，我以前给哥哥寄点钱，但现在他也不让我寄，不过我也没赚到什么钱，糊到自己的开销，就差不多了。一年能够存三四千块钱就不错了。哥哥是学化学的，也不知道好不好找工作，听爸爸说，他准备考研究生。

小果：迷迷糊糊辗转各地

访谈时间：2006年7月15日（小果十八岁）

访谈地点：中山大学488栋403室

我学习成绩不好，不想读书，初中没有读完，十六岁就出来，两年多都没有回去。开始是和二姐蓓蓓一起出来的，后来二姐回去了，我就一个人待在深圳，她走了几个月后，我就到了广州。

我最先去的城市是深圳。2004年到深圳后，去过电子厂、钟表厂、鞋厂。第一次去电子厂，做了一年零几个月，工资最高的一次是八百多，平时一般五百到七百之间，有的时候还拿三百，拿三百的时候，一般是不赶货，也就是不加班的时候。2005年，第二次进厂，是做收音机的机芯，平时一般八百到九百，工作环境好一些，加班的时候能拿一千多；做长了就乏味，想换一下环境。这个厂对技术要求不高，只要能按规定做好要求的事就可以了，产品既销国内也出口。第三次到了黄埔，在美盈鞋厂，和周婕在一起。打工了三年，没有存多少钱，在外面开销太大，第一年和蓓蓓姐姐寄了一万块钱回家，后来每年能寄几千块钱回去。大姐小敏、妹妹媛媛、弟弟小招在家里读书，都要花钱的。后来我和蓓蓓姐姐分开了，消费就高了，就寄少了一点，我的日常开销主要是用在衣服上，衣服一般就几十块钱一件。蕾蕾姐姐没有和我们一起出来，她主要待在武汉，在制衣厂，和幺幺（小姑，即我的妹妹）离得近些。

我刚刚出来没多久时，特别想家。一想到回家就禁不住要哭，很想妈妈，但工厂里面总是不准假，要回家就要扣一个月的工资，只得经常给家里打电话，后来就慢慢习惯了。由于车费贵，人多，过年回去不方便，在路上又累，怕很多人挤在一起，我两年没有回家过年了，都是跟姐姐一起过。过年时，工厂里人也不是很多。等熬到今年请了假，没想到2006年7月15日，买好了回家的车票，却碰到了百年不遇的"碧利斯"大台风，只得放弃回家。

2004年在电子厂打工时，经常用有毒的"天拿水"。有些清洗工用乙丙醇清洗机器，他们也知道有毒，还是直接用手碰，整天都泡在那个水里，用浸在水里的棉签去清洗机器，不戴手套，厂里好像也没发手套。工厂里没有好玩的事，也没听说有稀奇古怪的事。有一天，听说厂里一个经理上吊了，我们感觉很奇怪，后来才得知，总经理总是问他一些问题，他没有办法回答，随后总经理叫他辞职，他感觉没面子不想走，有一天喝完酒回来，就自杀了。关于他的死，现在还是个谜案，不知道到底是自杀还是他杀。那个经理有三个儿子，听说他老爸也开了一家工厂，他真是太想不开了。不过在工厂干活，确实很累，真的很累，谁都不想干了。厂里经常有

第一章 嫁入丰三村　　97

工伤，很多人的手指"咔"的一声就没有了。不过幸亏我干的活不需要直接碰到一些什么机器，主要就是负责点数。我们车间也有气味，但也没人戴口罩，我们也不知道有毒。工厂噪声特别大，但没发耳塞，就算有人检查时发一下，也要收回去。在电子厂，我一般一个月拿七百块钱，有时候要工作十六个小时，晚上十二点下班，早上八点钟上班，基本上整天都待在厂里，工作时间长，睡眠时间根本不足，每天就是吃饭、上班两件事。如果没有按时上班，就会被骂死，那个厂一般都是蛮赶货的，不能请假。在厂里，最让人难受的是工厂规定员工不准挂蚊帐，也根本没有办法挂蚊帐，但广东一带蚊子很多。厂里没人管后勤，也没人管工人的利益，员工也懒得反映，觉得反映了也没什么用，也不知道和谁反映。宿舍一般住六个人，二十五个平方，有公共厕所，也有热水供应。

2005年，我换了一家工厂，到深圳一家钟表厂焊机芯。我记得焊锡放出来的烟好臭，工厂好像有吸烟的机器，可以将烟吸过去，但有时烟太大，机器不管用，也会跑出来。有些人开始不知道可以用机器吸，也没有人教他们，烟都喷到脸上了。我开始去的时候，也不知道机器可以吸烟，后来看到别人去吸，才学着用吸烟机。工厂的工作根本不用培训，很简单，只要是个人都可以上班。钟表厂工作时间不是很长，一般一天十二个小时，一个月七百块钱，中间若稍稍偷闲了一点，就会被骂死。晚上十二点睡觉，早上八点起床，中间可以休息一个多小时，一般按二十二天算，另外八天就算是加班。感觉一天的主要事情，就是吃饭、上班。厂里的伙食，天天萝卜白菜，青菜就是白菜，也有一点点肉，但肉量很少，早餐吃稀饭和包子，天天如此。

和我一起做事的工人，没有在厂里发展比较好的，要发展都要靠关系。我现在的那个厂，有人做了十几年，还是普通员工。相对说来，那个电子厂要公平一些，升得快一些。因为在电子厂做长了，会懂一些技术，厂里就会看重一些。我没有留在电子厂，我好像在任何一个地方都做不长，待久了就会烦，就想要离开。我觉得换一下环境也不错，可以多学一些东西，可以多见一些世面。两年了，我胆子好像大了一些，话也多了一些。以前妈妈总是担心我不爱说话，有一次过年，还特地把我送到城里的四姨家，让我去玩，和表妹们在一起。我在工厂也有一些好朋友，现在分开了，她们好像都没有离开工厂。我一般喜欢跟单纯、年纪小的女孩交往，不喜欢跟城府深的女孩来往，好像随时都会上她们当似的，感觉心累。

按规定，工厂一个月可以放一天假，但我来这个厂两个月了，都没放过一天假。我休息过一天，但不是放假，主要是因为赶货，我前一天通宵加班。尽管厂里董事长规定礼拜天晚上不准加班，但是一赶货，礼拜天晚上照样加班。有的人胆子比较大，不来，要是赶货不是特别紧，有一两个人不来也没什么，要是赶货特别紧，线长就会狠狠地骂人。我劳动的付出，肯定不止现在的工资，我的加班费太少了，一小时才一块五毛钱，深圳那边要高一点，一小时有五块，我感觉上班太累了。

2006年，我又换了一家工厂，离开深圳来到广州黄埔，进了美盈鞋厂，和周婕姐姐在一起。在鞋厂做工的时候，要粘胶水，厂里通风不好，鞋厂气味很大，但工厂也没发口罩给我们。不过工厂也没有书上写得那么糟糕。按照规定，在工厂上班时，是要戴耳塞的,但是厂里没有发,大家也不要求戴,好像那个噪声还能受得了。也许习惯了那个声音,感觉就会好一些。和深圳那家电子厂一样,每到要检查的时候,厂里就会把耳塞发给员工,检查一结束,就收上去了。工厂发生了一些事情,瞒着不报,每次听说上面要派人来检查,工厂就将员工集合起来,每人发一张表格,给出要回答问题的答案,要求我们将答案背熟,如果不按表格提供的答案回答,就会受到处罚。奇怪的是,每次听说上面要来人检查,可是我从来没有碰上检查的人。

我感觉没有人愿意很认真地干活,员工和老板之间基本上是一种对立关系。在鞋厂,很多人将车间的原材料(比如牛皮)拿出来,其实这种损失是无形的,老板如果能够对员工好一点,他们也不会这样。我感觉大家都挺冷漠、自私,好像不自私就会吃亏,特别是年纪大一点的人,更是这样。前段时间广州老是落雨,我们厂也被淹了,水涨到了车间,好多人不能去吃饭,工厂没有组织送饭,有的部门男孩多,就用一个大盆弄来一些饭,但更多的是一个人去打饭,结果好多人在蹚水的时候,都掉进水里去了。就算这样,当天还要加班,一直干到晚上十点多钟,打湿的衣服就在身上干透。

这么多年来,我发现每个厂都会死人,有了病也没人管,工厂也不给他们请假,于是只好忍着。其实有些病根本就不是大病,而是身体太累了,身心疲惫,得不到休息。在工厂,我感觉每天都好烦好烦,总是想回去,跟我一天进鞋厂的有四个人,其中一个家里的条件好像不怎么样,其他几个都是广东人。有一个十八岁,看样子蛮小蛮小,另外两个都结了婚。有一个嫂子的老公在附近酒店做厨师，他们租房子住在一起，有一个八岁的小孩在家里读书。我们同时进厂后，又同时分到一个部门，工厂每天都在招人，大家工资都差不多。在一起的时候，经常聊哪个人讨厌，因为没有什么事、什么人可以让人高兴，每天遇到更多的，是一些心烦的事和人。我们的工资是计件的，计件工资都是瞎算的，有的人到处玩和混，拿的工资比辛辛苦苦工作的人多得多。我的工资是配合我开机员工的百分之八十，因为他比我辛苦得多。我是管点数的，我一般不会多点数，因为后一个程序还有品检员。我从来没有想过要跟品检的人搞好关系，让他们把我的产品多算一些。厂里管我们的人，好像是大学毕业生，从农村考出来的，骂起人来比较厉害，他的上级骂他，他就骂我们，我们也会骂他。做管理的人，一般靠关系进去，有的靠老乡关系，还有的靠一些当官的弄进去。有时候，我们厂还要帮别的厂做些事。

周婕姐姐主要检查鞋子的质量，工作要轻松一些，拿的工资也少一点。我和周婕住一层楼，但很少见面。周婕喜欢看电视，但厂里连电视都没有，只得跑到厂外面的一个小店去看，那里经常很多人。一般吃完晚饭离上班还有一个小时，有个台刚好在五点半到六点半时段放连续剧，周婕就会跑过去，一天看一集。这个时候她看得正入迷，自然不好找她说话，等到下班，一般到了晚上十一点多，有时还要到十二点或者更晚，这时候，大家都筋疲力尽，也不想说话，所以看起来和周婕住一层楼很方便，但实际上和她说话的机会很少。

我喜欢面食之类的东西，蛮喜欢做生意，喜欢做生意是渴望自由，我在工厂被管怕了。

振声：能否撑起家庭的门户？

振声是第三代已成年的三个男孩中，唯一没有念大学的孩子，也是受教育程度最低的孩子。1997年，哥哥在四姐夫食堂干活，忙不过来，将留守家中的嫂子也叫去了北京，开始了夫妻同时外出的打工生涯，两个孩子托付给了老人，当时，儿子振声七岁，女儿时春四岁。直到2008年，因为四姐夫工地出现问题，夫妻俩才陆续回到家中，儿子已经十八岁，女儿已经十五岁，十一年最关键的亲子时光，在打工和留守中溜走。振声勉强混完初中，在哥哥的强烈要求下，上了两年职校，学习数控，职校毕业后，在武汉妹夫的安排下，去了杭州一家机床厂，从此开始了打工生涯。从老家到杭州，辗转多次，他终究无法在工厂立足，最后还是回到父辈的老行当，当了一个泥瓦匠。

我第一次看到振声时，他还只是一个十五岁的少年，父母都在北京工地打工，只有每年春节时，才能和父母见面，一家人得以团聚。从七岁开始，振声和妹妹一起，与祖辈生活在村中，成为典型的留守儿童。进入青春期后，在哥哥、嫂子的描述中，儿子是一个叛逆、倔强、不懂事的孩子，不知道体谅父母的艰辛，脾气也暴躁异常，不懂得节约。2014年，通过手机QQ聊天，振声认识了他现在的妻子，在父母和亲人的张罗下，仅仅几个月他们就从单身走向了婚姻。

今年过年回家，问到他打工几年的经历，才发现振声并不如嫂子叙述中那么幼稚、简单，作为一个普通的农二代，振声其实也经历了很多常人没有经历的苦楚，也面临很多只有他们这一代才能体会的困惑。在父辈眼中,他不懂事的烙印也许难以祛除,但在我眼中,他身上也具备很多与父辈完全不同的素质。时代在变,获取信息的方式在变,伴随而来的生活方式和价值观念也在变,唯一不变的是父辈沿袭下来的农民身份。在现有条件下,父辈有限的能力,自然无法给振声提供更好的发展平台,个体的成长,伴随着时代转型过程中的很多阵痛。当养家糊口的命运轮回,切切实实落到这个懵懂的新一代农民身上时,振声能肩负起祖祖辈辈男丁命定的门户,担当起家庭的重担吗?

访谈时间:2016年3月1日(振声二十六岁)
访谈地点:湖北省孝昌县丰山镇丰三村家里

爸爸妈妈去北京时,我七岁,妹妹四岁,与爷爷奶奶生活在一起。奶奶当时身体还好,但毕竟是老人,管不住我们,当时奶奶最担心我们出事,要求挺严。我妹妹上学不好,总是留级,念了好几个一年级,但她能说会道,在村里名气很大,明明自己读书不行,还说老师不行,给老师取外号叫"喷粪机"。她性格非常活泼,蛮讨人喜欢,是个飞天蜈蚣,村里人叫她"叫子"。我的成绩也不是很好,念初中时,班上没有学习风气,学生打老师是经常的事情。课堂上,想听课的就听课,不想听课的就打牌,或者走来走去,反正念了书出来,也是打工,当时大家都这么想。到初三时,我每次测验,成绩都不是很好,就放弃了好好读书的念头,上学就在教室里混日子,反正就是混,总认为拿个毕业证就行了。老师拿我没办法,家里人也拿我没办法。其实我叔叔挺希望我念书,像他那样,通过读书改变命运,但我成绩不好。

随着我和妹妹长大,爸爸妈妈又不在家,奶奶越来越难以管住我俩。我们整天和她斗智斗勇,有一次,奶奶叫我和妹妹去捡棉花,实在太热了,憋在棉田里,人都透不过气来,感觉很难受。第二年,为了逃避捡棉花的农活,我和妹妹趁棉花刚长出来,偷偷跑到地里,将棉花全部扯了。当时家里没有种田,农田一部分承包给了别人,一部分被村里统一承包给了老板,其实没有太多的农活干。奶奶的主要工作就是给我们做饭,我们吃了饭就去上学,天天都是如此。奶奶喜欢喂鸡,家里到处都是母鸡、公鸡,我们吃了很多鸡蛋和鸡肉。

那时,整个村里只有一部电话,爸爸妈妈打电话来,我们就接;不打电话来,我们就不联系,一般一个星期来一次电话。为了方便联系,后来家里装了电话,情况就好一点。他们在电话里问我们的学习情况、表现情况、是否听话。我们在电话里提要求,提得最多的就是希望他们回家时多带好吃的回来。事实上,因为每次回家都是春运,行李不好拿,火车也不好坐,爸爸妈妈从没有从北京带吃的回来,都是回来以后,带我们到集市上买。我从来没有问过爸爸妈妈在北京的生活状况,我记得十八九岁那年,有一次,老爸跟我发了很大的火,我说他们整天在外面吃香的、喝辣的,丢下我们在家也不管,当时我的话触到了老爸的痛处,他就骂我,说你到时候出去就知道了。我当时也不懂事,想着他们在大城市,毕竟比农村好,但没想到,农村人到大城市,比家里过得还辛苦。

2006年,我初中毕业后,爸爸一定要我去上职高,于是就学了两年,学习数控专业,其实在学校也没学到什么。从职高毕业,第一份工作是我们学校介绍的,在昆山富士康实习,有学校的车子接送。一到富士康就上流水线,安一些电子产品的插销,一点技术含量都没有,一看就会,不需要做什么培训。第一次做工,感觉特别累,坐在流水线上不能动,手就来来回回地按那个电器的按钮。工厂的情景和我们想象中的完全不一样。去的时候,我们还在车上聊,以后出去了到哪儿玩,上班后,发现根本就没时间玩。每天下班,人都累得要死,那年我十九岁。当时我们学校和富士康签了合同,如果干得好,可以留下来,但那一年正好赶上公司裁员,我们实习生就全部回来了,一个都没留。

回家后,我武汉的姑父将我弄到杭州机械厂上班,去杭州打工是我第一次单独出远门,当时也不觉得害怕,还挺兴奋。我拿着家人给的地址,兴冲冲往杭州西园开发区出发,当时不懂坐火车,是坐汽车过去的,车还没进市内,就被赶了下来,七问八问,别人都不知道开发区在哪儿,我就打了一个车到汽车站,问清楚了工业园的地址后,再打车到了工业园,到工业园后,他们的一个经理才出来接我。去了以后才知道,工业园的情况根本就没有想象中好。因为我职校学的是数控,工厂就安排我开机床。开机床需要技术,尽管名义上我学了数控专业,但念书时,根本就没学什么东西,老师也没教实质性内容,我们甚至连机床长什么样都不知道。刚开始的时候,师傅叫我在旁边学,主要就是等他们将东西做好后,我打打下手,负责擦干净。有一天,趁没人的时候,我很好奇,就壮起胆子,去开了一下机床,没想到将机器弄坏了,当时特别害怕,怕厂里找我麻烦,当天就拎着一个包,偷偷跑回来了。跑了那么远的路,只在厂里干了一个星期。

跑回家的时候,我坐车到了武汉,身上仅剩一百块钱,又被别人骗了。一个人向我推销东西,我说不要,他说我乱扔垃圾,如果不买他东西的话,就把我送到派出所关起来。我一听就很害怕,将一百块钱给了他。钱一给,我才发现身无分文,只得打电话给我爸爸,叫他送路费过来。当时碰到骗子,压根就没想那么多,只想着快点回家,等到发现身上没钱了,才知道面临真正的麻烦。尽管当时小姑住武汉,但她住得也挺远,我压根就没想到让她来接,第一个想到的就是爸爸。第一次出远门,我的感觉是,如果没有文凭,又是农村人,在城里很难立足。回家后,没有找到别的事情干,我姑父又将我介绍到了杭州那个厂,上车间坚持了两年,最后还是决定回来。在厂里,我收入不高,一年存不下多少钱,和周围环境也格格不入,同事的生活方式和我完全不同,我总感觉农村人低人一等。另外,毕竟自己基础差,不懂的东西太多,比如别人拿一张图纸过来,我不知道上面画了什么,当时也没有其他想法,只想着一定要去学会,但基础不好,学起来挺难的,那个时候,真的很后悔没有好好读书。

回来后,我打算转行。我首先想着开车,就考了驾照;拿到驾照后,家里七凑八凑,给我花了将近一万元,买了一辆二手车。因为刚刚开始学车,学得不怎么样,开得也不是很顺手,加上买的二手车早就报废了,经常要维修,感觉维修费用太高,后来别人出两千块钱就把车卖掉了,开车的想法不了了之。思考了很久,我最后还是决定跟着堂哥到工地去,从提灰干起,像爸爸一样,当一名泥瓦工人。我想明白了,既然没有文凭,需要知识的事情干不好,就只能靠力气吃饭。

到工地刚开始干的时候，我们是用斗车送灰，送到电梯里面去，我记得有一个很陡的坡，怎么推都推不上去，当时人都推哭了。别人个子比我高、力气比我大，轻轻地就把车推上去了，我怎么都使不上劲，硬是推哭了。我堂哥看见了，可怜我，从2012年开始，就将我带着，教我抹灰，从那时起，我抹灰一直坚持到现在。抹灰就是砖砌好后，在上面抹一层灰，也要靠力气，但比推车好一点，劳动强度没那么大，工资也要高一点。比如，推车一天我最多只能拿一百，抹灰我可以拿两百。抹灰有一定技术含量，需要学习，毕竟将灰抹上去，平整度要达标。回头看去，杭州两年，我根本就没有入行。抹灰的工作，我差不多用了一年时间，才慢慢进去，刚开始学的时候，也就是打打杂，师傅一会儿要你干干这，一会儿要你干干那，一年以后，掌握了技巧，就可以自己独立操作，不用师傅在旁边看着。拿到第一份工资时，我挺开心的，非常珍惜，舍不得花。抹灰的活，我一直干到2014年，也就是我结婚那一年，整体看来，在建筑工地干活，工资也不是很好拿，但前两年工地很好找活，不像现在，没有事情做。

从去年开始，也就是2015年，很多人待在家里没事做。我是四月份出去的，到六月份才做事，出去两个月，上了一天班。我感觉从2015年9月以后，找事做就变得难起来了。我抹灰也不是固定跟着谁，谁有事就跟着谁，像我老表，认识一些老板，别的老板叫他时，他顺便就把我带上。我去年主要待在山东，听老板说，工地建筑资金匮乏，上面也不给贷款，很多时候，连生活费都没有。更让人失望的是，老板不但不给我们生活费，还要我们干活。饭都没得吃，怎么干活？于是大家就在工地睡觉，有的员工出去搞点别的事做。外面的合作方找公司催要工程款，公司没钱，合作方就拉闸，这样大家都没法干活，一玩就是半个月。有时一个星期就拉一次闸，去年在山东，相当于浪费了一年，根本就没有挣到钱。

我在哈尔滨、长春、山东、新疆、内蒙古、武汉、北京都待过，跟着工程队，带一些衣服、被絮到处跑。有时候是老板买火车票，有时候是自己买火车票，每天奔波，人都麻木了。到一个新地方，也没什么感觉，反正大家要走，就跟着一起走，最大的感受就是累，特别是刚刚住进一个工地，没多久又必须赶往另一个工地时，更是感觉累。买的生活用品如被子、衣服、水桶什么的都得带走，若扔掉，到另外一个地方又得买，浪费钱。搬家的时候，东西太多，根本就没法一次拿走，一次拿不走，就拿两次，坐火车时，只得先叫一个人帮我守着，送一趟行李上火车后再来拿一次，大汗淋漓，狼狈不堪，感觉挺辛酸。最害怕的就是这种折腾，又累又烦。那个时候，才体会、理解爸爸妈妈当年在外面的状况。

我记得在内蒙古时，早上三点就得起床，那边日出早，晚上八九点就开始睡觉。中间都在干活，一天最少干十五个小时，干一段时间就休息一两天。再累也没有办法，不干就没有收入。在工地上，大家的状况都差不多，有时候，也会互相交流一下，总的感觉就是钱不好挣，工作累，工资低，而且活也不好找，只能跟着工程队，有活干就干，不会想太多，想也没用。没事时，洗洗就睡，天天如此。现在最怕的就是建筑行业倒了，一旦倒了，我们更没活路，那就更麻烦了。现在大家谈论最多的，就是这种担忧，毕竟像我们这一行，如果全部失业进厂的话，没有多少厂能容下这么多人。

至于收入，一年算下来，一个人要是干得好的话，有三四万块钱。工地上，有的地方管饭，有的地方不管饭，但管饭的地方一般要扣伙食费，一二十块。一年下来，能剩一两万块钱。实际上，我这几年基本上没挣什么钱，工地换得多，没有持续做事，路上开销很大，除了生活，基本上没有太多积蓄，只能过一年算一年。碰到大事，就麻烦得很，比如结婚，要不是我小叔叔帮衬一点，根本就过不去。

我唯一感到庆幸的是，顺利找到了对象，结了婚，生了孩子。我和东东是聊QQ认识的。2013年，我妹妹出嫁，我就在家里帮忙。有一天没事，就上QQ玩，正好发现有人加我，就点了接受，随后开始聊天。我问她哪里人，她说是湖北人，我说我也是，我又问她湖北哪里的，她说孝感的，我说我也是，两人越聊越近，后来发现两家隔得不是太远，竟然是同一个县城的。东东说她很喜欢山，一个星期后，我就约她到我们那儿山边的水库玩，两人见了面，好像一切就顺理成章了。我记得去见她的时候，两个人拿着电话走到了一起，还互不认识。她当时从外面打工回来，刚好在家里，也没什么事做。我平时很少上QQ，也没有时间上，那次真是鬼使神差，偶尔上QQ玩，没想到正好碰上她，如果我在工地，或者她在外打工，就没有这个时间，也没有这种缘分了。

我妹妹结婚比我早，妹妹结婚时，我爸爸妈妈对我的婚事挺着急，到处托人给我介绍对象。在农村，男孩过了二十五岁，就会被视为大龄。妈妈知道我交了一个网友后，我才和东东见第二次面，她就要求我将东东带回家。一见面，我妈一看，挺喜欢的，说要去找媒人说亲，让我们结婚，我这才意识到，两个人的关系有点微妙。于是，我就问东东愿不愿意做我女朋友，她没有说话，没有说话就代表默认。从认识到结婚，三四个月，中间见了四五次面，确立关系也很快，两人互相之间不怎么了解。不过，在农村，相亲的话，若合适，结婚也会很快，一般第一次上门后，互相觉得合得来，家里就会慢慢操办婚事。我们这里，十七八岁生孩子的都有，在农村结婚都很早，不会考虑太多，婚前大多没有太多了解。性格都是结了婚后，才慢慢磨合。我和东东也是结婚以后才慢慢了解的，她不爱说话，有什么事问她，她都不说。

东东不和别人攀比什么，也挺能干，我对她很满意。刚结婚的时候，她挺勤快的，我妈妈的衣服什么的，她都拿来洗。现在我妈妈如果在地里干活，她还是帮我妈妈洗衣服，也挺难得。尽管结婚以后，互相之间也有矛盾，也经常吵闹，比如她有时候发脾气，我都不知道什么原因，但总体关系还是可以。2014年结婚后，不久她就怀孕了，我让她待在家里生孩子、带孩子，现在孩子都一岁多了，开销也大了，她今年准备和我出去，一起到新疆打工。

现在想起来，和今天相比，我结婚花费十来万，真的算很少。我当时只给了女方三万彩礼，给她爸爸的，算是最低了。现在结婚的话，一般彩礼都是六七万甚至十万，女方拿到彩礼后，爱给男方买什么由他们决定，也可以什么都不买。彩礼送过去，就是女方的。除了彩礼，还有鞭炮、烟、酒水、菜、红包等等，房子装修、买家具更是结婚花费的大头。在彩礼上，我和东东有过不愉快的经历，原本说好三万，她听了她大妈的，要五万，当时我家里不可能在短期内多拿出两万块。她将大妈的意思转告后，我就火了，我说这婚我不结了。我是正月初八结的婚，到正月初七了，她还是坚持要五万。我知道这不是东东的本意，肯定有人在里面撺掇，在农村经常有这样的事情，女方的亲戚认为这是最后的机会，一般会怂恿女方临时提出额外的要求。结婚当天也闹了一点别扭,按照风俗,我们这边先杀猪,男方家一半,女方家一半,可东西还没有送过去,她就打电话来,说不嫁了。我也不知道什么原因,也许是彩礼的事情闹得她心里不舒服,她只是在电话里哭。我听她这么一说,也火了,事情已经到了这个份上,我说你不嫁就不嫁,把我的东西退回来。然后她三姨就在那边劝她,她就嫁过来了,可能她当时也挺矛盾的,心里有很多顾虑,这些情况我爸爸妈妈都不知道,我叔叔他们也不知道,我都没和他们说。

结婚时,我家里根本就没有多少积蓄。当时我小叔给了三万,我大姑借了两万,大姨借了两万,加上我打工多年的两万工钱,最后找村里借一点,才勉强将婚礼办好,可以说,结婚的费用基本都是借的。我爸爸妈妈跟随四姑父在北京打工十几年,当时的想法就是存钱给我结婚,四姑父如果不欠父母的工钱,我结婚的经济压力就会小很多,也不用借那么多钱了,但我知道四姑父自己的工程款都没有结清,根本就不可能给我们钱,他们在外的日子也不好过。到现在,我结婚的账还没有还清,还欠大姑妈两万,我小叔给的钱不要我们还。说起来,叔叔婶婶对我帮助还挺多的,要不是他们支援了三万块钱,我婚都没法结了。东东也知道这些状况,她也没说什么,她妈妈在她一岁不到的时候就疯了,她小时候吃了很多苦。她嫁给我后,我妈妈总是要我对她脾气好一点,多哄一下她,妈妈心疼她,说她也是一个吃过苦的姑娘。

我们现在和爸妈住在一起,结婚欠下的钱,也没有明确说谁来还,谁有能力,谁就还。不过爸爸年龄大了,身体也不好了,婚礼欠下的债,我会来承担。如果在外面干得顺利,两年之内,我可以还清结婚欠下的债。但问题是，从去年开始，工地上的活就不好找，今年出去，也不知道具体是什么情况，就算找到了活干，也担心工钱好不好拿，事好不好做。今年我们村里搞建筑的很多年轻人都没有走，都留在家里，要是在往年，根本就不可能出现这种状况。我堂哥昨天将我身份证号码要过去了，可能是要买票，具体什么时候走还不知道，等老板买好票了，就会通知我们，随时都可能出发。搞建筑这一行就是这样，依靠的是乡里乡亲的关系网。

对于将来，我没有多想，现在就想好好在外面干，挣点钱，然后回来发展，看能不能在家做点别的，养养猪什么的。我不会种地，养猪也不会，我小的时候，爸爸妈妈都在外面打工，家里没有农活干，地都给别人种了，我也没学会干农活。事实上，就算回到农村，我现在也很难在农村生活下去。我对未来挺担心的，就想着外面要是建筑业倒了的话，那我们都没饭吃了。

念书以后：另一种打工

在第三代中，类似于周婕、小果、振声的经历，还有蓓蓓、蕾蕾、时春、沈晴和沈北，他们长到十几岁，就离开村庄或家里，到东莞、深圳、广州、中山、武汉、北京、上海等城市打工，女孩子几乎都有过进厂的经历，在流水线上干活，有时也辗转到餐馆、超市、美容院等服务场所。我记得周婕说过，在广州打工，还需要有广州户口的亲人担保，要交一千多块钱的押金，如果是自己辞工，这些押金一般都拿不回来。时春2012年从深圳一家厂子辞工后，到了广州，找到了海珠区江怡路的阿贞拉肠店，在那儿当服务员，每天都要站着上班十几个小时，干了几个月，最后走时，店主拖欠了她一个半月的工资。我曾带时春去找过那家店，但店主态度强硬，最后不了了之。反而是侄女的态度让我感叹，在维权过程中，她总是安慰我看开一点，不要想那么多。也许，对刚刚十八岁的侄女而言，她的经历让她早已看透了世界的坚硬，也在生活中学会了顺服和自保。本就不多的工资，真的要去维权，只会让人脱一层皮，更关键的是，店主根本就没有和她签订劳动合同，真较起劲来，也不见得就能获胜。

周婕、小果、振声的讲述，很多时候让我触目惊心，他们都提到每天的劳动时间，大多达到十五六个小时。在三个孩子共同的感受中，疲惫和劳累是他们对打工生活最刻骨铭心的记忆，还有工厂里面随时受伤和死人的状况，都给他们留下了心理阴影。

我记得周婕曾和我提起，若晚上一个人外出，必定将自己打扮得不男不女，故意弄得丑一点。还有振声，在哥哥、嫂子印象中，他始终是一个不安分、不懂事的形象，但通过和他聊天，可以发现，他根本就不是哥哥嫂子口中所叙述的那么简单的男孩子。对一个留守家中十几年的男孩来说，安全感的匮乏、性格的暴躁、学习能力的欠缺、与人相处的生硬等等，都作为留守孩子的深深烙印，在他长大成人独自面对社会时必然会日益凸显出来，并影响他的发展和社会竞争力。对他而言，读书改变命运的路径已无法走通，父母外出打工的现实，也剥夺了他在生活中学习具体劳作技术的可能，并不扎实的基础教育，压根就无法让他获得更好的自我认知。对一个心理脆弱、能力欠缺的个体而言，除了延续父辈的命运，重复父辈遭遇的辛酸和挫折，已不可能找到更好的生存路径。

但这就是现实，摆在这些孩子面前的现实。对他们而言，父母收入有限，家里尚有求学的兄妹，早早走出家门，承担一定的家庭责任，也成为家庭成员之间一种传统的互助关系。以二姐女儿周婕为例，在多年的打工生涯中，尽管她认为和她父亲相比，自己乱花了很多钱，但实际上，她和爸爸的大部分收入，支援哥哥周唯一直念到了研究生。大姐家的女儿小果、蓓蓓、蕾蕾同样如此，念书的姐姐小敏、妹妹媛媛、弟弟小招，若仅仅依靠父母的收入，根本就没有办法维持生活。咬紧牙关在外面坚持，帮助父母分担重担，成了这几个孩子唯一的选择，在共同的家庭生活中，支援能读书的兄妹，是家庭成员之间共同的默契和期待。甚至四姐家年龄尚小的沈晴、沈北都不例外，除了帮助姐姐沈亮念大学外，帮助爸爸还清欠下的工钱，已经成为她们人生面临的首要任务。

我不知道，这些孩子的选择，是否潜移默化受到了丈夫求学经历的影响。客观说来，尽管丈夫大学毕业后，并没有特别高的收入，但每逢家中碰到大事，诸如二姐生病、哥哥建房，丈夫还是有能力伸出援手。现在的问题是，对考上大学的农村孩子而言，要顺利完成学业，往往需要举全家之力，但大学毕业后的客观前景，不要说回馈家庭，能够自保都不容易。在现有条件下，兄弟姐妹这些念书的孩子，能否复制丈夫的命运，通过读书改变个人的命运，同时回馈乡村的家庭，还是个问号。

小敏是大姐的大女儿，也是所有孩子中，第一个念大学，第一个走向社会参加工作的。她出生于1984年，2005年考上我任教的大学，学习会计专业。我现在还记得大姐夫第一次来广州送她念书的情景，当时因为我刚刚毕业，丈夫还在念博士，两人经济条件都不太好，所以没有安排大姐夫去住宾馆，而是一起挤在丈夫中山大学488栋403号的宿舍里，地上、床上一共睡了五个人。大姐夫尽管是第一次来广州，但唯恐我们多花钱，没有游览任何景点，将小敏交到我们手中，安顿好一些事情后，就匆匆返回了湖北，他的宽厚、本分，还有对女儿的期待，让人印象深刻。

小敏上大学那几年，我因为结婚生子，生活整天被一些琐事绊住，根本没有多少时间过问她的事情，只是在上课的时候，偶尔去她们宿舍看看。三年以后，小敏毕业，因为手头资源有限，我和丈夫甚至都没有能力给她找一个好单位。经过多次面试，反复折腾，和很多来自农村的孩子一样，她只能进一家很小的公司。为了减缓经济压力，小敏白天上班，晚上就住在我们家，下班回来，和我们一起吃晚饭。她的第一份工作是在广州一家公司搞内勤，每天早早出门，晚上忙到八九点，每月工资大约两千块。如果让她在外面租房，工资所得连基本开销都难以维持，更不要说有什么节余。她工作压力大，也看不到太多前景，说到底，公司无非就是将她当廉价劳动力使用。小敏很快跳到一家拓展公司，主要负责联系业务、带团，经常在外奔波，平时没有任何空闲，收入也只有两千多。当时，我和丈夫最大的希望，就是她能找一个条件好点的男朋友，两人一起在广州奋斗，或许还能改变现状。一年多以后，情况依然如此，也看不到任何新的可能，恰好武汉有个公司招人，而且能够回到本行做会计，小敏考虑到待在广州的生活压力实在太大，毫不迟疑选择了回武汉，一直在新的公司坚持了三年。尽管这份工作的工资也只有两三千元，但武汉消费比广州低，而且离家也近，心理压力还是缓解了很多。但若说到在武汉成家、买房，依然难以实现。

2014年，经人介绍，小敏认识了当地一名青年，并很快结婚。丈夫和她一样，也是念了一所二本院校，在广州一家公司打工，他学的计算机专业，工资比她要高一点。怀孕后，小敏辞了职，丈夫在家里支援下，在孝感郊区买了一套小房子，她待在家中带孩子，丈夫在广州上班，依赖工资供房、养家，过起了两地分居的生活。

小敏的妹妹蕾蕾和她在同一个小区买了房子，蕾蕾的丈夫是泥瓦匠，因为经常外派国外做劳务，收入还不错。两姐妹尽管受教育程度完全不同，但最后的结局、命运并无太大差异。这种结果，完全出乎大姐、大姐夫的意料，小敏当初通过高考进入大城市念书，但最后在现实的压力下，还是一步步退回到了家乡，生活境遇和自己小学毕业的妹妹相差无几，唯一不同的是，妹妹因为早年外出打工，一直和父母供养尚在念书的兄弟姐妹，而小敏因为年龄已大，必须面对自己的生活，暂时还无力回馈家庭。

媛媛是大姐最小的女儿，通过高考，上了浙江一所二本院校，学了热门的电信专业。媛媛长相出众，聪明伶俐，性格活泼，念大学时，颇受男孩关注。她和温州的男朋友最后走到了一起，男方家里经济条件不错。毕业后，她得以进入当地的移动公司，待遇超出了大姐和姐夫的想象。在所有念大学的孩子中，媛媛是唯一通过念书、经由婚姻得以改变命运，并能切切实实回馈家庭的孩子。

小招是大姐最小的儿子，在所有孩子中，他被寄予了最高的期待。不仅因为大姐为了生个男孩，付出了很大的代价，也因为小招的成绩自小到大，确实不错，和前面读书的哥哥姐姐比较起来，小招终于破除了只能考上二本的魔咒，当年的分数线超过了一本四分。不过，因为湖北考生竞争激烈，小招尴尬的分数，并未让他进入像样的一本，从武汉科技大学毕业后，他早早规划，考上了本校的研究生。大姐不希望小招像周唯那样，远走新疆工作，对于家中的独子，他们认为就算不待在武汉，至少也要选择一个交通方便的城市。当讨论到在武汉立足的成本时，大姐对那儿的房价显然没有任何想象力。我提到现在的孩子，如果要在大城市立足买房，都是父母支援首付，大姐、大姐夫陷入沉默，仿佛对此没有任何心理准备。倒是小招为了缓解父母的尴尬，开起了玩笑，"那我就不找老婆！"

周唯是二姐的儿子，1983年出生，是所有孩子中年龄最大的一个。二姐1999年去世时，周唯刚上高中。通过高考，他来到了黄冈师范学院，选择了化学专业，考虑到家庭经济状况，周唯原本想早日工作，但地方师范院校的就业选择非常有限，对很多孩子而言，最好的结局也就是在乡村当一个有编制的教师。没有过硬的关系，周唯连这条路都走不通，被逼无奈，他决定考研，为此，还询问过我们的意见，我们自然支持他。周唯很懂事，能吃苦（小小年龄就脱发，可以想象他面临的压力），应届就考到了一所石油学院，毕业后，为了获得更好的收入，他果断选择了边疆地区，目前供职于克拉玛依一家油田。因为路途遥远、路费太贵，他工作后，从来没有回过家，我也没有看到过他，对他在新疆工作的情况了解不多，但听二姐夫说，他在克拉玛依经人介绍，找了一个做生意的湖北女孩，已经结婚生子。虽然远离家乡，但因为他有研究生文凭，过得还算可以。令人担忧的是，二姐夫前年中风，有一段时间生活无法自理，经过治疗休息，尽管情况好了一些，但儿子远走他乡，女儿也已出嫁，他只能独自生活（他不愿跟随儿子到新疆，怕增加儿子的经济负担）。

沈亮是四姐的大女儿，2008年高中毕业后，考上了桂林一所旅游学校，四姐夫的破产直接改变了沈亮的命运，让从小衣食无忧的她第一次直面人生的残酷和压力。大学毕业后，她就留在桂林当导游，认识了公司一个开旅游巴士的同事，并很快结婚，在桂林附近的乡村安了家。沈亮的丈夫是家中独子，父母都是农民，生了孩子后，沈亮从旅游公司辞职，待在家里带孩子。面对沈亮的选择，四姐总是感叹，"都是我们连累了孩子，从小带她们离开农村，到城市立足，最后还是嫁到了农村"。尽管相对父母风雨飘摇、毫无安全感的生活，单纯的沈亮对乡下生活并没有太多不满，但四姐始终觉得愧对孩子，城乡之间，在她心中，始终有条难以逾越的鸿沟。

与振声、周婕、小果、时春这些没有接受过高等教育的孩子相比，念了书的孩子，可以避免从事一些繁重的体力活，不用到流水线上打工，但他们的生活，如果没有过硬的社会关系大显神通，如果不在地域选择上妥协（最大顾虑就是无法照顾父母），或者通过婚姻在经济发达地区立足，仅仅念了大学，凭借个人能力，已不可能顺利进入体制，获得一个收入过得去、稳定而体面的工作。至于像他们的舅舅一样，通过个人努力，在大城市买房成家，几乎成为海市蜃楼般的梦想。光是城市的高房价，就足以让他们对工作机会较多的城市望而却步。三十年前，通过高考，丈夫走出农村，不但获得了更好的自我成长，也切切实实获得了在城市立足的资本。今天，这一切都不可能重现，哪怕是户口迁徙，考上大学也不意味着获得了户口迁徙至大城市的自由。小敏毕业时我才知道，根据规定，农村的孩子，学校压根就不解决他们的户口问题。

事实上，从念书的成本来看，第三代远远超过1990年代考上大学的那一批人。在对兄妹生存境遇进行考察时，我发现，一个家庭若有孩子念大学，除了父母要外出打工外，其他没有念书的孩子也必须外出打工，才能和父母一起供养念书的兄弟姐妹。这种互助模式，几乎和丈夫念大学的时候一模一样。不同之处在于，丈夫从大学第二年开始，完全可以通过勤工俭学养活自己，不再依靠家里的供养，而且一毕业就可以获得干部身份，进入大学教书，进入社会的精英阶层，而到第三代已无这种可能。对女孩子而言，就算读了大学，若不能依赖婚姻改变命运，所能过的也无非就是进入一家朝不保夕的企业，过着一种紧紧巴巴、毫无安全感的生活。四姐最难接受的就是，因为家庭的变故，她从小在城里长大的女儿，最后不得不嫁到一个落后省份的农村，开始了人生的另一个轮回。

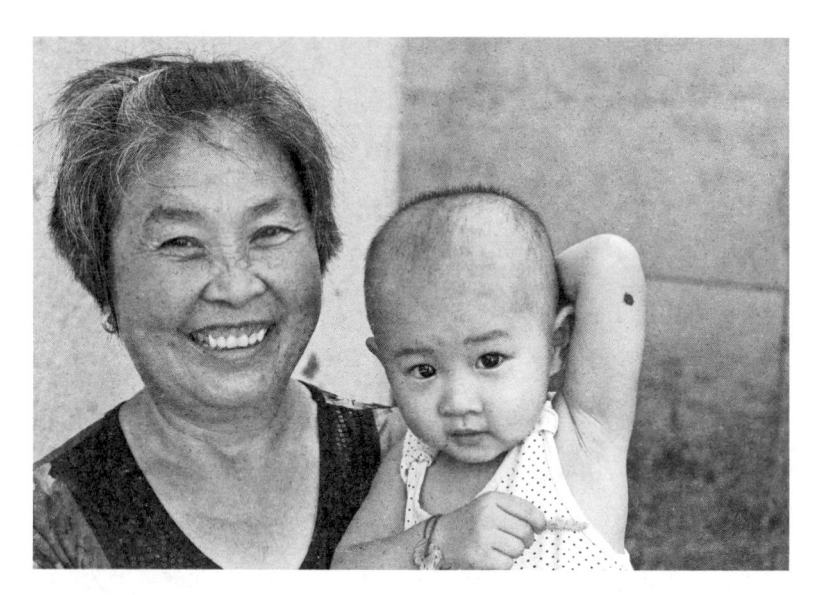

大姐与留守身边的外孙

哥哥与回家的侄子（图右为作者黄灯的儿子力行）

姊妹们的孩子们2006年合影

五　在惯性中滑行的生存

在《乡村图景》一文中,我只是以一个旁观者身份,从远景层面提到了农村当下面临的诸多危机,当我试图进一步对丈夫家庭进行深入剖析时,我发现,了解越多,就越无法摆脱内心的压抑、沉重。有人将苦难比作人生的一笔财富,我要说,对能摆脱困境的人而言,过去的苦难也许是一种难得的历练和精神资源,但对于深陷生存危机、无从摆脱厄运的个体而言,苦难是刻在他们心头无法平复的伤痕。至少,对我的亲人而言,过去所遭受的苦难,深深影响了他们的性格养成、自我认知和个人能力培养等各个方面,给他们漫长人生的发展带来了极大的局限。

直到今天,我依然能从亲人的气质中,感知其面对命运的无奈和不争。在惯性中滑行,成为他们实际的生存境遇。

依然艰难的生存

在和哥哥、嫂子、四姐，甚至下一代侄子、侄女的聊天中，我深深感到他们对未来的生活并没有太多期待，就算是年轻人，对于明天，也没有太多设想。在哥哥、嫂子的想法中，人生目标就是养大小的，送走老的；对侄子侄女而言，长大了就成家，成家了就生娃，生了娃，背负了压力，就外出打工，若在外面找不到活路怎么办，他们既没有心理准备，也没有答案。哥哥坦言："没想过将来的生活，村里有活，就干一天，反正，做一天是一天吧，只有这个本事，也只能想开一点。真的老了，干不动了，就没招了。至于养老的事，走一步算一步吧，等到老了干不动了，再说吧。"

和几十年前的农民比较起来，尽管哥哥也曾有过在北京打工十八年的经历，也算见识过大城市的繁华和发达，但在他的潜意识里，他从来不觉得城市的现代与繁华和自己有什么关系。也许是童年的饥饿和过去的苦难，给他心灵留下了太多沉疴，他对生活不会生出任何非分之想，"真的在外面干不动了，回家种点田，只要能糊住嘴巴，吃饱穿暖，解决温饱就行了"。几十年过去，哥哥的意愿依然停留在"只要能糊住嘴巴就行了"的阶段，社会巨额的财富，和他产生不了任何关联。但他又能够对生活有什么期待呢？待在家里，土地根本就不足以维持一家体面的生活；外出打工，付出了青春和劳力，忍受了辛劳和痛苦，最后却白费力气，连血汗钱都付诸东流，还找不到任何申诉之处。从这个层面而言，恰好是积淀于血液中的隐忍，让他能够承受生活的折磨。不抱希望就无所谓失望，这是哥哥作为一个农民，获得内心宁静的秘密。不能忽视的是，对哥哥这一代农民而言，因为有对过去极端贫困的深刻记忆，这种创伤性遭遇，为他忍受现在的紧巴生活，提供了心理上的支撑，也降低了他对生活的期待。

与哥哥至少还能过上宁静的生活相比，四姐的日子要艰难很多。在多年的讨账、失望、伤心中，她内心早已伤痕累累，青春在无谓的等待中消失。老的老去，小的长大，生命的流程并未按季节的轮回推进，四姐的无奈写在脸上，她对生活的期待如此卑微，"我现在最大的愿望就是将工钱要回来，我们一家人能够回去。我感觉生活太苦了，有家不能回，社保、医保都没买，以后怎么办？多年来，我一直在努力，孩子没出生之前就开始打工，孩子出生了，就一心一意带孩子，但无论怎样付出，都改变不了现状。现在也挣不了多少钱，对解决问题一点用都没有，只能吃一点饭活着。我怎么努力都看不到希望，还要连累几个孩子"。四姐不是一个话多的人，在说这番话时，我能明显感到她内心翻滚的隐忍和不满。青春美好的记忆，像一场遥远的梦，家人一直以为她生活在经济宽裕、衣食无忧中，没想到外表光鲜的四姐夫，生活如此脆弱，不堪一击。

冷静下来想想，哥哥、姐姐的命运，并非完全由运气和禀赋差异造成。在哥哥临近的村庄，他曾去帮工的一户农民，从1997年开始建房子，持续了十九年，都没有办法获得足够的资金将后续的工程做完，这是我在农村见过的建造过程持续最久的一栋房子。在丈夫的村庄，我看到很多外表光鲜的新居，里面处于纯粹的毛坯状态，除了外墙贴了一点瓷砖，看起来像模像样，里面都是裸露的水泥，东东家如此，哥哥家的二楼同样如此，邻居家的新居也不例外。外部的光鲜和内部的千疮百孔，构成了触目惊心的对比。哥哥家的状况，并非个案，事实上，连哥哥自己都承认，"在我们村子里面，我家境不算那么差，有的比我还差，就靠吃低保过日子"。还有一位七十八岁的老人，老伴已经去世，儿子、媳妇都在外打工，她独自在家照看两个孙子。孩子上学去了，为了挣钱，她和村里其他人一起去茶场采茶，以补贴家用，采一斤茶能获得两块钱的劳务费。从去年开始，茶场的人见她年龄太大，怕她出事，拒绝让她进入茶场干活，春节期间，她看到我们，还在唠叨这个事情。

事实上，尽管丈夫考上大学，赶上房价还没有疯涨时在城里安了家，但交完按揭，也只能从并不丰厚的收入中，在经济上给予家人有限的资助，无法从根本上改变家人命运。哥哥到现在还在念叨母亲生前的心愿："我妈妈在世的时候，就是希望我弟弟当官，她生前很多次提起，他当官了，我们就好了，能将我们弄到外面去，随便干点什么，只要不在家种田，就行了。在农村累呀！"

"农二代"的新困惑

2016年4月27日，因为《乡村图景》一文引发的热议，在和一个朋友的对话中，他从传播学的角度，问了我一个问题：面对这么高的点击量，是否思考过，到底是谁在点击？我事后回忆，从2016年1月29日"网易新闻"的跟帖推断，出生在农村，或有农村生活经验但已经在城市立足的人群，应该贡献了最多的点击量。他们的身份，也许是农民工，也许是出生在农村的读书人，也许是依然挣扎在农村的普通农民，但有一点可以肯定，他们是懂得利用新媒体、较为年轻的一代人。如果将与农村依然有着深切关联的群体，命名为广义的"农二代"[1]，那么，用朋友的话说，"第二代农民已经知道利用新媒体来给自己赋权"。这让我意识到，在信息时代，"农二代"所处的历史语境和其父辈已有天壤之别，更不要提他们和传统农业社会的巨大差异。从对信息的接受和迷恋上，"农二代"和城里孩子并没有太大差异。以我的侄子、侄女为例，他们使用智能手机的时间，比我和丈夫还要早好几年，在我们还抱着"老人机"的时候，他们已换了好几个智能手机。很多常见社交媒体的使用，他们不但比我们熟练，也比我们运用得更充分，甚至他们的对象，都是通过QQ或者微信结识的。

　　侄女时春曾告诉我她迷上智能手机的事情。2011年左右，她之所以外出打工，最大的心愿就是买智能手机。"那是玩微信正疯狂的时候，每个人，如果手头的手机下载不了微信，就会拼命地想存钱去买一个新手机，以便下载微信玩。我记得我出去做事后，感觉钱够买一个手机了，等到一发工资，就会辞职，立马去买手机，然后下载微信玩。我买的第一个手机是'联想'的，花了七百八十元，我记得很清楚。这在当时也不算便宜，反正想着只要能玩微信，能玩游戏，其他的都无所谓。我们当时玩手机，不像现在，玩一下就放着，当时是一直从有电玩到没电，然后边充电边接着玩。因为充电器不好，影响了手机的使用，一般手机寿命只有一年多，我那个手机也没用多久。手机不能用了，接着去打工，赚钱再买，

---

[1] "农二代"是指20世纪80年代后期出生，户口在农村但工作在城镇的一代人。他们与父辈不同，虽有农民身份，却没有了土地。造成这种情况，一部分人是因为进城，另一部分人是因为土地流转。随着农村土地实现规模流转，这一特殊群体将会不断壮大。

每个月都存不了钱，当时的感觉，就是过一天算一天、无所谓的态度，反正过了今天再想明天，明天到了，日子自然也会过下去。"当时侄女才十七八岁，因为年龄偏小，没到法定用工年龄，很多用人单位根本不和她签订劳动合同。智能手机的使用，彻底打开了她封闭的世界。随着微信的普及，她进入了很多社交群，她和丈夫的相识，就是得益于当地的微信群。和以前的农民比较起来，网络确实改变了侄子、侄女的生活，这一点，哥哥、嫂子无论如何都想象不到。

问题的另一面是，尽管在获取信息的方式上，他们和城里孩子同步进行，但其社交空间，依然具有明显的群体特征，他们所找的对象，依然脱离不了自己的阶层。在找到对象以后，他们还是需要通过传统的方式来确认婚恋关系。侄子就提到，他将通过QQ认识的女孩第一次带回家后，妈妈很满意但也很急切，迫不及待地要去找媒人来确定关系。

在和侄子、侄女相处的过程中，我发现他们貌似时尚，但生活境遇并不令人满意。信息时代裹挟的消费观念，让他们在获取物品的权力方面，貌似和别人没有差异，但是否具有获取心仪物品的能力，成为凸显他们身份的赤裸裸现实。在哥哥心目中，他认为子女是背叛了传统的一代，"他们根本就不知道怎样种地，怎样犁田；不知道什么时候打药，什么时候上水。儿子的状况，不是只有他一人是这样，而是普遍的。他们这一代不懂种地的一些事，也吃不了什么苦。如果外面的活不好干，回到农村，他们很难生存"。

更让哥哥难以接受的是，下一代只懂得追风攀比。他提到儿子在结婚前，也曾向他提出在城里买房的要求，被他断然拒绝，"我对振声说,买房有什么用?你有什么能耐买房?后来媳妇那边觉得也有道理,如果没有职业,买个房子也没用。我不认同现在的年轻人,一定要在城里买房,买了房子,要交物业费、卫生费,如果没有职业,根本养不活城里的房子,更不要说养活一家人"。

但客观而论,通过和侄子深入沟通,可以发现他并不如哥哥所说的那样,不懂生活的轻重和艰辛。多年在外摸爬滚打的生活,早已让他尝到了生活的滋味,而恶化的经济形势,更让他对前途非常担忧,"中国搞建筑的这么多,现在真的挺担心,怕哪一天建筑行业不行了,全家人的生活没着落。生孩子后,压力突然大了很多,一个月的奶粉就是一千多,每年除了维持生活,基本上没有积蓄。挣了钱,过一年算一年,要不是有人帮衬,很多关口根本就过不去"。就连侄女时春,尽管在追逐时尚方面显得很不理智,对未来也没有什么规划,人生态度就是过一天是一天,一副无所谓的样子,但实际上,外出打工,她也曾遭遇过很多艰难时刻。对生活的艰辛,她也有清醒的认知,"我打工的时候,经常饿着肚子,或者去同事家蹭饭吃,等到发了工资,再请同事吃东西"。对侄子、侄女这些"农二代"而言,新的婚恋关系和人际交往方式,与新媒体技术密切相关,但如何应对信息时代给他们造成的价值错位感,如何在信息泡沫中,唤醒他们重建这些信息与现实生活的关联,是一个不容忽视的问题。

我担心的是,对哥哥来说,相比以前的日子,现在的生活毕竟在一步步改善;但对哥哥的孩子这一代年轻人来说,能否沿着这种线性的改善路径推进自己的生活,却是一个很难回答的问题。毕竟,环境污染、教育资源稀薄、消费主义泛滥已成为摆在眼前的事实。不能否认的是，第二代农民工和第一代农民工已有了根本区别。对"农二代"而言，一方面，他们游走于城乡之间，没有物质极度匮乏的记忆，他们对新媒体的使用非常熟悉，价值观念也基本被消费主义占领；另一方面，在成长过程中，他们大多有留守儿童的经历，带着情感上的严重匮乏进入青春期，随着个体力量的增强，我不知他们是否会和城里的蚁族遥相呼应，并唤醒自身认识到已被嵌入社会结构性困境的事实？毕竟，相比作为父辈的第一代农民工，因为早期生存境遇的恶劣所导致的心理势能，到农二代身上，这种心理红利面临耗尽的危机。"农二代"已经成长起来的事实，迫使社会必须面对很多新的问题。

熟人社会的家庭结构与溃败的农村组织

费孝通在《乡土中国》中提到，"我们很可以相信，以农为生的人，世代定居是常态，迁移是变态。大旱大水，连年兵乱，可以使一部分农民抛井离乡；即使像抗战这样大事件所引起基层人口的流动，我相信还是微乎其微的"[1]。他这一判断，符合对传统乡村的描述，但自上世纪90年代以来，中国农村大规模的人口迁徙，显然已在费孝通的经验之外。有意思的是，尽管从表征来看，农村的人口迁徙数量多，规模大，以致近二十年来，"春运"已成为最能牵动人心的热门词汇，但从农村的人际关系而言，家庭结构依然建基于熟人社会的传统模式。

---

[1] 费孝通《乡土中国》，上海人民出版社，2007年8月第1版，第7页。

转型期的乡村之所以依然保留了熟人社会的基础，一方面是利益，一方面是情感，两者构成了一种真实的牵连。镶嵌于熟人社会的大家庭，也呈现出了前所未有的复杂性，单纯以"阶级"或"阶层"等概念，已不能勾勒出家庭成员之间的真实关系。以我丈夫家为例，家庭成员中，既有传统的农民，也有"农二代"；有包工头，也有卖苦力的农民工；有打工妹，也有大学生；有挣扎于底层的群体，也有通过读书改变命运的城市中产阶级。这种种杂糅的社会身份，互相渗透而又紧密关联，但最本质的关系，依然是在血缘基础上的情感共同体和利益共同体。家庭成员之间的互助关系，也许更多来自共同的情感记忆，但这客观上导致现有的家庭结构依然处于熟人社会的传统序列。对家庭成员而言，帮多少是能力问题，取决于各自的经济实力，但帮不帮则是态度问题，可以看出家庭成员对家族共同体的认同程度。借助熟人社会的运转逻辑，家庭成员之间互相牵连，真实地构筑了一种互动关系。

以我的父亲、母亲为例，在他们的人生历程中，一直为人情所困，大半的时间和收入，都用来应付各种人情往来，营构各类人际关系。这显然源于熟人社会多年累积的流弊，以致最后走入人际交往的死结：有些喜爱钱财的亲戚，一个小小的由头，就能让他们大摆酒席，亲人一旦受邀，就没有拒绝的可能，否则，只要有一次没去，几十年经营的关系，就会在自尊被践踏的借口中毁掉；另外一些对钱财比较淡漠的人，即使真的有什么大事，也会尽量避免大摆酒席，这样，就会有人在多次人情交往的支出中，经济上处于劣势。长此以往，情感上也并不心甘情愿，我父母就经常处于这种矛盾的挣扎中。

有意思的是，抛开经济因素，我发现事情也没有那么简单，我观察到，尽管传统大家庭给父母带来的人情负累让他们苦不堪言，但真相是，在情感上，他们又极为依赖亲戚。尤其是父亲，退休之后，最多两个星期，就要回乡下一趟，和他从小长大的兄弟待上几天。人到晚年，因为要与子女相伴，不得不进城居住的现实，仿佛将父母连根拔起。很多时候，我甚至发现，父母也并不是特别在意对亲人付出金钱。隔一段时间，若亲戚中没有请客的大事，他们就会感到失落。我推断，每次亲友之间见面，互相交流的充分信任，以及在此过程中所获得的尊重，应该会给父母带来极大的情感满足和精神慰藉。

面对彼此依存的熟人社会，身处其中的人，尽管会有不少困扰，但也很难说清其中的利害关系。在现代社会，哪怕城乡之间产生了强烈的冲撞，维持社会弹性的可能，依然来自熟人社会提供的支持；家族成员之间的互助，更被视为关键时候抵挡风险的必需。我博士毕业后的经历，颇能说明互助关系的重要。多年来，整体而言，尽管我对亲人的支持会多一些，但也不能否认，在人生的重要时刻，若没有亲人的及时帮助，我在城里的生活，会面对更多的麻烦。我记得2006年买房时，在手头只有五千块钱的情况下，恰恰是众多亲戚的资助，帮我凑齐了首付，我才能够实现买房的愿望，侥幸逃过了接下来的房价疯涨，得以在城市找到一个安居之所。

对四姐而言，经由熟人社会的业务关系，之所以在欠薪发生后导致她的家庭变故，表面看来，直接的原因是工程方的拖欠，但若从人际关系的角度来理解，则可以发现，在一场没有合同、仅靠口头承诺的经济活动中，有人会因为人际关系的疏松，轻易逃脱经济责任，但对四姐夫而言，因为面对的当事方都是熟人，他不得不承受由此带来的舆论、道德压力，尽管他和手下的工人没有签订过任何合同，但并不能仅仅从法律层面，借此逃脱责任。

四姐夫的遭遇，是熟人社会和法理社会交织在一起，矛盾暴露出来的典型案例，它既是经济问题，又是法律问题，同时也是文化冲突问题。对四姐夫而言，一方面，在他熟悉的承包工程领域，他业务的来源，多年来一直靠熟人的口头承诺。这种熟人社会的经济承诺固然来自互相的信任，但一碰到麻烦事，则完全没有任何力量去保护弱势一方的个人利益（在工程关系中，带资承包的一方显然是弱势方）；另一方面，四姐夫工程的落实，要通过亲近的乡邻来完成，这种更为彻底的熟人社会的业务交往，在他工程失败后，其经济承诺依然存在，无论他陷入怎样悲惨的境地，归还乡邻的工钱，是他背负终身的职责。在熟人社会建构的经济关系中，四姐夫无法通过法律途径来维护自己的权益，却必须承担经济活动失败的所有风险。法理的缺失和熟人之间的纠葛，成为很多人伦悲剧的来源。在我湖南老家，2006年之所以"买码"成风，和口头接单的普遍、报单的高效与可行密切相关，这种原始的信任关系，以最小的交易成本，实现了非法活动的传播和蔓延。但涉及巨额的"中码"或者"吃单"事件时，因为缺乏法律凭证，一旦出现重大的利益纠纷，亲人之间就会撕破脸，悲剧就此发生，极端的时候，甚至导致家破人亡。

费孝通在《乡土中国》中曾提到，"现代社会是个陌生人组成的社会，各人不知道各人的底细，所以得讲个明白；还要怕口说无凭，画个押，签个字。这样才发生法律。在乡土社会中法律是无从发生的。'这不是见外了么？'乡土社会里从熟悉得到信任。

这信任并非没有根据的，其实最可靠也没有了，因为这是规矩"[1]。对今天的乡村而言，乡邻之间的信任确实留存，很多信守老传统的人，依然会坚守信用的价值。只不过，当个体行为和越来越多的现代生活产生关联时，古老信条和残酷现实之间，往往会产生激烈的对抗，熟人社会和法理社会之间的冲突，比之以前更加频繁地发生。

需要说明的是，熟人社会的家庭结构，到目前依然牢固，应该和农村多子女家庭占据主流有关。随着独生子女政策的长久实行，农村人口结构已彻底改变了当下的家庭结构，在维持农村家庭抗风险层面上，现有结构能否还能保持相应的活力，是一个值得思考的问题。

与熟人社会密切相关的另一个问题，是溃败的农村组织。大家庭内部事务的成功和公共事务的失效，构成了惊人的对比。而溃败的农村组织，不但使得公共空间日益逼仄、消失，也导致乡村生存境况的满目疮痍，并由此产生诸多现实难题。以农村的商品供应为例，因为缺乏有效的质量监督，农村事实上已成为假冒伪劣产品的集散地。不论是农民的日常用品，如牙膏、肥皂、洗衣粉，还是孩子吃的奶粉、零食，日常用的尿布、玩具，以及各类饮料，以我多年的观察，几乎没有合格的产品。侄子给侄孙喝的奶粉，都是我闻所未闻的品牌。城里人为了避免买到假货，可以到大型超市或者信誉好的专卖店，要求高的，甚至会去香港或者海外的其他市场购买，但对农村的消费者来说，就算有钱，也很难保证有可靠的渠道让他们买到合格的产品。一般的假冒商品，可能还只是影响到生活质量，

---

[1] 费孝通《乡土中国》，上海人民出版社，2007年8月第1版，第10页。

但一些关系人身安全的商品，则可能危及村民的性命。丈夫家的邻居，专门负责丧事的礼仪及提供丧乐服务，他曾提到，由于大量假冒的烟花鞭炮倾销到农村，每年春节期间，因此导致的事故和死伤，不在少数。这样一个混乱的市场，根本无人监管，也无法监管。

可以说，农村给城市输送了最优质的劳动力和原材料，而城市回馈农村的，却往往是最劣等的产品。我印象最深刻的事情，就是每年春节回家，哥哥为了庆祝过年，都会从镇上买来可乐、菠萝啤、娃哈哈、营养快线之类的饮料，品尝过后，发现其口味和正品相差甚远，但哥哥对此显然无法辨认，因为他从一开始接触到的就是假冒的味道。电器也是如此，农村几乎成为劣质产品的最大倾销地。嫂子买了几个电饭锅，用不到两三个月，就会拿去镇上修，而丈夫从广州给家里带回来的电器，一般都很少坏。嫂子一直奇怪，为什么从广州买回去的产品更耐用，她压根没想到，她在镇上买到的电器，大多是一些不合格的产品。我留意到，在"家电下乡"的热潮中，政策支持的补贴产品中，假冒伪劣的并不多，但淘汰的劣质产品却随处可见。不得不承认，在消费层面，农民在付出同样的金钱之后，却得不到相应的产品和服务。这种无形的错位，在市场漏洞极大的今天，使得农村非常容易成为假冒伪劣产品的倾销地。对哥哥、嫂子、侄子、侄女而言，因为没有更多经验去辨别真伪，除了承受假货的后果，别无它法。

价值观的缺失：掏空灵魂的村庄

尽管对哥哥而言，有饭吃，有房住，相比以前的日子，已经让他感觉满意，但他也提到，"在农村，现在只讲钱，到处摸牌，菜都不种了，孩子念书也没人管，风气坏了很多"。确实，从哥哥、嫂子、大姐、四姐身上，可以看到传统价值观念对他们根深蒂固的影响，他们的为人处世，依旧持有一个明晰的价值标杆。哥哥到现在依然会教育儿子，在外干活时不能偷奸耍滑，"不管在哪儿干活，要干得老板相信你，用你，来找你，这样才有味"。嫂子身上更有难得的通情达理和感恩之心。继父给她那么大的伤害，她依然能同情他，给他力所能及的照顾。四姐夫欠了他们十几万的工钱，连我都觉得不满，她却认为，每个人都有落难的时候，当年要不是四姐夫大方拿出一千块钱，果断将振声送往医院，这个孩子能不能保住都很难说。她曾夭折过两个孩子，对四姐夫给予的好处始终心存感恩。哪怕是大姐，在自己养育六个子女的情况下，每逢家里碰到大事，她始终坚持履行大姐的职责。对丈夫所在的大家庭而言，很难想象，家庭成员间若缺少这种来自传统家庭伦理的价值认同，并给予力所能及的帮助，在人生的关键时刻，彼此能否挺过艰难的关口，真的很难预测。

但落实到当下的语境中，事情却显示出复杂的一面。尽管从整体而言，兄妹的日常生存依旧艰难，但他们为之付出诸多汗水的劳动，最后却没有全部落实到改善生活水平上；更多时候，不过屈从一种无法摆脱的价值观，成为其牺牲品。以结婚为例，除了彩礼、家具、婚房的花费是必需部分，婚礼的铺张、攀比，并没有实际意义。2013年春节期间，振声和东东举办婚礼，光是服装费就花了一万多元，其中就包括婚纱、旗袍的租赁；另外，烟花、鞭炮、请乐队的开销也非常大，花费在一万元以上；还有酒席所需的各类烟酒、饮料，也是一大笔开销。可以说，按照目前的标准，为了对付婚礼约定俗成程序的大部分开销，对一个贫寒的农家而言，仅仅维护了面子上的光鲜，对改善生活并无实际的用处。换言之，婚礼成为他们建构人生意义的重要方式，但为此付出的代价也非常沉重，偿还婚礼欠下的巨额债务事实上成为新人新生活的起点。婚姻作为人生的大事，结婚仪式原本有其必要性，但现在的情况是，农村的婚礼负载了太多盲目的攀比，婚礼的流程只能屈从流行的模式和无孔不入的消费观念，徒增家庭的经济压力。

近两年，农村流行的巨额彩礼，往往被看作男女比例失调问题在婚恋终端市场的凸显。但我怀疑，完全超出农村实际收入水平的婚恋条件，到底有多少盲目跟风的成分？这是一个可以追究的问题。以女方提出买房的要求为例，村里有些年轻人，为了满足女方的条件，想尽一切办法先借钱买房，等到结婚后，为了偿还巨额债务，又不得不被逼卖房，以致发生白白损失几万元手续费的荒唐事情。对他们而言，房子如果能够顺利脱手，还算比较好的结果，更常见的情形是，因为买的房子地处配套不完善的郊区，自住并不方便，等到想出手时，根本无人接盘，于是陷入了想住不成、想卖想租也不成的尴尬境地。令人担忧的是，为了去库存，现有的政策都鼓励农民进城买房（有些地方甚至给买房的农民奖钱），然而，以农民的经济收入，他们显然买不起一线城市、省会和中心城市的好房子，勉强能购买的，无非是遍布各地的郊区楼盘，若这种政策和农村流行的婚恋观念形成合谋，让受制于现实要求、被迫买房的农民，接手那些毫无社区活力的房子，那必将从根基上摧毁一个农民家庭的经济基础，让其陷入万劫不复的深渊。对盲目跟随流行婚恋标准的当事人而言，因为缺乏对市场的了解和现实的教训，对被迫购房带来的风险，他们并无理性的把控，也无应对的方法和经验。

丧礼同样如此。在农村，丧礼，尤其是老人去世后的丧礼，当事人几乎没有任何话语权，完全受制于村里的舆论控制，稍有不同的想法，即被扣上不孝的帽子，从此在村里的舆论氛围中抬不起头。婆婆去世以后的情况就是如此，妹妹为了能够送老人最后一程，曾经建议采用佛教的程序给婆婆办理丧事，程序非常简单，只需从寺庙带一些师傅回来，给妈妈念一些超度的经书。和家人商量了几次，姊妹之间都同意，但最后哥哥还是屈从舆论压力，不敢采用妹妹提出的丧礼仪式，害怕周围的人说我们兄妹为了省钱让老人孤孤单单地走。我理解哥哥，毕竟他要天天生活在熟悉的村庄。丧礼的繁文缛节，谁都知道只是一种程序，但人的生老病死、婚丧嫁娶，对农民而言，程序就是意义本身。

只可惜，在丰三村，种种传统的人生程序，早已丧失了原汁原味，已不再可能传承其内在的精神精髓，而是被消费主义的油彩涂抹，使得摇摇欲坠的乡风乡俗，在急功近利的喧嚣声中，将生活推向一种不确定的未知。表面看来，农村的衰败和破碎是城乡二元对立所致，是乡村无法和城市抗衡的结果，但更为根本的原因，则在于农村已经缺乏一种恒定而又被认可的价值观念，消费主义、功利主义伴随社会的流动和新技术的来临，早已从根子上完成了对农村的攻城掠寨，断裂而又无法修复的价值观念，使得更多的村庄只能成为城市的附庸。

第二章
生在凤形村

凤形村行政上隶属湖南省岳阳市汨罗市（县级）三江乡。汨罗市位于湖南省北部，境内有罗霄山脉北端支脉幕阜山，汨罗江流经全境。三江乡位于汨罗市东北部，是汨罗、平江、岳阳三县交界的革命老区，"三江"地名，来自发源于三县的三条小江，一条由三江乡智丰村发源，一条由平江县岑川镇发源，一条由岳阳县境发源，三条小江于三江乡十全村汇成一处，与汨罗江连通，最后流入湘江，汇入洞庭湖。凤形村是三江乡一个行政村，地处三江乡西南，是一个有山有水的村庄。

1974年正月十五,我出生于湖南汨罗三江乡凤形村垛里坡,这是一处依山傍水的美好居所。家乡有"三十夜的火,元宵夜的灯"的说法,父母想都没想,第三个女儿出生后,顺便就取名"黄灯"。一个人只有外出了,才会站在高处,俯览出生的村庄在地图上的位置,才会在乎家乡河流的来路和去向。

爷爷存活下来的兄弟一共有五人。我爷爷是老大,他二弟,我们称呼为二爹,很早就过继给了别人,但因为二爹在儿子仅仅三岁的时候早逝,族人为了照顾年幼的侄子小胖(我们称呼为胖伯伯),亲戚之间的走动并未中断;爷爷的三弟,我们称呼为五爹,五爹生育有三个孩子:两个儿子(根叔、魏叔),一个女儿;爷爷的四弟,我们称呼为七爹,生育有五个孩子,他在最小的儿子(我们称呼为幺叔)十一二岁的时候就过世了;爷爷最小的弟弟,我们称呼为八爹,八爹生育了五个孩子,去年八十岁的时候投水去世。

1971年,爷爷因为害怕战争重现,固执地要将房子建在偏僻之处。他带领一家老小,经过半年的辛劳,终于在凤形村垛里坡建起了现在的老宅。现在想来,老宅的兴旺与热闹,在爸爸唯一的亲弟弟,我的叔叔黄河水1980年娶了婶婶后达到顶峰。婶婶是个热情爽朗的女人,个子不高,脸色红润,喜欢唱山歌。夏夜的星空下,我们全家聚在老屋门前的石板上,在牵牛花、石榴树、葡萄藤搭的凉棚里睡觉看星星,四周的山送来沁人心脾的凉风,潺潺的小溪欢快地绕屋而过,妈妈与婶婶说着女人间的悄悄话,爷爷与爸爸分享纸烟,因为独门独户,方圆半里之内没有别的人家,故而整个大家庭的关系显得格外亲密。

我出生时,老宅刚刚建好两年多。大姐黄辉出生在另一个村子,二姐黄沁出生在外婆家，我是家中第一个出生在老宅的孩子。在我以后，又生了四个男孩，分别是弟弟黄柱、叔叔的大儿子黄炎培、二儿子黄职培[1]、三儿子黄峰。河水叔二十六岁时，婶婶去世，八年以后，经人介绍又认识了小霞婶婶，小霞婶婶来自远方，没有和河水叔结婚，后来生育了儿子黄峰，但因为孩子有先天性心脏病，在七个月时不幸夭折。小霞婶婶后来离开了河水叔，不知去向。

1986年，爸爸被评为汨罗市首批中学一级教师，获得农转非资格，为了给我们四姐妹更好的出路，他考虑再三，最后决定将家中所有成员转为城镇户口，由此带来的实际后果，就是刚刚分田到户的田地全部被集体收回。

事实证明，爸爸的这一决定没有带来实际的好处。在读书就能改变命运的时代，我们四姐妹的出路，没有依赖"农转非"的福利。1989年，大姐师范毕业，成为一名教师，后来改行做生意；1990年，二姐师范毕业，成为一名中学教师，目前就职于汨罗市一所中学；1995年，我大学毕业，在短暂工作后，开始了漫长的求学过程，彻底离开家乡；1998年，弟弟大学毕业，因为学的是路桥专业，从此走南闯北，现定居浙江。对父母而言，"农转非"后，失去土地，他们内心一直没有安全感。1980年，正是因为对土地的留恋，爸爸毅然放弃了进城工作的机会，对此，妈妈情感上一直难以接受——用看得见的土地换回的仅仅是一个空头的商品粮户口。但在当时的语境下，"农转非"意味着身份的彻底转变，意

---

[1] 乳名"妹妹"，大堂弟炎培在婶婶生育第二个孩子时，一直叨着要一个妹妹，婶婶为了满足大儿子的心愿，将小儿子的乳名唤为"妹妹"，亲人也一直这样称呼，他的大名只出现在身份证上，这是早逝的婶婶在我们日常生活中留下的唯一印记。

味着世代为农的局面出现转机。土地被收回后,面对四个年幼的孩子,父母决定寻找另外的生存机会。1986年,妈妈陪同爸爸来到三江中学,彻底离开了居住十几年的老宅,自此以后,我们再也没有回去居住。在叔叔南下打工、爷爷奶奶去世以后,两个堂弟也彻底离开故地,老宅在年久失修中,终于坍塌,只留下了叔叔曾经居住的东边住宅。

对于故乡,我的印象非常模糊。因为姊妹多,年龄相隔近,1976年我两岁左右就被送往汨罗的另一个古镇——长乐,交给外婆抚养到快十二岁,才回到父母身边念初中,那时,父母已离开老宅。初中毕业,我就彻底离开了只是短暂居留过的家,前往县城的汨罗一中念高中,从此再也没有在故乡的土地上长久停留过。这样,实际上,从出生到现在,我仅仅在凤形村居住了五年左右。尽管如此,我和故乡的亲人却从未生疏,他们生存的点点滴滴我都非常熟悉,我父亲的兄弟姊妹依然生活于此,他们的事情,经由父母之口,我烂熟于心。

2006年,目睹老家的变化,我写下《故乡:现代化进程中的村落命运》一文,这是我第一次有意识地将故土作为观照对象,甚至是作为问题的载体进行审视——在时代的转型中,结合自己的城乡经验,正视这片土地在转型期的阵痛和迷茫,理性呈现故乡的变化,并由此彻底告别青春时代对乡村的浪漫叙述。套用今天"回乡笔记"的说法,这是一篇彻头彻尾的回乡观察。对凤形村的呈现,我愿意以十年前的这篇文字,作为起点。

一　故乡：现代化进程中的村落命运[1]

故乡是美好的。千百年来，故乡对在外的游子而言，无不成为他们精神和情感的寄托之处。对我而言，故乡更是我的生命之根和情感之源。尽管外出求学多年，我对故地的牵挂和想念却是一点也没有减少，无论再忙，每年的假期我都尽量要回家待上一段时间。

令我惊异的是，近年来，我发现自己回家的渴望竟不像以前那样强烈，故乡对我而言，仿佛无形中多了一层隔膜，至于这种隔膜到底来自何方，我眼前也是朦胧一片。我得承认，年少时代对故乡那份浪漫的想象，固然是我心态变化的重要原因之一，但她近十年来的变化确实令人触目惊心。在此，我无意从文学的角度对故乡作些描述，而只是作为一个见证人，说说我所亲历的故乡的一些变化，在现代化无所不至的社会进程中，我只想对故乡鲜活的生存情状作一简单的勾勒。

河水脏了，青山秃了

2005年腊月初十左右，群叔（爸爸的堂弟，七爹的儿子）跑到我家，和爸爸商量，说是要找志癞子算账。志癞子是老家凤形村原来的村支书，前几年以办福利厂的名义和乡政府联合办了一个纸

---

[1] 此文发表于《天涯》2006年第4期，十几年过去了，文中提到的诸多问题，今天依然存在，并未随着时间的流逝获得根本的解决。今天，作为对凤形村的一种整体表述，此文依然有其现实针对性。

厂，办厂之初，由乡政府出面，将群叔几兄弟靠近河边和马路的农田征收了过去，做了厂房，以优先招工为条件，答应每亩补助三千块，但那些钱一直没有兑现。找乡政府，乡政府说是厂子现在已经归到了志老板名下，和乡政府没有任何关系；找志癞子，说是钱早就给了乡政府，乡政府没有将钱补到位，怪不得他。

姑且抛开每亩农田是否真的只值三千块补助金这个前提不说，只说说造纸厂给亲人带来的伤害。显而易见，群叔和他的兄弟是直接的受害者，由于家乡的田地本来就不多，纸厂将他们的田地征收后，粮食生产受到了很大的影响，尽管可以到纸厂上班，但每个月付出高强度的体力劳动后，所得也不会超过五百块，更何况这种工作并不稳定，有活干时，可能加班加点，没活干时，则可能一无所获。更令我们痛心和遗憾的是，由于纸厂的安全设施差，我一个堂兄三哥在上夜班时，由于过度劳累，竟然不小心将整个大腿卷进了碎浆机中，他在三十六岁的时候永远失去了自己的左腿，成了一个高位截肢的残疾人。尽管最后经过协商赔了八万块钱，但这种椎心的伤痛是什么都无法弥补的。

更重要的是，从长远来看，纸厂对村人的最大伤害在于对环境的破坏。故乡那条无名的小河在纸厂没有开办之前，终年水质甘甜，清澈见底，总能看到活泼的鱼儿在阳光的照射下，藏在礁石的阴影中自由地嬉戏。自从纸厂开办后，由于乌黑的废水没有经过任何处理就直接排进河道中，河水不到半年就变得昏黄污浊，臭气熏天，村人甚至连鸭子都不敢放养。靠近纸厂的河岸更是成了一个巨大的垃圾场，旁人只得掩鼻而过。与此形成鲜明对照的是，一些人靠纸厂获得了巨大的利益，首先得利的当然是老板。志癞子每年由此获得的纯利至少三十万元（因为是福利厂，不用交一分钱的税，加上和乡政府合办的背景，更可以省掉很多麻烦事），他因此也在短短的时间内成为村里的首富。其次得利的当然是乡政府，尽管难以确定他们之间分配利益的具体方式，但有一点可以肯定，乡政府在很大程度上是纸厂的后台和靠山，没有乡政府，志癞子的纸厂不可能开得这么顺利，他拖欠的征地补贴也不可能一拖再拖，甚至不了了之，自然，作为回报，他也不可能不给乡政府任何好处。

从少数人的角度来看，纸厂所获得的利润当然是巨大的，但如果从整体看呢？这种收获与付出相比，也许根本就不值一提：利润可以计算，可以成为乡政府工作报告中的政绩，可以成为全国GDP中的一个具体小数点，但纸厂侵占农田给村民带来的损失，几万村民赖以灌溉和生存的河水被污染后的代价，整体生态环境的变坏对村人健康的潜在损害，又有谁来真正计算过呢？事实上，这些无形的伤害并不因为它分散到了很多人身上，被某一群体共同承担就可以忽略不计，相反，由于纸厂老板和村人错综复杂的关系（客观说，志癞子在开办纸厂以前为人也并不太坏，他在村里说不上人缘很好，但也没有留下多少难以处理的关系），很多本应摆上台面仔细研究和共同解决的迫切问题，反而就这样耽搁下来。以上面提到的环境污染为例，纸厂开办半年后，由于河水变质太快，村里华叔（七爹的儿子）的田地根本就没有办法灌溉，他找志癞子商量，志癞子由于一时也拿不出解决的方案，不可能在短期内将污水处理跟上去，于是找到村里原来的队长强国叔（八爹的儿子），要强国叔和华叔商量。华叔和强国叔是堂兄弟关系，事情弄到这个地步，村里熟人熟面，华叔看在强国叔的分上，也就不好说什么。志癞子为了平息民愤，随便弄了一个污水处理设备，然后放出风来，说污水是经过净化的，对农田和饮用没有危害，完全符合国家的相关标准。明眼人一看就知道这个设备形同虚设，但又不可能再去和他计较什么，事情就这样不了了之。结果呢？河水变得越来越脏，鸭子还是不能放养，农田灌溉只得从水库买水解决，河边的公共井也只能被废弃，村人直接用管子把山上的泉水接到家中。

泉水接到了家中，固然暂时解决了村人饮用水的难题，但没有人可以保证曾经取之不尽的泉水永远不会枯竭。绿水不再是绿水，青山又何曾还是青山？河水污染后，故乡的青山仿佛也慢慢变成了光秃秃的山岗，到处是黄黄的裸露的岩石和岩石中间的土缝里被砍过的树桩。说起家乡的山，我不由得想起童年的时光，那时由于植被生长好，小伙伴们总喜欢到山上玩，春天采映山红，初夏端午时节采野草莓，秋天打坚果毛栗，冬天则到山上扒毛茸茸的枞树叶子做引火柴[1]；不同的季节还能看到各种各样的动物，野鸡自不用说，我们总能在短短的灌木丛中看到它们傻傻地将头埋进树叶中，以躲避行人的笨样子；还有野兔，灰灰黑黑的，速度很快，但也时常被我们打中；现在踪影难觅的麂子也时常出现，长长的腿，总喜欢沿着峡谷或在峡谷里一路狂奔；甚至还有狐狸，非常漂亮，大大的尾巴总喜欢摆在灌木丛中，露出机警的眼睛；松鼠和黄鼠狼更是常见，在树丛中间跳来跳去，快乐异常。但现在，随着山上的大树被砍光（村里的山分给个人后，个人自用，砍伐增多，加上前几年建筑业的飞速发展，对木材的需求量猛增，也直接导致很多人偷伐树

---

[1] 引火柴：农村柴火灶点燃硬质木料的易燃柴草，一般为树叶。

木），加上近年来煤气的涨价，乡亲们承受不起高昂的费用，只得向大山索取燃料，这样一来，连那些矮矮的灌木都未能幸免，山岗变"山光"就无可避免了。纸厂的开办对河水的污染直接导致乡亲们对山泉的依赖，但随着山上植被的减少，山泉也并非取之不尽的资源，由此看来，如果情况持续下去，总有一天，连乡亲们基本的饮用水也会受到严峻的挑战。山清水秀的地方在无尽的掠夺下，就这样一天天变得贫瘠而又满目疮痍。

群叔说要找志癞子算账，可是这笔账是否真的就只能算在志癞子一人身上呢？

跑江湖的婶子回来了

除了生存环境的改变外，故乡最明显的变化莫过于常住人口结构的改变。

大年刚过，正月初一，父母带我们几姊妹挨家挨户给本家的叔爷叔奶、堂伯堂叔拜年。本家的亲戚几年来变化较大，以前的土砖泥瓦房有一些已被新修的钢筋混凝土楼房所取代，房屋的设计不再是以前的老式样——堂屋带连三间或者是堂屋带连两间，而是全部变成了目前流行的套间，和城里时髦、实用的房屋结构没有半点差别；装修也一样，用鲜亮的瓷砖铺地板，组合家具，挂窗帘，清一色的席梦思床，电器更是齐备。群叔的女儿因为长得漂亮，并且生得聪明伶俐，到长沙打工没多久，就通过别人的介绍到一个赌场上班，专门负责看场子。由于赌场较大，常去的人都很有钱，她嘴巴乖巧，办事灵活，总能得到客户较高的小费；她还通过认识的一些客户做做小生意，诸如夏天推销空调、冬天推销毛毯，总能赚一些"炮火钱"，光2005年就给了家里两万块，极大缓解了家里的经济压力。我们挨家去拜年，不久就到了根叔（五爹的大儿子）家，刚进门口，看到一个鲜亮而又熟悉的身影闪过，姐夫眼亮，我们还没反应过来是谁，他就开起了玩笑，"跑江湖的婶子回来了"。我们一笑，方知道刚才门口闪过的那个身影是小珍叔（家乡没有针对女性的适合称呼，不管男女，比父亲年龄小的叔叔辈，全部称为叔叔），她是根叔的老婆。

这几年随着老家打工潮的兴起，青壮年劳力大都南下广东，家里主要留下老人和孩子，刚开始两年还有一些生了孩子的妇女留在家中，但没多久，年轻的媳妇生完孩子后也紧接着背井离乡，加入南下打工的行列。据我所知，家乡出去的男劳力主要从事建筑和装修行业，干一些体力活和简单的技术活，并没有固定的工作，工资收入也不稳定，忙时，一个月加班加点可以拿两三千块，闲时则可能要吃老本。女工则主要进工厂干活，玩具厂、鞋厂、电子厂、制衣厂是她们常去的地方。我2004年到河水叔租住的地方过中秋，老家过来的婶婶聚在一起，她们都抱怨工厂的劳动强度太大。彩凤叔（五爹小儿子魏叔的妻子）说，"太累了，真的吃不消，又没有半点空，还以为出来日子好过，没想到这么难受"。瑛国叔（八爹的大女儿）说，"最主要的是眼睛受不了，一进厂房就流泪，缝纫机开起来眼睛就发昏，现在要是退还押金，就辞工"。季叔则说"真是在家千日好，出外时时难，金窝银窝不如自己的狗窝，无论如何，就出来造这一次孽了，不如在家将伢子带好"。说是这么说，真到过完年，看到有人准备出来做事，那些体力好、孩子又已经断奶的妇女又禁不住心痒，最后还是决定出来干。她们也算过一笔账，出来干再苦再累，一个月正常上班五百块钱还是能够挣的，一年下来，除了自己的开销（一般工厂包吃包住，她们的开销也小得可怜）外，最少也能存四五千块钱（当然是在她们身体好并且家人也平安的前提下），趁年轻干七八年存几万块钱，修房子、送孩子念书就有了一定的保障。

小珍叔就是其中主意最坚定的一个。她出生于60年代初期，比起那些年轻的媳妇，她的年龄要大一轮。在进城打工还没有兴起前，她嫁到老家，曾是村里公认最能干、最勤快的媳妇，生育了一双儿女后，她做了结扎手术，但不久又怀了一胎，生了一个男孩。三个孩子围着她转，辛劳的程度可想而知。村里有人出去打工后，她是第一个主动提出来要到外面做事的女人，家人都建议她在家带好孩子，但她主意已定，在最小的儿子还不到三岁时，义无反顾地加入了打工者的行列。刚开始，她和别人一样，进厂上班，过着辛苦但有规律的生活，一年后，她嫌工厂上班太累、工资低，就辞职不干了，在广州耗着，后来据说跟了一个包工程的老板，时常出去跟他做一些杂事。自此以后，小珍叔在村人的嘴里就变得暧昧起来。再后来，又听说那个老板出了事，死了，小珍叔还是没有回家。在此之前，她曾经回来和根叔交涉过，想离婚，孩子一个也不要，东西也不要，根叔没有答应。旁边和她年龄差不多的女人提醒她，要给自己留一条后路，年轻时候在外面放浪也就算了，崽女毕竟还是亲生的好，老了还是要靠他们的，凡事不要做得太绝。小珍叔将这些话听进去了，再也没有提出过离婚，根叔生性懦弱，也懒得管她，就由着她去。

第二章　生在凤形村　　149

客观说，小珍叔也说不上是一个生性风流、没有良心的女人，每年过年，无论如何，她都要回家，总要给根叔和孩子准备一些衣物和钱。妈妈曾经和她开玩笑，"在外面过得怎样？"她浅浅一笑，很久才说上一句，"在外面过惯了，真的没有办法待在家里"。长年在外的生活确实改变了她的性情，也改变了她的装束和气质。可以想象，在广州，尽管她长期都处在社会的底层，但和村里从来没有出过远门的女人比起来，毕竟见识要多一些，对生活的要求也要高一些。我还记得有一年她带回来了一个相机，亲戚一到她家，她就热情地问，"照相不？"神色很诚恳，还带了一点小姑娘的期盼和娇羞。

不知为何，在亲人有意无意对小珍叔的指责中，我对她更多的是一种理解的同情。她高中毕业，没有考上大学，家里困难，将她早早嫁给了老实巴交的根叔。根叔是一个老实人，勤快，但也真的只有勤快，两人之间要说精神上的沟通，是几乎不存在的，加上孩子多，她难以承受祖祖辈辈可以忍受的困苦生活，完全可以理解。让人感到遗憾的是，在论及农村剩余劳力进城打工时，很多人只算经济账而忽视掉了他们生活方式的变化对其生命质量的影响，以及由此带来的精神困惑。

春节过后，很多年轻的夫妻由于急着进厂上班，往往大年刚过，就将年幼的孩子留在家里，每年正月和孩子分别时，没有一个孩子不是撕心裂肺地哭喊着挽留母亲，年老的父母也躲在一旁抹眼泪，这种和亲人分别的情感折磨是一般人难以体会和承受的；夫妻之间的分居就更常见，很多年轻的新婚夫妇，往往是举行完婚礼后就劳燕分飞，外出谋生，怀了孩子就抽空回来生孩子，孩子断奶，又出去了；孩子的早期教育当然说不上，年老的父母能够照看好孩子的基本生活就算万幸，要谈对孩子的学习指导简直是一种奢望，当然，他们一般也没有这方面的意识，在他们看来，能够给孩子赚来学费才是当务之急；至于年迈的父母，同样承受了极大的压力，随着年岁的增长，这些老人的行动本来就迟缓了很多，有些连自己的生活都无法照顾，现在却不得不照看年幼的孙子，体力上的辛劳可想而知。以上这些无疑极大地增加了留守家中的老人和孩子的生存风险，此外，他们没有可以依赖的组织，一旦有什么意外发生，在现有的情况下，根本没有能力和办法来补救和处理。

  除了这些实际的困难外，他们的精神需求同样不能忽视。在农村，他们被叫作农民，在城市，他们被称作民工，但无论被叫作民工还是农民，他们对精神生活的需求是真实而又强烈的，他们希望获得尊重、获得关注的迫切心情，并不亚于他们想要改变自己的经济地位的渴求。在地域、文化、社会地位、经济差异的强烈碰撞下，他们的精神世界正承受着难以觉察的煎熬：城市尽管不属于他们，甚至还会无形中给他们带来屈辱，但他们却热爱城市，希望能做一个光鲜的城市人；农村尽管是他们的出生地，做一个农民尽管是他们与生俱来的命运，但在见识了外面的世界后，在目睹农村的真实情况后，他们早就彻头彻尾地对农村生出了一种隔膜甚至是厌恶的感情。这种情感上的煎熬真实而又磨人，理想和现实之间产生了很深的矛盾，却找不到解决矛盾的办法。农村是他们的家园，他们却无法对它产生一种天然的归宿感和家园感；城市不过是他们讨生活的人生驿站，他们却渴望能够在这个并不属于他们的驿站多停留一分。

现今的学者对农村问题的研究，对农民命运的关怀，往往更注重从经济的角度进入，但只要有过真实农村生活经验的人，都可以发现精神生活的困惑和匮乏，对他们而言，也是一个迫在眉睫的问题。在我看来，河水叔的选择正来源于精神上的困惑。河水叔曾在80年代因承包工程赚过一大笔钱，挥霍掉后，再也没有东山再起。其实，按照爸爸的想法，像他那样聪明的人，只要老老实实地过日子，哪怕在农村，也不会过得太差，可他宁愿蜗居在广州那间又窄又暗又潮的小房子里，也不愿回乡。他并非不知道广州生活之艰难，但总是梦想着在城里能够再次发迹，还是执意选择这样一种活法，这种固执地坚守与其说是他好逸恶劳的脾气对生活压力的一种逃避，不如说是他对城市机会的强烈渴望。小珍叔的困惑更与精神上的迷惘有关，她没有实现自己上大学的梦想，没有办法来到城市生活，但因为赶上了打工的浪潮，可以留在城市过一种卑微的生活。但现实总是制约着她做出选择，她不能做一个彻底的城里人，也不心甘情愿做一个村妇。放弃了母亲对孩子的责任，得到的只有误解，她两头跑来跑去，过着一种自己都无法理解的生活，在别人的眼光中承受着道德的洗礼和审问。在亲人的口中，她戏谑地变成了一个"跑江湖的女人"，回乡过年她也就只能被姐夫说成是"跑江湖的婶子回来了"，至于她浅浅一笑背后的伤痛和无奈，既不会被亲人所体察，也不会进入任何学者的研究视阈中。

老七被他的儿子放倒了

故乡人口流入城市所带来的最深远的变化，并不是故乡的房子变得越来越新、越来越时髦,而是他们所带回的新的生活方式对村人已有生活的震荡。在传统的价值观念已破坏而新的观念并未扎根的前提下,这些"舶来"的想法冲击了故乡的根基,也极大地败坏了故乡的风气。

市场经济的无孔不入,直接改变了村人的价值观念,在和他们的交谈中,穷怕了的乡亲们谈得最多的是钱。我漫长的求学生涯结束后,他们和我的父母一样,总算松了一口气,在乡亲们看来,我毕业之日,恰似他们开春捉来的小猪出栏后应该计算成本之时,每次回到家中,他们总是理直气壮地问我一些问题,而他们最有兴趣的就是:你每月能挣多少钱?在得到我的如实回答后,他们怎么也难以相信我竟然只拿这么一点工资,"呵呵,那还比不上飞伢子一个月赚得多"。飞伢子是我五年级的一个同学,初中毕业后没有接着念书,在家乡开了一家预制板厂,专门提供修建房子所需的建筑用料。那些纯朴的乡亲当然不会注意到我的尴尬,我当然也无法向他们解释,我和飞伢子所干的工作完全不同,在他们眼中,最能衡量人价值的标准毫无疑问只有金钱。能不能赚到钱,能不能在最短的时间内赚到最多的钱,已经内化为他们行动的最大理由和动力。

在我记忆中,故乡虽然说不上富裕,但绝对是一个山清水秀,人情味极浓,而且风气良好的地方。记得上世纪80年代全国上下"严打",可严打的对象从来就没有在故乡这块土地上出现过。但最近几年,我却深刻地体会到故乡变了,故乡烂了,烂到骨子里了,只要一踏上故乡的土地,谁都能感受到这块土地的无序、污浊和浮躁!

每次回乡拜年,看到的情景都让我感慨不已。一方面,物质条件有了明显改善；另一方面，人情氛围已完全不如从前。堂叔们的房子连在一起，我们下车后一般从最近处的八爹家开始串门。没想到，几个堂叔家，几乎家家户户的每个房间都是一桌牌，从扑克到麻将，从纸牌到骨牌，从"澳门翻"到"香港打法"，从"扳坨子"到"捞鸡"，从男人到女人，从年轻人到老年人，从儿童到成年人，赌博之风可以说已到了无孔不入的程度。我还听说很多农村妇女赶很远的路去"扳坨子"，每一晚的输赢成千上万（她们往往拿着全家所有的家当孤注一掷，拼命一搏），家里的事一概不管，甚至连饭也懒得做，小孩的学习更不可能过问。尽管我们回去的机会很少，但他们由于手头的"工作紧张"，很明显，已无暇多顾及我们。凤伯伯要我们先坐一下，说是等她摸完这手牌再来给我们倒茶，口里的礼节尽管还在，但我明显感觉变了味。凤伯伯是个热情人，待客真诚，也做得一手好菜，在我印象中，回到老家往往意味着有好吃的菜肴，加上晚上一家人围着火炉，说说家常，上点小吃——卤猪肝、辣豆腐、炒豌豆、酱萝卜、生盐姜，计划着来年的事情，总是能够感到一种切切实实的快乐和充实。但现在，这种景象再也没有了，亲人来了，拜年不过是个形式，速度比打火还快，在象征性地和老人打个招呼后，大家总是能以最快的速度凑成一桌牌，昏天黑地，几天几夜，年就算是过完了。以前在农村流行的舞龙、玩狮子也难觅踪迹，寂寥的村落除了偶尔能够听到几声鞭炮，就是麻将的声音和牌桌上的吵闹声。

赌博、打牌还只是最常见也最不刺激的"常规节目"。近两年，家乡流行香港的六合彩——"买码"，已经泛滥到了触目惊心的程度。在乡亲们口中，出现频率最高的词汇早就与农活无关，"买码"

的诱惑像给他们注射了一针奇特的兴奋剂，使得他们完全偏离了正常的生活轨迹，失去了理智和面对生活的从容和耐心。我一回家，就不断有人要我帮忙"猜特码"，每个人手头不是一份码报，就是厚厚的一本"白小姐"提供的"码书"，他们对生肖、单双、红绿蓝波的掌握令我惊讶。好多农村妇女几十年来都没有提笔写过字，却因为"买码"做了厚厚的读书笔记（对农村扫盲倒是功劳不小），她们这种认真的程度远远超过现在的研究生准备一篇学术论文。因为"买码"，还闹出了很多笑话。与我家乡邻近的大荆镇，据说有一个农妇正在洗澡，因为听说中了"特码"，没有穿衣服就直接溜出来了，在几十人面前一丝不挂。我曾亲历过"开码"现场，几十个人站在屋檐下，等待从香港、广州传来开码的信息，一个个神情紧张而又两眼无神，嘴里念念有词，但就是不知道说些什么；孩子在大人中间乱串，同样兴奋无比，在父母的纵容下也不断加入"买码"的行列。

  我父亲这边的亲戚，几乎家家都"买码"，甚至连我爸爸的叔叔八爹，快八十岁的老人了，将他五年来从工厂捡废品所积攒下来的三千元养老钱，毫不犹豫地投入"买码"的赌博中。我一个堂姐，因为参加写单，被庄家吃了单，恰好那晚出了很多"特码"，庄家跑了，堂姐不得不独自承担将近二十万元的债务，一个原本还能过着安宁日子的家庭就这样陷入了万劫不复之中。我爸爸最好的朋友，小杨叔叔，在妻子患病去世后，独自承担了抚养五个未成年子女的重担，好不容易将孩子拉扯大，千辛万苦将所欠的债务还清，因为抵挡不住"买码"的诱惑，重新背上了巨额的债务，过着噩梦般的生活……近年来，故乡因为赌博或者"买码"最后弄得自杀甚至家破人亡的消息更是不绝于耳！我一个在邮政储蓄工作的朋友曾经透露，2004年下半年，从家乡汇到广东的钱，一天最多有二百多万！他们在外面辛辛苦苦打工所挣的一点血汗钱，就这样被"买码"这根巨大的抽血管，重新输到了广州和香港这些原本就比家乡要富裕得多的地方，从而使得故乡这块土地变得更加贫瘠而又荒凉。

面对"买码"这种猖獗的局面，当地政府也出面采取过措施，有一段时间，当地政府的主要工作就是对付"买码"写单和做庄的人，很多人因此都进了局子，但情况没有任何好转，这些拿了身家性命参与赌博的人根本就不将这些惩处放在眼中。加上操作的难度太大（"买码"刚刚开始时，还能找到写单的现场，自从当地政府干预后，写单的人根本就不出面，都是电话联系，他们凭着邻里和亲人之间的信任，发展到写飞单，每次写单的时候一到，电话就不堪重负，总是造成网络堵塞和繁忙），整体看来，收效甚微。有人将这种状况归结为现在科技的发达："都是信息太发达的缘故，一个电话打过去就可以报单，几分钟巨额汇款就可以到账，如果像以前一样信息闭塞，'买码'就搞不成器了。"这种分析当然失之偏颇，但不得不承认，现代科技的发展，往往是一把双刃剑。一方面，可以加快经济的发展速度，提高效率；但另一方面，依赖于高科技传播的消极事物往往会对预防能力极差、脆弱不堪的农村，产生致命的打击，村民因此要承担更高的经济风险。

如果说，"买码"之风终究会因为经济规律的运行最终放慢甚至停止脚步，那么，吸毒这颗毒瘤的潜滋暗长，只会将村庄推进一个可怕的深渊。我不止一次地听到父母说起"老七被他的儿子放倒了"。

老七是我们镇上最早的一个个体户,先是做南杂(百货)生意,80年代就在镇上修了很气派的楼房,随着资金的积累,他又开了一家大米加工厂,每年的收入很可观。但偏偏他的儿子伟伢子在广东混上几年后,染上了毒瘾,人瘦得不成样子。家里凭借声望和积累,好说歹说给他娶了个媳妇,媳妇怀了孩子后,因为无法忍受他毒瘾发作后的反常,早早搬回了娘家。家境再好,也禁不住一个瘾君子的折腾,老七没有办法,主动将儿子告发,让公安机关将他关了一年。一年以后,儿子出狱,还是老样子,他将儿子送去戒毒所几次,但始终也没有什么起色,最后只得放弃。家里的积累早就被儿子败得不成样子,更可怕的是,儿子的毒瘾已经发展到只要见到别人稍稍值钱的东西,不论亲疏,就要去抢。老七的米厂生意因此大受影响,五六十岁了因为请不起雇工,还要自己亲自挑谷去打。"想想当年老七在花桥街上是如何风光,谁想到他今天会这么霉气,都是他遭报应的儿子害的!"

在家乡,吸毒绝不是个案,"到了汨罗,到了花桥,就相当于到了广州",有人这样形容家乡的毒品交易之便。确实,由于家乡处在三县交界之处,交通便捷,地形复杂,加上临近107国道、京珠高速公路,客观上给毒品的流通提供了很多便利条件。我在镇上时常能见到那些因为子女吸毒、背负着巨大精神压力的父母,他们无精打采、形容枯槁、面色绝望,对生活已提不起任何劲头。在上世纪80年代的改革大潮中,他们曾经在市场经济的浪潮中勇立潮头,打下一片基业,但他们没有想到,在短短的十来年内,自己的人生竟然会沦落到这样的境地。可以想象,毒品这颗在城市都没有办法控制的恶瘤,一旦在农村广阔而又失控的土地上获得繁殖机会，将会带来什么样的后果。而由此带来的社会问题，比如艾滋病的传播，又会将家乡人的命运引向何方？

全球化的浪潮确实无所不至，现代化的脚步并不会因为山村的遥远就停止，通过故乡的命运，我深切地感受到，农村就像一条没有保障的小船，没有舵手，没有路灯，也没有方向，正被现代化这股狂流冲得七零八落。单是一个六合彩，就导致家乡的经济倒退了好几年，在这场无形的斗争中，很多人被无形地卷入其中，而这又制造了多少人间悲剧！

老七的命运，不过是其中的一个缩影！

大学梦越来越遥远了

很多人将老七命运的改变归结为他没有注重儿子的教育。确实，他如果在做生意之余，能将一定的精力投入到子女的教育中，伟伢子也许不会走上这样一条道路，但问题是，就算他儿子教育好了，吸毒的泛滥并不会由此得到根本的遏制。事实上呢？近十年来，曾经承载了无数乡亲改变子孙命运梦想的教育，又获得了怎样的发展呢？

记得我初中和高中时（1986—1992），每年的暑假，高考成绩的公布往往成为全乡最能吸引乡亲眼球的新闻：在信息极为闭塞的当时，每个参加高考孩子的分数短时间之内就会传遍全乡，谁家的孩子考上大学会立即成为全乡最具震撼力的新闻。在当时，乡亲们都铆足了劲要送孩子念书，念完了初中念高中；老大念了，老二念，老二念了，老三念；高中应届没考上，复读再考（我很多同窗通过复读考上大学），考一届不行考两届，直到考上为止（我熟知的一个学生最多复读了八年，最后还是考上了一所中专）。我念的高中是本县的重点中学汨罗一中，当初八个高一的新生班，几乎所有的学生都达到了录取分数线，放眼望去，到处可见衣着朴素但充满自信的农村孩子。在当时，能够考上一中的学生大多是来自各个乡镇的尖子生，我初三的化学老师在批评当时不认真读书的学生时，喜欢用这样的口气夸赞一中的风气："任何学习的时间走进一中的校园，可以听到一根针掉到地上的声音。"言外之意就是我们应该到一中去参观一下，感受一下一中的学习风气。正因为这样，在我们眼中，一中神圣而又高不可攀，是每一个想通过读书改变命运的孩子梦寐以求的地方。家长在送孩子念书这一点上，往往极易达成共识。大学，对于孩子和家长，都具有神奇的诱惑力。我家几姊妹在那个时候，靠着父亲微薄的工资相继念完中专和大学。

但现在情况发生了变化，一中每年的招生名额中，只有一半是通过划定分数线考进来的，剩下的一半则留给那些家境好但分数不够的学生。无论差多少分，只要有足够多的钱，就能进一中的校园。有时算起来，一分值几千块。对家境贫寒的农村孩子而言，这种情况实际上剥夺了他们一半的升学机会，如果他们的父母没有足够的经济能力，就算成绩还过得去，一旦跨不过那个竞争激烈的门槛，等待他们的命运就只能是南下打工。现有的升学体制同样给他们设置了比以前大得多的障碍：小学、初中，由于教育资源的流失，他们享受不到好的教育；高中，他们在先天不足的情况下，自然要付出更多努力才能获得和别人同样的竞争机会；就算很少的孩子能够挤过高考的独木桥，他们升上大学后，面对强烈的反差，还是要承受很多别人不知的压力。

我留意到，在我现在所任教的班上，通过学生给我写的信，就知道来自农村的孩子，尤其是女孩，往往压抑、敏感而又自尊，其性格较之家境好的孩子，明显要自闭，她们往往独自承受着旁人难以觉察、真实而又细微的伤痛。当别的孩子拿着手提电脑、拧着数码相机、穿着他们叫不上名字的品牌服装，尽情挥洒青春的时候，一个农村孩子却要为自己的三餐而担忧！面对此种景象，无论报纸上如何热火朝天地讨论，从理论的角度阐释农村的孩子应该自立、自信的论点，都显得隔靴搔痒而又不近人情——毕竟不是所有有幸考上大学、家境贫寒的农村孩子都是洪战辉，不是所有的孩子在承受巨大压力时，都能够像洪战辉那样引起别人的关注，并由此彻底改变自己的命运，进而上升为一种道德的高标。尽管国家在这方面也采取了很多措施，诸如每年开学时候的绿色通道，银行一年年公布增加的无息助学贷款，但这些措施就算能够解决他们每个个体的经济困难，也无法改变他们对世界的悲观看法，无法改变他们在长期艰难的处境中所形成的性格。更何况，他们大学毕业以后的前景，和来自家境好，尤其是有权有势的家庭的同龄人们比较起来，更是天壤之别：也许，同窗毕业以后就能有房有车，甚至能够出国深造，但他们却面临着毕业后将用十年低廉的工资，来偿清读书所欠下的巨债这样一个现实。他们没有任何过硬的社会关系，可能在实际能力、知识水平上也比不上别人，在目前竞争日渐激烈的环境中，有谁想过他们的命运之舟到底能划向何方？

正因如此，我的高中同窗只要一见面，就感叹："幸亏出生早，赶上了读书成本低的时代，要是现在，我们根本就没有办法读出来!"我在上面提到的小杨叔叔,大女儿考上一中后,因为下面弟妹多,母亲去世早,根本就没有迈进高中的门槛,初中毕业后就直接到广州打工,十九岁刚过,就匆匆嫁了人。

也正因为这样,现在的父母也不像我念书时那样,对儿女上学抱有太多的期望。他们平时也懒得管孩子的学习。年轻的父母就算不外出打工,完成基本的农活后,大部分时间都沉湎于打牌赌博,小孩从出生到上小学以前,基本的成长环境就是牌桌。这些沉湎牌桌、神情疲惫而又散淡的母亲,无不折射了家乡面貌的改变,无不表明了承担培养和教育新一代农村孩子的家长的态度:他们对教育的冷漠和无奈,与城里家长对教育的热情和投入,构成了鲜明的对比!

学校的老师又会怎样呢?以前,由于教师的工资归县财政直接拨款,待在县城和偏僻的山村,只要是正式老师,待遇不会有很大的差别。随着财政包干政策的实行,经济状况好的地方,老师的待遇比经济落后的地方要好很多,城里老师的工资随着公务员一次次加薪而上涨,而农村老师的工资几十年如一日,很多该给的都无法兑现,这就导致农村的老师削尖脑袋往镇上钻,镇上的老师削尖脑袋往县城钻,而县重点中学的老师又削尖脑袋往沿海发达地区钻。

随之而来的是,农村的孩子,只要家里有一点点门路,都不在乡里的中学念书了,而是往县城的中学钻。当然不是所有的孩子都有这个条件,因此,农村中学还是得维持。教育拨款相当有限,老师的收入很多年都不看涨,校长为了调动老师的积极性,没有别的门路,唯有从学生身上想办法。明的费用不能乱收,只得另辟蹊径,从后勤入手,要求学生中午在学校用餐,或者倡议毕业班的学生寄宿，通过学生的伙食和住宿费获得一点收入，作为老师微薄的福利。这种情况下，老师对于教学几乎都不怎么上心，很多骨干不是想办法调走，就是通过种种手段外出谋生；那些留下来教书的，工作上的事只求能够对付，平时有空就打牌赌博。校园风气也越来越差，由于家长对孩子不抱指望，经常会出现老师稍稍管教了一下学生，家长就嚷着要找老师算账的情况，如此一来，有良知和责任感的老师的工作热情也大受打击。可想而知，这种师资条件下的教学质量能够达到怎样的程度。

由于我家就在一所中学里面，应校长的邀请，我曾经和那些孩子作过一次座谈，尽管只和他们接触过一次，但很多孩子都叫我老师，我一回家，总有孩子透过家里的窗户看我，有的还上楼来和我说上几句。凭直觉，这些孩子并不像很多老师说的那样难以教育，也不像很多家长认定的那样没有出息，他们大多聪明活泼，也对未来怀有美好的愿望，只不过他们像一粒等待发芽生长的种子，却没有找到一块肥沃的土地。我有一次和几个女孩聊天，问她们初中毕业以后想干什么，愿不愿意念高中考大学，一个女孩说，"当然愿意，只怕高中考不取。就算考取了大学，家里也不见得送得起"。还有一个女孩很直接地回答，"毕业以后就去打工"。后来得知，她父母在她念小学的时候就到广东打工去了，她最大的心愿就是快点初中毕业，能够尽量回到父母的身边。

明天怎么办呢？

我无力对故乡的变化作一个详细的描述。每每置身故乡这种真实的氛围，我就感觉自己的生命之源仿佛被切断了一样。每次回乡，看到那些不再亲切的景象，就从内心生出莫名的担忧：故乡像一条无法掌握命运的小船，在凶险的大海中随波逐流，而我这个已经逃脱了这艘命运莫测的小船的游子，在有些时候，竟然还抱怨故乡不再能够像儿时一样，给我提供温暖的庇护和依靠。故乡是我的根基，当我预感到这种根基不再稳固的时候，我又怎能心安理得地过我的日子呢？就算我可以逃离这艘小船，就算我可以永远不再回到生养我的土地，那种血脉相连的情感纽带，又怎能随着时空的变化随便割断？

我不知是什么悄悄地改变了故乡的命运，是什么悄悄地改变了亲人的性格和面貌，也不知从哪天起，这种真实的转折就已登陆故乡的土地。当亲人面对日渐艰难的真实生活处境而只能抱怨命运的捉弄和不公时，我是多么想告诉善良的亲人，这些变故并不仅仅与命运密切相关。千百年来，和我的祖辈一样，只是因为已经习惯了承受，习惯了最底层的挣扎和无人倾听的苦难，所以亲人在面对灾难时总是首先从自身找原因，并以此抹平心中的愤懑和不平。而面对他们的"堕落"和"不争"，我只是隐约觉得，原本纯朴的亲人之所以失去理智参加一些对他们而言只是走向深渊的活动，并不是他们人性中"恶"的方面被无端激发，而是多年来现实对他们的冲击，以及他们对这种冲击的无奈回应。

故乡原本美丽的土地变得日渐肮脏而又丑陋，乡亲们也为此做出过抗争和选择，但"经济利益"的前景足以使他们放弃这种无力的抗争，也使得他们没有任何办法违抗地方政府的说服和教育；故乡淳朴的民风变得面目可憎，也并非他们自甘堕落，他们不过在无望的生活中成为庞大的盲目人群中的一个。在赌博和"买码"的狂潮背后，我看到更多的，是亲人真实的悔恨和辛酸的泪水，只不过，单凭自制力，还是无法阻挡他们去追逐那可怕的梦魇。对孩子的教育，如果说，在以前的体制下，他们的子女通过勤学苦读升上大学后，还有可能彻底改变命运，那么，在教育资源分配越来越不均衡的今天，我那些在农村土生土长的亲人，基本上已经不可能将希望寄托在这个虚无缥缈的梦想上面——就算他们的孩子能够考上高中、考上大学，他们也没有能力去供养孩子念书；就算他们全家背负巨额债务，将孩子供完了大学，谁又能保证，在就业环境日渐紧张、关系日渐复杂的时代，他的孩子能够找到一个如意的工作？为了改变命运需要付出的代价如此巨大，可即便如此，未来依然要面对这么多的陷阱，对承担风险能力极低的乡亲们而言，谁还敢将全家的命运都寄托在此上面？

他们需要金钱！他们从来就没有像现在一样，对金钱充满了赤裸裸的渴望，哪怕在过去饿饭的日子里，也不曾有过这样疯狂的欲念。他们还梦想着能够送孩子念书，他们也害怕不期而至的灾难、疾病，他们每个人都背负着赡养父母的重任，他们要对付农村数额庞大的人情开支……不可否认，就算这些对他们而言并不构成真实的经济压力，他们的灵魂深处同样有理由充满别样的欲望，在信息发达的今天，他们既然看到了外面的世界，知道了别的生活方式，当然不可避免会滋生出别样的欲望。

他们需要依靠！他们就像做了错事的孩子，只要不被父母抛弃，哪怕是承受父母的一顿责骂，也心甘情愿！他们出生在农村，但这一片生养他的故土，却难以使其从内心深处产生一种真实而深刻的家园感，而似一片浮萍无所归依；他们被城里的文明人视为愚昧落后的群体，但从来就没有人为他们提供免费的咖啡和鸡尾酒，来告诉他们怎样培养高雅的气质，更没有人来首先保证他们的生存，然后告诉他们一些文明的礼节。他们自私，不会主动去保护河流，也不会想到山上的植被与国家的命运息息相关，但在他们的河水被污染后，在他们无法支付燃料费而要砍伐山林时，并没有相关的措施来解决他们的难题。

面对故乡迅速颓败的命运，也并非没有人为此做出过努力。在农村传统的文化遭到彻底破坏后，城市文明并没有在此扎根。我原以为电视在农村的普及，会切切实实改变农村的文化生活，但事实上，种种和生活隔膜、作秀多于关怀的节目并不能激起他们的半点兴趣，"超女"尽管使得满世界的城里人为之疯狂，但没有一个入围的女子就是他们身边的邻家女孩。在这样一种匮乏的精神状态中，当带着利益又充满刺激的赌博和六合彩悄悄来临时，它们势如破竹的进展就可以想象，也可以预见了。

针对故乡的种种变化，90年代中期，村里人出钱重修了一个赵公庙——这也是目前村里唯一的公共设施——他们将风气的败坏归结到神明没有显灵。不幸的是，赵公庙修好没两年，庙里陈列的那尊上百年的菩萨被外县人偷走了。自此以后，故乡好像频频出事，单2004年，村里就接连出了几桩大事：首先是正月十五，我堂兄三哥在纸厂上班的时候，被机器轧断了左腿；几个月后，又从广东传来消息，外出打工的黑皮被电打死；下半年，村里唯一的赤脚医生水平在行医的过程中，因为赶路骑摩托不小心撞死了一个外地人。这种种灾难的发生，加剧了他们的不安，命运的变幻莫测，更使他们无所适从，他们当然不会认为这些事故的发生只是一种偶然，更不会将这些偶然的事故，归结到社会的高速发展对他们生存环境的破坏。

为了求得生活的平安，一些传统的仪式重新走上了台面。乡戏在沉寂了多年以后，在2006年的正月，再次出现在村里简陋的戏台上面，我记得正月十五下午唱的那场《卖妙郎》，坐在我后面的村妇看得泪光点点，唏嘘不已，一个劲地感叹，"这个戏是在教育现在的后生仔，是在教育他们，要孝顺，要讲良心"。"打醮"作为一种民俗，也成为村里那些德高望重的老人挽救颓败的乡村命运的一种手段。我看到纯朴的村民在鬼王游村时的虔诚，看到乡间法师一脸的严肃和真诚，看到惊慌的农妇在将象征着灾难的那盆水泼出去后的释然。这些传统礼仪的重现，纯粹出自一种天然，村民沐浴在这些洗礼中，脸上出现了从未有过的宁静和坦然。也许，为了缓冲城市文化对乡村的强烈震荡，为了增强农村的抵抗力并且尽快恢复农村的秩序，从而使得他们获得一种精神上面的归宿，最后还是离不开生长在他们骨子里的传统文化的复兴和重建。

而我呢？面对故乡的现实，每次意识到应该去做点什么的时候，是否还会像以前那样，以个人力量单薄为由再一次进行逃避？

二 素描：村庄里的亲人

十年过去了，当年我在文中提到的环境污染、人员流动、风气变坏、教育危机等现实问题并没有得到根本性改善；有些问题，更加暴露了多年累积的严重后果，看不到改善的可能。在环境污染方面，随着时光的流逝，十多年前就埋下的巨大隐患，已彻底显露出它潜藏的恶果和对亲人的报应。近年来，之前闻所未闻的尿毒症，已经成为一种常见的疾病，每隔一段时间，我就会从亲人口中听说某某又患此类恶疾的消息。他们自然无力追溯环境污染和疾病之间的关联，在无望中，求生的愿望驱使患病的群体结成联盟，在汨罗不少地方，尿毒症患者已成为贩毒群体的主力，他们一方面通过贩毒的可观收入维持透析、延缓病情，一方面也通过吸食毒品减轻痛苦。更重要的是，面对公安机关的打击，他们的特殊病体成为天然防护，就算被抓进局子，一周必须数次透析才得以维持生命的实情，也使得公安机关毫无办法。法制的空子，就这样被重病的躯体钻进，乡村治理的无序和无力，在这一点上最为明显。但谁又能否认，他们作恶的起因，与祖祖辈辈生存的土地被无法逆转地污染糟蹋，有着深刻的关联呢？

伴随人员流动的一个残酷现实是，老去的叔叔们，在城里被耗尽，成为咀嚼过的甘蔗渣后，远方的城市并没有预留他们老去的空间，回到故乡成为最后的无奈选择。但坍塌的房屋、荒芜的土地、恶化的健康、窘迫的子女，都加剧了养老的压力，成为摆在他们面前的现实图景，以后的日子怎样度过，依然是无法想象也没有答案的事情。至于风气变坏所导致的吸毒、"买码"和赌博,随着经济的疲软,也呈现出了新的变化。"买码"得到了遏制,不再如十年前疯狂,但已内化为很多人的日常习惯,深信此道的人仍不在少数,甚至意想不到地给村人提供了稳固的"就业机会"。吸毒连带贩毒的猖獗,依然是故土大地上越来越令人生畏的毒瘤,变异出一些以往时代、别的地方没有的病毒,使得这一毒瘤所依附的土壤越来越污浊,社会风气越来越败坏。至于教育,我到现在都记得,故乡那片贫瘠的土地,在80年代时,读书承载了类似于宗教信仰般的神圣情感,无论家里多穷,送孩子念书是父老乡亲的最大共识,但今天,生源萎缩,那批心怀教育理想的老师,不是年老退休,就是远走他乡,伴随校园的破败,这一象征乡土希望的场域,已愈来愈显示出没落穷途。乡村就如一个无法破解的谜局,一旦进入恶性循环,开启了第一个程序,后面的死结就越缠越紧。

当然,对我的亲人而言,随着老的老去、小的长大,经济状况的变化和人口结构的更替,也并非全然没有一点变化。

在我出生的地方，如凤形村，对人的称谓特别笼统。尤其对于长辈，一般爷爷辈的称呼为爹爹（发"嗲"音）；父亲辈的，若是比父亲年长的，统一叫伯伯，比父亲年轻的，统一叫叔叔，不分男女。在具体称呼时，一般是名字后面加一个称谓，譬如我的亲叔叔黄河水，我们称呼他为河水叔；而八爹的小女儿黄瑛国，我们称呼她为瑛国叔。这种笼统的称呼，可以看出，整个大家庭依旧建立在人伦等级的秩序上，这体现了对血缘关系的重视，也无形中彰显了家庭成员的责任和义务。而对女性称呼的忽视，更强化了传统家族建立在男权基础上的等级和人伦秩序，直到今天，这种忽视依然在语言层面顽固留存。

爷爷兄弟五人，他是老大，由于生活艰难，五兄弟中有四个兄弟都是讨亲。奶奶离婚嫁给爷爷时和前夫育有一儿一女，根据约定，两个孩子留在夫家。和爷爷结婚后，奶奶又生了三个孩子，这样我父亲一共有五个兄妹。回望这十年，五奶奶在最小的儿子、儿媳外出打工后，不得不承担起照顾最后一个孙子的人生重任；2013年，她八十四岁，老人家终于再也无力为儿女们奉献余生，恋恋不舍地离开了人世。八奶奶自嫁到黄家，病体缠身，在亲人的印象中，随时都可能随风而去，最后还是挨到2014年凋零。我爷爷最小的弟弟，我的八爹，性格琐碎，喜欢管闲事，不讨亲人喜欢，老了以后依靠到村工厂捡废铁解决零花钱问题，一年三百多元的额外收入，让他喜不自禁。每次只要见到回乡的爸爸，八爹就忍不住发出感慨，"现在的社会真是好得不得了！"但最后，他还是深陷"买码"旋涡，将自己三千多的血汗钱，投入了这个深不见底的深渊，最后成为泡影。临近八十，他多年流泪红肿的眼睛彻底失明,去年他在孙女出嫁的前一天,趁子女不注意,爬到村里的池塘溺水身亡。随着八爹的离去,爷爷奶奶辈的老人终于像初冬的残叶彻底告别了人间,风风雨雨一个世纪的挣扎,只给后人留下了一片模糊的影子。从年龄而言,我湖北的婆婆和我的爷爷、奶奶属于同一个时代的见证者,婆婆的苦难和家乡的老人遥相呼应,跨越地域,却承受着相同岁月给他们带来的同样磨难。

更多的年轻人离开村庄,就算无法融入并不陌生的城市,也不甘于在故土终老一生。我印象中鼻涕未干的女孩子,一眨眼,在时间的魔力下,已出落为曼妙少女,纷纷嫁人,散落于祖国不同的地方;男孩子也早已脱离终日与泥巴为伍的童年,青涩不再,很快结婚生子,带回天南海北的姑娘。和父辈地域性极强的婚姻相比,他们的对象横跨云南、广东、湖北等阔大国土,这种流动性在以前根本无法想象。

我的堂弟炎培、职培,在母亲早逝的情况下,十几岁就跟随我唯一的亲叔叔黄河水,也就是他们的父亲,在广州隐匿、流浪,十几年过去了依然身无分文。随着两兄弟长大成人,别的比他们更小的孩子都已结婚成家,爸爸和待在华容的幺叔(七爹的小儿子)实在看不过去,害怕他们重复河水叔的命运,强行将两兄弟带回湖南,出资帮助他们在钱粮湖经营大理石灶台生意,助其谋得一份生活,让一直操心的长辈松了一口气。两兄弟如今也都结婚生子,在婶婶逝去三十年后,重新过上了正常的家庭生活。

其他叔伯爷爷的子孙,更多的从事餐饮业,在全国各地开起了蒸菜馆,经营状况时好时坏,但不管怎样,和父辈老实巴交、逆来顺受的人生比起来,长大的孩子,毕竟已经知道掌控自己的人生和命运，无论失败还是成功，他们终于在尝试怎样适应时代的转型，这种内在的活力暗中赋予村庄新的可能。

也有的孩子深陷传销、赌博、"买码"和吸毒的泥坑，在村庄早已接受金钱洗礼的情况下，无力掌控疯狂的青春，让父辈原本艰难的生活重新陷入新的困境。更让我迷惑和遗憾的是，自我弟弟1998年大学毕业后，十八年来，留在村子里的亲人中，依然没有出现一个新的大学生。将近三十年来，除了我家四姊妹通过读书走出村庄，我依然看不到新的家庭成员能够获得更好教育的希望。父亲在他的同龄人中，算是读书人，这种命运除了延续到我们姐弟身上，完全无法附带影响到别的亲人，他们无论如何努力，还是无法摆脱缺少"书份"[1]的命定，以致最后不得不屈服于命运的安排，对读书不再抱有奢望。我不知道，这种弥散于亲人之间的心照不宣，到底是一种无奈，还是一种漠视？

2002年，我南下广州念博士，得以和亲人在异乡的城市重建密切的生命关联。在传统节假日，我经常受到他们热情的邀请，去白云区一个叫塘厦的城中村，和家乡的亲人团聚。在那里，我跟随每次去车站接我的堂弟职培，在拥挤、混乱而又肮脏的"握手楼"里面穿来穿去，在垃圾、老鼠、不明气味混杂的巷子里，第一次见识了"一线天"出租屋、蜗居和讨生活，也第一次在他们天性乐观的笑容下面，意识到了这个群体的沉重和泪水，意识到了亲人和我在同一城市完全不同的生活。这段经历总是让我想起广州火车站的气味，让我想起火车站游走不停的眼神所传递的暧昧和紧张，还有

---

[1] 书份：方言，上天注定的读书缘分。

潜藏的杀气和担心；更多时候，我会想起绿皮火车上人挤人的不畅和窘迫，仿佛只要靠近春运期间火车站黑压压的人群，我就会将任何一张陌生的脸孔，幻化为亲人在塘厦的生存剪影。当职培漫不经心地指着一个发廊，告诉我三个姑娘曾经在此被杀；拐弯到一个水果档口，告诉我一名家乡的吸毒仔因为抢东西在此丧命。我听得触目惊心，而比我小十岁的堂弟，却一直平静。

我始终记得，2000—2008年期间，我的家族几乎每家每户都有南下的身影，以职培的话说就是，"只要将胖伯伯（二爹的儿子，以杀猪为职业）搞出来杀猪，基本上一家人都出来了"。我的叔叔黄河水，1996年就南下广州，隐匿于城市的一角，见证了南方的喧嚣和广州90年代的黄金时期。每次过年的短暂相聚中，弥散的话题都是春运的消息，去广州、去东莞、去南方，成为亲人心头最热切的愿望。连从来都没有出过远门的富国叔（八爹的儿子），都禁不住亲人的劝说和诱惑，带着铺盖，潜伏于瑛国叔狭窄的楼板上，度过了一天又一天。在广州白云区这个叫塘厦的城中村中，他们像是将故乡垛里坡的人际模式换了一个地理背景，神奇地在南方进行了另一种程度的复制——他们讲着家乡的方言，吃着过年带回来的咸鱼腊肉，打着故乡流行的麻将和扑克，开着大家都熟悉的玩笑。故乡的气息，通过春运的火车，好像能原封不动地传递到异乡的土地。这种熟人间的人际模式，给了亲人很多情感慰藉，但他们的生活，尤其是打工期间的艰难和无奈极大地刺痛了我与现实隔离的世界，也引发了我诸多思考。在和他们交往的过程中，我试图更深入地了解他们的生活，并不知不觉萌生了要写一本与他们有关的书的念头，只是后来因为结婚、生子，杂事繁多，加上亲人的流动和散失，这一心愿一直未能实现，成为我心头最大的憾事。

在亲人纷乱南下的脚步声中，我的父亲却如一株树，始终固守故乡的村口。他将近四十年的教龄，以读书人的身份，见证了家乡教育的变迁，也参与了亲人的诸多日常生存。他是我观照故乡命运的一个参照系。

以下的文字，大多根据我2006年左右的观察和记录。当年雄心勃勃的写作计划和原本要出现于文字中的人物长廊，其命运的轨迹已经完全不同于我原来的设想。今天，在种种机缘巧合下，当我竟然拥有机会得以继续这一写作时，我遗憾时光的流转让我再也无法继续原来的想法，那本没有完成的、永远属于我个人的亲人档案，只得留在记忆的长河中，等待机缘。今天，我只能将原本备好的特写镜头，切换为对群体的整体素描，将丰富、隐匿、潮湿而杂乱的故事，简化为时空变幻中的人生简历。多年来，很多亲人再也没有碰见，有些亲人甚至永远不得相见，直到现在，我依然牵挂他们的命运。

瑛国叔，我八爹的小女儿，嫁到本乡的冯源村。我到现在还记得在塘厦一间房子的楼梯下，瑛国叔一边和我聊天，一边手里忙个不停地给别人改衣衫。她当时的年龄和我今天相仿，她丢下七岁的儿子，只为了给孩子挣够上大学的钱。如今，她的孩子已经长大，但她却不幸罹患癌症，只能回到故乡的村子，过着多年前曾梦想的喂喂猪、种种菜的日子，谁都不知道病魔会在哪一天将她带走。

三哥，我二爹的孙子，年少时代以英俊闻名乡里，吹拉弹唱无师自通。他出生于1968年，在村里的造纸厂上班后，因为极度疲劳和工厂安全设施的不完善，2004年正月，不幸被机器卷掉了一条大腿。尽管捡回了一条性命，他却在三十六岁这一年成了高位截瘫，现在只能依赖"买码"度日，过着内心并不情愿的生活。他的妻子也曾经南下，帮助开饭馆的魏叔洗刷碗碟，他们唯一的儿子龙龙，因为三哥的变故，念高中后思想压力极大，原本背负着整个家族通过读书改变命运的希望，最后却不得不早早退学。很长一段时间里，这个长相胜过他父亲的小伙子，甚至需要依赖药物才能维持正常的精神状态。原本单纯的嫂子，心事重重，形容枯槁。庆幸的是，在爱情的滋养下，这个堂侄子终于恢复了健康，也心甘情愿做些简单的体力活，接受通过劳动养活自己的命运。

小丁哥，我大姑的小儿子，曾经带领堂弟炎培、职培、表弟李炫进入装修行业，当过他们三人的师傅，因为尿毒症，小丁哥离开人世已经五年。在我小姑小儿子李炫的回忆中，小丁哥有时候干活干到实在支持不住，就直接躺在地板上。直到两腿再也无法拖动，他才到医院去化验，一查就确诊是尿毒症。没有办法，直接回家，第一次透析花了五百多元，每个星期透析一次需要三百八十元，他舍不得在透析上花更多的钱，病情急剧恶化。多年来，为了对付高强度的体力劳动，小丁哥固定的荤菜就是三块钱一斤的死猪头肉。小丁哥一心想将多年的血汗钱留给妻儿，而妻子却在他尸骨未寒之际，就匆匆嫁入别的村庄。妈妈一边回忆小丁哥年少时代偷我爸爸皮带的往事，一边感叹命运的无常，在四十多岁的年纪，死神就残酷地将他带走。

大姑，也就是小丁哥的妈妈，一生辛劳，生活说不上有任何享受。在丈夫上吊、儿子病逝、公公自杀后，她终于再也无力为自己张罗一口简单的米饭。在苦心照顾家中老小几十年后，最后却因为迷信的流言，沦落到住在破旧、肮脏的牛栏房，在一个寒冷的冬天，也悄然离开了人世。此前，大姑过一段时间就会到我家住几天，爸爸成为她苦难人生的娘家慰藉，几乎每天晚上大姑都在噩梦中呼喊不停，发出混沌、压抑而痛苦的声音，睡眠不好的妈妈几乎无法合眼。爸爸最后一次去看她时，大姑心头念想的是如何抓住那只乱飞的母鸡，像往常一样，让亲弟弟带回家，杀给她难得一见的娘家侄子侄女吃。

小珍叔，这个曾经村里公认最勤快、最能干的媳妇，随着打工大潮的来临，终于不再坚守围着灶台烟熏火燎的日子，消失于茫茫南方整整二十年，谁都不清楚她在外面具体怎样过。2006年，我在塘厦曾经看到过她一次，她对时代的乐观判断，到现在依然让我震惊，"灯伢子，我告诉你，现在待在外面的都是地主，你的河水叔也是地主，过去的地主哪能过得这么好？没有！我一个地主堂爷爷，将家里的肉给别人吃，自己吃别人丢掉的皮，最后还是被一刀子割了。你八奶奶在家里，吃油就是一坨猪油，放在锅边过一下，马上就捞起来，待在家里哪有这么厚的油！"如今，她结束了二十年的散漫生活，安心地照顾孙子，像任何一个农村的祖母一样，履行"爹爹不带孙，犹如发了瘟"俗语中的责任。

这些普普通通的亲人，在故乡那片土地，如尘埃一样生活，也如尘埃一样挣扎、离去。我原本想记下他们更多的细节，今天却只能大纲般粗线条地记下他们的人生航线。如果有可能，我依旧想还原更多亲人的过往岁月。对照我嫁入湖北后丈夫家的兄弟姐妹，还有已经长大成人的第三代，我时时感到，尽管两地相距遥远，但因为有一个共同的农民身份，他们遭受的挑战和危机如出一辙。回望故乡，实际上也是完成另一种印证，实现一种遥远的精神呼应。

社会学家会从专业的角度，将他们的座次安排到符合各自身份的阶层，但在我的眼中，他们只有一个称谓——我的亲人。他们和我有着分割不断的血脉亲缘，无论他们从事怎样的职业，散落在南方的哪个角落，他们的声音和忧乐，都会让我牵挂不已。在他们命运的流转中，我看到了自己的另一种命运。如果不是因为各类偶然的因素，让我能更多地沉湎于知识构筑的生活，街头流窜的表弟、工厂挥汗如雨的外甥，甚至那个不得不首先出卖肉体和灵魂然后才得以改变命运的远房表姐（直到现在，她在亲人的口中依然暧昧），可能就是我人生的预演。在时代快速行驶的列车中，大多数亲人已经被远远抛在了最后，却毫无感知。

十年的时间，改变了太多，但亲人的呼吸和气息，却一如十年前，让我真切感知过去。

三 打工记（二）：出租屋里的叔叔辈

在我印象中，整个家族最先南下的，是我爸爸唯一的亲弟弟，我的叔叔黄河水。1984年冬天，叔叔年仅二十六岁的妻子、我的婶婶冯幼群病逝。1997年秋天，一直照顾河水叔年幼儿子的奶奶去世，临终之前没有见到已经南下的河水叔最后一面。奶奶离世的第二年，河水叔带走了留守家中的两个儿子——炎培和职培，正式开始了父子三人南下的打工生涯。算起来，职培到广州的实际年龄才十三岁，尽管年龄偏小，但他算得上整个家族中南下打工的先驱。到2000年左右，凤形村的亲人开始大批南下，一些原本固守土地、相夫教子的妇女，目睹留守家中的微薄收入，经过权衡计算，也决定离开故土，加入南下的人群。但因为她们年龄偏大，不能像一些年轻女子，进入正规的大型工厂，所以大都只能窝在一些小工厂、小作坊里面打工，很难有长久的工作机会。加上没有办理暂住证，也不敢随便多跑动，更多时候，她们隐匿于城中村的出租屋中，在混乱的流动人口聚居地，寻找一些生活的出路。

2006年国庆节，叔叔们邀请我去塘厦玩，像在老家一样，我们一家人在一起扯白了一天。根据聊天记录，我力图还原叔叔们当年的生活状态，他们是：亲叔黄河水、外嫁的瑛国叔、嫁过来的彩凤叔。

河水叔：游走于城乡边缘的不安分灵魂

多年来，叔叔黄河水在我眼中一直是个谜一样的人。他出生于1958年，1980年和本乡花桥姑娘冯幼群结婚，1981年生下第一个儿子黄炎培，1984年生下第二个儿子黄职培。和父亲大部分兄弟（父亲有十几个堂兄弟）不一样，河水叔几乎从来就没安心在故乡土地上待过。80年代农村人口尚未出现大规模迁徙时，他宁愿承包大队部的商店，最后欠一身烂账回家，也不愿好好种田作地。河水叔对土地有一种天生的厌恶和畏惧情绪，谈论的话题永远和土地无关，对外面世界的向往则十分热切，骨子里始终留有不切实际的幻想。河水叔的尴尬在于，他心比天高，却真的命如纸薄，对于时代的变化，他有很敏锐的察觉，也总能在最合适的时间进入真实的搏斗场，但最后却总难以抓住机遇，过上他想过的生活。在我婆家、娘家和外婆家的诸多亲人中，河水叔是唯一一个对自己命定的农民身份，具有天然反感、叛逆情绪的亲人。他没有农民的卑微和怯弱，也没有农民的纯朴和安分。尽管妻子的早逝，让他二十六岁那年就成为鳏夫，因为拖着两个男孩（一个三岁，一个半岁），家族中的亲人对他充满同情，但我一直认为，就算他的人生没有发生变故，他也绝不可能留守家中。1996年他就独自南下广州，直到2015年跟随两个儿子回到湖南，河水叔这十九年的生活，对我而言，就如一段无法描述的时空剪影。很难想象，现实生活中，竟然有人选择在最好的年华，过一种完全没有附着的生活。说到底，在时代转型的大潮中，河水叔一次次背转身去，远离故土，试图进入滚滚的洪流，但最终还是被生活卷入了一个个阴暗、潮湿的角落。

在很长的一段时间内，我们对河水叔的生活一无所知。1997年奶奶弥留之际的最大心愿，就是看一眼令她牵挂一生、心疼一生的小儿子。老人苦苦熬了几天，终究没有等到这一眼。对爸爸而言，河水叔消失乡村的日子，就是他麻烦不断的日子。河水叔的田地从来就无人打理，他既不交代别人种，也不在农忙时节回来照看几天，当时农业税还没有取消，村干部经常跑到爸爸的单位，让他缴纳弟弟的农业税。最严重的一次，是乡政府下文，凡家中有恶意拖欠农业税者，兄弟姐妹、父母之中若有公职人员，一律强行扣除工资。除此以外，河水叔多年在外盲目的闯荡，给他留下了不少债主，在他突然消失于南方的日子，爸爸替代他成为被追讨的对象。在乡村的熟人社会，"父债子还"的规则同样适用于兄弟之间，面对拐弯抹角跑上门来的债主，爸爸一次次赔着笑脸，一次次在别人声泪俱下的控诉中，无言以对。这些事情令爸爸烦不胜烦，但也毫无办法。在乡村他累积多年的好名声，因为河水叔不合乡规的行为，被大大稀释。爸爸的担当和河水叔的放任，构成了两个极端，更让人难以接受的是，河水叔在两个孩子尚未成年的情况下，将他们独自留在家中。在孤独、偏僻的老屋中，两个孩子依赖他们大伯（我父亲）提供的粮食，到底如何长大，对我而言，始终是一片无法想象的空白。

直到2002年南下广州念书，我才有机会对河水叔的生活有一个近距离的感知。和刚刚落地广州的汨罗老乡一样，河水叔同样将广州白云区塘厦村当作自己的据点，将近二十年来从未挪移。我后来才发现，塘厦之所以成为众多底层打工者聚居的地方，除了房租相对便宜，更为重要的原因在于交通方便：村前可以在"棠下站"

坐车，村后可以在"机场路"站坐车，离地铁"三元里站"也很方便。这种发达的交通格局，注定塘厦流动人口多、来源杂。听堂弟说，除了湖南、四川人外，广东本省的潮汕人也非常多，汨罗来广州的打工者，几乎全部聚居此地，塘厦是三江、长乐等汨罗北部乡镇外出打工仔吸毒、赌博的大本营。

1998年，在奶奶过世一年后，河水叔的两个儿子炎培、职培先后来到广州，他们父子三人，三个单身汉，住在一间不到十平米的前后间里。河水叔住的房子在四楼，与隔壁楼房的间距不足两米，就是所谓的"握手楼"。街道脏乱无比，到处都是垃圾，散发着难闻的气味。2005年春节，父亲让我从家乡带一些腊肉、谷酒给河水叔，因为要及时将这些东西送过去，以免广州温热、潮湿的空气让食物变质，我到达当天就和河水叔联系，因而得以第一次进入他的住处。在塘厦站接到我后，河水叔带我慢慢走进城中村。七弯八拐，我们进入一个狭窄楼道，河水叔告诉我，这就是他的住处。一股呛鼻的不明气味，混合着南方潮湿、潺热的空气扑面而来，出租屋的楼梯极其陡峭，可以看出是后来所加，小心上到四楼，两腿已经发软，逼仄的梯间，仅能容下一人转身。上到楼上，从小小的窗户往下看，只见楼与楼之间电线密集，电线上挂满了衣服，乱搭乱建现象非常明显。进到房间，发现他们所租的房子非常狭窄，前后共有两间，使用面积不超过十平米。外面一间放了一张稍稍宽敞的床，是河水叔和小儿子职培睡觉的地方，里面一间放了一张不足一米宽的床，为河水叔大儿子炎培的休息之处（炎培身高一米七八），整个房间除了几个纸箱胡乱塞了一些衣服，没有任何像样的家具。听河水叔说，天热的时候，他们父子三人就直接睡在地上，房子尽管闷热，但对于"握手楼"而言，也找不到其他更好的通风方法。河水叔还告诉我，每个月的房租是二百一十元。他的住处治安很坏，偷单车的人尤其多，河水叔搬进去没多久，就被偷了两辆单车。他的隔壁住了另一个租户，河水叔一直期待他们能早日搬走，但对方始终没有动静。我记得妈妈第一次来广州，最想去的地方就是河水叔住的房子，她怎么也想不通，他为什么宁愿在广州过这种生活，也不愿回到故乡。

令我惊讶的是，河水叔来广州近二十年，竟然一直没有固定的职业。当我试图构建河水叔生活的连续性，并尝试用慢镜头将其生活细节进行还原、连缀时，竟然总是遭遇大段大段的空白，空无一物，也无人对证。他并非毫无专长，也不是没有生存能力的人，年轻时候，奶奶让他拜师学过砌匠（建房子的手艺人），也出了师，完全能够独立对付工程，算得上有一技之长的人。1984年婶婶去世后，在岳阳工程公司的姑父为了帮助他，曾经帮他联系过一些业务，让他很早就当上了包工头。河水叔在1985年就节余了四万多元（爸爸当时一个月的工资为六十八元），成了村里的首富。也许是当时的河水叔太年轻，加上赚钱太容易，他拿着那几万块钱，几年时间就一无所有，待到生活重新陷入困顿，他因为有过发财的经历，怎么也不甘心从一些体力活干起。

在广州多年，除了一些朋友偶尔给他介绍一些临时的活（诸如短期帮别人看守仓库，帮要装修的房子看守材料等），河水叔大部分精力都用在"买码"和招待朋友上。唯一值得庆幸的是，河水叔的儿子炎培、职培完全不用人操心。两兄弟自1998年到广州后，一家的生活费，全靠兄弟俩打工的工资，但维持住三张嘴巴后，往

第二章 生在凤形村　　181

往所剩无几。相比在老家的坏名声，在塘厦，河水叔显然属于受欢迎的类型，他生性大方，尽管经济困难，但因为爱面子，看重他人的评价，为人极为豪爽，来来往往的朋友极多。职培曾经抱怨，"我爸爸的酒肉朋友没哈数[1]，有两个人一来就吃了两个月。赚的钱就这样被吃光了"。尽管房子狭小，但人气很旺，甚至一些贩卖假钞的朋友也躲在他这儿。听房东讲，从三江来广州打工的人，有三分之一首先就落脚在这儿。河水叔管吃管喝，一直维持到别人找到工作。没有钱，就去借。职培说，"这里就是一个庄，很多来吃饭的人我根本就不认识，他们都要过来找老黄"。爸爸为此责怪过河水叔好几次，告知他要为炎培、职培着想，就算因为能力有限，不能帮他们，至少不能连累他们。"船上赚钱船上甩"，老家流行的一句话，是对河水叔生活最好的描述。

前面提到河水叔主要靠"买码"为生，在没有到广州以前，我只是从亲人的口中得到此种印象，等2002年到广州后，我直接感受到了河水叔的生活与"买码"之间的深度关联。"买码"作为香港极为常见的一种六合彩，原本没有任何特别之处，它设定的中码概率还比不上赌硬币的正反面，但自2000年前后，这种在香港纯粹用来消遣的活动，却成为主宰凤形村、隘口村很多人命运的心魔，其疯狂的程度，远远超出了正常人的理智范围。河水叔尽管没有置身凤形村疯狂的氛围中，但在塘厦的出租屋，作为家乡"引进买码"的原初产地，他的生活同样深深地陷进了迷狂而荒谬的境地。我目睹他狭窄的房间堆满了各种资料，有字迹模糊的码报、色

---

[1] 没哈数：方言，形容极多。

情兼迷信气质的白小姐，还有香港版本的日历，以及各种纸片上面心神不宁的数字，这些纸质材料，一摞一摞堆放在杂乱的房间里，类似于一些沉迷科研的学者办公室所营建的氛围。目睹此种境况，与其说，这些深陷"买码"的人从事的活动是一场和自己进行的没有把握的赌博，不如说，某种意义上，他们在用另一种方式追求精神寄托，建构人生的存在意义。只是一旦从渴望财富的幻觉中醒悟过来，弥散于底层赌博氛围的荒谬和不堪，便将河水叔的梦想彻底撕碎在塘厦晦暗的阴影中。

"猜特码"算得上"买码"环节最为刺激的活动，河水叔迷信"特码"，一有空就附会各种因素，期待"特码"的降临。一个孩子大小便的次数，当天最先看到的一种动物，昨夜的梦境，《天线宝宝》节目中太阳公公出来的次数，都隐含了决定财富命运的玄机，其中的逻辑，毫无理性和规律可言。从概率看，"买码"的胜算，也不比打牌和麻将更高，大家如此痴迷其中，不完全是出于对财富的向往，更像是一种精神麻痹。说到底，河水叔骨子里潜藏的不安分血液，在他的日常生活中，也只能以这样的方式呈现。

我问河水叔买中过没有，他说当然买中过，不过每次买中的都是一些很小的数字，不敢买大码，怕别人跑掉。他的经验是，为了降低风险，只到房东做庄的户头买，买中了可以理直气壮地坐在家里等钱。根据赔率，买五百元中了码当晚就可以兑现，能拿到两万元；买一千元中了码，则要等到第二天才能兑现。中了码后，隔壁左右的邻居都会被请去吃夜宵，啤酒、烧烤，有时甚至还要到宾馆开房打牌，"中码"的钱很快就会花掉一大半。"中码"的人，则会在喧嚣的热闹中，收获众人的注目，获得自尊的满足。在他们眼里，"买码"的风险不是很大，也不用担心庄家跑掉，那些房东庄家一般都有房产抵押。不过对河水叔而言，更多时候，"买码"的结局都是被庄家吃掉本金。折腾很久，也不过偶尔沉浸在"中码"的幻觉中。若碰上"包波"（红波、绿波、蓝波等）、"包单双"、"包大小"，一旦陷进去，就会被逼得以几何级的增长方式投钱进去。若本金跟不上，只得中途割舍，自认倒霉。"买码"的很多人之所以倾家荡产，失去理智，大多来自各种各样"包"的行为。一旦扛不起，巨大的心理压力就会直接摧毁一个人的心理防线，导致做出失控的行为。2006年国庆在塘厦，河水叔见到我的第一句话就是谈码，"我很后悔丢掉了一批好数字，就是上次买8的时候，本来特码、平码都猜中了，偏偏漏写了8号，气得我要死"。

　　和丰三村的哥哥、嫂子比较起来，凤形村的河水叔属于另一种类型的农民。对哥哥、嫂子而言，养大小的，送走老的，是他们唯一的人生目标，为此他们忍受了很多难以承受的艰辛；对河水叔而言，他二十六岁丧妻，年纪轻轻就遭受了个人的不幸，但他没有就此扛住生活的磨砺，而是将孩子扔给大家庭的其他成员，在很长时间内独自消失于茫茫南方，以此逃脱世俗的家庭压力。尽管他在南方也没过上好日子，但相比哥哥所忍受的各种艰辛，他没有吃过这种苦。让我难以理解的是，无论选择付出还是逃避，两者最后的结局竟然相差无几。我不知道河水叔这种有意的逃避，是否来自他对社会隐含的残酷规则的洞悉？尤其在得知炎培、职培南下打工多年，最后也是因为工程款的拖欠导致工钱不翼而飞，使得他们手头始终没有积蓄时，我不得不承认，就算再努力，河水叔一家也不可能有更好的结局。也许，河水叔之所以如此痴迷"买码"，正隐含了他对这一前景的模糊感知。

我记得2006年，在和河水叔一次认真地聊天后，他坦然说道："我在广州，没有人惹我，一看就是一个穷人，过日子只要自己感觉过得好就行，我们根本就没有资格来评价别人的生活。"当时的我极为震惊，河水叔外表的无谓中，显然有对人生的思考。当我提到是否因为塘厦的热闹，不习惯离开这里时，河水叔的神色黯淡下来，"哪里是不愿回去，是不得回去！"

也许，在河水叔内心，有我不可理解的苦楚，我突然意识到，对于河水叔，不能完全以一种世俗的标准来衡量其言行。

瑛国叔：街边的缝补人生

我爷爷最小的弟弟，按照辈分，我们称为八爹。八爹养育了五个孩子：强国、大国、富国、瑛国、立国。其中瑛国叔是他最小的女儿，嫁到了本乡的洪源村，养育了独子冯超。瑛国叔在儿子七岁那年，决定跟随南下的亲人一起到广州，从1997年到2005年，因为超龄，一直没有办法进厂，始终难以找到合适的工作，几乎没有节余多少钱。直到2005年，随着儿子支出的增加，她被逼得没有办法，只得重操旧业，租了房东楼下的楼梯间，临街做起了缝纫，专门负责上拉链、改衣裤。没想到，因为流动人口多，从事缝补的人较少，反而意外找到了一条生路，赚到了一些钱。瑛国叔性格开朗，喜欢聊天，以别人的评价就是，"碰到一块麻石都能说上半天"。2006年国庆，她邀请我到家里坐坐，说是家，其实不过是楼梯间下面的两三个平米，白天她将缝纫机摆在街边，晚上则睡在没有窗户的楼梯间。尽管如此简陋，瑛国叔还是在临街缝纫机后面的门上，贴了一张她和儿子的合影。合影拍摄于几年前，用了一块红布做背景，小小的家由此充满了生机和希望。那天下午，她一边兴致勃勃地忙个不停，一边和我讲着来广州后的很多事情。

访谈时间：2006年10月1日

访谈地点：广州白云区塘厦出租屋

我1997年就来广州了，比炎培、职培两兄弟早一年来的。我到广州后，一直租在四楼或者五楼。为了有个照应，节约伙食，我和职培他们在隔壁一起住了五年，很多时候吃饭都在一起。现在家里来的人太多了，我就出来租了一个楼梯间，房子太小，人多就待不下去，现在很少叫职培他们来吃饭。

今年正月过年期间，家里人多，只得将缝纫机打直放，没有办法，全部站在房子里面吃饭。我算给你听听，过年那天，富国叔叔来了，大国叔叔来了，还带了一个客人，加上魏叔他们一家，还有你叔叔一家，你看看，几个平米的房子怎么待得下？我运气不好，来广州前面几年总是赚不到钱，直到去年（2005年），有人建议我在街边做缝纫，我就将缝纫机直接摆在了街边。广州雨多，后来才决定租一个楼梯间，开始正正经经做生意。

我开店子，很多东西都是从外面捡回来的，前几天就捡了五十条拉链，捡了几尺松紧带，捡了几十个标签。哪个制衣厂丢了东西，别人就会告诉我，我就跑过去捡。有时候我还能捡到布，捡一块布就可以赚十几块钱。两条裤的口袋我收十二块，一条裤两个口袋，每个口袋三块钱，如果全靠买布，成本增加，划不来。能捡到布，就要省很多，我只需花时间。我床底下放着几袋布，都是捡的，我还打算打五年工，将我家崽伢子读书送出来，就回家。待在外面太作孽了，睡没有一个好地方，吃也吃不到新鲜菜，尤其是房子让人受不了，这里的房子太密了，不通风，我一天到晚身上汗滴滴的，不舒服。

我干的活包括上拉链、改衣服。我以前做过衣服，不管怎么改都能改好。改衣，改两边七八块；改一条裤脚边，三块；改衣服大小，要看工作量；如果是改整件，要十五块。改整件麻烦很多，但它不需要成本，只要一点电费、一点线，基本上不需要别的钱。

上拉链需要一点成本，铜拉链，一般要五毛钱。相对说来，改衣服有了一块钱的成本，就可以赚十几块钱，成本比较低。一年的收入，算毛收入有一万多块，除了开支，一个月能存七百块钱。但也要看季节，秋冬旺季一般能挣七八百，像这样的夏天，就只有五六百，冬天生意好些。今年最高纪录，一天赚过九十多块，是毛收入。但我的毛收入，差不多就是纯收入，本钱很小。我的缝纫机是从家里拎过来的，房间里摆放的两个机头，是我从别人手里判过来[1]的，五十块钱一个，当废铁卖都可以卖四十块钱。别人问我为什么要买这么多机头，我想这个机头不好用了就换一个，一年买机头要花一百五十块钱。不管怎么说，像近两年的情况，出来还是比待在家里强。其实，我们两个都在这边打工，正良（瑛国叔的丈夫）如果不"买码"，一年算细一点，养一个高中生还是养得起。

---

1 判过来：方言，不按数量计算，以估价的方式整体买过来。

我只有一个小孩，就是冯超，他会念书，现在念到了高中，一年要花一万二、一万三呢！现在吃、穿、用、车费都很贵。这次放了假，超伢子又打电话过来："妈妈，我放假了。""要多少钱呀？""可能要几百。"今天上午一早起来，我就给他邮钱去了，每月的29、30号就要邮钱过去，到这两天，哪怕手头没钱，借钱也要先寄给他。他在汨罗二中念书，其实中考那年，分数线超过了一中十五分，但报考志愿时，他问我是该报一中还是二中。我说，如果有把握就报一中，没有把握就报二中，保险起见，他还是报了二中，之所以这样选择，其实是因为我曾告诉他，如果一中考不上，不会出钱买。他考上一中后，当时家里没人告诉我消息，还是屋场里别的人给我打的电话，"你家伢子考上一中了！"屋场里面的人互相问来问去，得知了一些消息。在他们那一届，古仑中学考上了八个一中，最后取了四个，一共有二十六个伢子考上一二中。

今年暑假冯超打电话过来，说是要过来看一下爸爸，他已经有两三年没有看到爸爸了。我倒是每年都回去一趟，但正良很少回去。超伢子暑假来了以后，住两三天就要回去，坚持要回去。我问他为什么？我跟他说："妈妈七八年没有和你在一起，七八年里都没有和你在一起吃几顿饭，为什么不多待一下呢？"

他说："我不愿意住在这儿，住两三天就想走。"

我说："你至少要住一个星期，否则你爷爷、奶奶要怪我没有给你做好吃的。"可他总是说"我要回去"。我舍不得他，劝他多住一下，宽他的心，"反正书都带来了，不要紧的"。

他最后说："妈妈，不是我不愿意待在这儿陪你们，是这儿不沉静，没有办法读书，这种做生意的地方，人来人往，没有办法安静下来。"

我告诉他将房门关起来,"开一盏灯可以,开两盏灯也可以,我只有锁边时,才进去一下,别的时候会尽量待在外面"。

他说:"我住在这儿读书读不进,我买了四百八十块钱的书,只有三分之一读进了肚,还有三分之二没有读出一点名堂,我住在这儿,做生意人来人往,听不习惯,晚上一夜天光又不能睡觉,精神不好。还有,你们都希望我能考取大学,爷爷说,你父母在外面打工,你要好好念书,考个好学堂。唐爹(他念高中时,常去吃饭的一个朋友)也这样说,你要发狠读书,你父母在外面打工不容易,舅舅也说我,到时候没有考上,怎么好意思?"

我听他这么一说,当天晚上就买了车票,让他回去了。我呢,当然希望他多住一下,能够用排骨给他炖点汤喝,能够买点补药蒸猪肚给他吃,在家里,也没人能够安心安意地照料他。我还是他九岁来广州时带他去玩过,我给他照了很多相,我带他坐地铁、逛公园、逛商店,照了很多相,还到白云宾馆去了。这次来,他已经很高了,比我要高一个头,比我们两个都要高大很多。我有整整八年没有煮饭给他吃过了,他八岁就和爸爸待在家里,我就出来打工了。直到他初中毕业的最后一学期,我看他成绩不错,担心考上高中我们供不起,才叫他爸爸也出来打工。读初中,我一个人出来打工,勉强能供得起;但念高中,一定要两个人在外打工才供得起。你看看,我房间里面有两个灯泡,都是节能灯,一个三瓦、一个五瓦,只要五块钱一个,用这种灯,电表根本就不转,我锁边烫衣用这样的电灯都可以。我知道职培他们三个的水电费每月一百多块,彩凤他们的水电费也是每月一百多块,而我的水电费每月才十七块(广州2006年居民用电是0.6元/

度），我能省就尽量省，赚不到钱就尽量不花钱。

正良在一家物流公司上班，做苦力，主要帮别人搬东西，他下的功夫比你魏叔还要重，包吃包住，有一千多块钱一个月。但他不算细，去年和前年，"买码"就输掉了一万多。他在别的方面还是节约，就是太喜欢"买码"，他去年和前年只节余了九千多块，但"买码"都亏掉了，两年都没有回去过年。今年他现在就开始打算，一定要回去过年。我和他说，今年不要"买码"了，万一明年超伢子考上了大学，到时念书要钱怎么办？我年头忙到年尾，也没有看到存什么钱，年年一个嘴头光。我到现在才存三千块钱，但他读书至少得准备一万块钱。超伢子的成绩也不是特别拔尖，中上游的样子，在学校老师还让他当了一个班长，他每年都当班长，他下半年到了高三，明年就高中毕业了。他说，等明年高中毕业后，要到广州来打工一个月，到时候自己来。他明年正月初六满十八岁进十九岁，我也懒得想那么多了，他能够读出来更好，不能读出来，我们做父母的也尽力了，也没别的办法。至少现在，再苦再累，我们也要保证他读书的钱，他这么喜欢读书，总是一本书擎在手中，如果父母没能力，误了伢子，他会埋怨一辈子。

超伢子爷爷很好，孙子每个月回去，就杀一只鸡给他吃，用补药蒸，说他读书太累了。他爷爷孙辈也不多，就他一个孙子，还有一个孙女，是正良弟弟领养的。我只要了一个孩子，今年四十岁了，还在打工，还要打几年工。我准备再干五年，将他送至大学毕业，然后就回家了。回家以后，准备多种点田，多养点猪、养点鸡，在家里日子好过，但是没有钱用。我准备自己种菜，自己喂猪、喂鸡、种田。现在种田比以前轻松，有收割机，也可以抛秧，没有以前累。我至少种十亩田，种少了赚不到钱。现在，我将田给别人种，回去以后，我会要回我的田地，自己种。

十年过去了，此后，我再也没有看到过瑛国叔。2006年国庆节，她告诉我再打五年工就回家，如她所想，儿子大学毕业后，她终于结束了蜗居楼梯下整天挥汗如雨，只用三五瓦灯泡，连电表都不转的日子，回到了山清水秀的村庄。超伢子最后考上了一所二本大学，学校老师对他还不错。据说毕业后，有一段时间他被骗参与了传销，现在好像在一家公司上班，具体情况我不太清楚。瑛国叔付出了十几年青春，忍受和孩子的长久分离，只为供孩子念书的事实，让我难以平静。我突然意识到，我丰三村的哥哥、嫂子，外出打工这么多年，在对儿子、女儿都没有太多教育投入的情况下，尚且过得如此艰难；对条件差不多的瑛国叔而言，蜗居在异乡的城中村，若不是供儿子念书的动力，很难想象一个人最美好的年华，可以折叠在如此逼仄、阴暗的空间。令我没有想到的是，去年过年，妈妈告诉我，瑛国叔得了乳腺癌，已经做了化疗，不知能熬到什么时候。

彩凤叔：债务逼迫她做生意

彩凤叔比我只大四岁，但根据辈分，我还是得叫她叔。她嫁给五奶奶的小儿子魏叔前，曾经有过一段婚姻，和前夫生了一个儿子。前夫是一个好吃懒做、赌钱打牌的躁子[1]，有家暴倾向，日子实

---

[1] 躁子：方言，指脾气暴躁、品行不好的青年人。

在过不下去，只得离婚，彩凤叔离婚时也才二十四岁。魏叔年轻的时候，找对象太挑剔，将婚事耽误下来了，没想到碰到彩凤叔后，魏叔对她非常满意。我到现在还记得，他们谈恋爱时，彩凤叔穿着紧身牛仔裤，头发挽得高高的，一副青春勃发的好看模样，他们经常在我老家水库旁边的菜地里一起干活，关系非常好。

魏叔为人豪爽，也很勤快，就是爱赌博，这一点，实在是出乎彩凤叔的意料。她将自己的婚姻归结为命运：前夫爱赌，魏叔还是爱赌。在我印象中，像彩凤叔这样贤良、端庄的女人，不知什么原因，好像更容易碰到不务正业的男人。也许，美貌对一个善良而没有心机的女孩而言，不见得是一件好事，她们很容易在年轻的时候，做出错误的选择。彩凤叔和魏叔结婚后，生了儿子勇勇，长得很漂亮。随着儿子的长大，他们逐渐意识到了生活的压力，2005年，彩凤叔终于将四岁的儿子托付给五奶奶，开始了南下打工的人生。

彩凤叔的打工经历比较简单，2005年，河水叔将她带到广州后，经熟人介绍，一开始在塘厦一家制衣厂上班，做了整整一年的试用期，每个月只有四百元的工资，试用一年后，老板看她人还可靠，就让她做品检，早上七点上班，晚上十二点下班，一个月没有假期，只有星期天晚上不加班，算是放假。到第二年，工资稍稍高点，基本工资有八百，还有一点提成，如果出一万元钱的货，能拿三百元的提成，每月勉强可以拿到一千一百元。彩凤叔到广州来，一开始的想法是管住丈夫魏叔。魏叔比她早来广州五年，但几乎没有拿过一分钱回去，工资低固然是主要因素，但更重要的原因是他太好赌，待在塘厦，他根本管不住自己。

三江、古仑打牌的，到广州后有一半聚居在塘厦，这种环境，对自制力不强的魏叔来说是致命的陷阱。在职培眼中，"魏叔的工资不算高，但他习惯很坏。去年干了两个月，打牌一下就输光了，还骗侄女铭铭说是灌煤气要押金，铭铭给了他一千元钱，没有隔夜，打牌又输光了。彩凤叔还不知道这些事情，一个月后，我爸爸不小心在彩凤叔面前说出了魏叔借钱的事，没想到彩凤叔也没吭声，她的脾气实在是太好了。我们住的地方和魏叔很近，他帮一个老板送货，老板很喜欢他。魏叔的优点是劳动意识强，舍得吃亏，他一天上班的时间很长，有十四个小时，早上九点钟上班，到晚上十一点钟才回来，有时候是十二点。累成这样，他晚上下班回来洗完澡，还要去档口看看，看是否有牌打。如果有牌打，还要打一下牌，要吊一下三攻，吊三攻甚至还要做庄"。这样的生活不咸不淡地维持了七年，彩凤叔两口子的经济状况，没有一点好转。

从河水叔，到魏叔、小珍叔，我发现他们只要放弃了对子女教育的期待，个人的生活立马就会陷入混乱的泥潭，生命的无意义感，在塘厦的氛围中瞬间放大。从生存的角度而言，他们固然一直在底层挣扎，为了活命，不得不去从事一些非常艰难、辛苦的工作；但从精神状态而言，一夜暴富、及时行乐的观念，已深深将他们控制，打牌、"买码"、赌博，成为他们劳作以外唯一的精神寄托。勤俭一生的妈妈怎么都无法理解亲人这种矛盾的行为。爸爸在家中每次听到他们在外的情况，都是扼腕痛惜又毫无办法。

2010年，五奶奶生病，彩凤叔离开广州回去照顾老人，等到第二年五奶奶离世，家境更为糟糕。勇勇越来越大，不但念书要钱，家里几间破房子也已经满足不了居住需求，更何况多年的拮据

（低工资导致难以有节余，魏叔打牌输多赢少，加上五奶奶去世，欠下了一大笔钱），让他们背上了不少债务。彩凤叔知道不能将生活的希望寄托在魏叔身上，2011年毅然重回广州。此后她再没有选择进厂，而是到了一家蒸菜馆，在蒸菜馆里认认真真做了四个月，然后交代魏叔利用送货的机会，去找门面。她想和娘家的弟弟一起打门面，开店做蒸菜，人生就这样出现了转机。2016年4月19日，彩凤叔邀请我们一家去她那儿吃饭，她一边招待客人，一边和我讲着开店的事情。

访谈时间：2016年4月19日
访谈地点：广州白云区三元里瑶池大街缘湘缘蒸菜馆

今年是我开店五周年。我准备搞一个庆祝活动，现在菜很贵，我根本就送不起菜，但我可以给每位点餐的送汽水，汽水一块钱一瓶，我还是送得起，只要店庆那天不亏钱就可以了。像我这种店子，做的都是熟人生意，主要都是学生、广州居民，或者是长期住在这儿的外地人。五年了，没有和周边的人吵过一次嘴，也没有和顾客发生过什么矛盾，这个店以前从没人可以开满半年，但我坚持了五年。

现在我请了三个人，还请了我姐夫帮忙洗碗，店里忙起来时，需要一个亲人照看。我的店子在瑶池大街的口碑特别好，我的原则是绝对不将剩菜卖给别人，宁愿将剩菜倒掉，或者当天送给左右的邻居吃，也不留到第二天。不过我计划还好，一般只剩几个菜。另外，做餐饮的，店子的卫生一定要搞得特别好，吃饭的地方，如果不干净，别人就不敢来。每天你魏叔三点多钟就去菜市场批发新鲜菜，菜一定要自己买，自己买的菜放心些。和老板熟识以后，价格可以便宜，而且可以自己挑选放心的菜。尤其是鱼，一定要自己去捉，才新鲜，蒸出来的味道才鲜美。我买的青菜，都要认真拣干净，每棵菜都要洗干净，很多快餐店为了省人工费，都不洗菜，或者洗得不干净。顾客知道我讲卫生，都放心，五年来，还从来没人说吃了我的菜拉肚子，或者有别的不舒服。很多人都和我说，"老板娘，我在你店里吃了五年了"，因为和顾客常来往，就会感到很亲切，就像屋场里的人一样。

不过我感觉有史以来，今年的菜价最高，以前冬瓜从来没有超过一块五一斤，但今年都涨到两元一斤了，红辣椒都涨到九元一斤了，猪肉也涨了很多，现在按批发价拿都是十三元一斤。太贵的菜，我只能少买一点，和便宜的菜搭配着一起买。还有房租，也涨了很多，以前的房租，一万块钱一个月就够了，现在要一万三，加上每个月水电费一千多，开支确实很大。每天睁开眼，就担心当天能否保本。人工也涨了，请了三个工人，约定工资每年上涨10%。尽管这样，但我店里卖的菜不能涨价，太贵了就没人来吃。我算了一下，一天毛收入做到一千八，我只能保本，一天如果能做到两千，我只能赚两三百元，一个月也就赚七八千元，算起来，也就是赚了两个人的工资，但我们要操多少心啊！要承担多大的风险啊！没有一天敢泄气，早上三点多就起来准备，晚上十点才收摊，没日没夜，晚上只能休息四五个小时，等到做完中午那一拨客人，才能抽空休息一下。

但前两年情况比现在要好很多。我记得刚刚开店时，也就是

2011年，菜价便宜，人工也比现在便宜，一个月可以赚到一万八千元，尽管很累很累，但想着熬几年，就能将债务还清，就能将打店子的钱还清，就能存钱回家做房子，再苦再累也能忍受。更加难得的是，你魏叔离开塘厦到三元里瑶池大街后，打牌的习惯改了很多，不再像以前那么沉湎赌博，我感觉生活真正有了奔头。只是没想到这两年房租、人工、菜价上涨这么快，吃饭的人也少了很多，导致生意远不如以前。

我开这个店，也算是白手起家，打店子一共要十万块钱，当时我娘家弟弟也正在找门路，问我愿不愿意和他一起合伙。我想两姊妹做比一个人做风险小，就答应他一起搞。当时没有钱，魏叔多年打工的老板娘，一次性借了三万块给我们，但条件是"老黄不能回家"，意思是要魏叔继续帮她做事。她难得找到一个能吃苦又懂行的熟人，不够的钱我就咬牙借了高利贷。店子开了三个月后，我弟弟嫌太累，起早摸黑吃不消，想将他的股份转出去，我看到店子能够赚钱，好不容易将店子开起来，舍不得，就一个人将店子打了下来，蒸菜馆就是这样开起来的。我给店子取了个名字，叫作"缘湘缘放心蒸菜馆"。第一年赚的钱，还清了打店子的成本，可以说是一年回本；第二年赚的钱，还清了以前欠的老账；第三年存了七八万，大多借给了亲人。我以前困难的时候，他们借钱给我，现在他们开了口，也应该帮帮他们。人不是有难处，都不会找别人开口的。从去年开始，我就筹划要建房子，先慢慢将房子建起来，然后再来还账。今年生意明显不好了，但还是要坚持，毕竟比打工强一点。但也只能做几年，身体吃不消，太累了，都是赚的辛苦钱，起早摸黑，没有一天可以放松。我感觉身体也差了很多，因为操心、劳累，尤其是今年，晚上很难睡着，而且天天下午都头疼。

我最愧疚的就是勇勇。勇勇带到几岁，就给了奶奶带。我在制衣厂上班时，每年暑假都要接勇勇来玩两个月，他住在广州不想回去，送到火车上，哭得不得了。我和你魏叔想他，只得将他的相片随身带。他在这儿，我们也没办法好好带他玩，我要上班，魏叔要送货，他就待在家里看电视，基本上天天看电视，只要睡醒，睁开眼第一件事就是看电视。2011年，我开店那年，奶奶去世了，但勇勇必须留在家里，只得托给细妹子（八爷的小儿子立国）。细妹子家有三个孩子，有两个和勇勇在一起读书，从小就在一起玩，勇勇一直住在他们家，也只愿意到他们家去。细妹子夫妇将小孩子看得重，他们两个小孩成绩一般，勇勇成绩好一点。我过年回去和他说，"你要努力一点，争取考上一中"。勇勇理科成绩很好，但是英语不好，每次考试只能拿四十多分，勇勇说，"妈妈，我努力也没有办法，英语单词认得我，我不认得它"。十岁那年，他有次打电话给我，还没开口就哭，"妈妈，我很多时候是哭着睡的"，我一听，嗓子都硬了，忍不住泪水。细伢子真可怜，不在爷娘身边。我暑假将他接过来，他一过来就长肉，在爷娘面前，他随心所欲，心态放宽了，就长胖。还有一次，平哥逗他，说我们不要他了，将他送给了细妹子家，他也是打电话过来，质问我们有几年没有带他了，是不是真的不要他，我劝了老半天，他才平复过来。讲真话，虽然在外面赚了一点钱，但伢子丢在别人家，也是没有办法的事情。无论如何，再熬两年，将房子建起来后，我一定要回去带孩子。

在与瑛国叔、彩凤叔的聊天中，让我感触最深的，是她们对孩子的讲述。相比打工的艰辛，身为母亲的她们，最难忍受的，莫过于与留守家中的年幼孩子分离。瑛国叔讲到八年没有给儿子做过一顿饭，彩凤叔讲到勇勇晚上哭着睡，我丰三村的嫂子，尽管孩子早已结婚生子，依旧对"钱没赚到，伢又丢了"的往事耿耿于怀……

幸运的是，在凤形村外出打工的几个叔叔中，彩凤叔算是唯一一个通过努力，最后经由开店找到出路的人。细想起来，抛开劳累的程度，开店的风险、成本实在太高，如果没有一定的胆量和经济实力，根本就难以实现，彩凤叔若不是被生活逼成这样，背水一战，也很难横下心走出这一步。只可惜，随着外部经济环境的恶化，她店子的利润越来越低，而外部的支出却一年年看涨，店子难以支撑，已成为摆在眼前的残酷现实。

四 打工记（三）：堂弟、表弟的隐匿青春

面对河水叔空白一片的履历，我一直试图从两个堂弟身上寻找线索，毕竟他们父子三人，待在塘厦一个狭窄的空间，共同生活了十几年。和河水叔毫无目标的生活比较起来，堂弟炎培、职培的生活目标明确、简单而直接：用体力换得每天的伙食费，以维持三口人在塘厦的基本开支。令我惊讶的是，在塘厦黄、赌、毒如此集中的一个地方，两个堂弟几乎没有陷入其中，始终坚持干最基本的体力劳动（职培承认受过一次诱惑，但并未陷进去）。我还发现，河水叔和儿子的打工生活，亲人的叙述和实际情况有很大距离，只不过，对三个长期被忽视的男人来说，缄默和失去话语权，早已成为他们接受的事实。面对来自长辈，尤其是我父亲的责难，他们从来就不会争辩半句。后来我才得知，他们父子三人，之所以打工十几年，最后却和丰三村的哥哥、嫂子一样落入身无分文的境地，其原因竟然一模一样，都是工程款的拖欠。只不过，对四姐夫、哥哥、嫂子而言，因为拖欠工程款数量庞大，足以直接摧毁一个家庭的经济基础，导致触目惊心的结局；而对于河水叔、堂弟他们这样一个没有女人持家的家庭而言，将近十万块的血汗工钱要不回来，不过是运气不好的偶然事件。但是从我亲人的遭遇可以推断，建筑行业拖欠工程款、拖欠工资的现象，实在是司空见惯。

回到两个堂弟身上。婶婶1984年去世时，大堂弟炎培三岁半，比我小七岁。我记得炎培小时候长得高大英武，皮肤黝黑闪亮，极

为壮实。更让人惊讶的是，他从小就力大如牛，三岁左右就能够搬起一块二十斤重的泥砖。在婶婶去世以前，他性格极为阳光、开朗，婶婶走后，他好像遽然结束了自己的童年，以一种断裂的方式，隔绝了和母亲的任何关联，沉默成为他保护自己的一把利剑。谁也不知道，婶婶的离世，对一个三岁多的男孩而言，到底意味着什么，他的内心到底发生了怎样的裂变。在我少年时代的印象中，整个家族谈论最多的话题，就是希望两兄弟能够快点长大，"瞎子伢子天照看"成为亲人共同的心愿。随着我外出念书，炎培的日常生活逐渐在我眼前模糊起来，直到1997年奶奶去世，我才猛然发现，亲人们期待快点长大的孩子，确实已经长大。对大堂弟炎培来说，生活的出路也无非是南下打工。我记得爸爸为了给炎培寻找另外的出路，曾经想方设法让他去当兵，以期通过考军校或者提干，找到另外的机遇。但随着政策的改变，加上炎培文凭太低，这条路终于没有走通。我唯一一次帮他找工作，是一个我熟识的学校需要招有当兵经历的保安，炎培曾经在乌鲁木齐当过兵，符合条件，于是想到和他联系，可最后因为没有及时办理身份证，事情不了了之。今年过年，通过和炎培聊天，我才得知，性格沉默的他，曾经为了帮老板追回工程欠款，竟然和《广州新闻》中经常出现的无望民工一样，独自站上过高楼的楼顶。

小堂弟职培真正进入我的视线，并触动我的内心，源于我到广州后与他的一些交往。在整个家族中，职培是"没娘孩子"的代名词，五个月大的时候，妈妈就离开了人世。直到今天，我依然记得十岁时的那个夜晚，婶婶因为手上生一个疖子，误食药物，半夜突然离世，一家人失控痛哭，我还记得所有人慌乱而无助的脚步声。

五个月大的堂弟因为饿奶，在深夜中长久地啼哭，惊醒了熟睡中的叔叔，就在这个夜晚，整个家族的悲剧拉开了序幕。在喝了一点糖水以后，职培终于安静下来，当时的他根本想不到眼前发生的一切对他日后人生的重要影响。对于职培年幼时的印象，我已经模糊，或者说，我一直不敢直面他失去母爱的童年。河水叔并不争气，失去妻子那年他也仅仅二十六岁，在堂弟整个成长历程中，河水叔无力也无心去扛起孩子失去母爱的童年。职培的成长就像一个没有见证人的谜。

1998年，我小姑的小儿子李炫初中毕业。因为哥哥吸毒，加上姑父下岗，尽管从小在岳阳市长大，李炫还是和堂弟炎培、职培一起踏上了南下的列车，成了小丁表哥的三个徒弟。兄弟三人年龄相仿，有两年时间天天生活在一起。李炫后来因为无法忍受繁重的体力劳动和粗陋的伙食，在十八岁那年重返校园，最后考入一所二本大学，生活出现了重要转机。炎培、职培则继续在广州的各个工地间辗转，直到2011年，两兄弟被我的父亲和幺叔强行从广州带回，在家人帮助下做起了大理石灶台生意，生活终于逐渐走向正轨。对炎培、职培来说，十几年青春成长的日子，仿佛仅仅为了陪伴河水叔一片空白的人生，在生活苦涩的历练中，兄弟俩获得了不为人知的成长，只不过这种成长，始终难以兑换成岁月静好的安稳，在奔跑的时代中，他们是真正被遗忘、漏掉的个体。

2016年春节期间，炎培、职培还有李炫，按照过年的惯例，来到我家看望我的父母亲。在《乡村图景》一文被热传的氛围中，他们猛然发现，自己的故事，也有"资格"被姐姐写进书里。三位弟弟自愿放弃春节期间宝贵的打牌时间,争先恐后和我聊天。为了更好地还原他们的生存境况,我尽量原封不动地使用他们的讲述。在三个弟弟青春勃发的脸上,我丝毫没有感受到叙述乡村话题的沉重、纠结,一种来自生命的活力,本身就是修复村庄的源泉。

炎培：沉默中的抗争

访谈时间：2016年2月11日
访谈地点：湖南汨罗灵官坪巷家中

我1998年第一次去广州，当时才十七岁。尽管爸爸已经在广州待了很多年，但并没有告诉我，到广州后我可以做什么。人生地不熟，一开始就是打零工，搞搬运，有什么就搬什么。那个时候，搬一包水泥上七楼可以拿一块五毛钱，一天只能搬三四包，太辛苦，吃不消，只够买一个快餐。后来就做小工，二十元一天，也只能混开支，有时候饭钱都混不到。没有饭吃，就跟着老乡，老乡都是汨罗三江、古仑、长乐人，在一起合租房子，住在一起，互相之间会有个照应。爸爸那个时候负责做饭，基本没有赚钱。

在这期间，我和职培、李炫曾跟小丁哥一起干过，我们都是他的徒弟。我记得是1999年正月十几，我们在中山八路一带做事，小丁哥问我们是否愿意和他一起学装修，因为没有暂住证，跟着他会好点，我们就答应跟着他一起做。我学东西比李炫快一点，一教就会，搞了七八个月，就自立了门户。小丁哥搞事不出来，我们性子急，天花板上的事基本都是我搞，但最后他只给了我八百元。小丁哥太会算计，银哥（小丁哥的妻子）更吝啬，天天买死猪头肉给我们吃。李炫实在受不了，回去念书了。我自立门户后，主要刮904墙漆，做油漆，都是自己边学边琢磨，太复杂的也看不懂。职培主要是搞泥工。因为年龄太小，没有人脉，大家也不相信我和职培，基本就处于打零工的状态。有灰扇就扇灰[1]，没有灰扇就搬运，做搬运赚不到什么钱，身体也吃不消，平时就打打牌，生活没有任何规律。当时年轻，白天做事，晚上玩到很晚，也不觉得累。

这样在广州混了一年多，舅舅要我回来和他一起锯木材，又跟着舅舅干了两年，说好六百元一个月。同学一聚会，一玩，一抽烟，根本就剩不了钱。2002年，快满二十一岁时，大伯决定送我去当兵，因为满二十二岁就超龄了。这样，我又去了新疆库尔勒，在机动部队当兵。除了白天常规训练，二、四、周末也会加强训练，有时也去维持秩序。2003年，周迅、孙楠在金都小区开盘时搞演唱会，我就在现场维持秩序。当兵真的很累，短跑难不倒我，但是长跑我扛不下，体质跟不上。开始跑步的时候，我的鼻子、嘴巴都流血，团长看到我这种情况还坚持跑步，说我能吃苦，对我挺好的。部队战友感情像兄弟一样，汨罗去的一共有七十多人，三江有一个，就是我们村里的贵妹子。尽管战友成家立业后，稍稍疏远了一点，但关系还是很好。我不后悔在部队待了两年，唯一后悔的是应该抓住机会在部队学当厨师，当时九个中队，有三个名额可以当厨师，我有一个名额，但听说学了厨师就必须留在部队，因为想家，就放弃了机会。2004年，我转业回来，转业费发了一千九百元，我记得副班长的津贴是一百九十八元一月。按照大伯的想法，原本是想让我通过当兵，转为志愿兵，然后看能不能通过别的渠道解决工作。但新疆太远，也没有什么过硬的关系，事情很难办成。

2004年，当兵复员，生活又回到了原点。我一个战友打电话，

---

[1] 扇灰：方言，建筑装修术语。

叫我到东莞一家厂里上班，说是有一千六七百元一个月。因为没有身份证，办了个假证跑过去，没想到去银行开户时被发现，厂子没有进成。我当时好找的工作是保安，但我不喜欢当保安，感觉保安就是看门的，吃青春饭。我记得当时塘厦村里的吴警师，要我去塘厦搞巡逻、管治安，说是六百元一个月，我感觉混开支都混不到，没有去，后来被吴警师骂了一顿，说是不给他面子。事后才知道，搞巡逻、管治安是肥差，查暂住证的钱都不上报，收入远远超过六百元。

后来，我偶然碰到以前跟小丁哥学手艺时认识的老板剑哥，他多年没有看到我，就问我到哪儿去了，两人一聊天，关系就拉近了。他对我特别好，此后有什么工程、业务，都会分给我一点。他自己做工程，他哥哥在外面开了一个挂牌公司，要带资金的业务，我拿不下，因为根本就没有任何钱，只接比较简单的装修业务。

2005年我认识了湘阴一个姓戴的老板，也很讲义气，每次有事都介绍给我和职培，我做扇灰，职培做泥工，从来都不差我们一分钱，还将广州五山的饮食宿舍楼转给我做，我很相信他。到2009年，他又给了我一笔业务，是装修一家大型的歌厅，叫K2009。因为工程量比较大，开始做事前，我问他是否要签合同，他说没必要。到最后工程接近尾声时，我发现上面不来钱了，工资都开不下去，但我还是带人坚持将工程做完了。介绍我业务的小老板说是大老板跑掉了，他也被大老板欠了一大笔钱。事情到了这一步，拖欠我这边施工队的工资就达七万多元。我此后打工的主要目的，就是赚钱还我施工队员工的工资。尽管这件事让我吃了很多亏，但到现在，我都不认为是戴老板在骗我，他吃的亏比我更大，只能怪我运气不好。

后来发现事情没有转机，我告诉戴老板，唯一的办法就是带头去闹事。他胆子小，不敢去，我就说，"老戴，你不敢去闹事，我帮你去闹。只有闹事，才能将钱拿回来"。其间，经过了街道办的调解委员会，但没有任何成效，事情越闹越僵，我就一个人爬到施工的楼顶，以跳楼做威胁。当时我心里很害怕，怕自己出事，但事情到了这一步，也只能去做，KTV老板当时就吓住了，没想到我会去跳楼，但最后闹事也没起到很大作用，当地派出所将我捉下来了，对方答应先给十万块。我告诉戴老板一方，既然事情已经闹开了，千万不要轻易接受欠款方的十万块，否则后面就没法谈了。但有些人认为，能拿十万是十万，要是不拿，可能一分钱都拿不到，于是就接受了十万元。他们给了我一万元，整个工程款拖欠了一百七十多万，算到我的施工队是七万，到最后，我跳了一次楼，也仅仅挽回了一万元的损失。我算了一下，加上别人拖欠职培的工钱，我们在广州打了很多爆工[1]，白白丢失了十几万的工钱。

我闹事以后，就告诉白云区派出所，如果我出事了，就是KTV搞的鬼。白云区一个黑帮老大，和戴老板关系也很好，听说我的事，认为我胆子大，讲义气，舍命帮老戴，对我很看重。他哪里知道，我其实也是没有办法，都是辛苦钱，不去争取，就是白白打爆工。但争取了又怎么样？最后依然追不回工钱。老戴后来又介绍了几笔业务给我做，每次都没和我说价钱，我也没有开他的高价，最后，我离开广州时，他还欠了我一万多元的工钱。做装修就

---

1 爆工：方言，白干的事情，没有拿到工钱的工作。

是这样，业务完全依靠熟人介绍，没有熟人，就没有活干。但因为是熟人，加上很多也只是一起在塘厦住，也不见得靠得住。说来说去，我在塘厦这么多年，被别人拖欠的工钱也有八九万，别人可以欠我的，但我不能欠别人的，只得自己打工一点点还。弄成这样，搞了这么多年，也没看到钱。

多年来，炎培还是显得不够健谈，很多在我听来惊心动魄的事情，他都轻轻带过。炎培多年南下的打工经历，唯一让亲人高兴的事情，是在一穷二白的情况下，解决了对象问题。2007年，在没有结婚的情况下，他和女友敏贞生了第一个孩子，2012年回湖南后，三年过去，又生了一个女儿，从此有了一个儿女双全的家庭。敏贞是广东汕头人，她父母关系不好，早已离婚。她自小跟随父亲在汕头过，母亲则改嫁到了湖南。敏贞十几岁到广州打工后，先是在几家小工厂辗转，后来和彩凤叔在同一家制衣厂上班，由此认识了炎培。她第一次在彩凤叔的住处见到炎培，就对他一见倾心，每天一下班，就跑过来看他。彩凤叔觉得炎培从小没有娘，家里经济状况也不是很好，应该早些成家，就劝炎培答应她。一来二往，有了一些感情，两人关系就确定下来。敏贞开始一个人租房子住，和炎培确定关系后，为了节省一点伙食费，两人就住到了一起。同居不久就怀孕，流产了几次，到第四次，两人决定生下孩子。当时居住条件非常差，窝在城中村中间，终日不见天日，孩子都快出生时，依旧没有找到像样的房子，一家四口，还是住在十来平米的前后间里，房子阴暗肮脏，采光通风都极其不好。由于医院费用高，他们最后决定找接生婆在家里生孩子。让人没有想到的是，临盆当天，仅仅折腾了两个小时，敏贞就顺利生下了一个健康、漂亮的男孩。

坐月子对正常的产妇而言，往往意味着特别的呵护，可敏贞既没有婆婆，也没有母亲，不可能得到至亲的照顾，炎培为了生计必须天天到外面去干活，而河水叔和职培也不懂得照顾产妇。此种情况下，彩凤叔和瑛国叔，主动提出两人轮流照顾敏贞，最难熬的日子，在亲人的帮助下，竟然就这样熬了过来。

职培：无人见证的成长

我和职培有过两次比较深入的交谈，第一次是2006年，第二次是十年以后的2016年。我记得第一次坐车到塘厦，职培到车站接我，带我进入城中村，边走边和我说着他熟悉的事情，"就在你刚刚走过的那条巷子，上个星期搬出来一具死尸，是被别人杀死的。一个扫地的人发现了尸体，当时吓得要死。也不知道为什么，这条巷子经常出事，这两年就死了好几个。前年在塘西，我们去买菜，刚刚走到路边，看到一个摩托车上的人拿把刀插过来，当场就杀死了一个。去年，离我们这儿半里路的地方，一家发廊出了件大事，杀死了两个，伤了六个。当时我和凤形村的五叔刚好从发廊经过，看到一个女孩子被杀，头掉在一把凳子上，脑袋剁得颈上一块皮吊着，只有一张皮连着脖子和头，满房的血。后来听说是情杀，发廊女孩多，没有多少反抗力，才酿成这么大的惨剧，案子一直没有破出来。上次隘口湖一个叫胡泰山的人的儿子，在东莞伙同一些流氓，将别人剁得要死了，后来被抓住，直接判刑，真正动手的其实不是他，但他毕竟也参与了闹事，没有跑掉，抓住了也没有办法。就在上个星期，一个老乡被电打死了，也是汨罗人。灯哥，你不知道吧，这边吸毒的人很多，到处都是，都是走错了路。住在塘厦的人，除了我们搞装修、摆路摊的，大部分都是些吸毒仔和鸡婆"。一路上，二十出头的堂弟和我说个不停，一脸的淡定和冷静，他根本没留意到，我当时听得脊背发冷。

职培的童年，随着奶奶的去世，已经成为一片空白。在小珍叔的回忆中，倒是留下了一些温馨的片段，"六姑娘（我婶婶）去世时，职培才五个月，我刚刚生平平。平平一吃奶，职培就睁着一双眼睛盯着她，我和职培开玩笑，吃过我的奶，应该养我一半。那时候，几个人挤在一张床上，其中就有我娘、平平、职培，挤得爆，平平一哭，一吃奶，职培就睁着眼睛看着我，我到现在都记得那个样子"。在职培眼里，尽管妈妈早逝，爸爸也不顾家，但童年也说不上特别苦。村里孩子多，都是叔伯兄妹，热天在竹床上睡觉，小孩子一堆，偷西瓜、偷橘子是常事，和二子、三子、波妹子、毅妹子、金灿都经常一起玩，黄铭和他一直同班，经常偷点家里吃的给两兄弟。现在，这些孩子都已长大。七爹的孙子，基本上做饮食业。波妹子在福建开了一个快餐店，入了5%的股，开了六个分店，经济状况还不错；毅妹子在广西陷入了传销，家里修路拿到的拆迁款，被她栽进去了一半，在传销窝里待了一年半，识穿骗局后，出来重操旧业当厨师，和弟弟鹏鹏在老家开饭店，因为地方大，好停车，生意还不错。五爹的子孙，则主要在外面开快餐店，做盖码饭。魏叔在广州开蒸菜馆，二妹子、三妹子在长沙开快餐店。

职培初中没有毕业，1998年上半年就到了广州，当时才十三岁多,算得上整个家族南下打工队伍中年龄最小的一个。到广州后,他和河水叔住在塘厦,一开始是七八个人一间房,上面是阁楼,睡四个人,站都站不直,下面睡三个人。有单独的卫生间,自己做饭,两户或三户共用一个厨房、气罐。因为年龄太小,个子也不高,一看就是童工,根本就不可能去找什么工作,于是就给合租的人做饭、洗衣,就此解决生活问题。到第三年,2000年,他开始和表哥学砌匠,学了十一个月,自己出来了,找熟人朋友,打点工,二十五元一天。年纪太小,学艺不精,没什么人相信,业务少,到2002年,还是只够混碗饭吃。2004年,炎培从部队转业回来,慢慢和他一起做事。当年在广州市海珠区黄金海岸搞工地,赚了一点钱。但掉了一个新手机,刚花了一千多元买的,相当于五十天的工钱。

在职培的打工生涯中,令全家人印象最深的是2000年时,他因为没有暂住证被收容。当职培失踪的消息传到家乡时,我们内心都很沉重,以为他遇到了什么不测,当时压根都没想到他会去哪儿,后来才得知,因为在街头被查暂住证,他进了收容所。十六年后,职培和我讲起了当初的情景,"那年我十五岁多,跟表哥搞事,学砌匠。他在其他地方做事,我在另一个地方。回家的路上,一下公交车就被几个巡逻的拦住带走了,一开始在海珠区的一个中转站停留,后来转到增城,最后送到了大尖山收容所。在大尖山收容所,摘了两天茶叶,没有鞋子穿,打赤脚,六七月间,好大的太阳,将人晒得要死。在收容所,像我这么大的很多,当时也不是很害怕。一开始没有挨打,也不怎么出声。我记得当时的食物只有老黄瓜、老丝瓜、一坨饭,很难吃,但不吃就肚子饿。在海珠区中转站,饿了一天,转到增城;饿了两天,到大尖山,还是挨饿,饿了的时候，没有东西吃，有钱的可以吃方便面。我被拦住时，身上只有两块钱，当时表哥每天给我两块钱的工钱，身上最多只有五块钱，除了工钱、来回两块钱的路费和一块的早餐费，没有一分钱额外收入。在大尖山待了两天，到第三天，我开始想办法和外面联系，当时没有手机，只有呼机，我们出租房下面有个电话，我只记得那个电话，就打电话让房东叫我爸接。爸爸得知我的消息，立即想办法凑了三百六十元，将我接回去了"。

直到今天，提到广州的打工经历，职培坦言，最害怕的就是查暂住证，看到派出所就害怕，看到派出所的人，就绕道而行，"1999年的时候，人很歹，没有什么理由，就能够以没有暂住证为由，将一个人抓去关几天"。我问他为什么不办暂住证，一问才得知，办一个暂住证要一百二十元一年，而当初的房租只要二十元一个月，一个暂住证相当于半年的房租。就算办了暂住证也没什么用，他们可以当着人的面将暂住证撕掉。直到2003年，收容制度取消后，职培内心的阴影才慢慢淡去，走在街上才不感觉害怕。

和炎培在广州打工的平淡生活比较起来，职培因为胆子、脾气都比他大，遇到的事情也明显多一些。2001年，因为堂妹黄铭的原因，职培去了四会，进入了传销组织，因出不起那笔入会费，侥幸逃脱。黄铭和职培在同一个村庄长大，两兄妹关系很好，职培和炎培在奶奶去世、父亲外出留守家中时，黄铭经常偷家里的油和糍粑给他们吃。

2001年1月，广东黄埔严打，传销撤到四会，到年底，黄铭越陷越深，执迷不悟，谁的话都听不进，职培决定去看个究竟。当时都老历腊月二十八、二十九了，职培原本想着将她带回广州过年，没想到一去就被缠住，最后竟然留在四会过的年。开始去的几天，传销组织的人很热情，带着职培整天在外面店子吃饭，吃大排档；到大年三十，有三四十人，两个火锅、一只鸡、一只鸭，然后加菜市场买的一点小菜。去的时候，职培身上只有三四百元，黄铭为了将他留下，拿走了那笔钱。到初一，还是一只鸡、一只鸭，二三十个人住在一套房里面，全部是地铺。平时的工作就是听课，到初七，职培钱包里只剩了一块钱的烂钱。传销组织要求他办银行卡，就借十元钱给他办了一张银行卡，职培趁机打电话给河水叔，让他打了一百元的路费。初八，黄铭还是不愿意回广州，职培自己回来了，给了黄铭五十元。职培回到广州后，立即将她的地点告诉了家里人，黄铭被幺叔强行带回，白白丢了三千八百元入会费。后来我从职培嘴里得知，汨罗人的传销窝点从黄埔转移到四会后，十年以后，又转移到了贵阳。

2010年，传说职培被一帮朋友带着吸毒，爸爸和华容的幺叔从老家赶到广州，准备将职培强行带回湖南。我记得那天晚上，在我家客厅地板上，二十五岁的职培，被父亲喝令跪在地上，问他是否真的吸毒。职培承认，只是偶尔试了一下，吃过一些摇头丸，但没有陷进去。当晚，他向爸爸和幺叔保证，再不待在广州，而是跟随他们回到湖南。这样，职培终于结束了在广州十几年的打工兼流浪生涯。在南方这座闷热的城市，他从十三岁长到了二十五岁，在他的同龄兄妹都纷纷结婚的情况下，职培的情况让人担忧。职培回来后，爸爸召集自己的兄妹，主持了一次家庭会议，决定一起借钱给他做生意。这样，由幺叔把关，将职培留在钱粮湖，我爸爸借两万、小姑借一万、幺叔借两万，加上他帮哥哥做装修的一万工钱，开始起步做大理石灶台生意。由于他的店子是钱粮湖首家，生意还不错。第一年，已经能够将嘴巴糊住，到第二年，人脉打开后，赚了一些钱，开始偿还开店的债务。通过别人介绍，职培认识了隔壁店老板的表妹，并于2012年结婚，当年8月，就生了女儿新新。到现在，尽管职培的债务还没有还清，但总算有了一个赖以生存的基础，有了一个家。职培在钱粮湖站稳脚跟后，因为生意很好，2012年将炎培从广州叫回来帮忙，河水叔也跟着结束了二十几年的打工生活。

2013年年初，在亲人帮助下，职培的生活逐渐走上了正轨。当年，他听说贵州生意好做，打算去那儿扩张大理石灶台生意，以寻找新的发展机会。一到贵阳金阳新区，才发现所谓的生意好做，原来是一个巨大的谎言，其实遍地都是传销组织。让人惊讶的是，三江很多人都已陷进去，职培的小舅、舅妈都在那儿；凤形村的细良叔，一个很聪明、很有主见的人，也去了；他的儿子兵兵，已经投进去了十八万。当时是正月十一、十二，职培一去，立即就被人盯住，马上有人带他去听课，稍有不从，就威胁他。有一次被迫听课，几个人在台上，洗脑胡说，吹嘘赚钱容易，职培想到自己的打工经历，不承认、不认可他们的观点，认为他们说谎，当场就顶了起来，发生了激烈争吵，差一点动手打人，因为一些老乡劝说，职培只是打烂了他们的茶几。当天晚上，他设法溜出来，不再住集体宿舍，舅妈发现他脾气不好，也不想将他留在那儿。职培告诉我，贵阳现在的传销，和十年前四会的形式，有了很大改变，传销活动都在一些很高档的小区进行，如金阳新区的碧涛园，两个人一间房，一对一洗脑，派出所若迫于压力来捉人，就说是聊天，也抓不到证据。在家乡一带，传销在长乐镇被称为做木地板生意，在花桥叫作搞五金生意，内行人一听就明白是怎么回事。伴随高科技的发展，传销发展也越来越组织化，任何经济往来都通过银行，银行在金阳新区都为传销组织服务，也有内网电话，156、157开头的电话都是内网，一条网络一条线，电话只有内部的人可以联系，外面的人打不通。职培目睹此种情况，立即意识到家乡流传的所谓贵阳生意好做，无非是多年前他早已熟知的传销。为了避免陷进去，他彻底离开贵阳，回到钱粮湖继续自己的生意。

职培到现在都特别感激大伯和幺叔在他人生误入歧途的时候，将他拉回来。我后来才发现，其实职培一直挺有生意头脑，他曾经和我说过，做生意最忌讳看别人的样子，如果都去做同一种生意，最后谁都赚不到钱。"做生意最关键的，要在别人还没有想到点子时，抢在别人前面去赚钱。花桥以前批发生意不是很赚钱吗？结果开了十几个，现在生意就不好了。大亮他们卖电器，生意好得不得了，别人接着在对面开了一家，结果弄得两家生意都不好。"我推测，他们两兄弟在广州那么多年，之所以一直很难混出样子，其实和手头一直没有余钱有关。

令人欣慰的是，职培对现状还比较满意，尤其疼爱妻子和女儿，对于一个从小缺失母爱的孩子而言，家庭的温暖更能让他得到情感上的慰藉。

李炫：读书让我没有走上邪路

李炫是我小姑的小儿子。姑父是岳阳一家建筑公司的老员工，小姑一直没有固定工作，很长一段时间就在老家带孩子。在80年代，国营企业还不错，姑父一家的经济条件在爸爸的兄妹中算是较为宽裕的。孩提时代，最开心的事情，就是过年时拿到小姑崭新的压岁钱。1997年，姑父所在的建筑公司倒闭，姑父下岗，大表弟李刚中专毕业以后，没有顺利找到工作，跟随一批街头混混打人闹事被抓，面临一万元的赔偿，这对当时下岗在家的姑父一家而言，无疑是雪上加霜。李炫初中毕业，原本考上了岳阳七中，但因为家境陷入谷底，于是放弃了继续念高中，进入一所职校学习计算机专业，一年后发现学不到任何东西，1998年，跟随大姑的儿子灿良哥南下打工，和炎培、职培一起成为小丁哥的徒弟。

李炫人生的转折源于在广州打工一年多后，因为无法忍受做一个泥瓦匠的艰辛和无望，决定重回校园。2000年春节，回家过年的李炫找到我爸爸，表明想重返学校念书，爸爸经多方打听，托一朋友帮忙，将他送到汨罗三中。在初中毕业三年后，他在原本应当高中毕业的年龄重新入读高中，并于2003年考入湖南理工学院，学习机电专业。2006年大学毕业后，他彻底摆脱了底层打工的状况，开始在不同的公司之间辗转，尽管也经历了不少波折，但生活的历练还是加速了他的成长。2009年11月11日，李炫来到东莞厚街，赶上了东莞制造业最为繁荣的阶段，和朋友一起开了一家皮革厂，生活慢慢稳定下来。几年时间，他已在东莞厚街结婚生子，买了房子、车子，过上了比炎培、职培更为稳定的生活。2016年春节前夕，小姑、姑父、李炫一家来我家看望我们全家，我和他有过一次聊天，得以知道他初中毕业以后的更多生活细节。

访谈时间：2016年2月5日

访谈地点：湖南汨罗灵官坪巷家中

我1997年初中毕业，当时爸爸下岗，哥哥被捉，家运不顺。我在岳阳职高念了一年书后，1998年，跟随灿良哥、小丁哥去了广州，和炎培、职培都在塘厦。

在广州的一年半，刚好碰上治安最混乱的时期，黄、赌、毒，那些以前只能在电视里看到的东西，忽然出现在我身边。我亲眼看见过别人注射毒品，看见鸡婆拉客。打架更是常事，感觉就和香港电影《古惑仔》里发生的事情一样。目睹现实，我内心的感觉就是太黑暗，但这种想法从来没有告诉过家里人。

有一次，一个老乡找到我，说是有个房子装修，想将业务外包，问我们接不接，我和职培决定一起去看一下情况。结果一进饭馆，就感觉氛围不对劲，我反应过来，立即叫职培先回去，他们不容分说，就将我拉过去，叫我坐下。我环顾一眼，发现个个眼神不对，没有配合他们坐下来。其中有一个人拿着筷子不停敲桌子，一言不发示意我吃东西。我准备跑，还没跑出房门，就被他们拖到了外面。我挣扎着站起来，找机会继续跑，呼呼的风从耳边响起，我一个人在前面逃，十几个人在后面追，相距十分近，跑几步，就被踢一脚，跑几步，就被踢一脚。当时的感觉就是，飞起来一脚，飞起来一脚，被打的时候，也不觉得痛。到了马路边上，车子特别多，我当时根本顾不上，直接冲过去，那些追赶的人，终于停住了脚步，没有继续追。我一口气跑到了塘厦，跑到了表哥楼下，当时塘厦都是湖南人，过了马路，才感觉到了安全地带。甩掉追赶的人以后，我脸上都是脚印，老乡看到我，惊讶地问我怎么嘴角都有血，急着要送我去医院。我在家里睡了好几天，恐惧和疼痛才慢慢消减。后来才知道，我挨打的起因非常小，原来是哥哥的一个同学拿了他们的冲击钻，他们找不到当事人，因为我认识他，又是老乡，就猜测我们是同伙，企图报复我。经过这件事，我感觉自己和塘厦格格不入，如果我不能摆脱塘厦的环境，混下去，我就会变成他们，到时候也会无事生非，无恶不作，变成混混。

更搞笑的是，还有一次，我被当作"站街女"捉去。因为头发留得太长，治安员以为我是个女的，一看身份证，发现是个男的，就将我放回来了，但身份证和传呼机都被拿走。我不愿在塘厦待下去的原因，还有一个，就是和小丁哥一起外出干活时，实在太累，而且整天吃死猪头肉，一看到就反胃。2000年春节，我因为得了阑尾炎，回到湖南做手术，就向家里提出，想重回校园读书。妈妈向舅舅打听，舅舅托人帮忙，将我送到了汨罗三中，在初中毕业三年后，我重新开始了校园生活。

除了广州的打工经历促使我回来读书，其实我内心深处还有另外一重动力。我初中有一个很好的朋友，离我家很近，他父母在政府上班，对我很好，把我当儿子看待，每次他们外出吃饭，都将我带上，让我开了很多眼界。我初中毕业外出打工后，我同学就由家里出面，安排当兵去了，还没转业，工作早就安排好了。我当时的感觉是，只有走上社会，不同的家庭背景带来的差距，才会显露出来，生活才露出它现实的一面。初中毕业后，我和他们家关系还是很好，他们待我也一如从前。我感觉若自己一直在塘厦混下去，我们之间的差距只会越来越大，朋友之间的距离必然产生，内心很不甘心。我重回校园念书后，同学也转业上班了，他支持我读书，一直给我钱花。现在想来，我感觉重返校园，完全是人生的新开始。有时和同学讲起我塘厦打工的事，他们都不相信，说是在哄鬼。我特别珍惜读书的机会，念初中时，因为太调皮，一直是老师嫌弃的对象；念高中后，因为懂事认真，成绩也好，一直获得老师赞赏的目光。两相对比，人的感受完全不同，自信心也随之上来。2003年，我考上了湖南理工学院，二十一岁才进大学，比别人整整晚了三年。

2006年大学毕业，因为有文凭，我找工作的期待，再也不像1998年去广州时选择最劳累、最看不到前途的活。毕业前，我就和班上另一个同学找到了工作，同时被岳阳最好的酒店录用。同学搞采购，我搞审计，待遇相当于一个小领导，每月能拿一千五百元，而酒店里没有文凭的员工，只能拿三百元。做了一年多，发现工资没有变化，加上上班太无聊，就是晚上干两个多小时，其余的时间不知怎样打发，于是就决定辞职，和高中同学到了深圳。

到深圳后，一开始选择住五元一间的床铺，有一次住所的二楼发生火灾，当时吓得要死。一个星期后，我在一家工厂找了一份品管工作。第一天上班，看到厂子裸露的电线，我就告诉老板，要注意用电安全，老板因此对我很好。当时为了增加收入，我和同学利用下班时间，在深圳步行街摆摊卖衣服，第一天晚上竟然赚了八百元，只可惜当时太兴奋，竟然收了三百元假钱。摆地摊时，工厂的同事都愿意跟着我，沿街挂了十几米，收摊以后，就请同事吃夜宵。坚持了一段时间，发现白天上班已经很累，晚上实在没有精力去兼职。因为摆摊的收入超过正常上班，我决定辞职，想专职从事服装贸易，几个朋友也有这个意思，于是一拍即合，决定去上海看看，寻找发展机会。这样一算，在深圳仅仅待了两个月二十九天。老板得知我要走，问我为什么，我就说，自己想当老板。去了上海，做起了背包客，每天早上六七点出发，沿街看，找门面，找了半个月，几个人互相商量，怎么做，怎么进货，怎么处理尾货。计划做得天衣无缝，但到签合同时，大家意见不一样，服装贸易的事便不了了之。

离开上海后，我辗转到了昆山，当时昆山的工作不好找，我很想进富士康，但很难进，就算进去，还要给一笔保证金，我选择了放弃。万般无奈，我来到金德管业，应聘销售岗位。我记得应聘很正规，面试要穿西服，前前后后经过了四道关口，最后被录取。一录取，就进入浙江工业园培训，培训结束后，合格的员工被分配到浙江金华，进行为期一个月的拓展训练。拓展的内容主要是跑步，早上五公里，晚上五公里，天天如此，特别辛苦，很多人受不了，中途选择放弃。我记得进去的时候有五个班学员，一个月后跑掉了两个班学员，我咬牙坚持，就当是锻炼身体。训练结束后，还要考试，我通过考试后，最后分配到惠州惠东，主要工作就是跑批发部，卖管子。

正式入职金德管业做销售后，唯一的感觉就是累，心累，公司要求我们不但要找到客户的电话，而且连他的生日、爱好、家里其他人的相关信息都要收集。我每次进入一个单位，第一件事就是给门卫分烟，趁机记下需要的电话。天天如此，整天在外面跑。我早上从公司出门开个会，晚上回到公司开个会，感觉无论怎样努力，都完成不了任务。实在没有办法，就开始编数据，编了二十天，还是完不成任务。一直挨到发完工资，我感觉实在受不了，决定辞职走人。最后还是在2008年，回到了南方，又来到了十年前到过的广州。

离开岳阳后，我在社会游荡了两年，发现外面也不好混，感觉很消极，唯一的收获就是积累了一些社会经验，人成熟了很多。到广州不久，我一个同学得知我的消息，就劝我去长沙。他当时在长沙做电信业务，打理信息服务平台，发展得还不错，这样，我在广州没有停留多久，又回到了湖南。没想到，面对公司的快速发展，我们铆足了劲，准备大干一场时，一条禁止发垃圾短信的指令，彻底影响了公司的运转，信息服务平台随后便被封掉。面对突然的变化，我们几个也没有丧气，打算在原有的技术基础上，从事门禁系统和防盗报警器开发。现在看来，这种思路眼光不错，但因为当时资金有限，人力资源匮乏，最后只得放弃。公司倒闭后，面对一次次打击，我的心态发生了很大变化，已经变得无欲无求，哪怕在流水线上，也绝不抱怨。只是有时候想起当初的雄心壮志，感觉念了大学也不可能有太好的出路。唯一值得庆幸的是，因为我念书时，一直很珍惜同学间的情谊，始终和他们保持着很好的关系。高中同学李江知道我的情况后，立即邀请我去东莞，和他一起开公司。

2009年11月11日，我两手空空，到了东莞厚街，来到了李江的工厂。李江高中毕业后没有念大学，很早就到了东莞。他将工厂全权交给我，让我来打理，他则从事另外的生意，实际上，就相当于他出成本，开了工厂，给我提供了就业机会。我一直坚持了两年，到第三年，业务才慢慢扩大，开始有了盈利。为了更好地帮助李江维护客户，我考了驾照，始终将工厂的事情当作自己的事情做,想尽一切办法满足客户的需求。随着工厂运营走上正轨,业务量逐渐增加,我慢慢有了成就感,收入也逐渐提高。2012年,为了扩大工厂规模,我决定入股,在家里支持下,先后投入了十五万元。说实话,开工厂,前期非常辛苦,若不是苦苦坚持,几个月时就差点倒闭。现在工厂慢慢变好了,有了利润,可以分红,按照比例,投入十五万,每年可以拿到当年利润的6%,算起来有六七万块的分红。

因为是同学关系,我和李江彼此都很信任,从来没有签订任何协议,他在我最艰难的时候,向我伸出了援手,我很知足。短短几年,我在东莞结婚、生子、按揭买房,都是在进入李江的工厂后才实现的。到东莞之前,我一无所有,东奔西走,总也找不到一个立足的地方,整天担心自己懈怠放弃,最后烂掉。现在每天可以看到小孩,看到妻子,一家人在一起,尽管手头没有存钱,但还是感到很满意。更重要的是,随着处境的改变,我也有能力去帮助家人。结婚之前,我妻子家很穷,烧柴火、住瓦房,在村里显得很寒酸。去东莞后,赚了钱,我第一件事就是出钱帮他们盖新房,岳父岳母对我特别好,在他们家我就像大爷一样被伺候,妻子家因为没有儿子,只有三个女儿,房子建好后,他们在村里也感觉扬眉吐气。

和童年相比,我的性格变了很多。小时候,我特别调皮,在家乡读完小学三年级,跟随妈妈到了岳阳。转学第一天就和别人打架,牙齿被打掉了好几颗。一放假,就跟院子里的小孩整天在外面乱逛,不是打群架,就是偷单车换汽水喝,有时还偷偷去南湖游泳,经常找小朋友要钱。更荒唐的一次,是半夜结伴,跑到南湖游乐场,将摩天轮打开。读初中时,还和同学贩卖假钱,到书店偷书，到超市偷葡萄干，或者骑着路边的三轮车去打架。青春期叛逆，当时家里不理解，我和院子里的小伙伴，曾经集体离家出走，去旅社拉尿，饿了就去包子店抢包子，手头没钱，拿着包子就跑，店主拿我们这些孩子也没办法。有一次流浪到外面，都出了岳阳市，幸亏有人帮忙，买票将我们送回家。当时家里人都担心我，以为我会烂掉，会成为岳阳街头的混混。没想到，我没有成为混混，倒是家里最听话的哥哥不知不觉成了家里的老大难。

哥哥一直是我的偶像，长得帅，爱干净，讲究外表，很多小姑娘喜欢他，她们为了接近哥哥，都买糖给我吃。他在岳阳念书时，成绩好，考了中专。中专在当时很吃香，原本可以直接就业，谁知到了他这一届，开始不包分配。哥哥很早就去了广州，被同伙带着吸毒，我98年第一次到广州时，目睹他吸毒，特别震撼。到现在都想不通，我当时为什么没有阻止他。说起来，我小时候和烂仔在一起，而哥哥，是长大了才和烂仔在一起，我从来没有想到哥哥会变成这样。说实话，经过了太多事情，我内心有时也特别压抑，但总是提醒自己学会克制。也许是因为小时候干了很多坏事，我长大后特别警惕自己走上邪路，庆幸的是，我有很多机会走邪路，但最后还是没有走上邪路。念大学尽管没有给我提供特别好的发展机遇，但让我远离了很多危险场所，不至于跟一帮特别糟糕的人在一起，有了选择的机遇。

目前我们工厂的状况比不上前两年，去年亏了四十万的货，一家和我们合作的公司倒闭，四十万的货款就此打了水漂。现在工厂还有二十多人，其中一个老外是印度人，主要负责从国外联系货源，有时候，他找的货比我们还便宜。为了拓展业务，我被工厂派往胡志明市，计划开拓越南市场。在越南，我考察了茶叶店、渔具店，甚至还准备搞教学设备，都没有搞成。实际上，去越南也不完全是为了赚钱，而是为了开阔眼界，寻找别的发展机遇。胡志明市经济很活跃，接订单便宜，但是没几个赚钱的，湖南平江有很多人在那儿，大多没有赚到太多钱，只是比打工好一点。越南的经济状况，整体看来也不是很好。跑市场，单价太低，市场太小，去的人多，失败的人也多，没有几个赚到钱，骗吃骗喝的很多。我在越南搞了很多事，不只是联系工厂的皮革业务，还做过拉链、鞋子生意。和越南本地人打交道，我感觉他们不诚信，一个好端端的东西，总是拼命挑毛病，最后只得贱卖。

我感觉在越南找不到太多的机遇，待了几个月就回来了。从越南回来，感觉东莞的经济越来越萧条，倒闭了很多厂子，一些看起来好好的厂子，莫名其妙说倒就倒了。东莞经济不景气是从2013、2014年开始的，工厂倒闭，直接连累到了我们，现在感觉赚钱越来越不容易，说来说去，都是赚的辛苦费。我还留意到，东莞扫黄后，街上的人少了很多，以前厚街的人特别多，房子很紧俏，化妆店生意很好。我们生活的康乐南路，以前非常繁荣，叫作"小台湾"，但现在，这条路看不到几个人，肯德基都倒闭、停业了，天虹商场也关了。楼下有人两百万买的门面，现在只能租到一千五百元一个月，我一个老乡刚刚打下来的蒸菜馆，现在想转手都没人接手，各方面生意都受到了很大影响。流动人口少了，出租车司机收入也下降了很多，东莞每个镇都有每个镇的产业，台商多，私人厂子多，有七八千。厚街的产业，主要是鞋子和家具，还有一小部分电子厂。经济活跃时，我同事的爸爸在那儿收垃圾，一年都可以赚一二十万。

我现在的工资，主要用在房贷、保险、日常开支上，年头到年尾，存不了什么钱，只能混到基本开销。要节余只能靠分红。岳父岳母年轻，身体好，可以帮忙带孩子，免除了我们的后顾之忧。我性格不好强，不会给自己施加太大压力，为人的原则就是不给别人丢脸，把公司的事当作自己的事，尽量给老板多赚钱。注重和别人合作，和员工搞好关系，尽量表扬别人，不激化矛盾，多放大别人的优点，多平衡公司的关系，多学习别人的长处。说实话，跑业务，心累，我以前喜欢说话，喜欢应酬，现在不喜欢说话，不喜欢喝酒，不喜欢抽烟，只想过得简单一点。

回想这几年的经历，我感觉运气很好，念书时交了很多好朋友，高中的老师也对我很好，我还记得冯胜美老师帮我煲粥，天气热时，他拿蒲扇给我打扇，让我很感动。一路走来，我不认为这个社会特别糟糕，尽管看到过黑暗之处，但尽量远离它。我小时候经历过很多风险，没有摔死、撞死、淹死，感觉自己命大。我高中有一个同学，成绩好，家庭不好，当时读高中都是打手电筒看书，后来考到湖南师大，家境贫寒导致性格内向，混得很艰难，大学毕业后找不到工作，想读研究生，家里没钱，最后学了厨师，也学了室外装空调，干了很多辛苦的事，念大学丝毫没有改变他的命运。有一次装空调，他从高空中摔下来，牙齿都掉了好几颗。现在，他还得依赖小学没毕业做生意的姐姐，和姐姐一起搞批发以求生存。和他相比，我感觉我很幸运，我应该知足。我还有一个很好的同学，开了磨具厂，利润高，后来和别人合伙，在扩张的过程中，借了高利贷，同伙将货做砸后，退了股份，丢下一个烂摊子给他，他压力太大,一个月没睡觉、没吃饭,在李江生日的前一天,他跳楼了,留下堂客[1]、女儿,背了一身债。汨罗红花很多人都借了钱给他,也被拖了进去。这件事对我触动很大,想想同学以前多风光,但也很脆弱,说垮就垮。我也想开了,人生就是这么回事。

我感觉东莞很好,我不喜欢大城市,喜欢东莞,东莞城市不大,但交通方便,朋友圈和同事圈都很好。我应该就会在这儿待下去。

---

[1] 堂客:方言,妻子。

五　蹲守村庄的父亲

父亲一辈子都没有离开家乡，外出谋生。这种超级稳定的人生，放在今天，简直不可思议。1967年，他从岳阳师范肄业后，就一直在湖南省汨罗市三江乡的各类学校教书，光是在三江中学，就待了三十五年。在时代的快速转型中，我突然意识到，父亲蹲守村庄的姿态，本身就是一个时代的见证。

从身份来看，我们是整个家族中唯一拥有城镇户口的家庭，以大舅的话说，"整个家族，既没有一个当大官的，也没有一个发大财的，好不容易有了一个吃国家粮的，还是一个教书匠"。在升学就能改变身份的时代，"农转非"的结果，对我们四姊妹的前途，没有起到实质性作用。我对这一身份的直接感知，就是初中一放学，隔一个星期，父亲就会吩咐我拿着粮本，骑上单车去镇上仓库买米。我印象中，粮食分配的数额，根据年龄而来，处于青春期的初中生、高中生最多，一个月是15.5公斤。父亲直到今天，都在后悔将全家人转为商品粮户口。但在80年代初期，有一个政策机会能够实现"农转非"，任何人都求之不得。毕竟，相比农村户口的孩子，在读书无望的情况下，如果拥有商品粮户口，至少可以获得招工机会。而在80年代，哪怕到一个国营企业当一名普通工人，只要拥有正式工的身份，他获得的尊严和物质保障，都会让农民羡慕不已。

在城乡二元对立的社会结构中，居住乡村但拥有城镇户口的人群，往往成为一个被忽略的群体。事实上，在用工制度并未像今天这样允许外聘大量人员的情况下，农村拥有商品粮户口的群体,几乎囊括了政府、医院、学校(有少量民办教师和代课教师)等部门的公职人员,其数量相当可观。从生活方式和人际交往来看,他们和农民没有太大差别,但就经济条件和社会地位而言,他们和农民存在很大差异。外婆面对妈妈对爸爸的抱怨,经常说的一句话是,"他懒是懒,但躺在家里,也有政府给钱"。爸爸的工资尽管说不上太高,甚至家庭的大部分收入是要依靠妈妈从事多种经营(诸如缝纫、开商店、做饮食),但不得不承认,在80年代农村整体贫瘠的状态下,爸爸每个月旱涝保收的工资,还是能最低限度地保证一家人衣食无忧,很多时候,甚至还有节余去帮助他人。

借助这种边缘身份,在透视乡村社会的转型和命运,透视整个家族和时代短兵相接的悲喜人生时,我愿意将父亲的存在,作为一个重要的坐标系。说到底,对父亲人生的透视,本身就意味着对这个时代的梳理。

宏大叙事的亲历者

我的父亲黄河洲，1949年出生于湖南一个普通的农民家庭。奶奶地主出身，是家中的独生女儿，读过几年私塾，认识一些字，小时候曾教我们背过《增广贤文》和《三字经》。和别的老人比较起来，她对教育有着天然的热情，无论怎样艰难，都坚持送父亲念书。1968年，经人介绍，父亲和母亲鲁利群结婚，母亲来自长乐，比父亲的出生地要富庶很多。在随后的几年中，母亲生下四个孩子，分别是大姐黄辉、二姐黄沁、本人黄灯、弟弟黄柱。我听奶奶说过，父亲1965年参加中考，原本考上了成都气象学校，但胆小的爷爷，因为中年得子，害怕儿子离开家乡，待在家里哭了几天，死活不依。父亲的班主任，只得出面跑到岳阳专署，帮父亲改了志愿，最后选择了绝对能够留在家乡的岳阳师范学校。

1966年"文革"爆发，正常的教学秩序被打乱，十七岁不到的父亲胆子奇大无比，当上了红卫兵头头，曾经率领岳阳地区的一万多学生到北京串联。在京广线上，为了赶一个会议，父亲曾向属于高师派的火车站申请[1]，一个人坐过一个火车头。这些放在今天不可能发生的事情，竟然在恍惚的宏大叙事中，和身边的亲人产生了如此紧密的关联。对于这一段历史，我一直非常谨慎，很少和爸爸正面谈起，以免触及他内心的隐痛，害怕他也曾打过老师或者烧毁过文物。让我意外的是，父亲并没有注意到我的谨慎和苦心，总是在不经意中提起过去的日子。相比更多拥有话语权的知识分子的

---

[1] 据父亲回忆，当时的岳阳火车站属于高师派，由高校风雷司令部分管，属于保皇派，当时主张保护文物。

回忆，爸爸嘴中的"文革"，更多带着一个乡野少年的散淡和随意。在父亲的讲述中，"文革"给他留下深刻印象的，依旧是一些具体的人和事。

父亲最喜欢回忆刚刚参加工作的1968年，学校发生的一些趣事。当时文艺氛围浓厚，学校仅有的几个老师，一个弹琴，一个吹笛，一个敲着破旧的铁脸盆，随时就能上演一场今天的"快闪"。"那时没有电视，没有电影，照明依赖煤油灯。学校有一个小个子老师，一下课，我们便嚷着要剐他的裤子，将他从前屋赶到后屋。"他还讲到玉爹，那个瘦得只剩一根弯骨头的老头，讲他在小学教书时，由于身体不好，没有力气走太远，晚上不想去上厕所，在宿舍旁边方便时，为了提醒女老师，总是发出独特的信号"尿（niāo）——尿（niáo）——尿（niǎo）——尿（niào）——"。玉爹拖着长调，用极有韵律的声音，宣告自己独特的行动。学校的女老师一听到他发出信号，总是交换眼神，互相提醒"玉爹在搞那事了，同志们注意安全"。玉爹死去至少有十五年了，客观而言，他的一生虽算不上轰轰烈烈，但所历经的大事小事不算少，其在"文革"中的遭遇，更是使人难以忘怀。但在僻远乡村中学的氛围中，人生的苦难早已被时光冲淡，关于他的逸事，却到处流传。

在父亲关于"文革"的讲述中，我留意到岳阳慈氏塔和他的一段历史交集。当时几个红卫兵说是要"破四旧"，欲将慈氏塔毁掉，父亲警告他们，"谁要是将慈氏塔弄倒，你们就等着瞧"。没想到，就是这么一句话改变了千年古塔的命运。父亲还讲到岳阳师范的校长受到学生武斗时，他也曾用同样的方式暗中保护过校长的人身安全。在混乱的年代，父亲仅凭一个人的直觉和善念，在力所能及的范围内，做了一些今天看来值得庆幸的事情。父亲这些行为让我意识到，比起政治的宏大，历史的肌理更加细致，它终究还是会落实到气息不同的个人身上。父亲一生坚信，"人干坏事会遭报应"，这种朴素的信念，让我相信荒谬时代中的缝隙，同样是一种真实的存在。只不过，对没有话语权的人来说，任何和主流叙述有差异的细节，都会被质疑。在政治化的年代，父亲很快被卷入了各种风波，多次被通缉，在学校正常教学秩序恢复无望的情况下，他回到了家乡。被冷藏了一年多后，1968年，根据政策，父亲被安排在汨罗县三江公社凤形大队村办小学当老师，一直到我出生那年，才调入三江中学，一待就是三十五年。

作为"文革"的当事人，父亲对这段历史的回顾，散淡中其实也充满了难以言明的沧桑和无奈。但错位和荒诞，确实发生在一个毛头少年身上，以至于作为后人的我，总是不自觉地在他的讲述中，试图还原那个时代的气息和真相。对父亲来说，作为一个普通的乡村教师，过去的日子，不过是一种事后的谈资以及亲朋好友聚会时打发无聊时光的话题。他从未意识到，个体的命运和宏大的历史，曾经有过真切的交汇，在喧嚣归于平静的时间长河中，他见证了一个叙事宏大的时代，领受了一份平淡而必须承受的人生。时代在他心中播下的理想种子，并未在社会的急剧转型中隐匿消失。在此后忙乱的岁月中，尽管神话破灭，另一种价值观念登陆，但他凭借直觉和对常识的判断，依然固守着内心的底线。

多年来，我一直不解，父亲在面对一些可以改变命运的机会时，最后总选择放弃。在80年代，他有过两次离开农村的机会。一次是1980年，岳阳师范很器重父亲的一名老师，问他是否愿意调动去岳阳市一中,他仅仅迟疑了一下,就断然拒绝。后来的解释是,因为子女太多,他担心进城以后,难以养活四个孩子,而待在农村,有一份旱涝保收的工资,加上可以种田作地,好歹更容易养活一家人。由此也可以推断,父亲当时仍沉浸在改革初期农村获益的满足之中,而城市,当时还未显露出相比农村的明显优势。换言之,当时城乡之间教师的收入差距很小,远不像今天有着天壤之别。另外一次脱离农村的机会是1986年,大姐中考,县里一家高中愿意调他过去,并答应解决大姐的高中入学名额,可父亲依然不为所动。直到去年,在和他的一次聊天中,我还在抱怨父亲当年太保守,如果早点调往城市,让我们接受更好的教育,我们四姊妹的命运,说不定会完全不同。父亲的回答是,"我相信你们几姊妹会比现在好,但三江的学生伢子会吃很多亏"。说到底,在他内心,一直潜藏着通过教育改变人心的梦想,在艰难而忙乱的人生中,为了坚守这一梦想,他唯一能做的就是固执地拒绝。在父亲的价值观中,金钱和功利的得失,从来就不是衡量人生意义的标准。

我后来观察到,在乡村中学,像父亲这种类型的人,并不是只有他一个。只不过在时代的裂变中,置身功利化的语境下,这个卑微群体的坚守,已变成了黯淡中的缄默坚持,某些时候,他们甚至沦为别人的笑柄。他们身上留存的自尊,在当下的氛围中,已显出稀缺的一面。在我眼中,父亲就像村口的一棵树,倔强、坚定,有着难以改变的孤傲习性,尽管身份普通,却始终能够持有一种来自精神层面、对人之为人的确信。在最讲究实在、粗糙不堪的生存境况中,父亲愿意持守一个乡村教师、一个乡村文化人的本分。

村庄教育的见证人

从1968年到2009年,四十一年来,父亲始终在汨罗三江乡工作,先后在小学、初中、高中(1980年初中办高中)教过书。他主要教授数学课程,1968年到1974年,在凤形村小教书时,曾经当过好几年复式班的老师。在初中阶段,除了数学,他还曾教授生物、地理、政治课程。我初一、初二的数学是父亲教的,初三的生理卫生也是他教的。在三江,有一批像父亲这样的教师,三江中学以父亲教数学、张仓如教化学、胡执中教物理最有名,形成了理科教学的铁三角,在三十多年的时间里,保证了整个乡镇理科教育的质量,也使得很长一段时间内,三江中学的教学质量始终令全县刮目相看。但因为三江地处革命老区,经济困难,教学条件的简陋,始终像巨石一样压在全乡师生头上。在我毕业的46班,因为没有教室,初一入学,整整一年,就在食堂里面上课。每天上午的最后一节课,大家总是在饭菜的油烟、辣椒的呛鼻味道中度过。从湘潭调过来的赵老师夫妇,一家四口,一直住在一套二十平米的房子里面。1984年到1986年间,父亲担任校长,竭尽全力和乡政府交涉,顶着巨大压力,和领导拍桌子、骂娘、吵架,终于建起了像样的教学楼,也争取到资源,以最小的成本改善了老师的住宿条件。从此,他成为上级眼中最为难缠的刺头。

身为教师,父亲也收获了学生的情感尊重,这让他感受到了人生的意义,也间接塑造了我的人生观、价值观。相比一般的农村孩子,因为父亲拥有教师身份,我得以拥有不少了解外面世界的机会。父亲从来没有想到,每年寒暑假,那帮考取大学回来找他的学生，对我产生了多么深刻的影响。我记得1986年前，我们一直住在老家垛里坡，一个非常偏僻、有山有水的独户村庄。尽管平时我一直被寄养在外婆家，但每年寒暑假，往往放假的第一天，我就会应外婆的要求，立即回到自己的家。在80年代初期，一到放假，那些考到北京、上海、天津、西安、武汉、重庆等大城市的学生，就会远远出现在我家村头的小径。当时没有电话，也没有预先通知，但依照惯例，每年七月初，是学生来我家的高峰期。

每年一到这个时候，父母就会非常兴奋，会准备最好的食物等待学生。他们一来，首先会帮家里干一些农活，比如帮助父亲挑粪、浇菜、种地，妈妈则一心一意准备饭菜。他们吃着父亲做的黄鳝，一个个辣得满头大汗，还一个劲地喊"好吃，好吃，黄老师你要多做点"。他们与父亲一起喝酒，没醉的时候，父亲一个个轮流训话。"栋梁伢子，你搞财会一定要把好自己这一关，不要干一辈子，最后进了牢眼。""志峰伢子，你平时喝酒没问题，但做手术的时候，一定要少喝点。""新余伢子，你要快活点，不要整天愁眉苦脸的，日子快活点过，人这一辈子就几十年。"父亲教训学生的时候，他的学生们则趁机拼命将鳝鱼往碗里搬，等他教训完毕，学生们已经醉得差不多，于是就称兄道弟，互开玩笑。到最后，学生们就合伙嚷要父亲教他们打骨牌，而且要打通宵、要打钱的。这热闹融洽的气氛，给所有人带来一种真实的快乐：父亲的快乐，不仅来自学生对他的尊重，更来自学生在他面前的那份随意和俏皮；学生的快乐，不仅来自父亲对他们的爱护，更来自父亲的幽默坦诚、随意亲切；母亲的快乐，不仅来自又好又快的厨艺获得了一致认可，更来自一大桌饭菜被风卷残云般地吃个精光所带来的成就感；

我们的快乐,则来自与父亲学生的嬉闹,来自父亲与学生相处时对我们少有的放纵和宽容。

玩够了,吃撑了,夜幕早已降临,师生便开始神聊。我总是躲在一边,听父亲和不同专业的学生聊一些陌生的科学知识,诸如石油开采、航空航天、汽车制造、精工机械……这种神聊,在专业知识的包裹下,有一种隐秘不宣的快乐。在僻静而封闭的村庄,从来没人想到,父亲和他的学生,在一个个夜晚,曾经享用过如此丰富的精神盛宴。我惊异地发现,因为父亲任教中学的理科师资力量强,百分之八十念大学的孩子,竟然都是理科生,就算有文科生,学的也是诸如财会这些和数学多少扯上点关系的专业,像我这种出生在数学教师家庭,最后却选择与数学根本不搭边的文学专业的人,不但别人不理解,我自己也难以相信。

父亲和学生的交往、对话,让我很小就懂得了本科、专科的差别,懂得了文科、理科的差别,懂得了中国重点大学的基本分布,甚至从小就特别关心大学的学科优势(诸如武汉大学的数学、文学,湖南大学的土木工程,中山大学的哲学,都在全国名列前茅)。这些80年代的大学生,散发着神气、神奇的气质,在给年幼的我带来精神、知识洗礼的同时,也让我感受到经由读书,不但能改变命运,更能认知到人的高贵和尊严。一个完全不同的世界,经由村前的那条小径,在我眼前展开,通向神秘的北京、上海和天津(当时广州和深圳很少提及)。直到今天,我还记得那些常来我家的学生,也理解父亲发自内心对教书职业的热爱之情。

与此密切相关的,是每年暑假高考放榜的日子,乡村弥漫着与收割庄稼相似的收获气息,读书带来的尊严、希望、憧憬、美好一点点注入村民的心中，确实让人产生发自内心的期待和向往。尽管当时通信不便，但在很短的时间之内，高考的信息经由口耳相传，会立即传遍全乡，每家孩子的分数，瞬间成为全乡谈论的热点。考上的孩子和家长，感受着命运改变带来的满足、幸福，也领受到尊重、羡慕；没有考上的孩子，尽管会经受心理的折磨，但也会在暗暗地较劲中，准备下一年的冲刺。庆贺高考胜利举办的宴席，因为承载着乡村的人伦，而显得异常隆重。在熟人社会中，其庄重、严肃、认真的程度，丝毫不亚于结婚、生孩子的仪式。考上大学后的请客、放电影、请花鼓戏班子，被认为是最隆重、最喜气的事情。我不止一次地听农村的女人谈起，"别人家有多少钱我不羡慕，我就是羡慕别人家孩子会念书"。小时候我不懂这句话的含义，现在回过头去看，这朴素的言语所包含的深明大义，意味着教育曾经深深扎根村人的心中，承载着如宗教信仰般的纯净感情。在乡村的八月底，是高考、中考的获胜者请客的高峰期，我跟随父母，在喧嚣的酒席中，往往能见识到这些经由考试获得成功的孩子，扬眉吐气、器宇轩昂的表情。80年代乡村所弥漫的重视教育的氛围，确实和时代精神产生了深切的共鸣。通过教育，农村的孩子实实在在地拥有向上流动的空间。以我初中的同届同学为例，在四个班级的一百六十个学生中，有八名考上一中，而这八名学生当中，后来通过种种途径，考上北京大学、复旦大学、武汉大学、中国石油大学等重点高校的就有好几名，对一所条件简陋的乡村中学而言，这实在是非常难得的成绩。

作为三江中学有着将近四十年教龄的元老，父亲的从教经历更能说明问题。1978年，全国的乡村中学正流行办高中，父亲曾经当过高中部9班的班主任。据他后来统计，他所教过的三十多名学生，最后通过高考（包括复读）、参军等方式，得以改变命运的有二十七八名，留在当地当农民的微乎其微。这种成材率，一直是他最大的精神安慰，父亲也因此和9班的学生结下了深厚的师生情谊。在对教师岗位的理解上，父亲有句话，"不能保证每个学生都成材，但绝不耽误任何一个有前途的伢"。父亲除了从精神层面鼓励学生读书，也从经济上帮助他们。9班的学生，几乎都是一些家境极为贫寒的农家孩子，很多家庭因为基本生存都面临困难，根本无力送孩子念书。父亲面对此种状况，不忍放弃学生的前途，总是力所能及地给予他们经济资助——没有书的买书（主要是参军的学生，为了支持他们考军校，所有的资料几乎都由父亲提供），没有学费的就垫付学费。80年代的师生关系非常单纯，家长和教师之间也充满了信任，每到八月底开学之前，总有不少家长来到我家寻求父亲的支援。我始终记得年幼时父亲曾说过的一句话，"多帮一个孩子念书，是世上最值得的事情"。

父亲的付出获得了真心的回报，这批出生于60年代，在父亲帮助下跳出农门的学生，很快成为社会中坚，在我和弟弟读书、买房的关键时刻，总是慷慨地伸出援手，回报老师当年的支持。这种类似于亲人的师生关系，对我的影响极大，一直到现在，我和父亲9班的学生，都维持着非常亲密的关系。尽管因为性格耿直，父亲从来不会讨好任何领导，但在三江中学，却有着无人可比的学生缘。他脾气大，讲原则，对学生要求严格，凶起来让学生闻风丧胆；但在几十年的教学生涯中，从未有家长找过任何麻烦，反而因为批评学生，收获了很多不寻常的友谊。

在乡村中学，父亲是难得的"目中有人"，对教育持有情怀、葆有热情的人。令我印象深刻的是，1993年左右，妈妈在学校开了一家商店，有一段时间总是丢东西，为此她决定蹲守一天，看个究竟，最后发现了偷东西的学生。妈妈没吭声，将事情告诉了父亲，父亲也没有吭声，而是去学生家调查，后来才发现，那个孩子因为父母外出，家里太穷，确实有很大的生存压力。他们不但没有责怪这个学生，反而给了他二十块钱。没想到，这样一个小小的善举，彻底改变了一个孩子的命运。从此，偷盗的学生彻底改掉了陋习，发奋读书，最后考上了师范，回到乡村中学，和爸爸成为同事。多年以后一次偶然的机会，父亲谈起这件事，依然让我极为震撼。他对别人的尊重，对学生的理解和同理心，相比基础教育一天天陷入虚空的教条，给予我很多启示。因为有对教育的理解，有对农村孩子的体恤，所以父亲能够在具体的教学实践中，施予学生更多的人文关怀，在不为人知的细处履行教书育人的责任。

让我感慨的是，80年代的乡村，教育方面的良性发展，越来越成为不可复制的图景。我明显感到，从大学并轨起，乡村的教育环境发生了很多改变，不但师生之间的关系不再像以前那样和谐，家长和老师之间的关系，在熟人社会的乡村，也日益变得冷漠。更让人担忧的是，对家长而言，送孩子念书，不再是他们最强烈的愿望。在我念初中时，每年暑假都有很多家长来找爸爸，或者让他帮忙加强对在校孩子的管教，或者让他出主意，是选择让孩子念中专还是高中，也有的因为孩子复读，向他寻求资助。尽管当时的经济条件和今天比较起来，要艰难很多，但如果孩子愿意读书，很少有家长因为经济原因让他们放弃入学。但现在，这种来自家长对教育的热情已经彻底消失，成绩足够好、家长也重视的学生，早已想办法转入县城或者其他更好的中学，更多的家长对孩子的念书放任自流，"反正是打工"已成为他们对孩子命运的基本判断。

在凤形村，我目睹童年记忆中的贤良女人，端坐在麻将桌边，任由留守家中的孙子被电视、手机占领，不闻不问。没有外出打工的年轻媳妇，面对咿咿呀呀、渴望陪伴的幼小孩子，更多的是随手从赌资中拿出一些钱，叫他们自己去玩。并轨以后考上大学的孩子，已经享受不到80年代的荣耀，更多时候，考上一所中不溜秋的学校，意味着一笔前景不明、让人心神不宁的交易。在应试教育的竞争中，考上重点大学的可能性已越来越低。农村的师资也让人担忧，随着父亲这个年龄段的教师退休，更多的年轻教师被条件优越的地方吸走。师生关系和以前比较起来，已经发生了翻天覆地的变化。当教育的信念坍塌，及时行乐、得过且过便成为一种自然的选择。

一个无可争议的事实是，自1998年弟弟大学毕业后，在整个黄氏家族随后出生的二十多个孩子中（主要为堂弟、堂妹、侄子、侄女），竟然没有一人完整地读过高中。我前面提到的龙龙，也因为三哥的伤残草草中断了高中学业，家族中唯一的一个高中生就这样失去了上大学的机会。对长大的孩子而言，可行的出路，无一例外，就是外出打工，我的堂弟炎培、职培就是典型。他们长到二十岁左右，家长就开始张罗谈婚论嫁的事，女孩子早早出嫁，男孩子也早早结婚。父母从来没有想到，时代会发生如此巨大的变化，尽管在社会的剧变中，没有念书的孩子，有些也找到了别的门路（如开饭店），但他们还是感叹，"幸亏你们出生早了几年，要到现在，我们怎么也没办法供你们几姊妹读书"。实际上，以父亲几十年见证家乡教育的经历看，让孩子们接受好的教育，激发他们对读书的向往，这种精神动力在乡村所承担的使命，不仅仅是给农村的孩子提供上升通道，同时还承载了一种健康、恒定的价值观，"我印象中，社会风气的变坏，就是从大学并轨不久之后开始的"。父亲的这种判断，更多来自一种对时间节点的敏感，不存在对某种表象因果关系的确认，但大学的并轨和90年代乡村人口的频繁流动，确实存在事实上的共振。随着留守儿童的出现，辍学率随之升高，几乎成为不争的事实。在农村孩子进城打工的热潮中，"买码"、赌博、吸毒、传销随之登陆家乡的土地，与乡村教育的衰微形成了触目惊心的对比。如何摆脱这些蓬勃的邪恶力量，成为很多朴实、良善的父老乡亲的梦想。

我后来才意识到，作为70年代出生的一代人，在中国乡村，我们几乎赶上了教育资源相对公平的末班车。和80年代家乡对教育的向往、尊重形成对比，进入90年代，随着乡村外出人员的增加，留守儿童变成常态，在市场化力量的推动下，农村孩子通过读书改变命运的通道已被严重堵塞。

2009年，父亲六十岁，正式退休，从1968年算起，父亲留守家乡的土地整整四十一年。具有反讽意味的是，一个在80年代为了改善办学条件敢和领导拍桌子的中学校长，一个终身以带出好学生自豪的老师，因为性格过于耿直，最后却在学校的岗位聘任改革中，沦落为一个拥有中学一级教师职称的锅炉房烧水工。在变化的时代幻影中，父亲也许感觉到了很多不适应，当个体的力量无法和大的潮流抗争时，自处边缘、保持沉默，便成了他最后的姿势。乡村教育被掏空，父亲的命运是生动的隐喻。

我知道，随着父亲一代的凋零，乡村教育复苏的希望，已经越来越渺茫。

家族调解员

2006年暑假，我回到家乡。8月14日傍晚，父亲拉着我去凤形村一户姓李的邻居家，给一个孩子的妈妈做思想工作。当天下午，孩子的爸爸跑到我家，告知父亲他想送儿子念书，但妻子死活不同意，希望父亲出面，看能否帮忙说服一下。后来我们才得知，李家的孩子成绩不错，但他妈妈认为读书已没什么出路，还不如早点出去打工挣钱。事情的结果我不太清楚，但父亲在村里依然承担一些调解工作，却是多年延续下来的惯例。

事实上，就如同丰三村丈夫家，我们已成为整个家庭的定心丸一样，父亲在整个家族中，承担了同样的责任。

在对叔叔、堂弟、表弟的人生经历进行梳理时，我最大的感触是，随着人口外流的加剧，农村尽管有着极大的自由，但在价值观念空心化、社会组织溃败并且失效的境况下，他们的生存条件极为脆弱。他们不但容易受到不良社会风气的影响，同时只要稍稍遭遇不测（如三哥在纸厂受伤）或生病，就会陷入生存的困境。一旦碰上这种情况，若没有人组织家族的力量，进行干预或帮助，一个貌似没有后顾之忧的家庭便会轰然倒塌。其次，在涉及一些与公共利益相关的纠纷上，往往也需要一些耿直中立的公道人来调解。父亲因为和村里没有利益关系，加上性格耿直公正，有文化，会讲道理，亲人之间碰到什么麻烦事，都会来找他帮忙。多年来，父亲的大部分时间和精力，都用来应对整个大家庭的事情。不是今天送八爹去岳阳看病，就是明天带凤伯伯去长沙拍片，还有大大小小的人情往来、无穷无尽的关系调解。我后来才发现，面对难得的数次进城机会，父亲之所以最后选择放弃，对亲人的不舍也是重要原因。说到底，他骨子里始终葆有对家族的担当和守望。父亲成为整个大家庭心照不宣的"话事人"，这种安排固然与他的能力和读书人的身份有关，但更来自他作为家庭一员的担当和责任。在他的价值观中，确实能看到时代赋予这一代人的使命感和对生命需要负重的认同。在我印象中，父亲一生三分之二的时间、精力都在为别人的事情忙，不是为学校、学生的事情忙，就是为其他家庭成员婚丧嫁娶的事情忙，在我童年的印象中，很少有他单独和我们在一起的场景。对我们四姊妹的学习他很少插手，更不要说日常生活。

值得一提的是，父亲"话语权"的确立和母亲分不开。母亲从经济条件较好的长乐，嫁到三江这个被大舅称为"巴陵"的革命老区后，几十年中，竟然从未和公公、婆婆、妯娌、兄弟因为家庭纠纷红过一次脸。更令我难以想象的是，在养育我们四姊妹的过程中，她竟然顺便照顾了很多亲戚的孩子，算起来，大舅家的六哥，满舅家的鲁智，小姑家的李刚，叔叔家的炎培和职培，甚至远房表叔家的桂妹子、良妹子兄弟，都或长或短地在我家住过，其中小姑家的李刚居住的时间最长，有五年之久。家里常见的情形是，我住在外婆家，而别的孩子，因为我父亲教书的缘故，都希望得到他的严格要求或者亲自辅导，所以长年累月地住在我们家，由妈妈负责他们的衣食住行。因为大家是亲人，几乎没有任何物质上的补偿，这种担当和付出，一直到今天，令我不解的同时也让我感动、汗颜。

1984年婶婶病逝，最小的堂弟职培才半岁，为了照顾河水叔一家，父母决定将所有家庭成员重新组合为一个大家庭：十一人中，六个孩子，两位老人，只有父母和河水叔三个成年人。河水叔当年犁田时，脚底被别人丢弃的烂农药瓶的碎玻璃刺伤，在病床上躺了几个月，所有的担子就是父母两人在背。在我对叔叔的人生迷惑不解时，我发现，如果按照与当下个体化的家庭所匹配的价值观念，几乎很难解释父亲对叔叔责任的接管。我甚至怀疑，叔叔之所以能够了无牵挂地离开家乡，应该和父亲的"过于担当"有关系。在叔叔去广州的前几年，我始终记得父亲形成的一个惯例，每个周末都要到叔叔的住所，安顿两个孩子的生活，送米送油。在职培2000年被抓去收容所，失踪的消息传到家乡时，我记得父亲长久的沉默和难受。他可以不管叔叔的死活，但他没有办法不管两个侄子的生存。2010年，两个堂弟在广州打工多年依然一无所有，目睹职培已开始接近邪路时，父亲和幺叔强行将他带回并带头组织家庭成员出资，助其找到一条生存之路，种种举措再次体现了他内心深处，作为一家之长，对叔叔责任缺失的担当。说到底，父亲和叔叔的关系，本质上依然延续了家族社会长子当父的内核传统。

1986年，七爷去世，最小的儿子幺叔十四岁，父母双亡，不大不小没人管，兄弟姐妹特别希望他能早点成个家，有个女人能管住他。十七岁那年，亲人想给他办婚事，但由于年纪太小，根本领不到结婚证，父亲只得去乡政府说好话，"并非想为难政府，你们也看到了，孩子若没人管是要烂掉的，政府就先让他们结个婚，等到了年纪再来补办一个证明"。乡政府想想也有道理，竟然默认了一个十七岁男孩与一个十六岁女孩的婚事。

2004年元宵，三哥的腿在造纸厂被机器卷进去，父亲第一时间赶到现场，当场拍板，直接往长沙的大医院送，尽管高位截肢，但总算保住了三哥的一条性命。在这次安全事故中，他几天几夜没有合眼，在随后和厂家谈判赔偿的过程中，更是亲力亲为。很难想象，在家族中的这些重要的时刻，父亲若不出面，事情到底会是怎样的走向。

我突然发现，在当下农村家庭的关系中，父亲所起到的作用，从现实层面而言，其实类似于一个调解员；从精神层面而言，则是整个大家庭的定心丸。在农村基层组织削弱，但公共事务还需要直面、处理的情况下，父亲这种角色依然有存在的必要性。乡村熟人社会的基础，说到底首先建立在依靠亲缘关系的个体家庭上。当传统的宗族形式消失，农村基层组织削弱，唯一能够依傍的，也只有建立在血缘、亲情基础之上的大家庭。但随着90年代乡村人口流动所致的传统家庭结构的解体，以及计划生育政策对家庭结构的冲击，这种建立在血缘基础上的利益共同体、情感共同体，到底能维系到什么时候，没有人可以预料。

父亲年少时代，即受到国家重大事件的严重影响，个人命运与国家命运天然相连，这种大时代对个体的历练，在他后来平凡的生命中，化为对别人的一种担当。确实，和今天盛行的个人主义比起来,父亲的生命,唯独缺少个人的享受。作为村庄和家族的守护者、调解人,我只是担心,随着他的老去,谁愿意接下他的担子,继续扮演这一角色?当产生这一角色的社会土壤缺失时,又该如何通过行政的力量,建构有效的社会组织,以应对村庄真实的需求和困境?

凤形村老宅旁的池塘

家乡秀美的小河

第二章 生在凤形村

黄灯家废弃的水井

黄灯家凤形村废弃的房子

2006年黄灯与父母在村口

2009年黄灯父亲退休，学生来看望他

奶奶带孙子看码书

村庄标语

第三章
长在隘口村

隘口村行政上隶属湖南省汨罗市长乐镇。长乐镇位于汨罗市东北部，幕阜山余脉横贯全境，汨罗江缓缓流过，共同孕育了千年古镇"长乐"。据查，南朝梁、陈时，长乐镇为古岳阳辖境，迄今一千四百余年，郡治在今长南村。相传古时战乱，有江西移民至此安居，取"长久安乐"之意，故称"长乐"，旧称长乐街，流传至今。1941年日军纵火焚烧，全镇房屋皆毁于战火。镇内现有一条古老的麻石街，街边以前有很多古老建筑，但在近十年内遭到重大破坏。隘口村为长乐镇一个行政村，地处长乐镇西北部。隘口村主要包括西山湾和鲁家塅两个屋场，西山湾以周姓为主，鲁家塅以鲁姓为主，我外婆家就在鲁家塅。

在我的成长过程中，一直面临一种尴尬：我出生在湖南汨罗三江乡凤形村，但两岁左右（1976年），就被父母送往长乐镇隘口村，在外婆、外公身边，一直待到快十二岁（1986年）才回自己家。这一段经历对我影响深远，形成了我完整的童年记忆，以至于任何一次书写，只要涉及童年、故乡的主题，我几乎毫不犹豫地将隘口村作为我一生的底色。但我对身份的困惑自小就有，在集体经济尚未解体的70年代末期，我至今记得五六岁时，每次村人到晒谷场分谷子，我总是固执地找到堂舅队长，要求他也给我分一份。我内心认定自己是鲁家塅人，但分谷子的要求，总是引得旁人哄堂大笑，无助的困惑就此产生。

上小学后，因为鲁家塅人都姓鲁，一些不知内情的老师，经常在我名字前面冠以"鲁"姓，写成"鲁黄灯"。寒暑假回到家，长乐方言和家中姊妹口音的差异，再次让我困惑不已，这种真实的纠结，伴随我很长时间。所幸女性对故地的依附感，终究随着自身的成长变淡，以至于今天回望与我产生真实关联的三个村子，我竟然会从内心认同丰三村带给我的奇妙归属感。

多年的学校教育，终归无法抵挡孩提时代对女性身份刻骨铭心的传统理解，骨子里对亲情和家族的认同，终究显露出我价值观念里的传统底色，而正是这种自我认知，让我意识到自己和隘口村在精神上的深刻联系，意识到童年所处的文化语境，对人一生的长久影响。而这种影响，主要通过传统的文化熏陶及渗透于日常生活的习惯、礼俗或仪式来实现。在我幼小的记忆中，我难以忘记村庄的历史脉络，难以忘记诸如打讲、做冷事、吵茶、看戏等日常生活图景。

一 村庄文化的根及80年代的日常生活

村庄的根

外婆所在的村子叫隘口村，隶属湖南汨罗长乐镇。长乐镇历史悠久，传统文化深厚，因为紧靠汨罗江，有古街数条，有繁忙的古港，商业十分发达。在外婆的印象中，民国时期镇上的热闹远超现在的繁华。我们小时候将"镇子"称为"街上"，"到镇上去"说成是"上街"。韩少功在《马桥词典》中，多次提到长乐镇，其中词条"晕街"中的"街"，即指"长乐街"。从饮食看，长乐甜酒最为有名；从民俗看，流传至今的"故事会"（现已列入国家级非物质文化遗产），更是闻名中外，被视为古镇传统文化的集大成者。小时候，每到过年，上街看故事，成为每一个孩子的最爱。故事会是长乐流传了几百年的民俗形式，内容以民间传说为主，包含了忠孝节义的价值传播；形式以台阁展示为主，融合了强烈的古典趣味。因为出故事的过程，调动了普通民众的热情，包含了上市街和下市街的竞争和对垒，客观上赋予了它可持续发展的活力。每逢过年，尤其是到元宵节，长乐街人山人海，热闹非凡。看故事，不但成为全镇人民的共同节日，也成为周边乡镇民众的节日。印象中，除了90年代末期到2006年前后稍稍冷清（此时正是"买码"、赌博、吸毒泛滥的时期），大部分时间，每年的春节，在长乐街都能看到玩故事。

独特的传统，塑造了长乐镇人独特的性格：聪明活泛、行动力强、团结义气、爱面子、讲排场、喜欢热闹、族群认同感强、不安分、喜欢冒险。相比临近的三江乡，因为强烈的文化优越感，长乐镇除了青狮村的青狮桥人[1]外，大部分居民不太信奉"读书改变命运"（青狮桥人重视读书，也不是为了改变命运，而是几百年来，诗书之家的习惯传承）。在他们眼中，世界上最好的地方是中国，中国最好的地方是湖南，湖南最好的地方是汨罗，汨罗最好的地方是长乐，无论在外面赚了多少钱，终归要回到长乐街的家乡。我还惊讶地发现，我出生的凤形村，亲人中外出打工的很多男孩，带回了全国各个贫困地区的女孩子结婚；而在隘口村，几乎没有找外地女子的情况。就算条件不太好的男子，他们宁愿找长乐峒里姑娘[2]，也不愿找外地女子。

从人员分布看，长乐镇主要有黄、周、杨、陈、鲁、余等十三大姓氏，其中第一大姓为黄姓，即我外婆娘家，坐落在长乐镇东北面的青狮桥，距离镇子三公里。青狮桥自古重视文化教育，是长乐镇历史上读书入仕最多的家族。我小时候因为经常跟随外婆回娘家，总的印象就是青狮桥多大户人家，后来查找资料才发现，历史上，青狮桥确实是一个重教兴学的地方，村民大多信仰基督教，宗族势力一直强大。现在修建的祠堂，除了敬奉祖先，同时兼办幼儿园，由村庄外出发达的人捐建，条件非常优越。现代化进程中，面临乡村的凋敝，青狮桥的祠堂，实实在在地解决了村民的后顾之忧，凸显了宗族极大的修复、输血能力。

因为和外婆的亲密关系，在我童年的印象中，尽管青狮桥更多时候作为"外婆的娘家"而出现，但其通过外婆对我的行为规

---

[1] 青狮桥人，主要指青狮村桥头附近的居民，不包含整个青狮村人。
[2] 峒里姑娘，指偏僻山村长大的姑娘。

范、价值观念的形成,还是起到了无形的熏染作用。外婆一生爱干净、讲究精致,对食物有着天然的敬惜之情,对婚姻中的男女关系,强调女性的隐忍和包容。在她看来,生育子嗣,更是女性的天职。外婆对我的最后一次教诲,是我博士毕业以后,曾向她提起,压力太大,不想生孩子。她将此记在心里,没有多说,只在当天晚上,和我慢悠悠地说起村上的贵奶奶,因为没有生养所遭受的委屈和凄伤,尤其强调了去世以后的冷清场景。我始终记得外婆向我强调的一句话,"千金难买亲生子,没有孩子,老了太可怜"。和鲁家塅浓厚的生活氛围比起来,来自青狮桥的外婆,天然具有大家闺秀的气质。我从小便从她的讲述中得知,外婆的父亲是个秀才,在汨罗江边中了别人的冷炮,爬到江边喝了很多凉水,失血过多,不幸身亡,死时才三十多岁。在外婆扎实、高大的衣柜中,有一个朱红色的皮箱,是老外公当年用来装卷子、官帽用的,外婆在晚年,将箱子送给了我弟弟。据说,外婆当年之所以同意唯一的女儿嫁到三江,很大程度源于爸爸姓黄。

长乐镇的第五大姓"鲁姓",是我外公的姓氏,主要分布在鲁家塅屋场。就文化根源和村人的性格而言,鲁家塅和长乐街相差无几。以我二舅的话说,"长乐街原来有半条街都是鲁家塅的,现在还有一条鲁巷"。从二舅保存的家谱可以看到,鲁姓始祖任牧公,于元末自江西铁树观迁入湖南境内,一开始确实定居长乐街。尤其在洪武四年,德华公在长乐十字街置办产业多处;嘉庆年间,斐延公倡建鲁氏祠堂,位于长乐中街,1949年尚有遗址留存,现已全部改建。换言之,鲁氏先人,曾居住长乐街六百余年,但现在几乎全部迁居长乐镇北郊的隘口村,俗称团山鲁家塅。在长乐的"故事会"中，鲁家塅属于上市街范畴，可以协助其他姓氏，一起参与上市街的故事比拼。现隘口村有两千余人，鲁姓人口有一千左右。村庄东北两面环山，中间是大片良田，房子依山而建，比邻而居，从背面的隘口水库下来，有一小溪流经村庄，有山有水，灵秀自然。我自小在鲁家塅长大，那里良好的自然环境与和谐的人际关系，给我留下了极其美好的童年回忆。

80年代村庄的日常生活

打讲（闲聊）

外公在世时，我注意到一个事实，他对自己喜欢的老人，最高评价就是，"这个老倌子好打讲（发"港"音）"。外公因为要吃炒肉，而外婆坚持要吃炖肉，两人经常发生争吵，当外公以失败告终时，他常常气得绷着一张脸，不断地嘟囔，"这个阿婆子怎么这样不好打讲？"。

外公在世时，是一个公认好打讲的老人。他认识的人很多，每天早晨起床，坐在阶基上乘凉时，总有冲里[1]的老人跟他打招呼，"岳爹，你老人家好早啊！"。外公照例会留他们歇歇，照例会留他们喝口茶，照例会与他们打打讲。"宋爹唉，我们都是黄土淹齐了脖子的人，你老人家凡事要看开点，不要打太多转身，不要太劳神费力。没事就多坐一下，到了这个年纪，今天不晓得明天。"于是，外公要外婆去

---

[1] 冲里：湘北一带多山，冲里指偏僻山沟中。

称肉，买点瓜子，打点酒，他要留宋爹吃午饭，两个老人准备好好打打讲。他们照例会讲到大集体那年，去华容贩鸭子；讲到那年发大水，鸭子全部死光，不但钱没赚到，反而欠下了一屁股烂账。

外公对鸭子有着超乎常人的兴趣，他不但贩鸭子，还养鸭子，我小时候待在他身边，跟着放鸭子是我最喜欢的事。外公养鸭子极其有耐心，不但挖蚌壳、掏螺蛳给鸭子吃，到夏天怕鸭子上火，还要给它们煎凉茶。为了买鸭苗，他每年都会步行到华容或湖北监利一趟，而宋爹就是陪他最多的老伙计。可想而知，两位老人碰到一起后，有多少共同语言可以打讲。

与打讲对应的，还有一个词，扯谈。隘口村人爱扯谈，外婆很利索地将家里一切料理好后，告诉外公，要到冲里去敬神，但在路上碰到福奶奶，竟然跟福奶奶在树荫下，扯了一个上午。亲人对外婆的整体评价相当高，但他们共同的遗憾，就是嫌外婆知道得太多。他们坚持，要是外婆再糊涂一点，那方圆几百里，就没有老人可以和她相比。但外婆偏偏不能如他们的愿，她活得很通透，知道别人不知道的很多事情。外婆有很多好打讲的老人，她们坐在一起，围着吊壶，边喝茶边闲谈，很快就能消磨一天。她们的话题无非就是儿子、媳妇、孙子，不是东家媳妇的嫂子躲计划生育，没有生到儿子；就是西家的傻儿子，之所以蠢成了一坨泥，主要是因为爷爷在世时，做多了歹事，遭到了现世报应。聊完了别的村庄，就聊身边的人，彩妹子之所以如此厉害，一来就给喜奶奶一个下马威，主要来自娘家的教训。

令我妈妈不解的是，她离开隘口村嫁到凤形村，凤形村里的很多事情，从来没人告诉过外婆，但外婆对村庄发生的一切，却了如指掌，一清二楚，甚至爸爸同事离婚的消息，她也知道前因后果和其中的关键细节。外婆捕捉信息的能力让我吃惊，她甚至知道隘口村最有名的彩妹子，她弟弟和古仑一个姑娘废婚的原因。我还注意到一个事实，当年隘口村没人打麻将也没人疯狂"买码"时，大家在一起做得最多的事情，就是打讲、扯谈。而现在，只要有四个人，就肯定拼一桌麻将，只要有两个人，聊的话题就和"买码"有关。我不知道引起这种变化的原因，是村庄闲人的减少，还是公共的晒谷坪被分割。外婆一次次地感叹，"福奶奶走了好多年了，三奶奶也去了好多年了，慧妈子快不行了，以后打讲的人越来越少，只怕阎王老子也快收我了"。

隘口村男人间的打讲，涉及的话题，比起外婆她们这群老婆婆，要宏大、深刻得多。我在武汉大学念硕士时，每个月都有讨论课，每次我的选题还没讲完，张老师就一锤定音，得出结论，"典型的湖南人"。他的根据是，我不论谈什么作家，总要扯到政治上面，总要扯到诸如启蒙的主题上。他根本没有料到，隘口村一个最没文化的男人，在打讲时候所谈论的话题，比我所讨论的选题都要深刻得多，要"启蒙"得多，当然也宏大得多。

隘口村人对宏大叙事的迷恋，一直使我迷惑不解，直到离开家乡外出念书，我才对此有更深的体会。我仔细回忆，在我童年耳闻大人的扯谈中，十有八九离不开国家大事，在八个关于国家大事的主题中，至少有百分之八十的内容与台湾回归、惩治贪官、改造社会有关。尽管隘口村的男人在扯谈到正有兴头时，总是被堂客们吆喝着回家吃饭，或是不得不配合阉猪的兰老倌，一起去抓猪栏里的猪崽，但这丝毫不影响他们心怀天下的胸怀，干完手头的活，几个人很快就能进入谈论国家大事的状态。隘口村的金贵，刚刚还因为欠了别人的牌账，吓得到处躲债，但看到隘口村的男人又挤在晒谷坪里打讲，还是忍不住抛头露面地加入进来，并及时更正了苏联60年代撤离中国的具体时间，附带补充了他所知道的内幕消息。

更令我惊讶的是，隘口村人对赚钱似乎天生没有太多兴趣，尽管隘口村的经济基础在周边数一数二，但他们从来就没有仅仅被积累金钱所吸引。就算做生意，他们内心向往的项目，也是与他们的财力、修养搭不上边的贩古董。在我看来，这种只有大学历史、考古专业的教授才有资格玩的门路，居然被我称为"彪八面"的表哥玩得团团转。也许，隘口村人骨子里的不切实际，和爱打讲、扯谈的习惯息息相关。

我到广州念书后，目睹广东老板哪怕家财万贯，依然勤勤勉勉做小生意时，两相对照，才发现隘口村人真的很懒，他们宁愿花时间在天南海北闲谈上，也不愿好好打理家里的几亩田。他们宁愿相信，只要有一人"买码"发了财，自己就一定能够跟着发财。当我回家告诉妈妈，不到外面去看不知道外面的人有多勤劳时，妈妈显然没有明白我的意思，只是漫不经心地说了一句，"穷也是一世人，阔也是一世人，他们都看得开，懒惯了啊！"

事实就是这样，如果隘口村人确实能从闲扯中获得快乐，如果他们的酸甜苦辣，都能在打讲中付之一炬，我又有什么理由，强求他们一定要扎脚勒手、大汗淋漓地以深圳速度再建一个经济特区呢？如果他们在吃饱了饭后，始终坚持世上最有味、最过瘾的事就是扯谈，我为什么要自作多情，将隘口村人的懒散，归结到他们爱扯谈的习惯上呢？我凭什么要区分隘口村晒谷坪上成群结队的扯谈，和北京、上海、广州那些城里人跑去泡吧？既然隘口村人能够以最小的成本，享受到聊天的乐趣，我凭什么一定要对隘口村人爱扯谈的习惯不满呢？

事实上，我从内心深处羡慕他们，我羡慕隘口村人没有一点思想压力，躺下去就能呼噜呼噜睡个大觉，不像我，不是担心课题的进展，就是担心怎样发几篇核心期刊论文。我羡慕他们每时每刻都有人陪着扯谈，不像我，无聊时候，只能困兽般地在房间走来走去，拿起电话簿，却不知可以拨通谁的电话，最后只得无奈放弃。尽管在他们眼里，我过得很好，但我知道，我永远没有他们那份扯谈的闲心，我永远也不可能像他们一样，走在村庄的任何角落，都会碰到熟悉的、能说话的人。

做冷事（丧礼）

除了大年期间连续的老戏外，死人以后的正式丧礼，也承担了隘口村公共娱乐的功能。隘口村人将这一系列活动称作"做冷事"，相对"红白喜事"说法的笼统和不切实际，"冷事"的表述，不但严谨，也透露出更多对死者的悲悯。在隘口村人看来，一个人死了，不管他是活到喷嚏都没有打一个，自然而然地睡过去；还是遭受诸如被车撞死的灾难；或者因为受气想不通，选择了喝农药、上吊……他们认为，无论怎样的死法，人死了，就是一件使人伤心的事，不应该笼统地称为"白喜事"。好人死了，世上便少了一个好人；坏人死了，他毕竟到世上来了一趟，好歹也算抢过一块人皮；

怪器人[1]死了,世间从此少了一个问主意的;傻子死了,难为他也是一世人;老人死了,熟悉的地方永远消失了一个熟悉的身影;孩子死了,可怜他仅仅到阳间打了一个转;自然死的,想起他的好处来,脔心肝肺都疼;自寻短路的,更让人揪心,谁知道他哪口气没转过来,谁知道他心里有多苦……隘口村人对死充满了一种理解的同情,对死充满了一份从容却不冷漠的体恤。四保生前,大家都喜欢逗他,但他死后,家家户户都买鞭炮,送他最后一程,几个老人和妇女,眼圈红红,为他伤心。相比增添人口、生孩子的欢欣,丧事的庄重,让隘口村人对"死"充满了敬畏。隘口村人每次打讲,提到"死人"被笼统称为白喜事,就愤愤不平,唠叨不已。

做冷事的种类比较多,一般有三种:第一种,也是程序最简单的,叫"招魂",一般针对十四岁以下早夭的孩子。对于被水淹死的幼童而言,这个环节不可缺少,隘口村人的一致看法是,如果不给孩子招魂,他就永远只能做水鬼,没有机会投胎做人,既然耽误了孩子的今生,来世一定要弥补。第二种叫"总七",此种仪式比之招魂要复杂一些,两者明显的区别在于,招魂的时候,遗体不能过夜,哪怕太阳落山以后出事,也一定要连夜将人安葬,否则,孩子就不能投胎,阎王就会将他留在身边,永世当小鬼。而总七时,遗体一定要在家里过夜。总七是一种简单超度亡人的仪式,要由专门的道士来完成,主要针对过世的青壮年。隘口村的山背后,有一个专门负责给亡人总七的道士,平时他和常人没什么差别,喜欢吃肉、喝酒,经常红光满面地出没于隘口村前面的公路上,但一做起

---

[1] 怪器人:方言,聪明人。

法事，仿佛变了一个人，那些鬼鬼神神，好像都很听他的话。他穿一件长长的黑袍，坐在死者的旁边，念念有词，比起平日，多了几分威严。最后一种是"做道场"，是最为复杂，当然也最有看头的丧礼仪式，年龄较大或者德高望重的人，才能获得这种礼遇。道场根据主人家的财力，又分为两种：两天三夜的，被称为小道场；三天四夜的，被称为大道场。相对招魂和总七的花费，做道场的开销要大得多。因为请的是一些大和尚，而且请的人多，加上仪式的复杂和正式，做道场的费用，往往是办丧事的主要开销。隘口村人目睹做道场的繁琐，明白此仪式纯粹是死人对活人的一种折磨，不过给和尚们提供一个营生的机会。老人会从经济的角度考虑，在世时总是对子孙、儿女说，"活着时对我好一点，死后总个七算了，不要做道场，活人难得跟着吃亏"。话是这么说，看到家底殷实的家庭，给老人做了三天四夜的大道场，一个个还是羡慕得心里难受。隘口村因此形成了一条不成文的规矩，凡老人过世，不管家里多么困难，乡亲们都会出钱，资助帮着将道场做好。

"有人故了。"最先得到消息时，大家自然要唏嘘、感叹一番，感叹完了，也就完了。每年总有人故去，每年总能听得一些意想不到但偏偏发生的事情；每年换季时候，总有几家响起号啕大哭的声音；村口的小径，总能看到披麻戴孝、跪着报丧的男人。隘口村人尽管执着认真地活，但他们活的同时，没有忘记人生的最后归宿，没有粗心到疏忽死神终究光顾的那天。他们同情的神经，目睹这种司空见惯的人生程序，少了几分情绪化的表现。对他们而言，死亡既然不可避免，那么不妨将道场的仪式，看作一个小小的节日。

不得不承认，相比看老戏，我更喜欢看做道场。我喜欢那种奇怪的音乐；喜欢大和尚穿着鲜艳的衣服，在堂屋中间神气地穿来穿去；喜欢做法事敲击木鱼时，不紧不慢的声音；喜欢主人在死者面前燃烧冥币时，缓缓升起的火光和烟灰；我更喜欢堂屋四周挂满描绘阴间图景的画片。那些画片色彩艳丽，人物造型逼真：阎王神气地坐在阎王殿里，仿佛爸爸准备揍我们之前的威严；小鬼们则机灵可爱，喜欢在阎王面前耍点小性子。尽管是鬼的浮世绘，却充满了人间的逻辑和温情。当然也有夸张而熟悉的画面，诸如鬼推磨，下油锅。让我奇怪的是，小小的我，置身阴间的感性氛围，没有半点害怕，居然能从中得到奇妙的享受。我现在回忆，最后一次看完整的道场，还不到十岁，但我却像历经一次完美、立体的视觉、听觉、嗅觉盛宴，总是难以忘怀其中的兴奋和趣味。

做道场图的是热闹，如果真要将死人说成是白喜事，我想主要来自老人死后，做道场所营构的氛围。我很小的时候，就朦朦胧胧地感到，只要哪家死了老人，隘口村人内心深处，便升腾起一种羞于表达的快意。他们并非希望谁家死人，他们的快意，不过来自既成事实，既然死了人，既然人死不能复生，那也没有办法。在分担共同的悲伤时，真正使他们宽慰的事，是可以看做道场，可以围观主家，增加热闹的氛围。

做道场时，隘口村人有理由什么都不干。男人吃过晚饭，准时出现在法事地点，等着看和尚领着一家人，在堂屋内穿来穿去。女人收拾完毕，领着孩子，跟在男人屁股后面，去凑热闹。孩子们甚至作业都可以不做，老师检查起来，就说看道场去了，老师认定这个理由，竟然也不追究。女人看做道场，主要看女人们怎么哭泣。做道场的声音有几种，一种是和尚鼓捣的声音，一种是女人的哭声,一种便是看客的吵声。看客的嘈杂声是主调,但因为嘈杂,所以也听不出什么门道,只能算是道场的一种背景音乐。和尚鼓捣的声音尽管特别,但毕竟太单调,旁人难以听懂其中的真实含义,在道场的合奏中,只能算是伴奏。只有女人的哭声,才是现场的主旋律,道场做得好不好,做得有没有味道,最关键的细节,就是女人哭得好不好,哭得够不够动人。隘口村的女人,道场时候哭起来,往往声情并茂、感情真挚,极富感染力。哭腔自发形成,千百年来,形成了一拖三叹的调子,哭词则千变万化,形象生动,指涉具体,哭的都是一些针头线脑的事,"我的姊妹呀,你死得很可怜啊,你狠心丢下我,我怎么过得下去啊!"。夸张的抒情后,便开始历数死者的好处,什么时候给她送了一块豆腐,什么时候给了她一粒冰糖,什么时候给了她一颗咸梅子,什么时候又帮她照顾了半天细伢子。一旦进入氛围,无数的往事,便成为女人现场创作的哭词,人越多,哭得越伤心,哭得越上紧。在悲伤中,她们因为被注意,于是悲伤伴随哭泣,也就有了表演的味道,仿佛旁人的围观,是对她们哭泣的最好鼓励和奖赏。围观的女人看到别人哭泣,也会因为情绪的波动,陪着流泪,她们心甘情愿地沉浸到悲伤的氛围中,仿佛各种哭声,在一个无人知晓的角落,与自己息息关联。我小时候看做道场,常常留意到这样的场景,屋里哭,屋外也站满了眼睛通红的女人,屋里的人伤心,屋外的女人也陪着流泪。

现在看来,哭丧就是一种综合艺术,相比别的表演形式,因为它置身真实的氛围和场景,需要真正的感情投入,因而更具感染力,也能够无形中熏陶旁人。尽管从客观效果来看,哭丧有表演成分,但从主观来看,这种艺术形式一旦付诸实践,其表演性因为感情的浓度，立即消匿无痕。隘口村的女人，在我眼里，女人味最足的时候，正来自哭丧时候的温存，其真实、率性、情感的丰沛和充盈，在哭丧时候得到了充分表现。一旦哭起来，她们完全不顾忌个人形象，眼泪、鼻涕一大把，眼睛肿得像不小心挤烂了的草莓，嗓门沙哑得没有半点声音，哭丧完毕，人像大病了一场。我始终无法理解，无论多么笨拙的女人，一到哭丧，便口齿伶俐，文采斐然。

做道场的具体程序，我始终不太清楚。我童年时在道场现场关注的，主要是一些表面化的东西，换言之，凭一个孩子的审美观和理解力，我只关注到自己认为有趣的东西。隘口村的孩子，一到道场的热闹场合，就热衷于鞭炮过后去争抢几个哑炮，我不喜欢哑炮，却喜欢道场奇怪的氛围和感觉，迷恋描绘阴间的画片，喜欢木鱼的拙朴，就像娶亲时，喜欢看新娘羞涩、矜持的表情。但我知道，做道场对主家而言，是非常折磨人的事情，对孝子来说，更是人生的一道难关。如果说，生孩子是女人一生中的鬼门关，隘口村男子在双亲去世，面对道场做孝子的要求时，比起生孩子，也轻松不到哪里去。我外公去世后，几个舅舅连续跪了几天，膝盖肿得老高，血肉模糊，不知脱了几层皮。对隘口村的老人来说，养儿子的实际功用和尊严，就体现在过世以后，是否有人在棺材前下跪几天。没有后人的老人，最害怕的不是生时没人养，而是死后没人跪。

法事开始了，三天四夜的道场开始了。隘口村在一种神秘的氛围中，再一次活跃起来，人们变得兴奋，并且开始毫无理由地忙碌。女人变得不爱唠叨，男人变得更温存，孩子变得更懂事，婆婆也变得更宽容，不再有事没事便对媳妇挑三拣四，媳妇也变得孝敬起来，不再毫不示弱地反击婆婆的挑衅。这是一种奇妙的变化，隘口村的人，很少注意到这种变化，我凭着孩童的敏锐，对此大为惊讶。但这种临时的变化，不会维持太久，法事完毕，该上山的人，被吹吹打打地送上山，安葬完后，隘口村便立即恢复了平时的粗野和散漫，再现人间的烟火和生机。

我始终认为，隘口村人对道场的热衷，恰好显示其骨子里是多么渴望生活能有一些变化。女人厌倦了千篇一律的唠叨，厌倦了丈夫打骂孩子的生活，渴望能温文尔雅地过上几天。做道场对她们而言，更像是对情绪的一次周期性调整，借着别人的悲伤，她们毫无节制地挥洒内心的忧郁和悲伤，在人生的无常中，品尝着日子独有的滋味，做道场对她们来说，就像一次不定期的节日，一次释放心灵、舒缓压力的节日。对男人来说，做道场给他们提供了一个自然的集会机会，晚上唱夜歌，更是那些念了点书、嗓门又好，还爱出风头男人的表现舞台。有人唱夜歌，不但主家高兴，隘口村的旁观者也高兴，不管怎么说，这种相比哭丧而言更具理性气质的语言艺术，能给大家带来感官上的愉悦。对老人而言，做道场更像是人生的一次预演，他们从大同小异的仪式中，感受着死的从容和生的坦然，感受着活人对死亡的重视和虔诚，目睹迟早要来的人生结局，可以包裹在如此绚烂的仪式中，自然少了一份对人生的恐惧。唯有对孩子，做道场具有纯粹的娱乐功能，放纵的快乐来自父母暂时的疏忽。

我清楚记得，做道场时，我总喜欢在人群中穿来穿去。我害怕死者，但人多时候，也会麻着胆子，跑到死者身边去偷看几眼。我喜欢看鲜艳的寿被，喜欢寿被上面刺绣的金龙和凤凰，它们张扬灵动,将死的残酷衬托得明艳、绚丽。我还喜欢看死者穿的寿鞋,尽管寿鞋浸润阴气,但卡通味十足的式样,还是让沉重的死亡多了一份戏谑。

外婆最喜欢做的事情,就是临睡之前,将她艳丽的寿被、精致的寿鞋,小心地从她父亲装官帽的皮箱中拿出来,带着樟脑的气味,在我面前展示,然后心满意足地睡去,仿佛死亡是一次值得期待的节日,这让我从小对寿被、寿鞋充满了独特的鉴赏力。在我眼中,毫无诗情画意的隘口村人,对待死亡时,倒是充满了别样的耐心和情趣。我之所以一次次流连于道场的现场,迷恋各种对孩子而言没有多少乐趣的程序,主要是舍不得其中奇奇怪怪的声音,舍不得真真假假的画面所营构的独特氛围。我目睹和尚领着一家人,在堂屋里穿来穿去,履行繁琐而单调的"打灯"仪式,目睹一家人披麻戴孝,跟着穿着鲜艳的和尚走个不停,我不知隘口村无比重视的道场仪式,是否真的能超度死者的亡灵。

道场做完了,热闹了很多天的隘口村,随着木鱼声的消失,终于安静下来。对主家而言,"冷事"结束,人生必不可少的折磨终于停止,但失去亲人的悲伤,也许此时才真正在他们空落下来的心中弥散开来。我现在才意识到,做道场的劳累和繁琐,实际承担了另一种功能,肉体的长时间折磨,确实能替代失去亲人的精神痛苦。无论如何,失去朝夕相处的亲人,对隘口村人而言,是一件伤心的事情,这种悲伤无法掩饰,也无法短期内自然排遣。然而,只要道场的锣鼓响起,这种低落的情绪,马上便被一种程式化的喧嚣和来自体力上的劳累所冲淡。在做冷事的过程中,主家最大的感受就是劳累,无法承受的劳累,很多时候,有人甚至从开始到结束,从来就没有合过眼皮。我亲眼见过一个孝子，在给父亲跪丧时，竟然因为劳累，当场睡了过去，吓得主家以为碰上了什么邪气。对隘口村人而言，忧伤需要代价，忧伤需要以体力为基础，一旦体力不支，忧伤也只能变成一种奢望。

"冷事"结束的标志，是烧灵屋。灵屋是生者给死者用纸糊的房子，房子的外形结构，颇像传说中的宫殿，表面看来金碧辉煌、鲜艳无比，房子里的摆设，跟真的一模一样。阳间有什么东西，灵屋里面就有什么东西，越是活在世上艰难的人，越会得到亲人特意准备的精致灵屋。我八九岁时看到的灵屋，里面居然布置了彩电和冰箱。我不知隘口村现在是否与时俱进，给灵屋配备了电脑和空调，车库和小车。外婆八十岁后，关于她的后事，交代最多的，就是灵屋的配置，她唯一的要求，就是后人一定要给她一栋好的灵屋。尽管是纸糊的房子，却寄托了老人最美好的愿望。我到现在都难以接受，如此精致漂亮的房子，等到冷事一结束，和死者的衣服、用物一样，最后都避免不了化作一缕轻烟的命运。我一次次目睹颜色艳丽的灵屋，架在一堆毫无诗意的干柴上面，在亲人的哭诉声中，连同亡人阳间的物事，最后在残酷的燃烧中，化为灰烬，结束一切。隘口村人对死亡的理解，始终停留在"灰烬"层面：亡人用的钱，一定要化为灰烬；亡人住的房子，一定要化为灰烬；亡人要顺利进入阴间，无牵无挂地适应另一个世界，也要将他阳间享用的物品，尽力化为灰烬。隘口村人的死亡观中，始终浸润了通透和彻底。在他们看来，人来到世上，抢到这块人皮，本就由轻如灰烬的神秘东西结合而成，人离开阳间后，当然应该以一种缥缈的方式远离尘世。

吵茶（闹洞房）

隘口村人的生活，从吵茶的那一刻开始。直到自己到了也能被别人吵茶的年龄，我才意识到，这个多少带点戏谑、邪气的仪式，在人一生中的重要意义。

细舅二十岁那年娶了舅妈，舅妈羞答答地嫁过来了。十九岁的舅妈，从进门的那一刻开始，就和娘家人一直讨论当天的现实问题：如何在晚饭之前成功地藏起来，如何躲过对隘口村新娘来说不可逃避的一个难关——吵茶。对羞答答的舅妈而言，对一个十九岁的少女而言，她无法想象细舅的伙伴们会怎样捉弄她。

我清楚记得舅妈那天不易觉察的忧郁，七岁的我，总是时时跑到细舅的新房，探头探脑地打听，舅妈是否找到了躲藏的办法。我甚至准备傻乎乎地告诉她，我知道一个可靠的柴垛，那个柴垛在文伯伯家的灶屋后面，每次和小伙伴捉迷藏，我只要藏在那儿，就从来没有闪失过。但舅妈怎么躲得过去呢？细舅的人缘这么好，舅妈怎么躲得过去呢？舅妈费尽心机，绞尽脑汁，丝毫也没有办法。午饭刚刚过去，便有密探一直跟踪她，直到夜幕降临，舅妈还没有找到脱身的办法，我后悔没有早点告诉舅妈柴垛的秘密，事实证明，我决策的失误，给舅妈带来了极大麻烦：新婚晚上，她与细舅，成为隘口村有史以来吵茶最凶的一对。

吵茶即闹洞房，今天，我不知这个风俗是否保留下来。至少在我待在外婆身边时，吵茶是隘口村冷事以外，最为隆重也最为热闹的节日。对隘口村人而言，生命中最重要的两个时刻——结婚和死亡，对应的仪式，即吵茶和冷事。某种意义上，这两者始终处于同一层面，都是走向某种新生：一种孕育新的生命，一种走向新的轮回。对隘口村人而言，一生中能够获得他者对自身的关注，也只有在这两个时刻，一个时刻可以感知，另一个时刻却永远隔离。年幼的我，自然分辨不出两者对于人生的不同意义，在我眼中，吵茶和做冷事一样，更多的是带来一种观赏的快感。我很早就留意到，一旦有年轻人结婚，隘口村的后生，就会潜滋暗长一种骚动，一种精神。

酒席终于结束了，叫花子打着千篇一律的莲花落，满嘴荣华富贵、儿孙满堂，主家在庸俗、肉麻的夸赞中，送别赴宴的客人。所有的亲人，领受了同样的祝福和夸赞，在付出人情的代价后，一个个酒足饭饱、红光满面，他们打着饱嗝，剔着牙齿纷纷告退。只有那些蠢蠢欲动的年轻人，暗藏杀机，他们心怀鬼胎，躲在暗处，默默交流着最新的吵茶信息，暗中制造一个个新的恶作剧：诸如两个人咬一个苹果啦，两个人吃一粒豌豆啦，让新郎驮着新娘给客人点烟啦，让新郎跪搓衣板啦，让新郎喝凉水啦，更邪乎的时候，他们还要新人当众表演夫妻最隐秘的事，要他们当众干一些让人难为情的事。闹到这种地步，就没了正经，没了规矩，当然也没了大小。趁着混乱，常常有胆大的后生，跑到新娘的身边，当着新郎的面乱摸一把，新郎恼不得、气不得，旁边有人帮衬着吆喝，逼着新郎对捉弄的后生讲好话。新娘早就羞得无地自容，但在这群借着酒力、满脸邪皮的男人堆里，除了乖乖配合，别无它法。

细舅的吵茶开始了。言语不多的细舅，在这个窘迫的时刻，手足无措。围观的后生，全然不顾细舅平时的厚道，一个个翻脸不认人似的耍着无赖，逼着细舅干一些让人尴尬的事情。舅妈羞得哭了，但哭了还是不放过。舅妈流着泪点烟，有故意捣乱的人，总是让烟点不上，来来回回十几根火柴，还是没有按规定完成动作。于是就有人在后面，用一根夸张的木棍，打细舅的屁股，打得细舅一声不吭，满头大汗。该取笑的取笑了，该玩乐的玩乐了，该折腾的也折腾了，一生中就此一次放肆，夜深人静了，吵茶也该结束了。新生活开始了，洞房花烛夜的疲惫、疼痛，相伴而来了。

一生只有这个时刻，从这个时刻开始，从这个晚上开始，人生的责任、苦楚便只能自己背。吵茶是年轻人的成人礼，隘口村的年轻人，在欢笑的吵茶声中，开始自己的新生活，无论痛苦与欢乐，不幸与美满，都在同一个起点进行。

直到长大成人，我才真正懂得了吵茶渗透的放肆和任性。

细舅在半年前死了。他平淡的一生，再次创造了一个奇迹。他的冷事，是隘口村最热闹、最体面的一次，他的花圈，足足将偌大的堂屋挤破。我在人群中，听着道场的奇怪乐声，看到不再滋润的舅妈，早已跨过十九岁的青涩，变得憔悴而沧桑。循着她的哭声，我猛然想起细舅的吵茶之夜，想起他二十岁那年的青涩和窘迫。

我泪眼一片模糊。

看戏

隘口村人爱看戏。

每到过年，初一到十五，整整半个月，铁定要请戏班子。因为唱的是花鼓戏，人员多，开销也很大。单是戏子就有好几桌，还有敲锣打鼓的、挑担子的、搭戏台的，每次都要将隘口村折腾一番。

今天想来，隘口村真是一个有意思的地方。坦白说，80年代的隘口村，尽管经济状况比别的村庄要好点，但也说不上很有钱。奇怪的是，只要提到过年唱老戏，没有人不愿意出请戏班的份子钱，他们习惯了热闹，习惯了过年锣鼓喧天地吵上十来天。

在我印象中，每到过年就下雨下雪。正因为这样，看戏的情景反而记得格外清晰。戏台用各家各户的门板搭成，台前悬挂着非常明亮的汽油灯。台子后部拉扯了一块又长又宽的幕布，戏班一般来自临湘，有时也请隘口村福奶奶外甥的戏班子，福奶奶的外甥叫杨剑，自小便在隘口村长大，长大后便一直在天井剧团演小生。大年三十下午老戏开锣后，隘口村便进入春节高潮状态，村里的老人、孩子和妇女，早早便开始占座位，有些甚至搬一个炭炉，全家人围合而坐，还有的披了一床小小的被子，所有人都穿着厚厚的棉袄，戏台下花花绿绿的一大片，南方的冬天极其寒冷，但寒风中，却是享受的脸。

我也爱看戏，跟着外婆，从小便迷恋花鼓戏，尤其喜欢打路台时的过门调子。打路台即唱戏之前的预备过程，原初的功能，用于驱鬼辟邪，后来就演变为一种惯例，专门用于渲染唱戏前的氛围。过门响起，锣啊，鼓啊，二胡啊，配合得天衣无缝，虽然程式化，但合起来的效果，欢乐祥和，百听不厌。遗憾的是，多年以后，我找遍了多地的音响店，找了很多花鼓戏带子，就是没有办法找回那一小段过门前奏，无缘重温曾经令我心驰神往的旋律。

外公生前也痴迷看戏，对此他有一句经典评价，"唱戏的是疯子，看戏的是哈性[1]"。至于唱戏的内容，我记得，在长达一周的看

---

[1] 哈性：方言，蠢宝，傻瓜。

戏过程中，前面两天往往是一些约定俗成的传统曲目，诸如《五女拜寿》《刘海砍樵》《朱买臣卖柴》，隘口村年年唱戏，这些保留曲目年年上演。奇怪的是，尽管隘口村所有人对此都一清二楚，每一个细节、每一个动作、每一句唱词，甚至水袖的甩法、衣服的搭配、演员的化妆，都烂熟于心，但他们还是乐意每年反复看这些曲目，以至于大部分人，都能看出戏台班子是否偷戏、漏戏。很明显，隘口村人看戏的兴趣，不在了解一个个熟悉的故事，他们迷恋既定的程序，以及程序所营构的氛围，喜欢全村男女老少过年期间，依靠戏台聚集在一起。隘口村人最熟悉的曲目是《刘海砍樵》，这一曲目传播广，知名度高，是每年必看的保留节目。很长一段时间，我对隘口村男男女女都能唱上《刘海砍樵》中的一段，感到迷惑不解，直到现在，我才明白，在没有电视和音响的日子，花鼓戏的表演，更能长进他们的血肉和灵魂。

我常常坐在外婆身边，陪她一直看到深更半夜，隘口村人总是说，"看她们两爹孙，夜夜都要看到拆戏台子"。事实上，很多唱词我听不明白，有些程式化的动作，我也似懂非懂。比如，一个穿着青衣的老旦，将自己的头发放下来，露出女人独有的长辫子，然后在戏台上拼命地甩，我每次都误以为，这是戏子故意将头发解开给观众看，后来才明白，这种动作表示悲伤、无奈，暗示人生遇到了困境，诸如父母过世、仕途不顺，遭受冤屈而又求告无门。

在所有的角色中，我最喜爱看"三花"，即"丑角"。花鼓戏的三花，化妆很独特，头发扎成冲天炮，鼻子中央涂一点白粉，两腮染得通红，裤管卷得一个高一个低，说话拿腔捏调，神态嬉皮笑脸。每次三花一出台，我都能明显感到戏台下面的骚动，气氛也随之一变。所有的孩子都爱看三花，所有隘口村人都喜欢三花。隘口村确实有很多三花似的人物，比如教会满舅杀猪的仁义，一看到他的小眼睛，还有挤眉弄眼的神态，便让人想起戏台上的三花。除了三花，我还喜欢"花旦"，尤其是"小旦"，我对女人的美，最初的启蒙就来自小旦的扮相。她们衣着艳丽，以粉红色诸多，身段苗条，曼妙飘逸，性格活泼、青春勃发，经过装扮的小旦，在我眼里个个都赛过天仙。以我童年的审美标准，世上再也没有比小旦更美的女人。至于唱腔，也是婉转、明丽，伴着二胡，缓缓道来，就算台词听不懂，旋律的美感，也足以让我迷恋。在所有的剧目中，我真正喜欢的是悲剧，我喜欢小旦戚戚怨怨地在戏台上徐徐缓行，喜欢她们一招一式甩水袖的动作，喜欢她们慢慢唱上半天后，悲伤到极致，转过脸去，眼睛下面便有莹莹泪滴，于是，台下便也有了无数泪光点点，老人的泪滴，女人的泪滴，孩子的泪滴。"这个女人好造孽啊！她做了京官的丈夫不认她，她真的好造孽啊！"等到小旦长长的曼舞停止，观众才收住唏嘘的声音。至今想起来，当时戏子的表演都非常投入，他们该流泪时流泪，该高兴时高兴，随着情绪的流转，在观众的陪伴下，在戏里认认真真地演绎另一种人生。台下的观众更加投入，戏子的遭遇仿佛自己的人生，戏子哭，他们跟着哭；戏子的灾难得到了解除，他们跟着高兴；哪个角色受了冤屈，他们恨不得跳上台去，揍那个作恶的演员。在唱大戏的那几天，隘口村成了一个天然的戏曲论坛，表演、唱腔、服饰、选本、唱词、戏子等，村民们说起来，个个都是戏曲专家。

那是怎样的一种情境呢？当隘口村的男女老少，都沉浸在一出戏中，忙碌的村庄，在年关时节，真实地弥漫着浓厚的文化氛围。

古典的乡村结构,在80年代,依然葆有顽强的形式和生命力。而童年的我,却一直心藏秘密:在所有的戏子中,我曾经如此迷恋福奶奶的外甥,每次只要看到他在台上表演,看到外婆对他夸赞不已,我就会激动心慌,就会失落和惆怅。

今天,这一切都不会重现。

隘口村的晒谷坪没了,听满舅讲,福奶奶外甥的戏班子早就解散了,在电视、电影横行的时代,他们入不敷出,再也没人请他们唱戏,"放个电影多省事啊!一个人的伙食,又用不着搭戏台,幕布往树上一挂,一切就成了"。但隘口村的老人,始终对老戏念念不忘,电视、电影怎样热闹,都不能让他们过瘾。更让我难受的是,福奶奶唱戏的外甥,再也不唱戏了,面对四个孩子,他贩卖过钢材、开过小店,还曾经在路边顺带卖过猪肉。我始终无法将他台上仪表堂堂的小生扮相和这些普通的职业联系起来,一听到外婆谈他的近况,我内心就隐隐钝痛。"他的戏,唱得几多好啊!真可惜了一个好角色",隘口村人的老人,直到今天还在叹息。

今天,我再一次惊奇地发现,看戏对隘口村人而言,具有更多的象征意味。比如那出百看不厌的《刘海砍樵》,对他们来讲,细节早就烂熟于心,但他们还是需要每年春节,再集体地重温一遍,他们需要二胡、唢呐、锣鼓所打造的旋律和节奏,在特定的时间,再一次营构特定的气氛,他们需要耳边响起"肩钎担,望山岭,走过一程——"的腔调。还有《朱买臣卖柴》也是如此,尽管每句唱词都深入骨髓,但他们还是需要朱买臣卖柴的故事,借助过年的气氛,再一次潜入隘口村的人心角落,需要从朱买臣做官以后,马前泼水的启示中,获得做人的基本底线。

我懂事以后才发现，隘口村人的价值观念，多来自花鼓戏的熏染，在他们的道德观中，抛妻别子、见义忘利、贪恋荣华富贵的小人，是被谴责的对象。我到现在才明白，隘口村人为什么可以容忍五玲在家里养野男人，为什么对偷情如此宽容、理解。在他们的道德逻辑中，冬瓜佬病了、傻了，五玲没有离他而去，并且始终伺候在身边，冬瓜佬失去了生存能力，五玲要活下来，自然只能依靠别的男人，这没有什么过分。隘口村人对道德的理解、把握，充满了来自生活的智慧，也给五玲留下了一条生存的缝隙。隘口村的老戏，经由过年的狂欢，像是一次强化而集中的道德过滤，在无形的熏染中，多年来，维系着村庄的秩序和肌理。有意思的是，看戏的习俗，竟然影响了隘口村人的爱好和审美观，很多人潜意识里，总是一不小心，就将日常的生活和老戏扯上关联。那个总是欠一屁股牌账的鲁贵，竟然从花鼓戏的观摩中，悟出了一手专业水准的二胡；丁奶奶的满女儿，一天到晚戴个假发，穿红戴绿，打扮得像个花旦；还有一个桃灿，三十多岁了，总是戴一束戏子的长发，在隘口村晃来晃去……碰上这些怪人，村人从不指指点点，也不觉得惊奇。我还发现，隘口村的成年男人，不约而同地喜欢老旦所穿的玄色长衫。

戏如人生，人生如戏。

对我而言，这些细小的日常生活细节，早已化入我的骨髓，对我的人生产生了深刻的影响。从人格特质而言，我承认自己就是一个地道的长乐人，一个地道的隘口村人。

二 活力与隐忧，村庄当下的精神面影

和80年代村庄的宁静、笃定相比，随着90年代社会转型的开始，隘口村开始变得躁动和热闹起来，村庄呈现出裂变的倾向：相比经济实力的增强，让人印象深刻的是社会风气的变化，扭曲的价值观和抽空的文化底蕴，使得"买码"、吸毒和赌博等陋习一度成为村民无法摆脱的噩梦。令人欣慰的是，近年来，随着政府对传统文化的重视，村民受到外力的推动，重新唤醒了对村庄的记忆，激活的文化认同感，慢慢成为村民抵挡陋习的内在动力。在2015年的返乡笔记中，我曾勾勒了村庄活力与隐忧共存的精神面影。

价值真空下的新挑战

在考察村庄命运与传统文化的关系时，我发现尽管丰三村和凤形村相距遥远，但两地属于同一种类型：村庄的演变，完全受制于外部条件，自身没有内在的成长力量；面对外在的冲击，缺乏来自村庄内部的抵抗力。经济的贫困，构成村庄最明显的面影；文化的匮乏和组织的溃散，成为村庄的内在肌理。从我了解的情况看，两家的亲人，大部分都在为温饱抗争，稍稍摆脱赤贫状态也是在90年代外出打工之后。和物质生活的改善相比，他们在社会转型过程中所承受的外部伤害，以及外出打工所受到的歧视，很少进入别人的视线。关键时候，陷入困境的亲人，还得依赖其他家庭成员的帮助。

但我自小长大的隘口村，却完全属于另一种类型。从经济条件来看，自我1976年被送往外婆家后，在漫长的岁月中，一直衣食无忧，妈妈外嫁以后，回到娘家，总是会收获亲人的怜惜。一直到今天，在整个汨罗的乡镇经济中，长乐始终处于领先地位，而隘口村，更是八九十年代乡镇企业发展的重镇。我小学的同学雄辉，初中都未毕业，却能把握良好的机遇，从贩卖保险柜开始，逐渐扩大自己的商业领域。我的几个舅舅，除了大舅没有从事农业以外的活动，其他几个都有自己的副业。二舅从1983年起就经营村里第一家商店，做酒、做汽水、做饮料、制菌，什么赚钱做什么，算得上80年代商品意识觉醒很早的人；满舅的胆子更大，在80年代早期就开起了织布厂，车水马龙的厂子能解决村里多人的就业问题；细舅则做泥瓦匠，养过母猪和脚猪[1]。

伴随经济的发展，村庄却暗藏了极大的隐忧。在封闭的年代，隘口村凭借长乐镇的底蕴、地缘优势，获得了比临近村庄更好的物质条件，但在开放的年代，物质上的优势，叠加价值观的虚空，反而强化了他们性格上的冒险、虚荣，令他们更快投向了消费、享乐和投机主义的怀抱。自90年代以来，村庄面临的最大挑战，不是生活的贫困，而是败坏的社会风气带来精神上的绝望和无奈。扭曲的价值观，成为横行村庄的毒瘤；及时行乐的习气，在一片喧嚣中，彻底消解了村庄几百年来的安稳、笃定。

在2006年左右，隘口村吸毒、"买码"、赌博之风达到顶点，整个村庄呈现出末日狂欢的气息。大起大落的命运，左右着村人的日常生活，虚无的成功和残酷的现实，天天在村庄上演。在此氛围中，我的很多亲人深陷其中，难以自拔：表妹鸿霞在"买码"巨亏以后，为了逃避这种环境，毅然随夫南下深圳；表弟鲁智因为盲目的义气，无法逃脱地混迹村中的"男孩帮"，多年以来，被吸毒、"买码"两根绞索左右，难以自拔，成为整个家族最大的心病；曾一直笃信好好工作、好好生活的大姐，也禁不住姐夫、妹妹的劝导，陷入"买码"的泥坑……在这种如毒蛇般纠缠的无奈中，人性的复杂、软弱、贪婪显露无遗，但现实中，却找不到任何来自价值观层面的洗涤，帮助他们走出生活的误区。

值得欣慰的是，近几年来，政府目睹风气巨变带来的风险后，通过国家非物质文化遗产项目的推动，重拾玩故事的民俗，积极倡

---

[1] 脚猪：配种的公猪。

导传统文化的复兴，村庄也凭借自身丰厚的底蕴，正逐渐正本清源，恢复底气。我年轻的表弟，经过人生的折腾，在亲情的召唤下，决心重拾本分的生活，依靠劳动和聪明生存。这让我意识到，当村庄陷入实际的困境时，蕴含其中的文化传统，一旦能够受到外在环境的激发，就能从内心深处唤醒村人的记忆，变成活水清泉，荡涤脏污的文化入侵。至少，从隘口村近几年来的文化实践看，尊重民风民俗，尽力回归传统，将乡村自身的历史文化传统和国家新农村建设的举措结合起来，寻找到最佳的契合点，不失为重建村庄的可行路径。

在涉及对乡村命运的考察时，正是隘口村的存在，让我意识到乡村面相的复杂，意识到我笔下的丰三村、凤形村，只能代表广大乡村的部分真实图景，在中国复杂的地域分布中，乡村还有很多隐匿不见的其他可能。在我的经验范围内，如果要以更大的篇幅，勾勒整个乡土中国的面貌，隘口村显然不能忽视。我的疑惑是，在中国众多的村落中，隘口村到底有怎样的代表性？它所面临的挑战和困境，是否代表了中国村庄的某种共性？它所蕴含的活力和可能，到底能否通过行政或文化的力量，渗透进别的村庄，进而从整体上，实现村庄的修复和新生？更为重要的是，隘口村的实践之所以有效，发达的经济，显然提供了基本前提。至少，相比其他生存艰难的村庄，隘口村大部分村民，不需要为了廉价的工资抛妻弃子，远走他乡，这从根本上保证了村庄人口的活力。

需要说明的是，隘口村部分的写作，并非刻意安排的光明尾巴。在我的经验视阈中，中国乡村的复杂性，仅仅通过与我密切关联的三个村庄，就能得到呈现。不同处境下的亲人，面临的困难和机遇，千差万别。探讨乡村的出路，也许能从此种差异的存在中，找到有效的方式。

2015年返乡笔记

中国国情的差异表现在任何一个层次，包括乡村。2015年春节，满舅邀请我们全家去他家过年，我因为两岁就离开父母寄居外婆家，直到十二岁才离开，所以这次有机会到舅舅家过年，感觉非常亲切，也格外开心。

过年的热闹程度超出我的想象，深圳的二舅一家也回来了，亲人相见，浓浓的温情立即弥漫开来，童年的温暖，竟能超越将近三十年的时光，重回心头。不得不承认，亲人之间的温情，并未随时光消逝半点。事实上，在和舅舅、舅妈、表兄妹相处的过程中，我最大的感受，就是在多年的求学生涯中，自己的情感已经迟钝，也不习惯像亲人那样直接表达热烈的感情。

吃过年饭后，因为担心儿子跟不上队伍，我跟随一帮孩子去村里拜年。说是拜年，其实是讨红包。这两年，村里不流行拜年分糖果，而是分红包，给每个孩子一块、两块钱。我观察到很多村民的房子极为气派，几乎都是楼房，房子的装修也和城市没有任何区别，面积非常大（人均至少是六十平米）。我还了解到，除了个别在县城做生意、上班的人，村里人大多不喜欢去城里买房，有了钱还是喜欢在老家修房子。我的鸿霞表妹，结婚的时候刚刚在家里重修了房子，这几年在深圳赚了钱，尽管全家早已落户深圳，可还是惦记在村里重修房子。正因为人气旺，村子倒也没有显示任何破败的迹象。更令我感慨的是，和十年前相比，村里的卫生条件得到了很明显的改善，统一修了垃圾池，每天都有专人来清理垃圾（我认为村庄的管理水平远远超过广州，村庄的整洁、干净也出乎我的意料）。

村里的孩子，野性十足，极富活力，尽管也有一些留守儿童，但因为有亲人照看，还是能获得足够多的爱（村子外出打工的，每年必回。在他们眼里，不管有钱没钱，不管混得好不好，回家过年，是天经地义的），根本就没有农村孩子常见的胆怯和不自在。大年下午，我跟着孩子们拜年，跑了两个小时，儿子力行早已累得不想走动，鲁智的儿子鲁正，比力行小一岁，则精神焕发，马不停蹄，将战利品放回家以后，竟然独自骑着单车，跑到西山湾去拜年。乡村公路上，过年返乡车辆不少，满舅居然放心一个七岁不到的孩子，骑车外出几里。我对此表示惊讶，他立即说，"不碍事，不碍事。他早就一个人骑车外出，隘口村弄不丢人！"对比广州生活的我，孩子快八岁了，却从不敢让他离开视线半步，以至于过年那几天，只要儿子和小伙伴不见了，我总是习惯性地去找人，惹得满舅笑话。村里的女孩子同样开朗大胆，三十晚上，鸿霞表妹开车带我们去临近镇上的歌厅唱歌，刚过鲁家塅牌坊不久，一群女孩子就在车前挥手，示意停车，鸿霞表妹的女儿打开车窗，和那些孩子笑着打招呼。我一打听，原来那些女孩与表妹并不相识，她们想去镇上玩，嫌步行劳累，于是就在路边拦车，看能否搭乘一段。从女孩子不设防的举动，可以判断村里的人际关系还好，保留了熟人社会人与人之间的信任。

确实，富有活力、激情四射、爱热闹、讲排场、性格野性、人情味浓,是村里人的普遍特征。用我春梅表妹的话就是,嫁到隘口村的峒里姑娘,哑巴都能学会说话。我细舅的儿子新新,前几年结婚,妻子就是峒里的一个矮小女孩,刚过门时,性格极为内向腼腆,这次看到她,才两三年,性情已非常开朗亲切,早已融入隘口村的氛围。更令我惊讶的是,这么多年了,村里人还是很团结,组织能力也强。村子原来靠近鲁家墩的公路,因为离屋子太近,随着近年车辆增多,村人担心孩子安全,于是大家马上组织起来,在农田中间重新修了一条公路,家家都出钱,没有人说闲话。

隘口村人大胆的性格,和村民的团结、齐心分不开,我满舅就是一个极爱为头的人(按今天的说法,就是一个天生具有领导才能的人)。80年代中期,满舅办厂最为红火的时候,曾不畏麻烦,组织全村人在过年期间"玩龙"。"玩龙"规矩极多,人员多达几百,涉及家家户户,是一项繁琐的集体活动,对组织者的领导能力、协调能力、人格威望有极高要求。

这次回乡,我最感欣慰的事情,是表弟鲁智的彻底转变。因为吸毒,多年来,他一直让整个家族感到揪心和蒙羞。但无论他干了什么坏事,谁也没有放弃对他转变的信心和希望。在亲人张罗着他结婚后,妻子因为整个家族给予的温暖,拒绝了娘家人逼迫她离婚的要求,坚定地待在隘口村。为了让表弟远离毒友,深圳工作的鸿霞表妹给他找了份工作,让他们夫妇一起上班,两个孩子则交给舅舅、舅妈抚养。去年年终,表弟除了给舅妈买了价值八千多元的金手镯,还给了舅舅两万元。过年回家,表弟的神色中终于有了理直气壮做人的感觉,看到两个可爱的孩子,感受到亲人对他一如既往的关心,亲情的温暖让他格外珍惜满足。和他聊天,与任何一个为人父母的成年人一样，谈论最多的话题就是教育。他坦言目前最大的愿望，就是将小儿子接到身边，带到深圳读书。隘口村不太好的社会环境，他担心对儿子的成长造成负面影响，他反复说，"我走了弯路，不能再让儿子误入歧途"。表弟二十多岁时，曾因"买码"，一个晚上暴赚过十几万，短短时间里就积累了可观财富，可最后还是因为"买码"包单（吃单，不上报，风险自理），一个晚上赔光了整个家底，从此陷入困境，精神上一蹶不振。与那时完全不同，他的心态已彻底调整过来，对现在夫妻两人每月包吃包住，还有一万元收入的工作非常满意。他唯一的心愿，就是本本分分生活，将两个孩子带好，过一种如父辈般踏实、靠谱的生活。我们都笑他三十七岁才"上运"。满舅因为儿子的转变，精神状态好了很多，干起活来格外起劲。不得不承认，若不是亲人的包容和帮助，表弟的转变将极为艰难。

正因为胆子大，村庄人的血管中，流淌着不安分的血液。我后来留意到，因为田地少，村民几乎从来没有依靠农田过活，不是做生意就是做手艺。就连大舅的大儿子，一个五保户，和我同一天过生日的彪哥，都知道去外面捡破烂换钱。村里人在80年代因为贩卖保险柜，曾经涌现了很多富人。我一个远房建舅，同样因为保险柜生意，发了不小的财，在90年代初期，就修了当时村里最为气派的房子，当时就花了将近十五万。我清楚记得1992年跟随爸爸参观建舅房子时所生的感慨，当时作为乡村中学教师，爸爸的工资才二百多元，十五万对他而言，几乎是一个无法想象的数字。令我惊讶的是，此次回家过年，看到建舅，他早已没了昔日的风采，蜷缩着身体，像一个接近老年的农民。他二十年前鹤立鸡群的房子，在村民后起的楼房中，显得陈旧过时。后来才得知，他的家庭确实在走向败落，儿子吸毒，女儿爱赌，妻子不得不靠当保姆才能维持一家生计，而他自己得了糖尿病，不能再外出干活。

因为不安分，村人骨子里对一成不变、死气沉沉的生活从来就没有向往，大起大落几乎是他们人生的常态，我满舅的命运就是如此，既经历过80年代辉煌而短暂的办厂岁月，也遭受了因为孩子不成器而导致的颓败。不过，对于命运的变故，村人自身并没有太多认识，总是将之归结为运气不好或者命里注定。事实上，不管是满舅80年代因为大字不识、被别人合同诈骗，还是因为自身没有文化、不懂教育，以致子女误入歧途，使家庭长久陷入困境，归根结底，村人命运的起落，往往源于他们获得财富后，并没有得到足够的文化依傍和价值引导，助其获得物质以外的进一步提升。对感官享受的重视和对教育的漠视，构成了村庄命运起落的秘密。他们凭借过人的胆识，往往能在极短时间之内暴富，但很少有人能够持续打理好自己的家庭，在获得财富后，总是迫不及待地挥霍一空以满足一时的快感、虚荣。爸爸对此看得最为清楚，总是不断提醒亲人，"一定要重视伢子教育，多少钱都经不起败家子的折腾"。可惜，除了我二舅，别的亲人都没有意识到，教育对一个家族命运的深远影响。

总而言之，直到今天，隘口村的经济状况，和贫穷落后扯不上太多关系，只不过，财富的主人，在时代激烈的震荡中，总是不断变换。谁都有可能一夜暴富，但谁也无法保证永久的辉煌和出人头地。村子经济整体的活跃，总是让我困惑不已。也许，不得不承认，隘口村之所以直到今天都维持了经济的活力，除了村人性格上的敢闯敢干外，不重视读书的风气，也客观上起到了保证人口不至外流的作用。因为重视副业，村人头脑极为灵活，行动能力强，生存对他们来说并不艰难。在我记忆中，外婆家很少陷入艰难的经济困境，童年寄居外婆家的日子，总是听到大舅提及爸爸家的贫穷、妈妈家的相对殷实，提及他第一次代表娘家舅舅，去三江凤形村了解妹妹婆家的情况时，目睹奶奶在乌黑的灶房给客人烧茶的简陋、窘迫。以致到今天，我脑海中总是浮现大舅向我描述的画面，"你爸爸念师范时，放假不是回你奶奶家，而是直接到隘口村你外婆家，就为了享用老人做的美味食物"。

因为外出读书定居的人少，隘口村很少有进入体制内的人，但相应的，城市通过高考抽取农村人才的状况，也很少出现，村庄几乎不存在人才流失的问题。相反，外出的村人长了见识，赚了钱，还是愿意回到村子生活，客观上反倒促成了城市滋养乡村的效果。村里小伙子的婚姻颇能说明问题，我注意到，就算外出打工，村里的男孩也很少从外地，尤其是外省带女孩回来，还是倾向于在本乡本土找对象。这一点和凤形村完全不同，由此也可以推断，长期经济实力上的优势，给隘口村人注入了自信。

事情的另一面是，因为不重视教育，对读书没有特别的渴望和追求，伴随无孔不入的消费观念，及时行乐的思想深入人心。村人的价值观念里，根深蒂固的一个想法，就是过好一天是一天。因为认定人生最大的意义在于享受，村民染上了很多不好的风气，尤其是2000年前后，吸毒、"买码"成风，年轻人沉迷于感官享受，人人都指望一夜暴富。更令人不可思议的是，很多村妇也迷上了赌博，一个晚上输赢几万元，眼睛都不眨一下，其胆量之大，对金钱无所谓的态度，远远超出城里人的想象。在村里，我总是碰到一些看着我长大的长辈，他们一见我，最感兴趣的事情就是打听我的收入，问我一年能挣多少钱。我如实相告，没想到他们都表示不可思议，认为一个毕业十年的博士生，不说每月拿八万十万，至少也该有个三五万吧？他们对博士生存状态的隔膜，就如我无法理解一个农村老太太何以认为有钱人的起点这么高一样，我的存在，甚至进一步坚定了他们对子女上学不抱指望的心态。通过读书改变命运的理念，似乎从来就没有进入村人的思维视野。我不知道这算不算中国教育在一个村庄得到的回报？相比城里孩子整天被逼上各种兴趣班的命运，村里孩子，倒是一如既往地保有了童年的快乐和野性。

当然，不能忽视的是，隘口村的经济从来就和城市的发展有着千丝万缕的联系。我记得满舅80年代开木器厂、织布厂时，就经常从杭州、长沙、株洲请来各类技术人员指导生产。90年代，村里之所以出了很多跑保险柜发财的，也和城市银行业的快速发展有关。村人开放的心态，使他们极易吸取城市的资源；而对经济形势的敏感，让他们往往比别的农民，更容易抓住发财的机遇。但事情的另一面是，因为缺少精神寄托和文化熏陶，他们对城市文明中腐朽的一面，也吸收得极快。90年代村中吸毒、"买码"之风的盛行，就直接来自村人外出广东打工后的输入。

站在一个旁观者的角度，我一次次觉得，外婆所在的村庄——隘口村，其实就是当下中国的一个隐喻。经济的富裕和文化及价值观的缺失，构成了触目惊心的裂缝。尽管村里人日子过得不错，但一想到这种畸形的繁荣并未获得稳固的支撑，我就为他们多少年来注定大起大落的命运担忧。传统人伦观的有效，现代功利观的冲击，构成了村庄基本的内在肌理。面对这样一个复杂的所在，我一次次感受到所学的知识，既无法解释它悖论的存在，也无法给它提供任何反哺的能量。知识分子和村庄没有情感的隔膜，却有着介入的隔膜。我任由这一熟悉的所在，像一棵疯长的植物，生命蓬勃却毫无目标地蔓延。关于这个村庄，我始终不能像其他回乡博士一样，得出一个明确的结论，我只能语无伦次如实记下我的观感。凭借直觉，我认为，村庄的机遇和命运，挑战和危机，和当下的中国，并无两样。

三　打工记（四）：我的同龄表兄妹

我最早的一张相片，是1978年和两个舅妈、三个表弟妹的合影。二舅1998年做房子的时候，老照片散落一地，我在破碎的相框里发现这张发黄的相片，尽管已经严重毁坏，但没有破坏人的脸相。照片上，两个舅妈不到三十岁，神情满足、轻松。我的表弟鲁智还被抱在怀里，鼓鼓墩墩，一看就没有断奶；比我小一岁的表妹春梅，剃着男孩的短发；那个以大眼睛著称的表妹鸿霞，则躺在舅妈怀里，完全一种婴儿肥的状态，想不到，长大了竟然是一窈窕淑女。四个孩子，出生时间相隔三年。妈妈看到这张相片后，一个劲地说："对，你小时候就是这个样子，一天到晚穿着一件黑衣，一双大大的眼睛骨碌骨碌，整天不爱说话，总是喜欢躲在外婆的灶台后面。"我端详四岁的我，端详那个手里拿着包子的小姑娘，仿佛看一个从来不认识的人。当初舅妈为何动了照相的心思，怎样将几个小把戏弄到街上，直到今天依然让我好奇。但无论如何，这张照片是我寄居外婆家，和老表一起长大的最好明证。

说起来，妈妈一共有五个亲兄妹，分别为大舅鲁德群、二舅鲁益群、妈妈鲁利群、满舅鲁东群、细舅鲁进香。在寄居外婆家的日子里，和我年龄相仿、一起长大的表弟妹主要就是相片上面的三位。另外，大舅家最小的女儿六哥，年龄比我大六七岁，不是带我外出看电影，就是带我上街看老戏。现在想起来，当时她也不过十三四岁。就如六哥目睹我的长大（她经常讲我小时候长得像个外国人），我也目睹了六哥的整个少女时期。

今天，我最小的表弟也都快四十岁，六哥不到五十，已经当了奶奶。一茬茬的孩子出生，一茬茬的长辈老去，在表弟表妹"灯哥"的呼唤声中，我猛然意识到，童年的玩伴随着岁月的流逝，也都进入中年。在时代的裂缝中，同一张照片里的孩子，命运的轨迹呈现出极大的差异。和我一起长大的表兄妹，他们的生命轨迹不过隐喻了更多人的日常生存。

需要补充的是，从年龄看，在对丰三村亲人进行叙述时，除了"50后"、"60后"姊妹，第三代几乎全部属于"80后"、"90后"，尤其以"90后"居多；凤形村的情况也差不多，叔叔辈的年龄和丰三村的姊妹相仿，大多是"50后"、"60后"，堂弟、表弟的年龄则在"80后"时段内。在这两个村庄，我都没有涉及同龄人，而隘口村陪伴我一起长大的老表，恰好弥补了这一个时段的空白。

春梅：变故过后是淡定

春梅是满舅的女儿，生于1975年正月，比我整整小一岁。因为年龄最为接近，整个童年阶段，我们几乎形影不离。80年代的满舅，因为开办织布厂，生意红红火火，正是人生的辉煌时期，工厂的规模高峰时有十二台织布机、一百位工人，做过翻纱、整经、织过绸缎、华达，80年代初期，年产值达到了三十多万，赚了不少钱。当年村里很多年轻姑娘，最大的梦想，就是去满舅的织布厂挡车[1]，竞争的激烈，往往要涉及私下的交情。织布厂的成功，让满舅在长乐声名远播，外公当时还在世，领受了子女成功带来的光荣。

赚了钱后，满舅在1983年买了村里第一台电视机，十四寸，黑白。满舅将电视机摆在屋檐下，早早在地坪摆满长条凳，足可容纳七八十人，邻近几个生产队的村民，一到傍晚就过来抢座位，成为村里的一道风景。当时流行的节目是《霍元甲》《陈真》《血疑》之类，整个村子都飘荡着电视剧主题曲的旋律。村里像六哥这种十五六岁的少女，最喜欢偷偷模仿电视里的时髦打扮。放电视时，我喜欢在人群中窜来窜去，还丢过好不容易攒下的七毛压岁钱，因此伤心失落了好几天（当时的物价是五分钱可以买一纸筒瓜子）。除了稀罕物电视，满舅还买了当时更为少见的留声机，买了很多花鼓戏的黑胶盘，这是我整个童年的最爱，其中《朱买臣卖柴》是我最喜欢的剧目，也听得最多，里面的每一句台词、每一个唱腔我都

---

[1] 挡车，在纺织厂里看管一定数量机器的运转情况并负责其产品的数量与质量。

极为熟悉;《刘海砍樵》我也喜欢，男女对唱中，洋溢着特有的情感和诙谐;《讨学钱》是一出好玩的戏，开头的过门，特有的配乐给人无穷的美感，张先生的无奈、辛酸在戏谑中无法掩饰。相比电视带来的喧嚣和热闹，我更加喜欢留声机带来的缓慢和感伤。一直到现在，我对湖南花鼓戏，依然充满强烈的好感和渴望。花鼓戏尽管天生缺乏雅趣，但融于道德说教中的生活理趣，杂糅在怎么也掩饰不了的野性中，其蓬勃的艺术张力一直到今天都令我迷恋。满舅可能不知道，我童年所受的有限的艺术熏陶，居然全部来自他爱虚荣、爱热闹而买的娱乐设备。

在这样的家庭环境下，春梅的地位类似于今天的"富二代"，有时候吵架，她最有杀伤力的武器，是丢下一句，"我家有好多钱，你们有吗？"以致小小的我，只要听到这句话，立即感觉气短。与此同时，我对满舅家的任何柜子都充满了好奇，我很想弄明白，那些柜子里，是否真如表妹所说，装了好多钱。我记得，当年满舅的工厂开工足、产值高，我成绩又好，满舅曾经建议我长大学纺织专业，毕业以后回来和他一起开办工厂。因为满舅工厂生产的布匹是成品，当时所有的亲戚，都从满舅厂子拿货，直接参与卖布经营，以此作为补贴家用的重要渠道。当时我远在凤形村的父母，一个月最少要到隘口村来一趟，到满舅的厂里拿货，我因此多了很多和父母见面的机会。在80年代初期的审美观念里，传统手工所织的粗糙棉布被视为土气、落伍，当时市面上也没有更多的选择，而满舅所生产的涤纶，以其米色的主调，几乎立即获得了乡亲们的喜爱，成为高档、时尚的化身。妈妈利用她缝纫的优势，用满舅生产的布料，给我们姊妹几个做了很多洋气的夏装。她喜欢做荷叶边的领子，喜欢在领口处留两条长长的带子以编织不同的领结。因为业务需要，满舅经常要带大笔现金（很多来自信用社贷款）去长沙、杭州，春梅对于家中有钱的印象，应该来自满舅经常用麻袋装着大量现金外出的直观印象。

在亲人心目中，三十出头，血气方刚、胆大无比的满舅，没有做不成的事情。他朋友多，讲义气，为人豪爽，做事果断。当时满舅家里就如饭铺，舅妈一天到晚做饭不停，流水席川流不息。所有人都没有想到，在厂子最辉煌的时期，一个湘潭人，利用满舅对他的长期信任，趁满舅吃饭的空当，突然将货物连车带人转移，从此杳无音讯，报案之后也没有挽回损失，最后不了了之，满舅的全部身家就此被骗，从此彻底陷入深渊，一辈子再也没有翻身。当隘口村人对商品经济的认识尚处懵懂之时，满舅以他的先知先觉，早已甩开膀子大干起来；当别人慢慢步入正轨、日子一天天好起来后，满舅却骤然折翼，光彩顿失。早期的耀眼绽放，愈发让人看清人生无常的底色。

家庭的变故，不单纯影响到满舅的经济状况。他的发家，原本依赖的是改革开放之初个人的胆识和直觉，利用的是时间的先机；等到别人都醒悟过来，他文化水平的欠缺，立即成为致命的短板。更重要的是，这次变故对满舅子女的前途产生了深远影响，直接影响了已经懂事的孩子对人生的判断。对他们而言，童年衣食无忧的生活，忽然陷入一种看不到前景的负债状态，两者的强烈反差，构成了触目惊心的对比，对社会的不信任和报复心理就此埋下。相比货物被骗带来的经济损失，儿子鲁智此后走上邪路给满舅带来的精神伤害更大，让他的人生陷入了深渊，而这双重的折磨，毫无疑问存在明确的因果关系。尽管"虎死不倒威"是满舅的性格，但工厂破产的残酷现实，还是让他原本脆弱的家庭失去了翻身的机会。80年代信用社放贷的高额利息，成为他人生无法摆脱的绞索。尽管他后来立即投入了老行当，重拾木匠的手艺，不久又改变策略学杀猪、开店，但多年来的打拼，一年的节余也不够支付信用社的利息。

春梅在巨大的落差中，念完初中，没有接着读书。在90年代初期，伴随乡镇企业的发展，村里很多外出跑业务的农民赚了钱后，开始模仿潮流，在外面找女人，传统的家庭结构受到了很大冲击；一些未成年的女孩子外出后，禁不住诱惑，干起了不好的行当。满舅为人传统，不准春梅外出打工，一直将她留在家里，怕她走邪路。偶尔也进一点原料，让她织布，春梅前后在家待了五六年。可春梅目睹父母捉襟见肘的经济状况，内心极为不安，渴望外出寻找机会挣钱来帮助父母还账。

在和舅妈大吵了一架后，1996年，春梅终于和同伴加入了南下的打工队伍，并且很快找到了工作，在新科电子厂的流水线上安装芯片。流水线的生活异常单调、枯燥，对没有吃过太多苦的春梅来说难以忍受，工作没多久，还没等到拿工资，她就决定换工作。恰好，当时厂里招保安，两班倒，一天上班十二个小时，工资比流水线工人要高一点，劳动量也要小一些，最大的要求就是上班期间不能打瞌睡，尽管也不是轻松的活，但春梅一直坚持了三年。在这期间，经家人介绍，春梅认识了本村青年新民，结婚后，重新回到电子厂当保安。

到1998年，春梅的工资每月可以拿到一千两百元（我当时在湖南一家国营企业上班，正式职工满岗一般每月可以拿到五百元），省吃俭用，她三年时间存了一万六千元。2000年生下孩子后，考虑到要将年幼的儿子带在身边，春梅决定不再进厂，准备利用打工的原始积累，和丈夫寻找机会一起做点生意，以获得更自由的时间照顾孩子。小时候良好的家境，对她的性格产生了明显影响，骨子里，春梅从来就没有满足于给别人打工，多年来一直寻找机会创业，试图延续满舅80年代折戟的梦想。她的小老板生意，从东莞人口集中的厂区门口贩卖袜子开始，到2004年，已在东莞黄江市场租了门面。她从广州沙河批发衣服，开始了正式的创业生涯。当时正是东莞经济发展的黄金期，流动人口多，市场有活力，店里的生意因而一开始就有了一个好的开端，除了时间相对自由，收入也比在工厂打工要多一些。

没有想到，店铺的好生意仅仅维持了一年。2005年，我去东莞上函授课，特意去看过春梅一家。在城中村的路边，他们租了一间平房，厨房、卫生间、卧室都在一起，大约十五平米，打理得还比较干净，平房离他们的店步行十几分钟的距离。当时东莞黄江的流动人口比2004年少了很多，很多工厂都搬到浙江、温州一带，这给他们的生意带来了很大影响。加上孩子就在附近幼儿园念书，店铺的租金、每个月的房租，都是不小的支出，"现在一年的开销最少要三万，平时只能维持生活，做生意要靠过年过节"。

新民为了增加家庭收入，除了照顾店子，还要到外面去做搬运工。但无论经济压力多大，夫妻俩始终坚持一点，"宁愿少赚钱，也要将孩子带在身边，一家人不能分开"。对春梅而言，婚后离家打工，不完全因为经济压力，而是她有意识地让孩子远离隘口村败坏的社会风气。在和春梅聊天的过程中,她一次次强调:"小孩真的不能放在家里带,儿子一回家,叔叔[1]就宠他,甚至上厕所都端把凳子抱着,这样惯下去怎么行?钱可以少赚点,但细伢子一定要带好,否则钱赚得再多,也没有什么用。叔叔的教训,我真的要吸取。"

尽管打工艰难,赚钱不易,但表妹天生豪爽、侠义的性格倒一点都没有改变,我给她带去的礼物,只要有人来,她就毫不犹豫地分给别人吃。我观察到,尽管表妹租住在一间毫不起眼的平房里,但这并没有妨碍他们的人际交往,来他们家玩的小孩也特别多,这对表妹儿子的成长显然非常有利。相比城里人常将孩子关在家中,春梅的教育理念中保留了对孩子放养的一面。我发现在带孩子的问题上,春梅有自己的一套,小孩调教得不错,不但自理能力强,而且擅长和人交往,性格大方活泼,也懂礼貌,五岁多,竟然可以穿过十几分钟路程的混乱市场,从家门口送饭给父母。

2006年,孩子到了上学的年龄,由于无法进入东莞的公立小学,而他们又不愿意将孩子交给老人管教,将孩子变成留守儿童,加上东莞黄江的人口减少,生意日渐冷清,有限的收入越来越难以支撑日常开销,夫妇俩决定放弃在东莞的事业基础,回到家乡。2009年,在孩子念书已走入正轨后,他们决定夫妻中的一方外出打工,另一方守在家里照看孩子。深圳的鸿霞表妹建议,既然家政工资高,与其让丈夫卖苦力赚同样的薪水,不如女方外出做家政,性价比更高。

---

[1] 满舅因为第一个孩子夭折,按照习俗,为了后面出生的孩子好养活,通常都让孩子称其叔叔,不叫爸爸。

春梅接受了建议，由鸿霞表妹介绍，在深圳南山区一户人家当保姆，又一次开始了南下的打工生活。第一次当保姆的工作主要是负责带小孩，进入业主家后，才发现孩子患有哮喘病，需要特别小心地呵护，有时候甚至只能抱在怀里睡觉。坚持了一段时间，春梅心理压力太大，不堪重负，竟然将自己累病了，只得辞职换了一家。第二次当保姆的工作是负责照顾生病的老人。深入这个行当，春梅才发现做家政待遇虽然还可以，但因为照顾对象不是孩子就是老人，尽管对体力要求不高，但对责任心要求很高，工作琐碎，劳动时间长，且没有规律，有很多外人不知的难处。春梅对此深有感触，"我到别人家做保姆，原则是不和他人发生矛盾，我就想着，雇主和雇工之间，最大的不同是生活习惯的差异，但我既然是去伺候别人，就应该尊重、迎合别人的习惯，但碰到原则性的问题，碰到责任重大的事情，也会坚持自己的主见"。她以第二户人家为例，提到主人叮嘱她只要搞客厅的卫生，主要工作是照顾老人，但老人上半夜不睡、下半夜不睡，辗转反侧，为了保障老人的安全，必须时时刻刻小心，"我怕他摔，晚上总是睡不安稳，有一点响动，立即就醒过来，一个晚上折腾几次，睡意全无。毕竟老人交到我手里，我就必须负责。家政说起来薪水较高，但因为住家保姆没有明确的时间界限，而且服务的对象一般是需要照顾的老人和孩子，其实压力也挺大"。

在家政行当，春梅坚持了一年多，因为心理压力太大，她最后决定选择离开。经过思考，她认为进厂不现实，收入也太低，自己最好掌握一门技术。针对湖南按摩、洗脚行业的发展现状，她选择了一家正规的培训机构，学习按摩、洗脚技术，并拿到了相关的上岗证。按摩、洗脚尽管体力上比做家政要累，但没有任何心理压力，收入也差不多，从2010年开始，她先后在惠州、长沙的按摩院打工，前前后后坚持了五年。2014年，考虑到儿子快要中考，她带着几年积累的八万元存款，毅然回家。一方面，可以借此将家里的房子翻新一下，另一方面，也是为了照顾孩子，"孩子要中考，我决定不再跑远，就在附近找工作，两边都兼顾"。令人欣慰的是，春梅凭借积累的按摩、保健技术，依然可以在长乐镇顺利地找到工作。相比丰三村和凤形村，隘口村因为靠近长乐街，人口多，经济活跃，就业的机会相应也会多一些。

需要补充的是，春梅小时候家境优越，但因为家道中落，村里的同龄姑娘大部分都发展得比春梅要顺利。隘口村的春辉，据说嫁了一个很有钱的人，生了三个孩子，坐在家里当阔太太。春梅对此非常淡定，"我交往的有钱人不多，我也不羡慕有钱人。日子是自己过，不是过给别人看。小时候，我家里也很有钱，但后来家里出了变故，有钱又怎么样？结婚后，虽然新民家情况不是很好，但他性格好，为人本分，应该知足。有个听话的丈夫，有个听话的儿子，我感觉很幸福。生活中也会碰到麻烦事，当时会不舒服，但是马上可以想通，可以自宽自解"。

春梅的乐观，让我再一次意识到，鲁家塅人的性格，在很多时候，其实也意味着一种生命力。相比一般的打工妹，虽然因为文化水平的有限，春梅并未获得太好的发展平台，但她的职业选择，始终都是自己做主的结果。她不会勉强自己干不愿干的事，也不会高估自己，有太多好高骛远的想法。让我欣慰的是，春梅始终能够从生活中吸取生存智慧，懂得将孩子的教育置于最重要的位置，懂得在不同的年龄段，作出不同的选择。她的生活，普通、平凡，但她的淡定、从容，让我印象深刻。

鲁智：迷失的起落人生

鲁智是满舅的儿子，春梅的弟弟，多年来，我始终认为，如果不单纯从道德角度来评价鲁智，他是观照隘口村面临危机的一个最好切口。时代与社会的转型和他产生了深刻关联，家族命运的变迁冲撞着他的内心，传统的家族观念、出人头地的强烈愿望、隘口村败坏的社会风气，都在他的身上留下了深深烙印。在所有的堂弟、表弟甚至我自己的亲弟弟中，鲁智是与我相处时间最长的一个，我对他极为熟悉。他比我小三岁多，童年阶段，因为外公对他的宠爱，我和他很长时间都在外公外婆身边长大，相比其他老表，我们有更多的共同记忆。

鲁智遗传了满舅的所有性格，胆大、心善、热情、讲义气、爱面子、爱热闹、爱排场，喜欢结交朋友，将金钱看得不重。在隘口村，因为他是老满的儿子，知名度一直非常高，也很讨人喜欢，是村里男孩帮中的孩子王。他念书以前，不管天晴落雨，都会很早起床，从山坡上的家里，下坡走到路边外公外婆家，一边敲门，一边呼唤外公，然后和我们一起吃早餐。外公对孙辈极其宠爱，对鲁智的宠爱更是毫不掩饰，无论他多顽劣、调皮，外公都绝不会动怒半点（我的二舅和满舅也都如此）。因为满舅的第一个儿子雄伢子落水夭折，所有的亲人都对鲁智宠爱有加，除了外公、外婆，其他的舅舅、舅妈对他也极为亲近，无论吃穿用度，完全把他当作自家的孩子。从获得疼爱这个层面而言，鲁智的童年足够幸运，可以说，是这份爱，让他迷失，也是这份爱，最后召唤他从邪路上回来。大家族中浓厚的亲情，对鲁智的成长，产生了深远影响。从他给我的书信中可以看出，在他身陷囹圄时，提及最多的，恰恰是对亲人的思念和感恩。

我自1986年9月从外婆家回来以后，很长一段时间，都没怎么关注鲁智，但他的成长，始终是家族成员最为关心的话题。等到上高中、大学，因我很少回家，更少去外婆家，有十几年时间，鲁智几乎从我视线中淡出，我隐隐约约听到的消息，无非就是鲁智不听家人话，怎样变坏又怎么保证变好，然后又怎样变坏，然后又没有变好的事情。总之，吸毒、"买码"、偷盗、坐牢成为他人生中的关键词，一次次的反复，一次次的保证，一次次的无望，他的行径，成为家人十几年来，最大的心理阴影。满舅面对鲁智的变化，早已心如冷灰，完全依靠天性的乐观，麻木地生活，80年代累积起来的声望和话份[1]，早已被不争气的儿子消解掉。舅妈在最绝望的时候，甚至准备放弃生命。亲人从来没有意识到，鲁智的行为，不仅来自骨子里的不安分及满舅性格的遗传，更来自童年阶段，目睹家境的变化，他内心累积的愤怒及由此带来的负能量。只不过，在时空的变化中，满舅的勇猛，在80年代，可以化为天不怕、地不怕办企业的雄心；但轮到鲁智，在90年代，同样的性格基因，他却选择了在"买码"、赌博等恶习中，释放这一份不安分。

1994年，鲁智初中毕业，在家人安排下，进入汨罗市职业卫

---

[1] 话份：方言，形容说话的分量。

生学校，学习中西医结合。满舅原本想安排他跟着资深的舅爹从医，但鲁智对此毫无兴趣，还没有毕业，就停学回家了。1997年，他决定南下去广州。

和丰三村、凤形村大部分南下打工的亲人不同，鲁智南下的目的，不单纯是为了谋生。

满舅尽管生存艰难、负债较多，但他在隘口村一直有多种生存门道。织布厂倒闭以后，他一边重操旧业做木工，一边开综合商店卖烟酒副食，同时还学了屠夫杀猪卖肉。和别的农民比较起来，八爹收入并不算低，只是因为一年的收入和节余，大部分要拿来偿还织布厂倒闭以后的债务，生活才显得拮据。鲁智如果愿意本分地跟着父亲，从事实实在在的劳动，拮据的生活完全可以改变。但他的性格，显然不会满足此种平淡的生活。童年家庭的变故、满舅艰难的人生，早已在他心中内化为一种强烈的心理能量，如何将此种能量释放出来，不同的人有不同的选择。通过看他的信件，我再一次确认，在鲁智心中，"南下"一直被赋予了一种不同寻常的意义——寻找人生机遇的重任。80年代满舅工厂的折戟，让他从小就抱定东山再起的心愿，"上世纪90年代，我带着父母亲的千叮万嘱登上了南下的列车，开始了艰辛的打工生活。帮助家里摆脱沉重的债务，成为我的梦想"。我想起2004年和他的一次对话，不得不感叹童年的经历在他内心深处打下的烙印，而他在生活、现实中得来的人生体悟，竟然让我无语，"怎么说呢？这个世界就是这样，没什么道理可讲的。叔叔（他和春梅一样，称呼自己的父亲为叔叔）办厂那些年，还不是被别人欺瞒哄骗？要不我怎么会落到今天这个地步？就是这样的，世界就是这样的。灯哥，你是读书的人，应该比我更清楚，就看你敢不敢说实话，敢不敢承认"。

到了广州后，鲁智先是在姐姐春梅上班的工厂附近找工作，进入流水线后，又受不了繁重的体力活，想找轻松的活，但没有文凭，混了两个月，因为早有人听说他在隘口村的影响力，感觉外面也不如想象得好混，决定回家。回到家后，发现没有出路，只得再次南下，这次直接到了塘厦。鲁智一到塘厦，立即被一帮长乐人拉去。长乐很多糙子伢都集中在塘厦，主要以"提包"（偷包）为生。因为来钱快，鲁智禁不住诱惑，立即加入了他们的行列。"提包"一般是团伙行动，一个勘探路线，一个砸玻璃，一个提包。鲁智干得最多的是勘探路线，"我算是能吃亏的，先要了解行情，找目标。做这一行也靠勤快，寻找目标全靠走路，不能坐车，平均一天要走几十里。最开始在广州城内，后来到周边城镇，诸如佛山、深圳、东莞。哪儿治安松散，就往哪儿去，一般会选择监控不多的地方。很多时候，旁人看到有人提包，也不作声，如果有人作声，就会跑。我们做事的原则是只要东西，绝不伤人，宁愿被抓，也不动手打人。偷盗和抢劫的性质完全不同，如果打人就会变成抢劫"。

鲁智坦言，团伙作案"提包"，比打工要划算很多，前面两年曾节余了十几万元。我问他有没有想过以后的生活？他说，"其实也想过，不过想起来就后怕，就懒得想了。像我这样，已经走到这条路上来了，反正是一脚踏上了牢门，一脚踩着棺材，也懒得管这么多"。

"提包"带来的直接后果，是鲁智对毒品的无法回避，"吸毒"二字，对隘口村家长而言，几乎意味着整个家庭的崩溃。我后来才知道，表弟并非为了寻求刺激，主动沾染毒品，而是因为所处的环境，让他身不由己。"我知道吸毒不好，看别人吸了一年，自己坚决不沾。我本来连烟都不抽，但最后碍于朋友的情面，试着沾了一次，试过以后，发现白粉让人舒服，睡眠也很好，立即上瘾，从此很难摆脱。"现在看来，鲁智染上毒品，正是长乐、三江毒品最为泛滥的时候。在塘厦混的年轻人中，长乐有80%到90%的人吸毒，我小姑的大儿子李刚，也在此染上毒品，结婚以后，一直不管老婆孩子，常年在外游荡，给家人带来了沉重的精神压力。据鲁智说，在塘厦，吸毒的人一般会帮助赌场看场子，"看场子，每天有几百收入，基本可以维持毒资。如果手头没钱，就会找毒贩要钱。塘厦的毒贩，大多是汕头人，而汨罗的毒贩，大多是尿毒症患者，他们的毒源都来自广州。我一个朋友从2006年开始贩毒，也是尿毒症患者，通过贩毒赚钱，换了两个肾，花了八十多万。三江贩毒的人很多，吸毒的人也很多。一般吸一次，最少要0.2—0.3克，按一克四百元计算，需要花五十元；如果用锡纸的话，要一克多，需几百块；若是注射，毒品会用得少一点，保持的时间也会长一点。注射的时候，吸毒者就用自来水、矿泉水或者开水，将毒品溶化，针管也不消毒，都是那种一块钱一支的一次性针管"。

在塘厦，吸毒、贩毒、偷盗、销赃、卖淫嫖娼形成一条龙，只要陷入任何一个环节，单凭个人力量就很难从中摆脱。染上毒品，毒资的来源成为现实问题，这会强化吸毒者的其他犯罪行为。荒唐的生活持续了一两年，鲁智发现，在吃吃喝喝、吸毒玩乐中，当初来广州的心愿早已被现实冲淡，过大的开销根本不可能让他有任何节余，肉体的消沉和消费主义早已深入内心。在给我的信中，他曾提到，"初到广州的我，运气不错，加上我开工很勤劳，不到一年倒也挣到了一笔可观的收入。后来我因在这灯红酒绿的世界迷失了自己的方向，不慎染上了吸粉，我所挣的钱全部化成了烟云"。确实，和炎培、职培比较起来，同样生活在塘厦的鲁智，已彻底走向了另一条路，他出没于南方忙碌的街道，迷失在城市的繁华中，任由内心的欲望滋长。

2001年，鲁智在广州白云区景夏新区，和三个同伙准备"提包"，刚刚拿到车里的电脑，就被治安员和车主盯上，别的两个同伙跑掉了，他被当场捉住，送到派出所，很快就立了案，被判刑十一个月，送往英德监狱服刑。据他回忆，"在英德监狱，首先是做灯饰。一天干活超过十二个小时，上午从7点干到12点，下午从1点干到5点半，晚上从6点15干到9点半，做事非常累人。若完不成任务，要受到体罚，站军姿、跑正步，我一般能做完。在监狱，我所待的中队有两百人，中队又分为三个分队，以分队为单位，选组长进行管理，组长也是犯人。有关系、有能力的，可以当大组长，大组长可以不做事。监狱里面猫腻很多，送礼的人也多，有关系的就会安排轻松一点的活，没有关系的，只能等待大组长的安排。我一个月只有几块钱工资，主要用来买日用品。监狱里，同样有地方观念，湖南老乡会团结在一起。同时，重犯和轻犯也会搭配到一起。我们只准带内衣，别的衣衫不准随便带，可以打电话，也可以写信。一般说来，短期的犯人，比如说，一年以内的犯人，不会送到英德，但因为当年犯人太多，看守所装不下，像我这种还是被送到了英德"。

鲁智还提到，监狱的生活很难受，不但劳动量大，伙食也不好，一个月吃一次肉，勉强可以吃饱饭。在英德，新民去看过他一次，"英德交通不方便，在很偏僻的山区，姐夫跑那么远，对自己触动特别大,希望自己快点出来。不怪别人,只怪自己不争气"。在此次探望过后,鲁智在信中写道,"我好感动,但我真的不知道该说些什么,我知道我对不起他们,更加对不起亲人。时间够了,但我不想说再见,不想在如此地方再见。我想哭,但我哭不出来,我努力噙着泪水。分别时,我一步三回头,而姐夫一直目送我回来,直到沉重的大闸无情地挡住我们互相牵挂的目光"。

2002年,鲁智出狱,因为在监狱找不到毒品,他同时戒掉了毒瘾。出狱的自由,让他异常珍惜与家人的相聚,他暗暗下决心,好好做事,重新做人。让他感动的是,回到家后,父母也没有骂他,只是好言相劝,要他听话,再不要搞那些歪路子。但现实很快显示了残酷的一面,当年他已二十五岁,尚未结婚,而全家人依旧住在旧房子里。满舅一直想盖房子,但手头始终没钱。沉重的经济压力,再一次激发了鲁智内心潜藏的欲望,他渴望走捷径,希望能够快速赚到钱。2002年的隘口村,正是赌博、"买码"最疯狂的时候,鲁智尽管逃离了塘厦混乱的环境,但回到家乡,目睹失控的赌局,他不安分的血液再次沸腾起来,"2003年左右,村里到处都是打牌的,比坨子、做庄,赌注下得很大,有时候,一轮就有上万的输赢,很多人一个晚上输赢一二十万"。伴随赌博的是高利贷,鲁智经过几次打牌做庄,赢了一点本钱后,决定铤而走险,做"码庄"。他胆子大,信用好,在隘口村不理智的氛围中,迅速吸引很多人下单,赚钱的速度完全超出了他的想象,"做码庄,人生大起大落,赚到钱后,确实想把握好,想收手。毕竟,运气好的时候,一个晚上的收入,相当于做了很多年。但人就是这样,赚钱越是容易,就越想赚钱"。

2004年春节，鲁智骑摩托车带我去给过世的大舅妈、细舅舅上坟。在弯弯的田埂上，他一边熟练地操控着车头，一边和我聊天。虽然多年没有好好谈心，姐弟俩竟然没有太多的生分，童年的温馨记忆立即唤回。当时是鲁智做庄最"辉煌"的时候，家乡"买码"的疯狂，让鲁智在混乱中看到了机会。他告诉我，通过做"码庄"，他已经赚了几十万元，完全可以帮助家里建起新房。我建议他立即收手，不要沉湎于这些非法活动，表弟的回答让我印象深刻，"灯哥，你是不知道，像你们读了书的人，可以找到一份稳定的工作，可是像我，什么都没有。不趁现在，不趁年轻的时候捞一笔，就死了猴子[1]。灯哥，不怕你笑话，尽管很多人看不上我们，但我知道，和那些贪官比起来，我们没什么过分的。他们动不动就成千上百万的贪污，却没有人来抓他们。和他们相比，我们不过小巫见大巫"。表弟的逻辑，让我无言以对。他对社会的认知，显然来自弱肉强食的现实对他的教育。

事情并没有按照鲁智预想的发展，2004年，在一次"吃单"失败后，一个晚上，他不但赔光了所有的本金和盈余，而且亏了二十多万，很多亲人深陷其中。大起大落的命运，再一次在他人生中重现。此后几年，经济的困顿、毒品的陷阱、不甘的心态，再一次将他的日常生活抛入了一种无法摆脱的恶性循环中，也将整个家族牵扯进去，鲁智的生活再次陷入了"南下广州——提包——被捉——进监狱——出狱——悔改"的循环。直到他的第二个孩子出生，在深圳工作的鸿霞表妹，强行将他们夫妻安排到一家工厂上

---

[1] 死了猴子：方言，形容没有退路，死路一条。

班,这种局面才得到改变,表弟一家的生活才又逐渐走上正轨。

和别的亲人不同,尽管我和鲁智有很多在外公外婆身边共同生活的童年记忆,尽管他和炎培、职培、李刚等亲人都住在塘厦,但到广州后,他一直有意躲避我,也从不邀请我去他的住处看看,更不会主动和我联系。在他决定走向另一条道路后,他便在内心和亲人之间划了一条界线。1986年,我离开隘口村,虽然和鲁智是童年一起长大的表姐弟,但各自的命运就像两条彼此孤立的直线,根本没有相交的可能。偶尔的见面,也只是过年去看外婆时,在舅舅家打个照面。我在广州生活多年,对当地治安的混乱深恶痛绝,但我从来没有意识到,我的表弟鲁智,也曾是制造广州混乱治安的一员。

鲁智令我迷惑的地方在于,尽管在广东的日子里他干了不少坏事,但我发现,只要一回到隘口村的熟人社会,在村庄的环境中,他内心潜藏的另一套价值观念,就会立即被激活。他骨子里热情、善良、重义气、富有人情味的一面,在和亲人的交往中,总会自然流露出来。2003年细舅生病,在临终的日子里,鲁智坚持每天晚上陪伴、照顾他,细舅病逝后,他独自出钱,给细舅买了最好的实木棺材。他始终记得小时候,因为自己容易生病,名义上曾经过继给细舅做儿子,"我小时候过继给他当儿子,新新(细舅的儿子)还小,我自然应该尽孝"。可以看到,熟人社会和陌生社会这两种完全不同的人际交往模式,在鲁智身上切换得非常自如。他对亲人发自内心的关爱和依恋,对父母的感恩和体贴,很难让人相信他在广州做出的诸多不法行为。多年来,我始终无法理解,为什么如此矛盾的人格,可以在他身上重叠,这种分裂,到底来自价值观的影响,还是源于自身性格的复杂?也许,他的人格并没有我想象中的分裂，我对他的认识偏差，不过是因为我有意无意用主流价值观念去度量他的行为。

同样令我迷惑的事情是，尽管鲁智数次戒毒未果，数次进出监狱，但亲人好像从来没有放弃过对他的期待；更令我惊讶的是，他的妻子，2004年和他结婚后，在多年的婚姻中，尽管很多次被父母逼迫离婚，但她从来就没有下定决心离开丈夫。凭借直觉，我深深感到，在鲁智身上，依然存有传统大家庭所滋养、赋予的人格特质。只不过，在社会转型过程中，当村庄裸露，不得不遭受外在各种价值观的洗礼，消费主义和享乐主义趁机强势介入时，作为个体，他无法在内心找到一个平衡的支点，也无法形成相对稳固的价值理念，分裂的行为由此产生。

说到底，鲁智身上表现出的矛盾，不过是村庄遭受冲击的一个切面。2001年，因为"提包"被捉、送进监狱后，他曾在日记中袒露自己的心声，"思想又将我拉到一个陌生的城市，陌生到连这里的太阳与月亮都不熟悉。花天酒地、灯红酒绿、醉生梦死的生活方式不是我的追求，而高尚、时髦的生活方式我又不敢奢求。我梦见自己来到一个大森林的中央，方向不辨，无路无径，荆棘横生，周围又都是毒蛇猛兽，我有些害怕，但更茫然。我叫天不应，叫地不灵，求生的欲望令我竭力踏出一条路，但前面却是陷阱，又有深渊。我现在就像一只苍蝇叮在透明的玻璃上，前途一片光明，却永远找不到出路。在这人世间万物都是有规律的，一天有晨昏昼夜，一月有阴晴圆缺，一年有春夏秋冬，一生有成败荣辱，如果我认识了这些规律和道理，就不会哀怨命运，叹息人生"。

在隘口村，像鲁智这种年轻人不是个案，这个群体的所作所为，不过以另一种方式，凸显了古老村庄和现代城市的一种残酷勾连。当传统的价值观念无力抵挡消费主义、享乐主义、功利主义的入侵时，首先受到冲击的，正是像鲁智一样的年轻人。尽管村庄的热闹和兴旺一如从前，但恰恰是代表村庄未来走向的青年群体的尴尬出路，凸显了乡村的内在危机。

鸿霞：深圳弄潮中的获胜者

二舅的独生女儿鸿霞，出生于1976年，比我小两岁。我在她出生的那一年，被父母送往外婆家，而二舅在分家的时候，因为子女少，宅基地和外公外婆连在一起，于是，整个童年阶段，我和鸿霞实际上生活在同一屋檐下，她住东边，我住西边。

鸿霞是二舅结婚九年后才生的独生女儿，自小便被称为"秤砣女儿"，形容来之不易、出生娇贵。在很多同龄孩子不得不忍受贫困或者多兄妹带来的痛苦、紧张时，鸿霞一出生便享受着公主般的照顾和关爱。加上二舅能干，经济宽裕，对孩子温和、有耐心，整个家族中，没有一个孩子，能够享有比她更多的爱。我寄居外婆家时，对此感受尤其深切，对表妹的羡慕，一直是我童年阶段最真实的心态。客居异乡，尽管有外公、外婆及其他亲人的关爱，但父母不在身边带来的落寞之情还是挥之不去。尤其是当我和别的孩子发生冲突，被骂为"野崽"，或是临睡前，外婆因我和表妹境遇差别太远，禁不住发出"伢子真可怜"的慨叹时，身份的困惑和情感的伤害，总是让我内心不安。

鸿霞从小爱漂亮、爱打扮，二舅也喜欢给她买各种衣服，她甚至很小的时候就爱化妆，喜欢折腾头发，二舅也从不会干涉太多。在对女儿性别意识的尊重和唤醒上，二舅显示了他的开放和开明。除此以外，二舅特别注重培养女儿的动手能力和自理能力，小学三年级，就让她单独看守商店，称东西、算钱、记账，一天可以做几十块钱的生意。农忙时节，二舅让她做饭、洗衣，包揽全部家务，和其他孩子没有任何差别。因此，鸿霞表妹不但能干，性格也特别开朗，喜欢与人交往，没有任何来自家庭的压抑和阴影。从小充分的爱的滋养，让她内心充满了宽容和温柔，也使得她自小便懂得与人沟通，与人相处。更为重要的是，和别的孩子比起来，鸿霞从小就获得了很好的教育资源。当别的家长还在犹豫，是否要送女儿念完小学时，二舅已经开始送鸿霞到镇上学唱歌、学跳舞。1988年，二舅还给表妹买了一台风琴，在乡下的田野上，表妹弹奏的"四小天鹅舞"，活泼、轻盈，是花鼓戏以外，进入村庄的另一种声音。1992年鸿霞考上高中后，因为整体素质突出，立即成为学校的风云人物：吹拉弹唱、主持晚会、运动比赛样样都能来，因为表现突出，很快就入了党。1995年，表妹考上岳阳大学英语系，和我成为校友。她是鲁家塅第一个考上大学的孩子，也是舅舅整个家族中，到现在为止唯一的大学生。二舅多年的教育投资，获得了看得见的回报。

二舅的家庭教育，对鸿霞有着明显的影响，尤其是自小就参与商业活动，让她长大后，对商机特别敏感。大学里一些在别人眼中毫不起眼的事情，她却总是将之当作锻炼自己的机会，2016年4月，我去深圳看望二舅，在和鸿霞的聊天中，发现她对大学的经历还念念不忘，"我记得念大学时，每到周末，喜之郎公司就会来学校招募促销员，我总会报名参加，到大街上向别人推销，以此锻炼自己。每次寒暑假回家，我也会到岳阳桥头市场批发衣服，拿到家里去卖"。

大学还未毕业，鸿霞表妹便被实习单位长乐镇政府看中，单位竭力想将她留下。1998年，正是乡镇企业发展的最好时期，鸿霞因为向往更自由的工作，没有选择留在镇政府。她没有等到毕业分配就跑到深圳，在罗湖人才市场，找到了富士康公司（我的侄子振声2008年从职校毕业后，曾和富士康签订就业合同，但最后因为裁员未进去；表弟李炫2006年大学毕业后，也曾于2008年找过昆山的富士康，同样没有进去。通过富士康和我亲人的遭遇，一方面可以看出不同时间公司招工需求的变化，另一方面，也可看出外资公司强大的劳动力吸纳能力），并作为储备干部被录入，"我进公司后，被安排在车间做培训，培训工作要求自己在流水线上先熟悉各道工序，我学会了电路板、PCA组装、简单编程，甚至学会了包装和搬箱子，然后分白班和夜班培训员工。1998年，包括加班工资，能拿到三千元一个月（当时表妹春梅在新科电子厂当保安的工资是一千二百元，我在湖南国营企业的下岗工资是八十元）"。

在富士康干了一年多，二舅想将女儿留在身边，竭力劝说她回家。鸿霞因为是独生女，只得放弃富士康的工作，回到父母身边，并进入长乐中学当老师。

不久，经人介绍，鸿霞认识了杨晓波。晓波是长乐街人，大学毕业，在深圳一家石油公司工作。晓波的工作性质比较特殊，经常海上作业，上班一个月，休息一个月，待遇很不错。二舅和晓波的父亲是同学，双方家长很满意，表妹很快就结了婚。2001年，生下女儿杨丹后，二舅、二舅妈几乎包揽了所有事情，鸿霞只负责喂奶，整个产假，非常清闲。而此时恰好碰上长乐街"买码"最疯狂的时期，鸿霞手头宽裕，受隘口村的大环境影响，参与了进去。关于这段经历，鸿霞后来讲起来还心有余悸，"长乐街'买码'，2002年最疯狂。我当时'买码'赚了很多钱，有时候一两个晚上可以赚几万，有时一个星期赚几万，越赚越觉得钱容易赚，胆子就越来越大，越买越大。从学校下班一回家，没有别的事情做，就听码、讲码。晓波回家休假，看到这种状况，劝我们不要玩太大，但根本没人听。没想到，2003年，包波（红波、绿波、蓝波等）、包段（1—18为一段，19—36为一段），几期就亏了几十万。最多的一个晚上，我拿出二十多万，水泡都没有一个，前面赚的钱，很快就没了，越玩心越慌，准备收手。恰好2004年，晓波从平台调到了办公室，就问我愿不愿意过来（深圳），我当时'买码'亏了，怕自己再陷进去，一心想离开隘口村的环境，想都没想，就答应到深圳来"。

　　鸿霞的这一举动，彻底改变了她的命运。离开隘口村，重回深圳，她不但摆脱了村里赌博、"买码"的恶劣环境，也赶上了深圳发展最快最好的时光。她良好的人际沟通能力和专业素养，在深圳开放的环境中，立即获得了施展的空间。2004年，通过人才市场，她从马家龙进水设备做起，专门负责跑市场。熟悉了寻找客户的套路后，她跳槽到另一家贸易公司，因为成功主持了公司的晚会，深得老总的看重和信任。在公司，鸿霞的主要工作是培训员工，即教母语非英语的员工学英文。工作之余，她经常联系蛇口集装箱码头的业务，教外国人学中文。随着深圳经济的发展，语言培训的市场越来越大，鸿霞的专业终于派上了用场。很快，她再次跳槽到深圳国际互动语言中心，一边当老师，一边管市场，因为她教的学员大多是来深圳做生意的，和学员彼此熟悉、信任后，鸿霞也开始学做贸易。

积累了几年，认识了一大帮朋友，也节余了一些资金。2008年，鸿霞在星巴克认识了一个南非朋友，在考察了对方的实力后，她决定和对方合作，一起做贸易。"刚开始做贸易，没有固定的领域，一般是客户需要什么，我就给他提供什么，比如五金、建材、办公用品，这逼迫我必须熟悉很多领域。比如这个南非客户，我们是从太阳能、空调、发电设备做起的，由于信誉好、货源质量也高，他逐渐将他澳大利亚的客户也介绍给我，这样，我的客户就积累得越来越多。随着业务量的增加，以前那种单打独斗的形式已经不适应发展，我就想到通过贸易，建立一个单独的平台。我的想法得到了朋友们的支持，其中一个初中同学愿意和我合作，从2010年开始，我们主营红酒贸易，平台由此搭建起来。"2010年左右，红酒的销量非常好，太阳能慢慢萧条，在稳定红酒贸易基础上，表妹同时兼顾其他生意，算起来，单红酒一项，一年的收入就有三十多万。

2013年，朋友有个前景不错的电子项目，希望和鸿霞合作，而表妹恰好也想利用这个机会巩固平台，于是就停止了别的业务，投入二十万，集中精力经营和朋友合作的平台，"合作本来就是互补双赢的事，一开始就说好，按股份利润分红，因为是朋友，我特别相信他"。平台在鸿霞打理下，运转非常好，可观的利润也超出了双方的预期，没想到在年终分配时，对方却退出她的股份，仅仅按当年的利息给了她两万元，一百多万的利润全部独吞。"当时特别难受，感觉被骗了，没想到熟人会这样。2013到2014年，是我最难受的时候，当时左右为难，若放弃做贸易，多年打拼积累下的客户付诸东流；若不放弃，确实身心俱疲，感觉难以坚持。"幸好她的另一个朋友鼓励她，并邀请她加入自己的公司，鸿霞事后回忆当年的被骗事件，已平静下来，"尽管上了当心里难受，但他毕竟将我带到了一个陌生的领域，让我看到了另外的机遇。说实话，在深圳这种地方，竞争激烈，一个人单打独斗难以成功，关键时刻，朋友的支持和鼓励特别重要。哪怕上过当，还是得咬紧牙关坚持干，还是不能拒绝合作，只是要学会寻找可靠的合作伙伴"。经过第一次波折，鸿霞后来在和其他朋友的合作中，进展非常顺利，2014年当年的业务量只有三百万，但到2015年，猛增了几倍，情况完全实现了逆转，鸿霞由此也彻底实现了财务自由，"我现在越来越觉得眼界特别重要，眼界浅了，就会越做越小；眼界宽阔，就会看到更多的机会。我一直坚持满足客户的需求，坚持保证质量和交货时间。做生意信誉很重要，现在我有了明确目标，客户也很稳定，我对未来充满了信心"。

2015年，鸿霞的年收入已经突破一百万，尽管在深圳的商业环境中，这个数字也许不算什么，但在亲人的眼中，已经是非常高的收入。令她没有想到的是，随着2015年深圳房价的飙升，她2006年在深圳南山区买的学区房，总价已近千万。从财富的角度看，在所有亲人中，无论年收入，还是总资产，表妹都超过所有亲人的总和。回想来深圳的十年时间，鸿霞感慨万千，"深圳环境好，竞争激烈，大环境让人学了很多东西。关键还是要舍得吃苦，刚开始做电子产品，一点都看不懂，逼着自己去研究，接触多了，自然会懂。说到底，人还是要储存自己的能量，有能量，才能抓得住机会，积累了经验，做销售才能得心应手。另外，还要懂得和人合作，要互惠互利，朋友之间不能互相拆台，要双赢。我尽管懂管理，但不懂技术，在技术方面，始终离不开朋友的帮助，同样，朋友在客户维护方面，也要从我这儿学习"。

和二舅一样，在深圳多年，她事实上也一直承担了照顾两边亲人的重任。丈夫家的侄子，二舅这边的侄子、堂弟，还有村里邻居的孩子，通过她认识的熟人，都被她安排进了公司上班，有些就在她和朋友合伙的公司上班。当然，最成功的事情，是2014年8月，她将鲁智夫妇强行带到深圳，以分红的形式，让他们夫妻两个进入自己和朋友合伙的公司，每个月有一万多元的收入；随着年龄的增长，鲁智也特别珍惜这个机会，一家人的生活已彻底回归正轨。

由鸿霞的发展，我想到了小姑家的儿子李炫。在父母两边的表弟妹中，李炫是爸爸姊妹中，除我们四姊妹以外，唯一念大学的孩子[1]；在妈妈的姊妹中，鸿霞也是唯一念了大学的孩子[2]。在南下的亲人中，我发现，受过高等教育的孩子，在就业和见识方面，明显比没有受过高等教育的孩子要好。相比炎培、职培，李炫尽管曾经和他们处于同一起点，但打工回去念书以后，在艰难的打拼中，最后还是找到了主宰自己生活的机会，在城市慢慢站稳了脚跟。相比之下，尽管春梅在南下打工过程中，也不甘于做一名打工仔，曾尝试

---

[1] 爸爸同母异父的大姑有四个孩子，同母异父的大伯有四个孩子，亲姑姑（小姑）有两个孩子，河水叔有两个孩子。
[2] 大舅有五个孩子，二舅有一个孩子，满舅有三个孩子，细舅有两个孩子。

自己当老板，但最后，也只能在微薄利润的低端经营中维持生存；而鸿霞，因为有自己的专业特长，所以有机会进入一些资源丰富的圈子，在深圳的创业环境中，获得更多发展机会。更重要的是，由于李炫、鸿霞十年以前就大学毕业了，走上社会时不但赶上了经济发展最好的上升期，恰好也碰上了房价较低的时期，因此，都能通过家庭成员的辛勤劳动，在东莞或者深圳安居乐业。李炫和鸿霞的经历充分说明，十年前，教育对于阶层间的流动，确实有着明显的作用。

四　二舅眼中的村庄变迁

在我隘口村的亲人中，外公外婆与我关系最为密切，但他们的生活几乎停留在传统阶段，社会激烈的转型并未直接渗透进他们的日常。2007年1月，外婆去世时，已经九十三岁高龄。1986年，我离开外婆时，外婆已七十多岁，人生七十古来稀，外婆此后进入真正的养老阶段，我成为她照顾的最后一个孙辈。我的舅舅辈，在90年代乡村人口大量流入城市的热潮中，因为年龄和家庭结构，都没有外出打工，但子女大多在这一阶段成人，他们通过子女，不可避免地和社会产生了深度关联：满舅是这一转型的直接受害者，儿子鲁智吸毒、"买码"、赌博的恶习，让他的人生陷入社会风气变坏的泥坑；二舅是这一转型的受益者，在二舅的人生设想中，最美满的结局无非是招一个可靠的上门女婿，名正言顺地依赖女儿，养老度日。他从来没有想到，女儿鸿霞会在深圳的热土中获得成功。

我后来留意到，舅舅辈这个年龄段的人，恰恰是社会转型过程中，过渡性最为明显、感受最为深切的一群人。一方面，他们见证了国家的多次嬗变，有着天然的历史感；另一方面，他们勾连了社会形态的更替，有着更为丰富、完整的经验。以我的二舅为例，他出生于1947年，经历了"四清""五风""大集体""文革""改革开放"等阶段，对土地有着深入骨髓的情感，但因为要帮独生女儿鸿霞照顾孩子，从2005年开始，他不得不离开家乡，和舅妈来到深圳，一待就是十几年。二舅的深圳经历，让他的人生有了完整的城市生活经验。相比隘口村别的农民，二舅难得的城乡生活，给他观照社会提供了一个很好的切口。二舅眼中的村庄变迁，不仅折射了他个人命运的流转，更凸显了他对隘口村命运的整体思考，以及在此基础上，一个中国农民对农村命运的真切关注和反思。

在大家族中，我们叫二舅为"爹爹"（发"跌"音），叫舅妈为"妈妈"。爹爹和妈妈，本是隘口村孩子对父母的称呼，因为二舅和舅妈自1967年结婚后一直没有孩子，我们这些侄子、外甥便依据风俗，全部称呼他俩为"爹爹、妈妈"，几十年来，从未改口。1976年，二舅生下女儿鸿霞，那时我已到外婆家，整个童年阶段，我和鸿霞一起长大，形同姐妹。

在隘口村，二舅的存在，类似于父亲之于整个家族的意义。意识到这一点后，我突然发现，在传统的家庭结构中，总得有人负责调停家族内部事务，动员家庭成员共同面对家族困境。二舅为人耿直、脾气大，但对孩子极为和气，一生的柔情全部放在孩子身上，我童年与父辈相处的温馨记忆，几乎全部来自二舅。他带我们做游戏，拉成一圈，村里十几个孩子叽叽喳喳跟着他，带我们唱儿歌，"麻雀子灰里面滚一滚，哥哥怪我冒买粉，买得粉不晓得发，哥哥怪我冒买鸭，买得鸭不晓得箍，哥哥怪我冒买盐，买得盐不晓得放，哥哥怪我冒买酱……"

年关未到，二舅便早早和外公准备过年的东西，和外公一起很有耐心地给孩子们做灯笼、买大炮，二舅甚至容忍我们给他化妆、扎小辫、画花脸、用胭脂花涂指甲。面对孩子们的恶作剧，他从来不会一本正经，也不会轻易动怒，极大地保护了我们的顽劣天性。

等到七岁半，其他表弟表妹都到了上学的年龄，父母因为太忙，顾不上我，二舅便主动将我送到学校，结束了我整天和外公放鸭子的时光，开始了蒙昧的读书生涯。到小学三年级，他开始教我写日记，这个习惯我一直坚持至今。二舅待每个孩子都如此，但所有的孩子中，只有我最听他的调拨，他因此有一份特别的满足和成就感。二舅的温情，直到今天，依然是同龄表弟、表妹最温馨的回忆，是我们任何时候的情感寄托。在村庄，没有一个孩子不喜欢和气的二舅，没有一个孩子不在他面前任性、邪皮。我印象最深的是，整个高中阶段，除父母以外，二舅是唯一特意到学校去看我的亲人，到今天我还记得他当时给了我十块零花钱（1990年）。现在看来，在养育孩子方面，二舅确实有很多来自生活中的智慧，他始终认为野性是孩子的天性，不野性的孩子，长大了蔫不拉几没有用；对于当下家长完全按照书本带孩子，整天神经兮兮、过于紧张的心态，他认为完全没必要。以家长极为担心的"小孩子吃零食"为例，他的解释是，小孩就像小鸡一样，东西吃得再多，也容易消化，适度满足小孩贪吃的天性，并不过分。

二舅勤劳、爱动脑，一辈子秉承勤俭持家、动脑经营的理念。"人要勤快，要动脑子，起家才快，我一年三百六十天没有一天闲，落雨天就待在家里做事。"二舅信奉传统的价值观，有明确的道德底线，这一点和我的父亲极为相似，"害人的事我坚决不搞，别人害我也不怕，只做善事，不做歹事，人做歹事天知道，迟早会遭报应"。二舅身份是农民，但热爱读书，尊重知识和科技。让我印象深刻的是，在七八十年代，他经常收听广播，喜欢鼓捣一些奇奇怪怪的技术。房前屋后，不是摆满了养殖的蘑菇和菌类，就是培育的飞蛾和蜜蜂。二舅一直坚持酿酒，从别处买来粮食，自己酿造白酒。冬天的凌晨，发酵谷物的香味，伴随轻柔缓和的搅拌声，多年来一直沉淀为我童年清晨最芳香的记忆。他对劳动的敬惜和笃定,对农民身份的自足和安心,让我感受到了农民的另一种精神面容。

对1947年出生的二舅而言,将近七十年来,他从未离开过村庄到别的地方定居,也从来没有想到去镇上或者县城买房,顺应时下的潮流进入城市定居。作为父亲的同龄人,二舅对时代和社会的理解,因为纯粹的农民视角,有着这个阶层最朴实的直观感受。"大集体"、"文革"、改革开放、做生意、"买码"赌博、女儿在深圳的发展,这一切和时代相关的大事件,在二舅个人的生命履历中,打下了深深的烙印。也正因为有着对时代的切身体会,二舅以一个农民的直觉,发自内心地拥护改革开放以后的政策。新的时代,彻底激发了他经营生活的热情,在二舅身上,看不到农民身份带来的宿命般的悲苦,也看不到底层农民的哀怨和自怜。

二舅热爱自己出生的村庄,对土地有着亲人般的情感,一直到今天,他都坚持农村的日子比城市好,正是邓小平,让他过上了从前不敢想象的好生活。舅妈大字不识,但女儿的出息,让她彻底平复了在农村没有生儿子的屈辱和伤心;女儿在深圳的神奇发展,让她觉得不可思议,她对生活的观察,无意中也透露了她个人对时代的印象和评价,"那个时候太穷了,和现在差了千倍万倍,我上半生没享受,下半生还是享受了,现在围鸡笼的被子,都比以前盖的被子要好。从盘古开天地,不要农民的税,这是从来就没有过的第一次"。如果承认农民的话语权,我相信,和我丰三村的哥哥、嫂子,凤形村的叔叔们一样,二舅、舅妈的言论,同样是对乡村感知的一种真实表达。在时代裂变的过程中,二舅眼中的村庄镜像,同样折射了一个农民眼中村庄的变化。

昨天与今天

尽管隘口村的经济条件，相比周围的村庄和乡镇要好一些，但在过去的年代，二舅和他同龄人一样，吃过很多苦。在他心目中，最艰难的日子，依然是1958年"大集体"时饿饭的记忆。二舅始终记得，十一岁的他带着九岁的妹妹（我母亲），整天到外面去挖黄花菜。外婆为了让黄花菜好吃一点，每次都竭尽全力挤掉苦水，但再巧的手，因为缺盐少油，做出来的粑粑依然难以下咽。二舅不止一次提起，有一次在工房推磨时，饿得实在受不了，偷吃了一个稻草粑粑，结果被队上的国癞子狠狠地扇了一巴掌。

1967年，二舅和舅妈结婚，日子依旧艰难，外婆、外公给他们分了两间房，没有配套的茅坑，给他们的生活带来了极大的不便。二舅一直想多做一间房以改善居住条件，但因为搞村庄化，没有多余的生产资料。好不容易准备了一点泥砖，却没有稻草；好不容易准备了一点稻草，却缺少木材。搭建房子的心愿始终没有实现，生活条件也一直难以好转。尽管这样，二舅还是会见缝插针地想法子改善生活，不能明目张胆地干，就偷偷地干，集体时代分得的有限稻草，二舅会想办法增加其附加值，一到晚上，就躲在家里偷偷将稻草打成绳子（一个晚上可以打四根），然后悄悄卖给供销社。家境困难的农户，为了获得一点现金收益，会将稻草卖给二舅，二舅则经过加工，赚取其中的差价。"不要小看打绳子的手艺，它解决了很多实际问题，你大姐那时送到鲁家塅，一两岁的时候，总是坐在家门口等饼吃，她知道我每天卖掉绳子，就会从街上带饼回来。你妈妈嫁到三江后，分了家，做缝纫没有机子，也是我通过打绳子出本钱，偷偷给你妈妈买的缝纫机。如果不做一点副业，日子根本过不下去。现在看来，打绳子不但解决了我的问题，也解决了亲人的很多问题。"

对二舅、舅妈而言，最难接受的事情，是结婚多年，一直没有孩子。舅妈来自峒里的一户贫苦农家，为了挣更多的工分，做姑娘的时候，一直被当作重要的劳力使用。她小小的个子，竟然可以挑一百多斤的担子，一走就是十几里。"长大了就靠工分吃饭。十五六岁就要担担子，担一担谷子，要跑十几里。谷子太重，田坎上不去，人可以倒，但谷子不能撒，人倒了就爬起来，咬紧牙关担下去。那时鞋子没有好鞋子，袜子没有好袜子。真是头无帽子，脚无鞋子。要外出，都需要借衣服。家里姊妹多，打一担米，很快就吃完了。饭都吃不饱，更不要谈念书，在娘家，必须做重功夫。"

舅妈的经历和我湖北的大姐差不多，都是因为家庭困难，到了婚嫁的年龄，依然只得待在娘家挣工分，以减轻经济压力。舅妈出生的地方在山边，阴冷、湿气重，做姑娘时，因为干农活，经常下田，常常浸泡在冰冷的水田中，加上超负荷的重担，导致她的身体非常虚弱，以致婚后难以怀孕。这对喜爱孩子的二舅而言，是最大的折磨。经过将近九年的调养，直到1976年，舅妈才生下唯一的女儿鸿霞。此后，多要几个孩子的愿望，就成为二舅、舅妈生命中最重要的事情。我童年印象中，舅妈最投入的事情，就是敬神求子，以致总有算命的跑过来，预测舅妈哪年哪年会怀孕。舅妈欢欣鼓舞，为此付出了很多财物，多一个孩子的愿望，却始终未能实现。

二舅曾讲起弟弟满舅的情况。在他心目中，满舅小时候确实太调皮，整天在外面乱跑乱爬，经常坐在村里一棵很高的大树上，从不喜欢读书。"大集体"的时候吃不饱，满舅的肚子饿得肿起来。客观而言，因为外公一直在生产队看鸭子，相比别人，外婆家的日子还算好过。当时的规矩是，鸭子生一斤蛋，可以获得一斤粮食的指标，外公为了获得更多的粮食指标，会很细心地照顾鸭子，好的时候，一天可以收获两三斤鸭蛋，换取到同样数量的粮食，这意味着一家人的生存，能够获得最低保障。"大集体"解散后，外公一直保留了放鸭子的习惯，我童年的日常游乐，很大一部分记忆，就来自跟着外公去村里的池塘、沟渠放鸭子，拎着小小的食筒捡拾鸭蛋。只可惜，在物质整体贫瘠的时代，就算尽力经营，因为子女太多，有限的收入，还是难以保证一家人衣食无忧。二舅结婚以后，曾经尝试改善家里的生活，但始终没有太大的空间，舅妈到今天还在唠叨，没有生女儿以前，因为偷偷在水塘种了几棵高笋，被队长发现，要求一定要改种统一的经济作物水秀花。

与经济上的艰难相对应，我发现童年阶段，身边的傻瓜特别多。问二舅才知道，很多人并不是天生的傻，比如鲁也平，生下来标标致致，三岁的时候，得了小儿麻痹症，留下了后遗症。"过继大舅"[1]的儿子求哥，也因为脑膜炎后遗症，才变成弱智。还有一个疯子，让我印象深刻，名字叫顶安，在隘口村的黄家园屋场，常年被关在一间房里，没有直系亲人，全靠村人轮流给他提供食物活命。童年的玩乐中，和小伙伴相约隔一段时间去看顶安，成为我们日常的重要事项。二舅对照晚年在深圳照顾孙女的经历，经常感

---

[1] 我外婆和外公结婚后，六年没有生孩子。别人过继了一个男孩给他们，比我的亲大舅还大，我们称他为"过继大舅"。

叹,农村尽管穷,但孩子玩伴多,几乎不要大人管,风里雨里,不知不觉就长大了。至于城里常见的自闭症,他坦言,在鲁家塅,根本就不存在这个说法。

二舅的日子,真正好起来,始于改革开放后政策的松动。他原本就是点子多的人,加上勤劳,政策的宽松,极大地释放了他的能量。隘口村人多田地少,分田到户,并没有给二舅带来实际的好处,几分田的谷物,只够一家三口的口粮。对二舅而言,改革开放最大的实惠,是让他获得了光明正大做生意的机会。1983年,当年长乐镇供销社一个叫罗胜的职工告诉二舅,"现在政策放开了,你只要办一个营业执照,就可以开店"。二舅找到税务所,立即卖掉一头猪做本钱,毫不犹豫开始了另一种人生,"办好税务手续后,我获知可以经营南杂百货,买了几个亮瓶,买了几个架子,开着手扶拖拉机,从街上进了一些货,生意就这样开始了"。二舅将店子开在东边的一间房子里,取名"益群商店"。"益群"是二舅的名字,"益群商店"是隘口村改革开放后,第一家个体户经营的商店。

商店开起来后,在小孩眼中,就成为世界上最神秘、最有吸引力的地方。因为外婆靠着二舅住,我小时候多了很多吃零食的机会。为了降低成本,二舅自己生产很多食品,他不喜欢批发部买来的红姜,嫌它色素太多、味道太甜,他知道隘口村人的口味,经常买生姜制作盐姜;他不喜欢批发部的果脯,嫌糖精太多,过于甜腻,村庄的李子刚刚挂果,他会上门说好,收购一些,制成咸李子。因为有商店做依托,二舅酿酒的手艺有了很大的发展空间,"一担谷赚一担谷",酿酒的利润高,但付出的劳动多,确实让人非常劳累。除了酿酒,二舅同时学做酱油、果汁、汽水,相当于生产、销售一条龙。为此，他经常要请一些人帮工，其中三江的浩明哥，跟着他干了好多年，极大缓解了劳力短缺的问题。在80年代初期，乡村商店丝毫没有沾染今天唯利是图的气息，更多时候，类似于村人的一个聚居之处，很多村民手头紧张时，因为是熟人，会直接到店子赊账。二舅白天干活，舅妈负责守店，但舅妈不识字，我念小学后，总是要趴在柜台上，替她分担记账的任务。舅妈记忆力特别好，五桃买了两毛钱的酱油，三红买了一斤柿饼，贵癞子拿了一包烟，她从来不会记错。有一个仲爹，对孙女极其宠爱，每天早上天还没亮，就将孙女骑在脖子上，老远就开始喊门，"老益，老益，买东西"，好几年，每天的开张生意都被仲爹包揽。现在想起来，二舅生产的食品，真是物美价廉，让人放心。二舅生产的理念就一句话，"做吃的，要凭良心，不能害细伢子，霞姑娘要吃，你们也要吃的"。他生产的酒，自己喝，兄弟也买，他生产的零食，是女儿霞姑娘的必备。熟人社会人与人之间的信任，让这一经营充满了温情，也极大改善了二舅的经济状况。

付出与担当

二舅的过人之处在于，他并没有沉湎于做生意带来的利润，对于教育，他有着更为强烈的痴迷，"我最后悔的事情，是没有吃苦坚持念书。我读到了初中，你外婆胃气疼，要我回来煎药，后来就没有去念书了。你大舅成绩好，念到了湘阴一中，但你外公怕他调到外面去，将他叫回来了。只有你满舅，真的不喜欢读书，不是读书的料，一年级上了几年，名字里面的那个'东'字，钩子总是写反"。

二舅没有完成的心愿,化作了对所有孩子的期待,我们几个同龄表兄妹的启蒙教育,完全来自二舅的管教,对独生女鸿霞,他更是不计成本地投入。为了支持女儿学音乐,他去县城买了一台风琴,拖到镇上,为了省下四块钱的板车运费,他心一横,将琴扛了回来,以致汨罗教育局的人,到现在还在说,"长乐街一个农民,舍得花几百块钱买琴,却舍不得四块钱的运输费"。上高中后,二舅又很有远见地让女儿学外语,每个周末带她去湖南师大补课,一个月的开销就要一千多元。这些投入相比当时的收入,远远超出了一个普通农民的支付能力,二舅固然能通过经商获得较好的收入,但对子女教育的投资,确实可以看出他和一般农民的不同之处。在隘口村并不重视子女教育的整体氛围中,二舅的存在,确实是一个异类。事实也证明,他的远见获得了超乎想象的回报,尽管没有多生孩子成为他心头的遗憾,但女儿以一当十的回报,让他充分认识到,教育孩子比生养孩子更重要。经过多年的观察,我发现一个家庭的长久兴旺,并不完全取决于经济条件的富足,良好的教育,具有更持续和长久的意义。

也许,在二舅的潜意识中,对教育的执着,来自满舅人生的教训。尽管亲人将满舅的败落,更多归结为运气不好,但二舅对此始终有自己的看法,"你满舅的失败,归根结底来自没有文化"。二舅讲到,满舅人很聪明,但因为没有读书,吃了很多暗亏。有一次给浙江的厂子打电报,将"钱没收到",写成"全猫收到",以致厂长打电话来询问,告知从来没有寄过猫。搞丝绸厂,从长沙买丝来做,越做越亏,二舅给他算账,发现他的支出部分,只包括了丝的成本，员工的工资、工厂的电费，都没有计算在内。满舅的果决和眼光，让他在80年代初期的草莽时代，获得过短暂的辉煌，但没有文化的短板，终究让他在一次偶然的骗局中彻底败落，难以翻身。

二舅意识到这一点，竭尽全力帮助满舅教育孩子。鲁智在满舅身边读到三年级，二舅发现他的"九诀表"只能背到2，为了不荒废他的学业，二舅不顾白天的劳累，强行将鲁智带在身边，每天晚上辅导他的学习。为了提高鲁智理解应用题的能力，二舅耐心地教他写作文，"我说一句，他就写一句，我不说，他就咬着铅笔。我规定他每天必须写日记，写得出要写，写不出就抄写别人的句子"。2016年春节，鲁智为了表达自己改过自新的决心，将他南下的生活全部告诉我，同时给我看了他很多当时的书信。阅读鲁智的书信，我发现他很喜欢抒情，尤其喜欢抒发对亲人的抽象感情，哪怕在监狱的环境，一种小学作文的抒情笔调，总是流露笔端；他还喜欢景物描写，喜欢心理描写，这些专项训练过后的痕迹，想来都是二舅当年对他的用心。二舅责怪满舅太爱热闹，朋友就是他的命，家里车水马龙，吃喝玩乐，打牌通宵，整天处于一种闹哄哄的状态，孩子根本就没有心思学习。他将鲁智带在身边，一直到他上初中，事情再忙，辅导鲁智的学习始终没有耽误过。可惜表弟生性顽劣，尽管坚持读完了初中，迫于家庭的压力还上过卫校，但终究无法摆脱败坏的环境影响，最后还是走上了邪路。二舅对此也深深遗憾，"读书不是为了出人头地，而是为了明事理。在农村，有一点文化的人，家庭情况不同；没文化的人，家庭情况又不同。送读书，主要是学知识，明事理，有技术能力，可以发展生产。睁眼瞎，只能懵懂一辈子"。

正如爸爸一样，二舅在整个家族中，同样承担了调解人和守望者的角色。彪哥不听话，总和大舅作对，隔不了几天，就会传来爷俩打架的消息。二舅去劝解，要跟大舅说好话，让他脾气放好点；又要跟彪哥讲好话，劝他要学会尊重父母。彪哥喜欢在外面跑，赚不到钱，还总是惹麻烦，甚至将外婆祖传的玉镯子骗去卖掉，二舅一直想把他稳在身边干活，可惜无法如愿。多年来，彪哥再坏，二舅也始终疼爱这个不及别人聪明的侄子。细舅去世早，留下年幼的孩子，二舅做主，给四十岁的细舅妈找对象，撮合她和本乡的黄升级结婚，等到年幼的侄子长大，又和新来的升级舅舅，一起将房子修好。前年，细舅的儿子结婚，二舅再次伸出援手，"订婚给了一万，装修房子给了两万，结婚又给了一万。不帮不行。找其他人帮忙要讲好话，但是自己的亲戚就不需要讲好话"。

满舅的能力和影响力原本在二舅之上，但满舅太忙，运气不好，家道败落，更何况儿子不争气，吸毒坐牢，生活总是陷入焦头烂额，不要说去调解别人的矛盾，自家的很多麻烦，都还要依赖二舅出面化解。鲁智吸毒坐牢，数次面临岳父岳母逼迫离婚，最危急的一次，怀了第二个孩子，女方家庭坚持离婚，一定要将孩子打掉，但鲁智妻子舍不得孩子，内心并不愿意听从父母的建议。面对僵持不下的局面，二舅心疼腹中已成人的侄孙，出来担保，许诺说，等到孩子生下来，如果鲁智不改邪归正，全家人都支持他们离婚，并把孩子送给深圳的鸿霞表妹抚养。诚恳的态度，终于说服内心矛盾的老人，挽救了一个家庭。2011年，面对鲁智无法摆脱的毒瘾，二舅和满舅痛下决心，主动报案，将他送去戒毒所，出来后，又通过女儿鸿霞的关系，将鲁智夫妇带去深圳上班。很难想象，鲁智面临的数次婚姻危机，若不是二舅在其中的付出、周旋，一个家庭得以持续，腹中的孩子得以生存，几乎是不可能的事情。而鲁智最后因为亲情的召唤，痛下决心，改掉恶习，回归家庭，其中，如果没有二舅持续的付出与爱心，也几乎不可能。对任何一个农村的大家庭来说，当他们面临种种困境时，若缺少家庭成员的担当和付出、妥协和让步、调解和劝说，很多矛盾就会累积和爆发，使本来脆弱的家庭不堪一击。

二舅的担当，同样体现在村里一些公共事务上。多年来，他一直担任村里的农技员。在我童年印象中，二舅总是摆弄很多昆虫，尝试一些奇奇怪怪的捉虫方法，折腾一些专业含量极高的制种技术；同时他热爱读科普读物，关心袁隆平的研究成果。现在想来，这些爱好可能正源于他农技员的身份。

分田到户后，尤其是80年代初期，村里的集体经济获得长足发展，他曾参与组建、管理村里的教育基金会，这些工作琐碎，没有任何报酬，为了将基金会的钱落到实处，需要深入了解村民的情况，经常和村民沟通。二舅曾和我说过一件事，1998年，村里的贫困户水球，遇到了麻烦。他原本家境就不好，堂客死了，崽疯了，属于困难户，当年发大风，房子倒了，没有地方住。二舅原本计划自己建房子，但目睹水球的情况，最后决定带领村人，筹钱筹人，花了三个多月的时间，先帮水球建起房子。我后来发现，在隘口村，像舅舅这种热心的人还是不少，近几年来，村里为了抵御不好的风气对年轻人的侵蚀，提倡组建腰鼓队、玩龙、玩狮子、跳广场舞,很多村民积极响应,"该出钱出钱,该出力出力,该和别人说好话,就和别人说好话。隘口村是大家的隘口村,家家户户都有细伢子,风气好了,大人就可以少操一点心"。令二舅欣慰的是,自2011年村里文化活动增多后,社会风气确实好转了很多,吸毒的少了,打牌的也少了,跳舞的多了,散步的也多了,村民有一种被重新组织起来的归宿感,古老的村庄,逐渐焕发出新的生命力。

感恩与忧虑

和很多湖南农民一样,二舅关心国家大事,喜欢谈论政治问题,对国家的方针、政策、中央的文件、精神有自己的看法。他多次叮嘱我注意政治立场,不要被一些貌似正确的观念牵着走,要注意一个党员的形象和身份。在政治氛围淡漠的日常语境中,舅舅的语重心长,让我感慨万千。我不止一次地听他说过,"国民党是一个没什么用的党。这个党起作用不多。现在的时代真好,看看深圳,真的不容易,三十年发展成这么一个大城市。真的不容易"。

面对时代的变化,他曾经慨叹,"改革开放、分田到户后,人获得了自由,只要有脑子,只要不偷懒,只要勤快,不犯法,养活自己并不难,这一点真的要搭帮邓小平。从2006年开始,农村不要农业税,以前一家三口每年要出五六百块,很多人交不起,但现在,我和你舅妈,不但不用交税,还有三百多元的补贴。另外,我们每人还有六百六十元的独生子女费,这一块就有一千多元的收入。还有直补金之类的补贴,一亩田国家补一百五十元。像彪哥这种五保户，快六十岁就能进养老院，国家管吃管住。现在的农民，要说国家不好，叫作'撅起屁眼喊天'。不做事，坐在家里吃，输了钱，就怪社会不好，这样的人，就是没用的人，不值得同情。你舅妈经常说，从来没有想到，这一生还能过这么好的日子，还能看到深圳这么好的地方"。

二舅晚年随女儿居住深圳多年，目睹女儿从一个乡村中学教师，跟随女婿到深圳立足，获得快速发展。他对家庭的变化，发自内心地欢欣，进而生发出对时代的认同和感激。女儿经济的优渥，让他没有任何后顾之忧，没有生下儿子的遗憾早已被现实冲淡。2016年4月，我去深圳探望两位老人，二舅兴致勃勃带我去看蛇口的招商大厦，告诉我整个中国改革开放、招商引资的步伐，就是从此开始。在翠绿的南方街道，这栋已不光鲜也不高大的建筑，显得落寞而渺小，但在二舅的眼中，却被赋予了神圣的光环。不得不承认，在时代的大潮中，这栋建筑和二舅的命运，确实产生了实际的关联，一个农民终究和时代产生了真实的交集。

鸿霞表妹2004年定居深圳，抛弃单位，摆脱体制，依赖舅舅极富远见的教育投资，利用蛇口的开放条件，和外商做各类生意，最后依托朋友开的电子厂，终究在深圳站稳了脚跟。发生在表妹身上种种奇迹般的变化，让二舅对深圳有了强烈认同。我当然无法强求二舅知道更多的事情，无法告知二舅，在中国，并非所有的城市都如深圳一样；但我同样无法否认，二舅基于个体经验，对时代判断的客观性。他的看法，很大程度上，也代表了时代转型过程中，部分受益的农民的声音。

深圳之行，二舅一次次带我在南山区的街道穿梭，带我去看邓小平坐过的"明华号"邮轮,自豪地给我讲解邮轮的历史。从二舅的讲述中,我才知道,深圳快速的发展,对土地的需求主要依靠填海实现。"明华号"之所以搁置在街区的中心,被周围的建筑包围,不过是这一事实的确证。二舅带我去看女婿上班的地方,远远地指着海洋石油大厦,满心的自豪和惊喜。置身深圳整洁、新净的街道,年轻城市的活力和光鲜,让人感受到一种真实的生命力,二舅的满面春风,同样让我感受到这个城市赋予他的活力。

蓬勃的经济发展后劲,特区特有的活力,相比中国更为广大的土地,是一种真实的存在。毫无疑问,我眼前的深圳,是真实的深圳;我眼前的中国,是真实的中国;我亲人之间的巨大差距,是一种真实的差距;我眼前的二舅,同样是真实的农民,他和这个城市的关联,展现了农民身份的另一种状貌,暗含了农民生存状态的另一种可能。放置在整个亲人的谱系中,二舅的生存,显然是一种无可置疑的真实。如果不带有偏见,我在叙述丰三村哥哥、嫂子困境的同时,在叙述凤形村河水叔一家困境的同时,和我生命有更多关联、陪伴我整个童年的二舅,同样也应该获得被叙述的可能。巨大的差异,构成完整的乡村图景,农村和城市产生关联的复杂境况,及其带来的不同后果,哪怕在我的经验视野中,也以戏剧化的方式呈现。这种拉开时空的整体观照,折射的恰恰是中国的真实和复杂,以及无论从任何一个层面进入,都只能推导出简单结论的风险。

令我惊讶的是,尽管二舅对现状极为满意,但他并没有沉浸在女儿营构的温馨、安逸之中。多年来,他之所以一直坚持留在深圳,也是因为女儿、女婿的工作实在太忙,他和舅妈不得不帮助独生女儿照顾孩子。孙子马上初中毕业,舅舅也临近七十,归家养老的迫切日甚一日。他内心真正念叨牵挂的，依然是隘口村的老宅和鲁家墩那一帮亲人；他内心无法释怀之处，是村庄近十年来遭受外来冲击的巨大变化。面对隘口村败坏的风气，二舅多了很多担忧，尤其是鲁智走过的弯路，更令他心有余悸。自始至终，尽管二舅并未参与疯狂的"买码"，但作为村庄的见证人，他却目睹了这一怪胎侵入原本安宁土地的全过程，"买码，最开始是从靠近107国道的大荆、三江开始的。1998年，鲁家墩就有人买码，但没有形成规模，2001—2002年，买码的人多起来；2003—2004年，是疯狂发展期，霞姑娘就是这个时候栽进去的；2006—2007年，是买码失控期，所有人像疯子一样，看的是码，讲的是码，大人、小孩都买码。买码害了很多人，买飞单、吃单让很多亲人撕破脸，还有好几个因为买码想不通寻短见的"。

如果说"买码"直接从经济层面影响了村庄的后续发展，通过资金的外流抽空了隘口村的经济基础，那么，吸毒则不但从经济层面，更从精神和文化层面，给村庄带来了浩劫，这一毒瘤给村人带来的心灵灾难，根本无法从金钱层面计算。直到今天，二舅依然感叹吸毒让鲁智走了很多弯路，"鲁智要是不吸毒，还是一个好伢子。他原本重情重义，又勤快，但自吸毒后，就彻底变了一个人，尤其是你满舅，不知道暗中吃了多少亏。吸毒真是害死人，鲁家墩吸毒，三队死了两个，西山湾死了一个，六驼子家的孙子，在广州吸毒后被车撞死了。广州塘厦是个吸毒点，鲁家墩吸毒的伢子，都是从那儿学坏的，鲁智也是从那儿学坏的"。

至于赌博，更是司空见惯，到今天，依然主宰了村人的日常生活，甚至成为人际交往中最常见的方式。种种现象，都让二舅操心不已。尽管近两年情况发生了变化，尤其是新农村建设推行后，村里的公共设施得到了很大的改善，跳舞和打篮球已成为村人喜欢的娱乐方式，但二舅显然对鲁家塅人天生的性格有更多警惕，"胆子太大，骑无疆马"，他担心在没有制度保障的情况下，这些组织会一阵风似的烟消云散，担心"买码"、吸毒、赌博等恶习，一旦有了风吹草动，又会卷土重来。

除了社会风气的变坏，二舅对现有的农田耕作方式也非常担心。令他惊讶的是，仅仅十几年工夫，祖祖辈辈留下来的传统耕作方式就被彻底抛弃，以往对土地的精耕细作再也难觅踪影。一年两季变成了一季，插秧变成了抛秧，施肥再也不用家肥；以往的粪便是宝贝，现在却被视为农村巨大的污染源；除草也不用人工的方式，全部依赖除草剂；驱虫更严重，全部依赖效果明显的农药。

更让二舅担心和迷惑不解的，是农村一直保留下来的各类农作物的种子，现在竟然面临绝迹的危险。"现在的田都不用家粪，化肥的使用太过分，土地已经弄得越来越贫瘠。最麻烦的是，现在的黄瓜、辣椒，栽了一年，第二年就不结种。我们以前都是自己留种，种了黄瓜，留一条大黄瓜，第二年就足够接着种；种了丝瓜，留一条大丝瓜，第二年丝瓜的种子就不用愁。今年留，明年种，世代如此，种子得以延续。但现在，那些土黄瓜、土丝瓜、土豆角、土茄子、土辣椒，都已经绝迹了。菜的味道，怎么样都比不上以前的味道。无论什么种子都要去公司买，以后万一没有种子了，该怎么办？"当我告诉他，现在大部分种子，都被外国公司垄断，二舅更是忧心忡忡，"这是关系到国计民生的大事！"二舅的凝重，令我惊讶。

作为集体时代村庄的一名农技员，二舅对种子的关注和担忧合情合理。他在80年代初期，除了经营商店，酿酒，制作各类饮料，在农业生产方面，也曾花费大量时间制种。我从小就从他口中听到"父本、母本"这样的词汇，在他制种的田里，看到过高矮相间的稻苗，看到过二舅人工授粉的过程。相比深圳的繁华、女儿的成功给他带来的安慰、愉悦，落实到生长的村庄，二舅对土地的情感，对亲人的牵挂，同样无法遮蔽他内心对时代复杂、矛盾的判断。说到底，生为农民的二舅虽然已经进入城市，个人生活非常顺利，但他并没有因此忽略自己所在村庄所处的困境和亲人面临的挑战。在和二舅聊天的过程中，一方面能够感知他的乐观，另一方面也能感知他不易察觉的担忧。

尽管二舅不止一次地明确表达，改革开放确实给农民带来了看得见的好处，他对此心怀感激，但谈起村庄的未来，我发现他提供的方案，立即回到了集体时代。二舅始终认为，村庄的良性发展，寄希望于遇到好的领导人，寄希望于能够站在农民立场、为大众谋福利的干部和党员。直到今天，他对80年代初期隘口村集体经济发展所呈现出的良好势头，依旧念念不忘，"我们村，原本有可能建设成为湖南的华西村。当年隘口村出了一个好书记周树堂，带领村民第一个架电，第一个搞加工厂，给村里赚了很多钱，但后来对手污蔑他，将他击垮了，发展很好的加工厂也垮掉了。加工厂一垮，就没有财政收入；没有财政收入，就逼上缴、搬谷子、牵猪，上缴搞完了，领导就不找村里人了，也不管农民了。后来的领导班子，竟然发展到瓜分国家拨给五保户的款，截留退耕还林的款项，更不要说水利款、直补金，甚至教师的工资都发不出。对此，村民无权过问，都是一笔糊涂账。实际上，新的干群关系，肥的是几个领导，受伤害的是几个农民，领导和村民之间的关系就这样一步步恶化"。

在二舅的观念里，要改变村上的面貌，还是要有好书记，要有不自私、敢闯敢干的带头人。在他看来，"中国几个发达的村，都要搭帮书记。有人领路，村民跟着有劲，自己发展也快一些，实际上是双赢，是名利双收的事"。到今天，二舅还坚持，如果周树堂不被对手击垮，隘口村发展到华西村的水平，也不是没有可能。事实上，整个长乐的集体经济，在80年代初期，确实处于全国的领先水平，尤其是保安设备的制造，全国的龙头企业都在这里，隘口村在当时的境况下，更是始终独占鳌头，二舅再次强调，"村民都富了，大家日子肯定更好过，但现在主要是村干部不好，没有人愿意真正发展，只想自己捞一点就算了"。在他心中，让更多人过上好日子，显然比个别人过上好日子，更让人向往。

二舅和我一样，在自己的经验范围内，只要将眼光投向更广阔的时空，直面身边更多的亲人，活力与隐忧，希望和挑战，就一直并存，难以推导出对时代的一个简单判断。

他对时代的感激如此真实，他对未来的困惑也如此诚恳。

流经长乐镇的汨罗江

长乐镇远眺

2014年春节，黄灯与舅舅家亲人团聚

隘口村鲁家塅建造的"和谐门"

这是黄灯的第一张照片，1978年与满舅妈、二舅妈及表弟妹合影

2006年暑假黄灯和外婆、小舅妈在一起

第三章 长在隘口村

外婆与曾孙

升级舅舅给孙子拌米糊

满舅算孙子拜年的红包收入

结语
如何直面亲人

任何形式的写作，都意味着以文字凸显作者理解世界的过程。毫无疑问，本书处理的核心问题，来自对农村现代性实践的思考，是对时代转型过程中，生活于祖国大地上亲人命运的回望和梳理。

写作本书时，我脑海中始终萦绕着一个场景：堂弟职培带着我，在广州白云区塘厦狭窄的城中村中穿来穿去；细小的天际线，分割了我记忆中村庄与城市的空间关联，也隔断了我过去与今天的时间关联。哥哥、嫂子、四姐、四姐夫、周婕、小果、振声、时春、周唯、小敏、媛媛、小招、河水叔、瑛国叔、彩凤叔、小珍叔、小丁哥、三哥、炎培、职培、李炫、春梅、鲁智、鸿霞、二舅……这所有的亲人，都来自村庄，都来过城市，面对轰鸣的时代，都曾勇敢地跨出世世代代封闭的乡土世界，从事完全不同于传统农业耕作方式的生产，或走进完全不同于乡村经验的现代城市。在时代的漏网里，有的留下来，有的掉下去；有的获得了成功，抓住了机遇，但更多的是无声的失败和默默的退却。在个人化的命运流转中，他们以个体的丰富性，叙述着村庄现代性的整体实践，检阅着这一场有史以来规模最大的现代性实践的实际效果。这些在城乡夹缝中穿梭的亲人，有过希望、期待、急切和抗争，更有着挣脱中的无望、无奈和承担。

在城市对农村以市场和效率为名的碾压和傲视中，无论是丰三村的亲人、凤形村的亲人还是隘口村的亲人，包括我自己，都不得不承担在夹缝中抗争的命运，不得不在无数轰轰烈烈成功者的叙事中，小心而卑微地蜷缩着自己的躯体，舔舐个人的迷茫和无力。作为亲历者和介入者，当我以文字的形式出入于家族命运的叙事时，愈是深入到他们的生存肌理，我内心的沉重和伤痛、担心和忧虑就愈发深重。如何直面亲人，是摆在我面前的一个现实难题。

三个村庄的逻辑关系

选择与自己深切关联的三个村庄作为本书的观照对象，意味着我的写作，立足于个人的经验史。尽管这样，在深入村庄的肌理时，我还是被复杂、多样的村庄差异所迷惑，被亲人近二十年来命运的跌宕起伏、无从把握所震撼。这种差异凸显了三个村庄得以整体表现的合理逻辑，从根本上保证了从经验出发的乡村书写，具有行文的合法性。在具体的书写中，我力图从空间层面，立足于亲人的命运流转，建构丰三村、凤形村、隘口村之间的现实逻辑。

丰三村。我丈夫出生的村庄，他的兄弟姐妹及其孩子的人生轨迹，代表了一种老实、本分接纳农民身份的姿态。过去生活的印记，给兄弟姐妹的内心留下了太多的伤痛，今天吃饱穿暖的生活，让他们感恩时代的变化和馈赠。更多时候，他们依旧坚守时间维度的认知标尺，只和过去极端的贫苦日子做对比，对未来的生活，尚没有从内心生长出野性的欲望，隐忍和本分构成他们共同的性格特征。也正因为隐忍和本分，他们得以守住传统的价值观念，珍视亲人之间的感情，并以此维系着大家庭的运转。从某种意义而言，他们是现代性转型中被动的承受者，是被时代潮流推着走的人。他们能够从改革的时代红利中获得溢出的好处，但无法从变革的风险中及时逃出。面对时代转型过程中无法避免的困境和危机，兄弟姐妹并没有太多的认知，也无应对的经验，他们代表了中国农民中最为沉默而广大的人群。丰三村作为中原地带一个极其普通的村庄隐喻了中国广大村庄的命运，它没有任何特殊之处，普通、平常是其最大特征，这也许是《乡村图景》获得无数网友共鸣的前提。

凤形村。对我而言，当我对亲人的命运进行铺陈时，书写本身就意味着残酷剥离我与出生地的血肉联系。亲人的遭遇映照着我的另一种可能，亲人的经历让我看到另一个真实的自己。相比丰三村，宿命的农民身份是他们共同的特征，领受相同的命运是其共同的结局。唯一不同之处在于，在剧烈的时代转型中，村庄里的亲人，因为骨子里注入了湖南人的血性，多了一份拥抱变动的热切。无论是我的亲叔叔黄河水，还是嫁进来的小珍叔，体内都涌动着不安分的血液——在南方财富的昏眩中，一夜暴富的心愿，成为他们隐而不宣的暗语，但身份的卑微注定他们努力、抗争的收效甚微。在广州的出租屋中，他们乐观的笑容并未结出灿烂的花，反而是"买码"、赌博、吸毒的刺激暗合其性格中的不安分，以致城市暗处的流毒，在毫无防御力、裸露不堪的村庄里，成长为一颗颗刺眼的毒瘤。面对河水叔无法醒悟的"买码"梦，面对魏叔无法醒悟的赌博梦，我既无法从人性层面认知这种不理性的痴迷，也无法从性格层面认知其根深蒂固的不切实际。相比丰三村兄弟姐妹的本分，我凤形村中的亲人，没有身为农民的悲戚和怯弱，没有对命运逆来顺受的隐忍，但因为没有教育资源的滋养，也缺乏合理价值观的引导，我感觉在其活力的表象下，隐含了更大的危机。

无论如何，从本质而言，丰三村和凤形村并没有根本的差异，在整个现代化进程中，他们的命运受外部力量的制约，自身无法生长出内在的动力，这是它们最为根本的共同点，也是中国最广大乡村的共同点，正因为这样，丰三村、凤形村的命运流转，也隐喻了中国最广大的乡村。两边的亲人，尽管因为水土和地缘关系，形成了气质和性格上的差异，但这并不是他们领受相同命运的秘密。

隘口村。作为一个依傍千年古镇的村庄，传统文化顽强的辐射，始终给它提供了强大的精神支撑和活力，融于骨血的文化熏染，让村民天然形成了强大的自我认同。千百年来的经济优势，让此地的农民大多置身于贫穷落后的叙事之外，相比凤形村，隘口村具有更加强烈的不安分气质，村庄因而充满蓬勃的生机。一直到今天，隘口村都没有因为中国村庄的整体凋敝，显露出衰败的迹象。它所面临的深刻危机在于，在守住传统文化的同时，以消费主义、享乐主义为特征的城市文明，已深入村庄的肌理，两者的对峙和杂糅，深深作用到亲人的生存中，在此，打牌、赌博、"买码"的风气和凤形村并无二致，因为经济实力的优势，反而变本加厉。隘口村仅仅依靠传统的文化根基，已不足以阻挡消费主义病毒般的强势进入。在关于村庄的书写中，隘口村因为寄寓了我童年的所有美好记忆，始终承载了我心目中最完美的乡村模式，但其内在的危机，也让我感受到，隘口村仍面临着轰然倒塌的风险。概而言之，丰三村、凤形村、隘口村，基本依循我与它们社会关系的远近铺排开来，搭建了我书写的基本结构。

需要补充的是，建构三个村庄的逻辑关系，意味着我面对本书的缝合和书写时，必然面临诸多困境。从感性和理性的关系来看，因为直面的写作对象和我有着血缘的人伦亲情，情感的充溢必然导致主观的感性，但本书的写作目的却是通过个体的命运，追索乡村现代性转型面临的困境及其因由，以寻找更好的突围路径，相比情感的充溢，理性的思索更为重要；从细节呈现的原生态与理论的抽象概括二者关系来说，本书的写作，因为建立在亲人命运的流转上，必然伴随对其人生轨迹的叙述，其中大量生存状貌及细节的原生态描写，其丰富、复杂与理论的简洁构成了鲜明的对比，这是蕴含于写作中的内在挑战；从案例的代表性与现实的丰富性来看，尽管为了呈现更为复杂的村庄面貌，本书选择了与我密切关联的三个村庄，但相比现实村庄的多样性，这种案例式的写法，依然存在极大的局限性，换言之，相比现实的无穷丰富，文字的有限性暴露无遗。更为重要的是，我原本想通过写作舒缓内心的焦虑，但随着对亲人命运更为深入的了解，不但没有缓解这种焦虑，反而因为直面了许多被遮蔽的细处，变得更为不安和忧心。

没有结论的乡村书写

当我打捞记忆，立足访谈，尽力去勾勒亲人的生存面貌时，我发现一旦面对具体的个人，原本古老、恒定，依附于传统价值观念之上的因果关系，其表象的坚硬其实早已脆弱不堪。除了整体上的命运必然性的趋势，亲人的细部生存，确实淹没于现代性、后现代文化图景下的碎片中，无根、即时、当下、偶然性、变化、感官等构成了其真实肌理。也正是这种强烈的感受，让我意识到，村庄的命运已深刻关联到时代的现代化进程中，作为个体，无论我的亲人领受了怎样不同的人生悲喜剧，但从根本而言，这所有的命运图景，不过是现代性洪流冲刷卑微个体的必然呈现。在种种悖论性的感受中，我内心的纠结、迷惘越来越深，一旦坚硬的因果关系失效，没有结论的乡村书写，便成为本书的真实宿命。

因为本书的聚焦对象是亲人，亲人的视角，固然会让我在处理情感和真相上，面临一些先天的遮蔽，但情感浸淫的好处也显而见：在直面其不合逻辑的生存状貌时，我会自动地回避道德指责，而更留意到他们困惑背后的真实心理，也更能设身处地理解亲人面临时代变迁的冲击时，个体的无奈和无力。

在整个写作过程中，一方面，我能感觉自己在直面个体的卑微时，内心无法摆脱的压抑；但另一方面，我又能在挣扎中，感受到亲人真实的生命活力。说到底，近二十年来，村庄的遭遇，完全是城市发动机开起来后，被动卷入的现代性实践。对亲人而言，他们进入城市，不单纯是经济层面求生存的过程，也是心理、文化层面，被迫接受和介入现代性实践的过程。在他们顽强求生存的过程中，其对精神需求的强烈渴望，对个人尊严的极度敏感和维护，对外来文化的好奇和拥抱，都让我印象深刻。当传统的价值观念被冲得七零八落，他们面临的困境，同样包括精神的迷茫和突围。只有意识到这一点，我才能够客观、理性地理解亲人悖论性的生存状态。

以我丰三村的兄弟姐妹为例，在送孩子念书这件事上，他们始终处于一种矛盾心理：一方面，丈夫通过努力走出农村，让他们切身感受到了"知识改变命运"的可能；另一方面，他们自己送孩子念书的现实处境，又让他们对此深深怀疑。大姐生育了六个孩子，始终坚持送孩子念书，但大女儿念大学的经历，让她明白，她寄寓最多希望的教育投入，并没有产生相应的价值回报，不管是对孩子的命运，还是对家庭的命运，大女儿念大学本身已不具备实质意义。对兄弟姐妹而言，送孩子念书，孩子不见得有一个美好的前程，但不送孩子念书，孩子肯定没有一个好的前程，这是摆在他们面前的现实难题。农村孩子出路的日渐狭窄，早已成为摆在他们面前的现实；矛盾和不安，成为他们内心真实的纠葛。很明显，教育彻底市场化，导致教育投入成本的快速增长和教育回报的不确定，对收入有限、社会资源和人脉也极有限的农民阶层而言，必然承担更多风险。就算孩子能够考上一所重点大学，相比丈夫念书的时代，一劳永逸地跳出农门，早已成为传说。

再如我的侄子、侄女，一方面他们能够忍受流水线上的忙碌，能够忍受餐馆端盘子的劳累，能够忍受建筑工地的单调和艰辛；但另一方面，他们又深陷消费主义的泥坑，被各种流行的价值观念裹胁。侄女可以为了心仪的手机，忍受打工的折磨；侄子则可以为了婚礼的排场，忍受夫妻分居，重返工地以偿还之前欠下的债务。如果说，侄子侄女因为年轻，迷恋消费主义尚可理解，那么，我凤形村的亲人们，例如魏叔，年近五十尚管不住自己，无论如何，我都难以从常识和常理层面理解。魏叔通过打工挣到一点血汗钱，但总是难以拒绝赌博的诱惑，一次次将血汗钱撒进赌场的无底洞，不但令妻子伤心，也令亲人着急。在他身上，一方面体现了农民的坚忍和吃苦精神；另一方面，也凸显了一夜暴富思想的根深蒂固，赌博不过是更为隐蔽的心理动机的呈现。这种矛盾性人格，在我表弟鲁智身上，体现得最为明显：在陌生的城市，他是一个施恶的主体；但一回到熟悉的乡村，他身上潜藏的熟人社会的人格特质，就能神奇般地复活，若不是亲眼所见，几乎很难相信如此对立的人格特质及截然不同的行为，可以发生在同一个人身上。

亲人这些悖论性的生存状态，显然不能单纯从人性的角度获得合理解释。说到底，进入城市后，一方面，物质的繁华和丰饶，给他们带来了强烈的刺激，社会的急剧转型、人群的快速分化，对他们内心产生了强烈冲撞，一夜暴富的社会现实，让他们意识到勤勉的劳动，已不可能改变个人的命运；另一方面，乡村被彻底裹挟进现代性洪流后，退守乡村重建另一种意义感的生活已不可能，在接受以"发展""GDP"等指标引导的单一目标的同时，现代性焦虑必将遮盖乡村的美好，根植于每一个鲜活的个体中。追求不切实际的物质生活目标，崇尚已被普世化的个人"奋斗"路径，成为村人新的价值理念。为了获得所谓的成功，获得足够的金钱，不择手段、期待暴富往往成为个人成长中的致幻剂。如果不带偏见和道德优越感地去看，亲人这些真实的言行，恰好从细部折射了社会的真相。

很长一段时间，我曾将亲人这些不理智的行为视为一种愚昧，现在才发现，恰恰是对自我的这种认知和这种认知所能达到的程度，最能凸显一个群体真实的现实处境和社会地位。事情的真相是，自我的认知，在村庄被外在力量彻底冲垮后，早已不能通过传统习性的熏染和家族的沿袭自动获得，丰沛的教育资源、不被生存彻底裹挟的和谐日常生活、能够经受失败后果的多种历练、先天的智力优势等等，以上种种客观条件，才是塑造自我认知最基本的前提。对一个大多数时间里陷入贫穷，只能为生机奔波的群体而言，价值观念的获得，已无法从传统习得，而只能依赖外在输入。这种情况下，如果将他们有限的自我认知，归结到个体的不努力、不争气、愚昧无知，显然陷入了启蒙知识分子高高在上的伦理陷阱。直面亲人真实的需求，理解他们在现代化历程中所经受的多重煎熬，是我进入村庄亲人命运的叙述时最深切的感受。如何直面亲人，再一次成为我无法回避的问题。

贺雪峰曾经提到:"农村是复杂的,这种复杂尤其是面对着我们这些被学科武装起来的所谓学者,就更加隐秘。问题是,我们这些有了一些学科知识的所谓学者却又自信,以为可以将农村分割开来进行研究与表述,而缺少对这种研究与表述的反省。农村本身的完整结构和内在逻辑,被我们这些学者分割开来,纳入自己的分析框架中。在这个分析框架中,农村本身被切割为诸多碎片,自己不再能够说话,而我们接受了足够多已有的自由主义的、保守主义的、左派的、右派的话语和理念的学者,就可以从无灵魂的农村材料中任意选取自己需要的材料。"[1]也正是意识到当下乡村表述的诸多陷阱,在本书的写作中,我宁愿接受无法得出结论的宿命,也不愿掩饰亲人生存的复杂、多面,掩饰乡村的多重面相,以推导出一个斩钉截铁的结论。毕竟生活的边界模糊不清,现实的复杂远远高于理论的简洁。

直面问题,寻找路径

尽管在个人经验之上的乡村书写,未能让我在本书中推导出一个明晰的结论,但这并不妨碍我向原本的写作目标推进。对我而言,"凸显真相、直面问题、寻找可能",是我跨越漫长时空,持续乡村书写的一贯坚持。我之所以没有沿着《乡村图景》所奠定的基调写下去,是因为我意识到,此文仅仅叙述了乡村的一种真实,而在我的经验中,农村有着更为丰富的面向,我应该呈现更为丰富的

---

[1] 贺雪峰:《为什么要深度农村调查》,《博览群书》2005年第10期。

乡村状貌。

关于当下各个层面的乡村叙述，我的一个基本判断是，改革开放给农村带来了深刻影响，从整体上极大地提高了农民的生活水平。丰三村的哥哥对现状的满足、凤形村的小珍叔对生活的感叹、隘口村的二舅对时代的感恩，都从感性层面说明了这点。这些朴素的言语，表达了他们对时代变迁的真实感受，也构成了我对农村认知的一个前提。但他们对现状改观的感恩，并不意味着农村已经十全十美，恰恰相反，村庄在整个现代化进程中，和城市一样，面临着很多新的问题。这些问题是农村基本生存问题解决后，决定其能否持续发展的根本问题。对那些经受过极度贫穷的亲人而言，从时间维度获得对生活境况的判断，是一种自然本能。在对生活乐观的判断中，他们也许意识到了这些问题，但难以觉察其对未来的影响，自然也无力去抵挡各类危机的发生。在村庄现代化进程中，我深深感到其彻底的裸露状态、对消极的价值观念无力抵抗，感受到物质层面的生态破坏[1]，意义层面的价值失范、人心凋敝，发展层面的上升通道日益狭窄甚至堵塞……这种种困境必然对他们的生活造成深远影响。如果说，生活得到极大改善的村庄是真实的村庄，那么问题丛生的村庄同样是真实的村庄。而如何直面这些问题和挑战，如何使得城乡之间获得协调的发展，是我从更多面向呈现农村复杂状貌的初衷。

村庄出了问题，但并没有陷入绝境，对农村真相的呈现，也是

---

[1] 诸如垃圾处理的无效和无力，一次性餐具广泛使用，塑料袋随处飘散在乡村的任何角落；农田农药、化肥过量使用所致的地下水污染；种子多样性的消失，农作物种子完全依靠进口；楼房配套的下水系统的滞后导致的排污难题，等等。

为了寻找修复的路径。从村庄的外在形态而言，除了政府力量的介入，如何更有效地将村民组织起来，建构更有生命力的组织形态，让村庄获得应对现代性危机的能力，是其重构主体性的重要途径；从村庄的内在肌理而言，如何重建一种有意义的生活，获得抵挡消费主义价值观的免疫力，改善其失魂落魄的现状，让生活在村庄的人们，真正获得对未来的预期，是其建构人生意义的重要途径。换言之，给予他们对生活的希望比单纯的经济补助，对激发村庄的内生活力，要更有效；重建有意义、令人内心妥帖、有归宿感的生活，比单纯物质层面的比拼，更能让人有幸福感和尊严。接下来，我想以隘口村为例，简要地探讨传统文化的激活，对建构一种有意义生活的可能。

从前面的叙述中可以看出，隘口村尽管相比丰三村、凤形村，具有经济的优势，但其败坏的社会风气，让人忧心忡忡。尤其是近十年来，"买码"、赌博、吸毒成为村庄的三大毒瘤后，不少家庭都蒙上了厚厚的阴影。有过丰富基层经验的李昌平，就明确表达"共同体"溃散后村庄所面临的挑战，"千千万万分散小农构成的乡村社会，如果没有共同体起主导作用，一定会演化成为越来越恶和污浊的社会、溃败的社会。中华文化中糟粕的东西将像恶性肿瘤一样生长"。[1] 隘口村前几年的情况，正如他所言，是消费主义激活传统糟粕并且主宰村庄的过程。近年来，当村民意识到风气变坏的严重后果后，积极从传统文化中寻找新的精神能量，便成为他们的共同目标。尤其是前年长乐镇的传统项目"故事会"，获得"国家非物

---

[1] 2016年7月27日，微信朋友圈。

质文化遗产"的资助后,对传统文化的重视,已经成为村民的共识。腰鼓队的组建,广场舞的盛行,过年舞狮、舞龙习惯的回归,让村民通过文娱活动,重新过上了组织生活。很多村民因为要参加集体活动,已经不再沉湎牌桌,赌博的风气得到了遏制,谈论的话题也有了变化,久违的归宿感,给村民注入了别样的精气神。尽管年轻人参与的热情不高,但毕竟在构建新的价值观上,有了一种新的可能。而事实上,随着集体活动的增多,村民互助的精神也明显加强,村里公共设施,诸如垃圾集中处理地点的确定、道路的修建、路灯的铺设,随之跟上。

在和一些做乡建朋友的聊天中,我再一次确信,对传统文化基础好的村庄而言,激活其传统的内在活力,对改变村庄的风貌,确实有看得见的实效。福建莆田市汀塘村组织的"八音十乐"班,就是一个例子。据朋友介绍,自从志愿者入驻村里,大力倡导"八音十乐"班后,大家反映非常好,报名也很积极,"村民对'八音十乐'的热爱超出我们的想象,短短几天报名学习的人数达68人。社区大学的客厅不够用了,于是教室就挪到祠堂,祠堂里面原有四桌麻将,乌烟瘴气,自从被'八音十乐'班占用后,干净许多"。[1] 中国社科院沙垚也曾经提到,他在西北地区参加农民的口述史项目时,当地村民参与传统文化活动的热情很高,皮影戏之类的文艺形式,完全调动了他们的历史记忆。相对电视、电脑、手机等单向的文化传递和信息接收,与本土文化结合的文艺形式,因为能够调动当地村民的参与热情,在团结村民、激发村

---

[1] 张俊娜、江丽丽、吴瑞:《以青春救乡村——福建省秀屿区东峤镇汀塘村乡村建设工作纪实》(未刊稿)。

民的群体归属感、唤醒他们内部的情感记忆方面，往往有着意想不到的神奇功效。隘口村，近两年因为长乐镇"故事会"的传承、辐射所发生的变化，也充分说明了这点。这点点滴滴的变化，也许暂时还无法和消费主义的长驱直入相抗衡，但只要村庄的陋习能得到遏制，就是改变的开始。

"亲人视角"与知识伦理

最后，我想说说"亲人视角"对本书写作的影响。在自序中，我曾提到，"在近三十年刺眼的乡村书写中，如何与同呼吸、共命运的亲人建构一种文化上的关系，不仅仅是熟人社会中传统家庭结构自然人际交往的延伸，更是知识界无法回避的现实难题"。可以说，本书的内核，自始至终就立足于处理这一难题。在启蒙主义的传统中，同根的亲人，一旦进入受过现代教育的知识分子视阈，就被当作"被启蒙"的对象——贫穷、愚昧、落后，成为大部分从乡村走出的知识分子对农民亲人的描述。其中包含的悖论，长久以来一直使我迷惑不解。我不得不承认，相对传统教育对乡村社会的滋养，现代教育，实际上一直以另一种隐蔽的形式将乡村掏空，不但带走生于此地的人才，而且让他们从价值观上确认乡村的落后，从而使得乡村陷入万劫不复的文化自卑。当我意识到这一点，就发现一旦将目光投向这片大地上的亲人，带着谦卑、悲悯的心情注视他们，得出的结论完全不是多年来被灌输的那样——我的亲人之所以如此弱势，完全是因为在现代性实践中，他们从一开始就处于被剥夺的境地。从这个意义而言，亲人视角的形成，不但来自他们对我的情感召唤，也来自我对理论的怀疑和学术视角的调整；更重要的是，"亲人视角"不但成为我学术观照的重要资源，更让我意识到了一个真正的问题——"如何直面亲人"，它关涉一个最基本的知识伦理：是抛弃他们，在"成功者"和"代价论"价值观念的包裹下，将这种抛弃包装得不动声色、理直气壮；还是接纳他们，关注他们在现代性转型中的伤痛和眼泪，想尽一切办法将他们拉上现代化的快车，让发展的轨道行驶得更加稳妥，也更加安全。

——我的写作由此获得了在经验观照之上的合法性。相比知识对自我立场形成的影响，生活经验让我真正获得了理论和现实对接的能力。亲人在社会转型期的真实遭遇，在我多年来的乡村书写中，不再作为一种猎奇的经验出现，而成为我透视社会转型的问题载体。对我而言，故乡不是一个地理概念，有亲人的地方就是我的故乡，丰三村、凤形村、隘口村，因为有我依旧生活于此的亲人，它们获得了完全平等的被叙述的可能。多年来，尽管我依然无法脱口而出故乡的具体所在，但亲人的面孔，从未在我眼前模糊。任何时候，我和他们之间都只是一种亲人关系，他们目睹我的成长、变化、远离，从来没有将我当作一个可以索取的对象；我注视他们的生存、挣扎、欢笑和痛苦，时时为自己的无能感到无力。这种情感的牵连，决定了我基本的人生方向，也奠定了我一切思考的基点。当我离开村庄，侧身城市，并在城市找到立足之地后，才发现，更多的亲人也在以另一种方式进入城市，这本身就凸显了当下乡村和城市之间不可分割的关联。在城乡的关系结构中理解乡村的命运，在城市的空间结构、经验烛照中回望乡村，不但是我多年来乡村书写的起点，也是我不知不觉中对学术视角的调整。

今天，乡村的问题已不可能只在乡村内部循环，乡村和城市早已成为一个不可分割的整体。村庄发烧了，那是因为城市发炎了；村庄呻吟了，那是因为城市疼痛了；村庄病象深重了，那是因为城市病入膏肓了。村庄和城市的关系，原本就是互相滋养、二位一体的关系，应该能够顺畅地进行能量交换，让双方在互相尊重、平视的基础上真诚对话。但今天，我看到的现状，是城市的盛气凌人，村庄的渺小卑微；是城市的坚硬、冰冷，村庄的细小、孱弱；在城市的粗声大气面前，村庄卑微到尘埃里，卑微长在亲人的骨血里，他们因而也卑微到尘埃里。

说到底，在亲人天聋地哑无法表达的境况中，我的写作，是一部三十年来社会转型过程中，现代性裹挟城市的面具，彻底渗透到村庄、渗透到生活于此地人群的经验史。我出入与我深刻关联的村庄，借由亲人的遭遇，试图展现出身为农的亲人和命运抗争的复杂图景，追问中国村庄的来路与去向，也借此袒露内心的不解与困惑。

如何直面亲人，直面亲人的挣扎和处境？对我而言，不但意味着艰难的情感折磨，也让我看清了自己的无能为力。我不是一个力量强大的行动主义者，也不是一个不切实际的理想主义者，不忍和不舍，是我面对亲人的真实心态。让亲人和像亲人一样的普通农民，过上内心安定、有意义附着的生活，是我今生最大的心愿。

后记

跨越时空的乡村书写

黄灯

这是我的第一本书,我从来没有想过,因为一篇文字的机缘,自己非常看重的出版亮相,会这样出现。但我能想象的第一本书,就是今天这个样子。

本书的面世,源于《一个农村儿媳眼中的乡村图景》一文。在新媒体轰炸似的传播中,此文事实上变成了一个公共传播事件,并在2016年春节前后,直接引发全国乡村话题大讨论。这客观上给我提供了一个契机,让我得以审视自己多年的思想路径,梳理内心的困惑,同时也借此回望多年没有中断的乡村书写,并最后下定决心克服自己散淡的性情,将以往的文字进行缝补、清理、加固,使它看起来像一本书的样子。尽管本书并非刻意构思的产物,但却是我对乡村命题的一次完整表达,也是我个人生命境遇的一次直接亮相。其时空跨度之大,完全超出了我当初的预想。在时光的流转中，不同时期的文字散发出完全不同的气息，归根结底，文字会带上生命成长的底色，在张扬或收敛中等待自己的命运。

令我感慨的是，十三年来，世事已经发生太多变化，文字中活着的亲人，有些已经离场，现实中早已离场的亲人，却在我的召唤下，在文字中复出。我沉浸在他们的世界中，从日常的蛛丝马迹还原其生存轨迹。在整个写作过程中，越是走近他们，便越能感知到沉默大地中的个体，他们内心所郁积的不幸和悲伤、抗争和坚忍。这个群体如此沉默，沉默到他们一旦进入我的视线，用文字与时间较量的念头，就会成为我内心无法遏制的冲动。在城乡的时空对比中，我惊讶地发现，亲人早已习惯只从时间的维度，获得对现实的感知，在这种遮蔽性视角中，他们甚至难以感知到明天的危机。但越是这样，我越感觉到凸显真相的必要，越感到自己不能对种种危机缄默不语，甚至想要以他们为模本，抛弃掉所有成规定见，将他们制作成光鲜时代的刺目标本。

关于农村的话题，我不是一个"三农"专家，这让我一开始就意识到了表达的困境，更为实际的困扰在于，文体的杂糅将我推向了自我怀疑的境地。知识的规训，一直在阻挠我以一种直接、有效的方式处理个人经验，《一个农村儿媳眼中的乡村图景》一文，正是我对这种困境的突围尝试。很多人觉得奇怪，为什么此文会以如此激烈的方式，呈现家庭的痛苦？对我而言，尽管这篇文字实现了对现实的直接指证，但回到内心，事实上，这并不是一篇单纯反映农村现实、揭露农村黑暗的文字。多年来，在时代变迁中，如何直面自己的经验，直面个人的渺小、卑微，在无从把控的大潮中，探究个体和时代之间的隐秘关联，一直都是我无法回避的精神困境。

讲述我亲人的故事和遭遇，实际上是我企图救赎内心的开始。我无法从意义层面来界定亲人生存的价值，但作为亲历者、介入者，我目睹他们命运的变迁，感知其痛苦、困惑，知道此种真实的存在，同样拥有指证真相的功效。当时代裹胁无数的个体，一同驶向不确定的未来时，卑微的个体也在种种不确定性中，获得了超越性的表达意义，获得了表述的合法性。"家事即国事，个体即全部，细节承载真相"，我文中所展现的三个村庄：丰三村、凤形村、隘口村，横跨湖南、湖北两省，尽管彼此看似毫无关联、相距遥远，但因为生活于此的亲人拥有共同的农民身份，他们面对的挑战和危机，都如出一辙，回望村庄，实际上也是完成另一种印证，实现一种遥远的精神呼应。

　　需要说明的是，对村庄困境的表述并不意味着唱衰农村，唱衰的意思是，一个事情原本没有想象中那么糟糕，在当下的媒体语境中，尤其需要警惕故意从舆论上引导，故意抹黑。任何对乡村困境的如实叙述，都可能被简单指证为唱衰农村的口实。在我看来，伴随新媒体的发展，近年流行的"返乡体"，其实是在现实问题的倒逼下，一部分从农村走出的读书人，从不同的专业角度、以不同的语言方式对农村真相的呈现，其差异主要表现在感性与理性、专业性与文学性的不同配比上，他们的表述也许无法穷尽农村的复杂面相，但在写作的初衷上，确实看不出"故意唱衰"的本意。落实到本书，讲出亲人的故事，讲出隐匿的生存真相，与其说是抱怨和吐槽，不如说是寻求改善路径之前的剖析和正视。今天，尽管病症严重的村庄正面临新的挑战，但并不意味着村庄已陷入绝境。本书中，尽管我无力去诊断故土病症的因由，但作为亲历者，如实讲出真相，以供更多的人理性诊断、对症下药，就是以实际行动改变故土命运的开端。城市的光鲜，不应该以农村的颓败、荒芜为底色；平衡而稳定的社会结构，要实现可持续的良性发展，必然要顾及最广大的人群，以期实现共同发展的双赢局面。

从上面的表述可以看出，本书的写作，最大的动力，归根结底来自对农村问题的直面，来自对亲人命运和乡村关联的考察。回想起来，这一意识的形成，来自我多年的持续思考。早在2002年，我就意识到时代转型过程中，乡村不应仅仅作为负载乡愁情绪的场域，同时应被视为"问题的载体"，我就试图确认亲人命运和时代进程之间的关系。当年9月，我南下中山大学念书时，突然意识到很多亲人虽然和我生活在同一城市，却有着完全不同的境遇。2003年，我曾写作《广州》[1]一文，这是我在朦朦胧胧的情绪触发下，最早对"亲人和乡村问题关联"的叙述：

再没有一个城市像广州这样直接影响了我的生活，这种影响并不体现于我正在广州求学，也不表现在尽管我到广州才短短一年，却对这个说不清楚的城市有一种强烈的认同感。

对我而言，这个城市给我带来的莫名亲近，主要在于它容纳了我这么多的亲人，在广州闷热而又潮湿的空气里，混杂了我亲人的呼吸和眼泪。我的亲人当然不可能和我一样，能在这个喧嚣的城市，拥有一间宽敞而又明亮的学校宿舍，能像我一样悠闲地听着英文歌曲，注视着窗外的树影在阳光下舞动。当我从容安排一天的生

---

[1] 曾收入《对五个日常词汇的解读》，《天涯》2004年第1期。

活时，他们在这个叫作广州的城市，很有可能为了每个月不到五百元的工资而不得不待在一个令人发闷的工厂终日劳累；当我很有规律地在操场运动时，比我小一岁的表妹，可能正在工厂外面摆摊子贩卖最廉价的内衣和袜子；当我每天傍晚在网络上面穿梭时，我的叔叔，这个整整淹没在亲人记忆中八年之久的男人，可能在他侄女无法知晓的角落，为了第二天的早餐而忧心忡忡。还有我那个从小一起玩大的表弟，因为学坏在家乡混不下去，于是毅然将广州当成了自己的栖息之地。

为了生存，他们远离家乡，他们心甘情愿拒绝家乡那缕在我眼里依旧散发出浪漫气息的炊烟的挽留，义无反顾地走向当初并不知道真相的广州。他们蓬头垢面地出现在城市的任何一条小巷，为了一点点小钱，不得不忍受别人无法想象的屈辱。他们为了实现内心的梦想，可以不顾一切白道、黑道地冒险。广州在他们眼里，是一个摆脱贫困的地方，广州在他们眼里，是一个永远也无法走近的梦，是他们年轻时放飞自己心灵的所在。为了一个在很多人看来什么也不是的卑微愿望，他们可以忍受最廉价火车的拥挤，还有各种难闻的气味，可以在每年春运期间，在过年气息还没有褪尽时，坚定做出离家的决定。在春运的噩梦中，他们可以忍受几天几夜绵绵不尽的长队。在孩子的哭泣和挽留中，在年老父母送别的泪光中，他们为了到一个叫作广州的城市，不得不做出这样的选择。

我的生命无法与这群人割断，他们是我的亲人。

尽管我与他们完全处在两个不同的世界，尽管在街上遇见，我可能会为他们不得体的打扮尴尬、难为情，尽管我在心底里承认他们的品位实在不够，尽管我从心底里讨厌他们满口脏话、随处吸烟、随地吐痰的恶习，但他们是我的亲人。在他们走出广州火车站这个喧嚣而又毫无安全感的地方，踏进陷阱重重的人群后，我是他们唯一的依靠。我是他们拿起电话、唯一可以打定主意要联系的人，是他们在没有找到工作前，唯一的小小依靠。

他们是我的亲人。

他们在广州寻梦，和我一样。就因为这点，我没法对广州的拥挤、混乱抱怨半句，我没法不从内心深处感谢广州的宽容，尽管这个城市总是将我的亲人淹没并且藏在暗处。

2006年，博士毕业一年后，我曾有一个强烈的心愿，将亲人在南方打工的生活记录下来，并计划写一本《我的亲人在广州》，因此，我有意识地去东莞黄江、广州塘厦等地方探访他们，并进行了一些访谈。本书中有关周婕、小果、瑛国叔、职培、河水叔、春梅的内容，主要来自2006年前后的访谈。说是"访谈"，其实更多的时候是在聊天，是亲人间不由自主地倾诉和倾听。十年了，当初的情景仍然历历在目，有些事情，我听得惊心动魄，他们却一脸平和。后来因为结婚、生子，还有工作上的事情，我的个人生活完全陷入无边无际的琐碎之中，写作计划并未完成，一搁就是十年。某种意义上，本书的写作不过是延续十年前的计划，是一次跨越时空的延续、弥补。

为了便于读者更好把握各部分之间的关系，我交代一下具体内容的写作时间，丰三村部分，《一个农村儿媳眼中的乡村图景》完成于2015年11月，其他内容完成于2016年5月；凤形村部分，除《故乡：现代化进程中的村落命运》一文完成于2006年2月，其他内容在2006年和2016年访谈的基础上，完成于2016年5月；隘口村部分，《80年代村庄的日常生活》一文完成于2003年，《2015年返乡笔记》一文完成于2015年2月，其他部分在2016年访谈基础上，完成于2016年5月。

最后，借出版机会，真心感谢众多网友、亲人师友和媒体朋友，原谅我无法一一列出诸位的名字。对我而言，这是多年沉默、隐匿的学院生活的一次集中淬炼。学术如何介入现实，学术如何在当下语境找到它最有生命力的形式，一直是我关注、焦灼之处，我知道这只是开端，但会坚持下去。

感谢为本书出版先后付出的罗丹妮女士和焦亚坤女士。今天，让人尊重、信任的出版人，是这个时代赐予写作者、读书人的最好礼物，在文字隐秘的快乐中，感谢命运让我们经过漫长等待，依然可以感知到共同的精神欢愉。

后记
回望我家三代农民

杨胜刚

黄灯《大地上的亲人》源自《一个农村儿媳眼中的乡村图景》一文的触发。2016年1月《十月》以《回馈乡村，何以可能》为标题首刊此文，经"当代文化研究网"推出后，引发了网络的广泛关注，并直接引发了春节期间全国乡村话题大讨论，但其引发的热议主要集中于知识界。出版方由此邀谈黄灯，表达了对她独特的记录和思考中国农村问题方式的理解、支持，并鼓励她写出一部书来。此后，黄灯利用在中国人民大学访学的机会，写下了这本书。尽管此书的出场貌似偶然，但我知道，多年来，她一直关注乡村话题，十年前就曾写下对她故乡的若干思考。我还知道她多年的一个遗憾：博士毕业后，她曾兴致勃勃地说起要专门为在广州打工的湖南老家的亲人写一本书，并为此做了不少的访谈，可惜后来家事繁杂，刚刚起步的工作不得不戛然而止。这次书写，也算是完成了她的夙愿。

除了新媒体的热传,《一个农村儿媳眼中的乡村图景》也引起了中央电视台《新闻调查》栏目记者郝俊英的注意。2016年4月初,由《新闻调查》栏目制作的片子《家在丰三村》,在央视新闻频道播出后,引起了民间巨大的反响,央视记者撰写的解说辞,在各地、各类网站上广为传播,诸多门户网站也纷纷以头条推出。我的家乡孝感市和孝昌县的网络媒体,对此亦有专门的报道。我家乡的同学好友,认识不认识的同乡纷纷致信、致电给我,表达他们的观感和心情,从他们热情的回应里,我听见了令我感动的质朴民声。

黄灯在发表此文之前,曾征求过我的意见。这篇文章涉及我家的很多私事,虽然当时我有顾虑,但也没怎么在意。我完全没有料到,这篇文章在网络上会引起如此巨大的反响,更没有想到记录我家事和家乡的《家在丰三村》会引起那么多关注。我由此进一步感受到了农村问题的普遍性,感受到我的家庭其实是更多农村状貌的一个缩影。黄灯眼中的乡村图景,不仅仅是一个农村儿媳的乡村图景,更是知识界观照当代乡村的一次聚焦特写。

同时,此文也招致了一些批评,有人认为这篇文章刻意"渲染悲情"。作为当事人,我完全没有悲情的感觉,反而觉得文字节制、理性,而弥漫文中的情感显然没有经过任何过滤。我能够理解黄灯的写法,也不会把"悲情吐发"当成是什么毛病。毕竟,在讲述自己身为农民的亲人面对的艰难处境时,因为亲情所系引起情感波动是再自然不过的事;更何况,任何深入中国农村的认真写作,很难不遭遇"悲情"的境况——苦与难(nán)、贫与困始终是中国农民普遍的生存现实,我依然留守农村的亲人,生活就是如此。

我的母亲出生于1930年代。由于外祖父木匠手艺不错,她从小在娘家没怎么干过农活,家里的地都是请人种。母亲成年出嫁后,新中国也刚建立不久,这样她就成了新中国成立后的第一代农民。结婚后的十多年,在中国农民大多艰辛的公社岁月,她生下了六个孩子。更大的生存挑战从她失去了丈夫开始。家里没有了顶梁柱,年幼的姐姐们不得不很小就参加生产队的劳动,大姐十一岁就跟着大人去修水库。就算如此,一家人一年挣得的工分仍然很少,按工分从生产队分得粮食,根本不足以让一家人果腹,家里经常揭不开锅。听母亲说,四姐两岁那年,家里断炊几天,能吃的都吃完了,她饿得奄奄一息,躺在家门口,被隔壁的周伯母看见,送来了一碗米,才把一家人从死亡的边缘拉了回来。

为了补贴家用,那些年母亲经常纺线织布到鸡叫,然后趁天色未明拿着织好的布,赶到二十里外的周边公社集镇上卖。她之所以舍近求远避开本公社的集市,是怕撞见熟人引人讥笑,也怕带来麻烦。那时候严禁私人擅自售卖自产物资,母亲经常被管理者没收布匹,有时为了躲避,不得不逃到厕所。公社时代的家境,的确可以用"一贫如洗"来形容,一年到头,难得见到钱的影子,以致母亲经常和大姐感叹,"要是一个月有五块钱花就好了"——这句话,大姐一直记得。现在想来,母亲以柔弱之躯拉扯六个孩子,勉力支撑起这个沉重的家庭,没有任何来自集体的援助,她内心的悲苦、孤独,乃至望不到头的绝望,一定压得她艰于呼吸视听。也是在那个时候,邻居周伯母察觉了母亲的抑郁,她劝母亲难过时吸点土烟,也许会好点。我不知道抽烟是否纾解了母亲当时的情绪和压力,不过,从那时起,母亲的确抽上了土烟,土烟陪伴了母亲以后的岁月,她也是农村妇女中少有的抽烟的人。

日子再难也要过。时光到了"分田到户""大包干"的80年代。身为农妇的母亲渐渐老去,她的女儿先后嫁人,大儿子(我哥哥)亦成年成家,开始担起一个家庭的责任。我哥哥能做的还是种地,成为随"大包干"成长起来的新中国第二代农民。

哥哥从小身体单薄,母亲很为他担忧。在他读完小学后,母亲去求村里的剃头匠八哥,拜托他收哥哥做徒弟,以便可以行走于四乡八里,拿理发这门手艺养活自己。但"包产到户"后,因为是家里耕种的主要劳动力,哥哥只能利用农闲给本村和附近的村民理发以换得微薄的工钱补贴家用,没有多余的精力去外面学习、更新理发技术。改革开放后,各种新潮的发式层出不穷,哥哥从老剃头匠那里学到的那点传统技艺,就显得落伍了,加上年轻人的外流,他也失去了年轻的顾客。相较公社年代,"大包干"时期,我家里的境况已经有所好转,起码温饱不再是问题,一些小的开销也可以应付,但遇到要急用钱的情况,还是会拿不出来。1987年6月底,我要去外地参加中考,需要二十元送考费,这让母亲犯难起来,不知找谁借。后来还是试着去找了村里的铁匠艳哥,才得以渡过难关。母亲每次跟我说起这件事,都对艳哥的帮忙念念不忘。

在哥哥1993年跟随四姐夫外出北京、常年打工以前,为了改善家里的境况,1985年前后,他曾断断续续地跟随村里的泥瓦匠,奔赴城市的建筑工地。由于哥哥身体瘦弱,要学会以砌墙抹灰为主、需要大力气的泥瓦匠手艺比较困难,所以他只能在工地上干打杂的小工,收入比一般泥瓦匠低很多;有时候出力一年,也仅够家里日常开支，并不能存下钱来。等到我上大学的1990年，哥哥尽管已外出几年，可我上学的开支，还是亲戚们一起凑的。那时的师范生不用交学费，每月还有一点生活补贴，我进大学不久就做起了家教，之后再也不需要家里为我的生活操心了。暑假时，我会多带几个学生，收入也会高些。到了家里的"双抢"时节，我甚至可以拿点工资，带回去给家里救救急。

到了90年代，侄子、侄女都出生了，上有老、下有小，哥哥的生活压力越来越大，在北京当包工头的四姐夫见哥哥的日子太过艰难，就决定带他到北京一起谋生。毕竟在亲人身边，哥哥会得到更多照顾。没过几年，嫂子也跟随哥哥外出。这样，侄子、侄女就成为留守儿童，步入老年的母亲则不得不承担起照顾孙辈的重任。整个80—90年代，家里的日子仍然过得十分紧巴，一旦遇到大事，都需要借账，如哥哥结婚、盖房等，都会带来债务。总的来说，作为第二代农民的哥嫂，尽管他们也一直努力，试图改变家庭的经济状况，要么在农村辛勤种地，要么在城市的建筑工地出力流汗，但最后也只是能勉强维持一家人的温饱，收入仅够解决必要的生活花销，没有存款，也没有任何物质享受。对孩子的基本教育都谈不上，更不用说每天对孩子的守候和陪伴。不仅如此，身体也需要为此付出极大的代价。哥哥因为常年在工地出蛮力，住的是临时窝棚，吃的是粗粝食物，身体健康受到极大损害，因此落下了严重的胃病、腿疾。就在去年，他因为腿疼来广州看病，检查后发现他的双腿关节已严重变形，磨损非常厉害，难以恢复。眼下，哥哥已年过半百，再也无法承受城里打工的辛劳，只能回到家乡；但让人难以接受的是，他忙碌多年，最后因为工程欠款，几乎是赤条条回到家乡，开始自己的晚年生活。随着母亲的去世、儿子的成年，为了生存，回到家乡后哥哥只得依靠在附近的工地打打零工，耕种几亩口粮田维持收入，同时还要帮外出打工的儿子、儿媳照顾孩子，开始重复母亲辛劳的晚年。

作为第二代农民和第一代农民工，哥哥五十多岁从城市返乡，他长大的孩子则开始了另一种轮回。现在，轮到第三代农民，我的侄子、侄女开始外出谋生了，他们由此成为第二代农民工。侄子是典型的留守儿童，缺乏父母管教。读书时随随便便地读，混到初中后，在我的建议下，去了一所老牌的技校——孝感工校学数控机床。可侄子在工校只读了一年多就退学了，他说学校老师根本不好好上课，教学所需的设备匮乏，学生无心学习，早早就被学校送去沿海的工厂，说是去实习，其实就是给工厂提供廉价劳动力。从工校出来后，侄子曾去浙江富士康打工，但最后工厂借口裁员，他没能留下来。之后他还去了一些别的工厂，但除了勉强维持自己的生活，这个阶段他并没有给家里寄过什么钱。几年后，侄子离开工厂，回到家乡。当时建筑行业发展的势头不错，村里的泥瓦匠们一年可以赚好几万，这让侄子心动，决定跟着本村的师傅去城市的建筑工地，学起了自己并不喜欢的传统手艺。他单薄的身子骨和不足的力气，让他在这个靠力气吃饭的行当饱受呵斥和歧视。在和师父闹翻后，经过熟人介绍，侄子和侄媳于今年（2016）六月，来到了虎门一家电子厂，重新开始了他们的工厂生涯。

那天，给侄子、侄媳妇准备了简单的行李后，我负责送他们到虎门的工厂，也得以第一次近距离接触传说中的南方企业。工厂的办公楼和车间都很干净，洋溢着一种冰冷的、现代化工业的钢铁气息，工作气氛紧张有序。侄子他们刚进厂，底薪是一千五百元每月（一周工作五天、每天八小时）；双休日加班的薪酬是十七元每小时，平时加班是十三块六每小时。第一个月，两人共拿到五千多元工资，第二个月两人合计拿到六千多元，相比外出工地的奔波劳累最后却一无所获，这种看得见的收入让他们觉得内心宽慰。不过，让他们没想到的是，尽管两人同在一间工厂，但因为侄子上白班（从早八点到晚八点）、侄媳上夜班（晚八点到早八点），夫妻竟难得见面。我记得当时送他们到工厂宿舍时，发现房间里除了床竟然没有其他家具，连常见的桌子、椅子都没有。当时还颇为纳闷，现在才明白，桌子、椅子对他们确实没有太多用处。一天上班十几个小时，回到宿舍除了睡觉，实在没有时间和精力去做别的事情。在农民工的工余，除了必要的睡眠，一切娱乐、休闲、文体活动似乎都显得多余。这种日复一日、机械简单的生活，就是侄子他们这些进入工厂的第二代青年农民工生活的全部内容。

尽管劳累，但侄子在给我的电话中没有任何抱怨，他孩子尚小，结婚欠下的债务没有还清，生活压力摆在眼前，只要工厂能够维持，他的生存就能获得保障。我担心的是，如果经济状况不好，侄子、侄女在城市找不到出路，或者年龄大了以后，身体无法承受加班加点繁重的劳动，那么他们的未来将何去何从？他们在户籍上虽为农民，但从小就没有干过农活，农田里的活计一概不会。被城市的工厂淘汰后，他们是否可以像我哥哥那样，心安理得地回归农村？回到农村后，由于土地已被转租，他们将面对无地可种的境况，又该以何为生呢？如果不回农村，城市又是否有他们的容身之所？他们又该凭什么生活呢？还有他们的孩子，第二代留守儿童，又会面临怎样的人生呢？

黄灯在《大地上的亲人》中，关于丰三村的叙述，实际上已经凸显了对三代农民命运的整体思考。作为一个亲历者，我越来越意识到这种整体的命运流转不是来自某种宿命的因素，在此背后，一定有更为结构性的原因。我第一代农民母亲的苦难、第二代农民（第一代农民工）哥哥的贫困、第三代农民（第二代农民工）侄子不容乐观的现状和不可预料的未来自有其特殊性，但他们的命运在中国广大的农民中却有着代表性。落实到个体，或许可以说这种命运受他们自身条件的制约；可落实到整体，我分明能够感知到宏观层面的农村政策对个体的深远影响。

众所周知，自1950年初，国家需要农业去支持工业建设，农业被压上了为工业提供积累的重任。这样就有了在中国延续五十年之久的工农产品的价格剪刀差，从农业和农村获取农民所创造的资本，只留给农民维持生存和简单再生产的产品[1]。即使条件比我们好些的农村家庭，也无非是能吃饱肚子，有一点点零花钱。到1980年代初期，随着农村"大包干""分田到户"政策的实施，农村释放了极强的活力，农民得到了一些好处，生活也改善了不少，但这种政策优势带来的边际效应到90年代开始递减、消失。随着市场经济体制的确立，社会资源急剧向城市流动，农村的境况越来越严

---

[1] 统计表明，从1979年到1994年，国家通过"工农业产品剪刀差"，从农业部门抽取了1.5万亿元人民币。1992年中国进入市场经济新体制以后，剪刀差的总量更是大幅度增加。同时，在国家提高工业化、城市化的水平大战略下，实行了不利于农村发展的财政体制改革和分税制改革，出台了《土地法》，地方政府从农民那里低价征收土地，然后卖给开发商。据农业部和国土资源部统计，通过这一举措，各级政府从这些土地上获得了5万亿人民币的资金。

峻,"三农问题"成为社会上下关注的焦点。我哥哥作为第二代农民,恰好见证了90年代农村社会转型过程中的各种问题,尽管辛勤劳动,但整个家庭的经济状况依然处于社会的底层。

值得一提的是,政府于2006年1月1日起正式实施改革,全面取消农业税及"三提五统"等等,启动了新农村建设,实施合作医疗、义务教育和粮食补贴等惠农政策。农民的确从中得到了一些实惠,不过,由于长期以来施行的都是"以农业支援工业、以农村支持城市,优先发展工业和城市"的基本政策,农村病象深重,并非政策的良药一到,就可以药到病除。虽然家乡的公共服务和基本建设确实有所好转,但建设新农村的主体力量(青壮年农民)却不在场,很多地方依然只有老弱妇孺留守,田园荒废。农村主体力量的缺失[1],使得新农村建设的美好愿景面临极大挑战。农民大规模进城务工,农村的"空心化",甚至让很多地方的自然村落正从我们的版图上消失。我哥哥、嫂子如此,我侄子、侄媳妇也如此。现在,第一代农民工(像我哥哥)体力透支、年近半百,已被迫从城市退回农村,继续在已经荒芜的土地劳作,收成仅够一家人糊口。当下辗转在城市的建筑工地、工厂的,是像我侄子、侄媳一样的第二代农民工。可是由于户籍制度的制约,他们和他们的父辈一样,虽然在城市干着最脏、最累、最危险的活,但依然无法享受跟城市人一样的待遇。因为长时间从事繁重的体力劳动,自然也无暇接受专业技能的培训或进一步的教育,无法更新和提高自己的知识、技能,

---

[1] 苏小和提供的数据表明,在过去二十多年的时间里,中国农村每年为城市建设贡献了1.2亿人次的青壮年劳力,他们的年龄处于16岁到46岁之间,平均接受7.3年的教育(苏小和:《农民工背后的经济学风景》),"财经网"2012年8月。

而这一切正是他们进入城市、融入现代文明的巨大障碍。

在"三农问题"变得日益复杂并且已越出农村固有边界的当下，不能任由广大的农民自生自灭，因为城市不可能脱离农村而独存，一个社会的良性发展，也不能抛弃庞大的农民群体闭着眼睛走入野蛮的境地。要让"三农"进入正常和公正的轨道，需要我们的政府、社会拿出更大的智慧和更多的勇气。

黄灯在《大地上的亲人》中，展现了这个群体复杂、多样的生存状貌，她忠实于自己的眼睛，其用意不在为农民群体代言，也没有野心和企图给出解决农村问题的终极答案，她只是秉承一个从农村走出来的读书人的本心，作为见证者，用文字为时代记录下她亲人的呼吸和气息，迷惑和挣扎，痛苦和希冀。她结合自己的亲身经验以及大量访谈，记录了一个时代几个村庄的变迁，并通过细节的描述，透视自己的亲人和乡亲们在时代中的升沉起伏。这种写作于时代是一种证言，于黄灯自己是一种提醒。

尽管通过高考，我改变了自己的命运并得以在城市立足，但出身农村的卑微，依然像基因一样植入我的生活和内心，这种真实的感受总是让我感慨：二十多年的城市生活印记尚且不能抹去一个农村贫寒家庭子女的内心沉疴，对那些出路日渐狭窄的农村孩子而言，他们又该如何面对残酷的现实？

本书所揭示的图景提醒我注意：在这个看似繁华的时代景观背后，有一个卑微的群体依然在艰难挣扎，他们以农民的身份构成了社会的基本底色。本书所显示的基本立场唤醒了我内心的隐秘：对一个从乡村进入城市的流浪者来说，我不能因为自己已在城市立足、自己从事的工作与乡村无关，就在生活的惯性中，忘记、背叛自己的出身；在享受城市文明的同时，我和黄灯一样，不能忘记那些与我们血脉相连、依然奔走在大地上的身为农民的亲人，不能忘记那一片养育我们的土地，不能忘记与我们有着深厚的情感联系的乡亲。

附录

书中主要人物关系表

丰三村

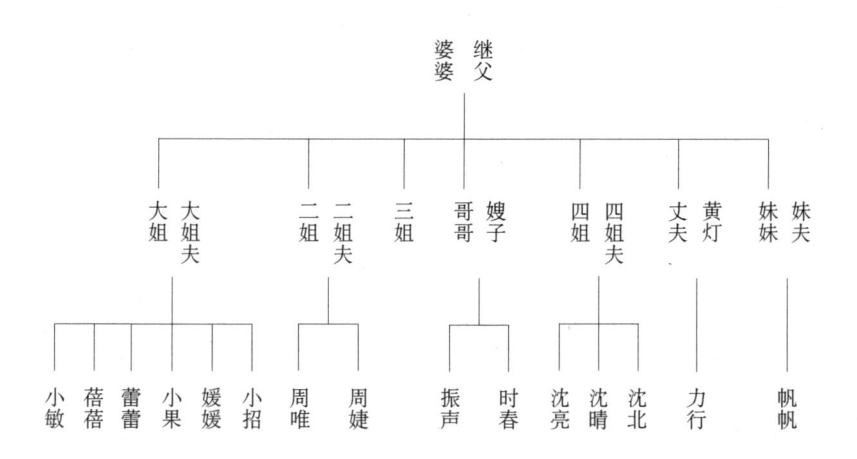

```
                          婆婆 — 继父
                              │
 ┌────┬────┬────┬────┬────┬────┬────┬────┬────┐
大姐—大姐夫  二姐—二姐夫  三姐  哥哥—嫂子  四姐—四姐夫  丈夫—黄灯  妹妹—妹夫
 │              │              │              │              │
小敏 蓓蓓 蕾蕾 小果 媛媛 小招  周唯 周婕    振声 时春    沈亮 沈晴 沈北   力行            帆帆
```

凤形村

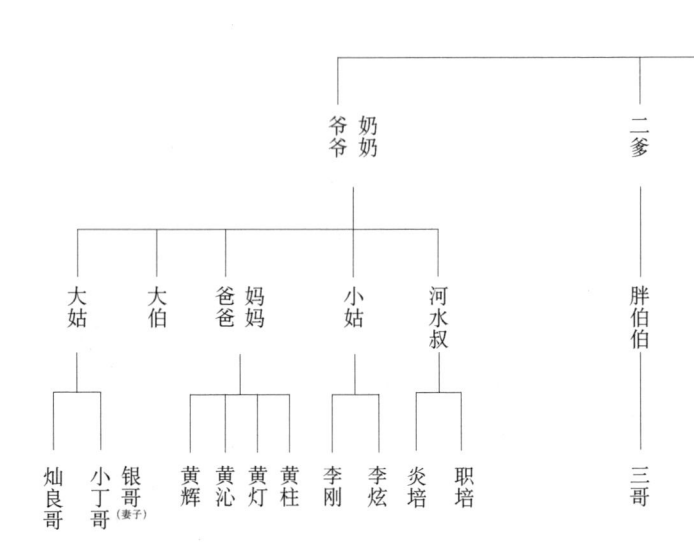

```
                        爷爷 奶奶 ─────────────── 二爹
                             │                    │
      ┌──────┬──────┬──────┬──────┐              │
     大姑   大伯   爸爸   妈妈  小姑  河水叔       胖伯伯
      │     │      └──┬──┘    │     │            │
   ┌──┬──┐ ┌─┐  ┌──┬──┬──┐  ┌─┐   ┌─┐          三哥
  灿 小 银 黄  黄 黄 黄 黄  李 李   炎 职
  良 丁 哥 辉  沁 灯 柱 ...  刚 炫   培 培
  哥 哥 (妻子)
```

```
太爷爷─太奶奶
    │
    ├──────────────────┬──────────────────┐
  五爷─五奶奶          七爷              八爷─八奶奶
    │                   │                   │
  ┌─┼─┐           ┌─────┼─────┐       ┌──┬──┬──┬──┬──┐
 根  小珍叔  魏叔─彩凤叔   群叔  华叔  幺叔  强国叔 大国叔 富国叔 瑛国叔─正良 立国叔
 叔 (妻子)      (妻子)                              (丈夫)
    │          │        │       ┌─┴─┐  ┌─┴─┐               │
  ┌─┼─┐      勇勇      黄铭 黄秋 黄毅 黄×              冯超
 平 二  三
 平 子  子
```

附录　书中主要人物关系表　　381

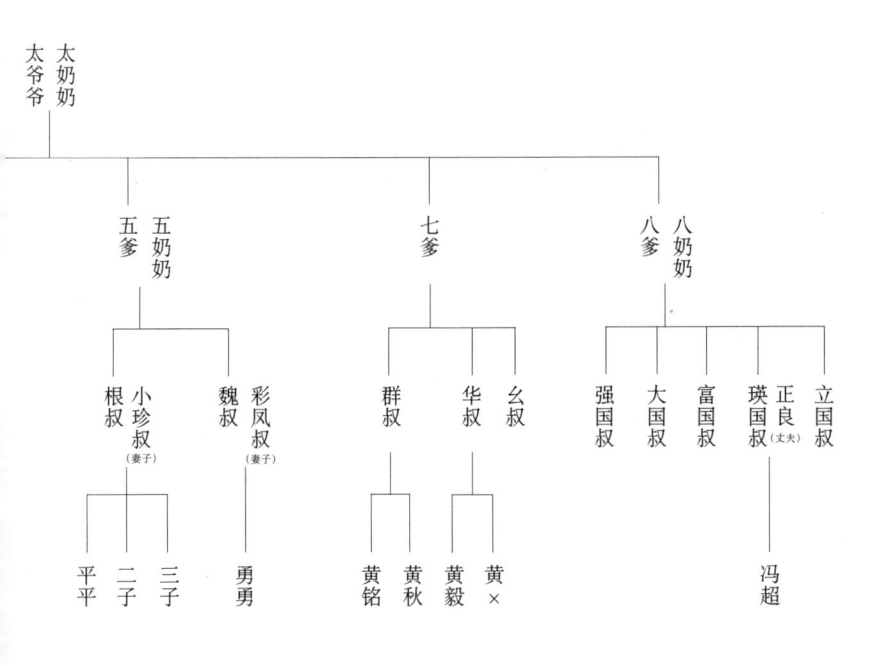

隘口村

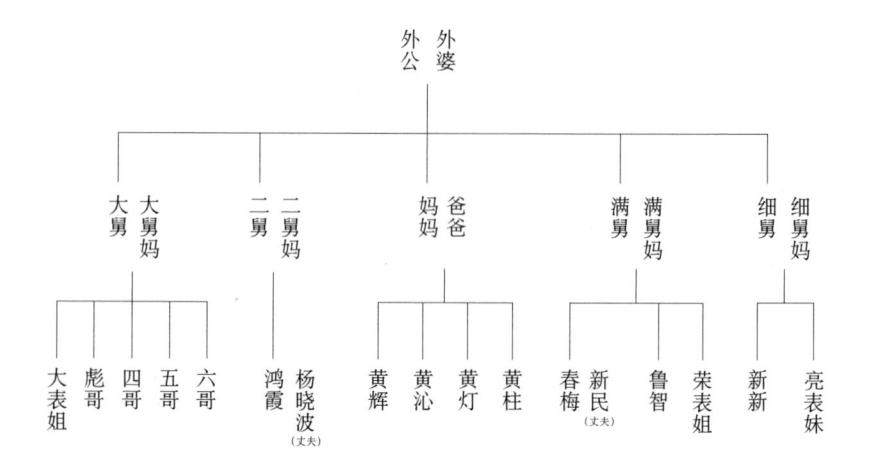

```
                              外公 外婆
       ┌────────┬──────┬──────┼──────┬──────────┬────────┐
      大舅    大舅妈  二舅  二舅妈  妈妈 爸爸  满舅 满舅妈  细舅 细舅妈
   ┌──┬──┬──┐         │       ┌──┬──┐      ┌──┬──┬──┐    ┌──┐
  大  彪  四 五 六     鸿  杨   黄  黄 黄    春  新  鲁  荣   新  亮
  表  哥  哥 哥 哥     霞  晓   辉  沁 灯    梅  民  智  表   新  表
  姐                      波                    (丈夫)    姐        妹
                         (丈夫)
```

附录
2006—2016年访谈明细

第一章涉及的访谈

访谈对象	时 间	地 点
哥哥	2016年2月29日	湖北孝昌县丰山镇丰三村家中
嫂子	2016年3月2日	湖北孝昌县丰山镇丰三村家中
四姐	2016年3月5日	北京朝阳区出租屋
周婕	2006年7月15日	广州中山大学488栋403室
小果	2006年7月15日	广州中山大学488栋403室
振声	2016年3月1日	湖北孝昌县丰山镇丰三村家中
东东	2016年2月28日	湖北孝昌县丰山镇丰三村家中
时春	2016年3月1日	湖北孝昌县丰山镇丰三村家中

第二章涉及的访谈

访谈对象	时 间	地 点
河水叔	2006年10月2日	广州白云区塘厦出租屋
瑛国叔	2006年10月1日	广州白云区塘厦出租屋
彩凤叔	2006年10月1日	广州白云区塘厦出租屋

续表

访谈对象	时　　间	地　　点
彩凤叔	2016年4月19日	广州白云区缘湘缘蒸菜馆
职培	2006年10月1日	广州白云区塘厦出租屋
	2016年2月10日	湖南汨罗灵官坪巷家中
炎培	2016年2月11日	湖南汨罗灵官坪巷家中
李炫	2016年2月5日	湖南汨罗灵官坪巷家中

第三章涉及的访谈

访谈对象	时　　间	地　　点
爹爹（二舅）	2016年4月3日	深圳南山区花果山小区
妈妈（二舅妈）	2016年4月3日	深圳南山区花果山小区
鸿霞	2016年4月4日	深圳南山区花果山小区
春梅	2006年4月22日	广东东莞黄江出租屋
	2016年2月8日	湖南汨罗长乐镇隘口村家中
鲁智	2016年2月8日	湖南汨罗长乐镇隘口村家中